Philipp Tingler • Schöne Seelen

Philipp Tingler

# Schöne Seelen

Roman

KEIN & ABER
POCKET

Ebenfalls von Philipp Tingler:
*Doktor Phil*
*Fischtal*
*Leute von Welt*
*Juwelen des Schicksals*

Für die freundliche Unterstützung danken Verlag und Autor dem Präsidialdepartement der Stadt Zürich und der Fachstelle Kultur Kanton Zürich.

Der Autor versichert, dass die Namen der Figuren dieses Romans nicht denen der realen Personen entsprechen, die sie teilweise inspiriert haben mögen. Da es jedoch möglich ist, dass es reale Personen mit demselben Namen und einigen Eigenschaften der Romanfiguren gibt, versichert der Autor, dass es sich dabei um reinen Zufall handelt.


Coverbild: Edgar Herbst
Satz: Dörlemann Satz, Lemförde
Druck und Bindung: CPI – Ebner & Spiegel, Ulm
ISBN 978-3-0369-5959-7
Auch als eBook erhältlich

www.keinundaber.ch

*»Ich hatte mal 'ne Panikattacke, weil ich mit dem Kopf in einem Prada-Pullover steckengeblieben bin; und das hier ist schlimmer.«*

# 1

# DER LETZTE ZUG NACH OBEN

»Werde ich davon fett?«

Unzählige Male in ihrem Leben, dessen genaue Dauer nur sehr wenige Leute kannten, hatte Millvina Van Runkle diese Frage gestellt. Denn Millvina, zu ihrem Leidwesen eher von kräftiger Statur, bewegte sich innerhalb jener Kohorte von Damen der Gesellschaft, die einer ihrer Kritiker einst als »social skeletons« bezeichnet hatte. Jene Schar, deren Mantra seit Geburt das Motto gewesen, das der Herzogin von Windsor zugeschrieben wurde: Man kann niemals zu reich sein und niemals zu dünn. Niemals.

»Das ist eine Glukose-Infusion«, erwiderte Schwester Hildegard mit einem verächtlichen Schnauben, »das gibts noch nicht mit Aspartam, Herzchen. Abgesehen davon werden Sie sterben.«

Als die Schwester, äußerlich herb wie auch von Naturell, diesen Ausspruch tat, fiel Gwendolyne Rosenstock, die in einem Louis-XV-Sessel am Fußende von Millvinas Krankenlager saß, der Unterkiefer runter. Und weil bisher nur wenig Empfindungen Gwendolynes kunstvoll gelähmtes Gesicht beansprucht hatten, ward es einfach grau. Grau wie der Stuck in den teuren Klinikzimmern, der alle Arten von Staub und Rauch und Heuchelei und Elend aufgesogen hatte.

Aber so war es: In einer Suite der Privatklinik »Le Retrait« vor den Toren der lieblichen Stadt Genf hauchte, im Kreise ihrer engsten Freinde und umgeben von Diptyque-Duftkerzen, Millvina Van Runkle ihr Leben aus – eine große Dame der Zürcher Gesellschaft, bei deren letztem Facelift sich Komplikationen eingestellt hatten: eine Thrombose, verbunden mit einer Infektion der Lunge und einer Verletzung von größeren Ästen der Gesichtsnerven. Das war nicht das Verschulden der Ärzte, die Ärzte hier waren ausgezeichnet. Sie waren sogar so ausgezeichnet, dass sie Millvina von dem Eingriff dringend abgeraten hatten. Nicht unter Bezugnahme auf ihr Alter, so weit würde man nicht gehen. Sondern unter Verweis auf die zahlreichen vorangegangenen Prozeduren, von denen die letzte nicht lange zurücklag, was von vornherein das Risiko erhöhte. Es war ebenfalls nicht hilfreich gewesen, dass die Patientin im Anschluss an die Operation das Tragen von Antithrombosestrümpfen strikt verweigert hatte. Mit der Begründung, sie passten nicht zu ihren Massaro-Pantoffeln.

Schwester Hildegard hatte also vollkommen recht: Millvina würde abtreten, es konnte jeden Moment so weit sein. Sie würde den Folgen der dauernden Raffung und Straffung und forcierten Verjüngung erliegen. Im Übrigen wäre es hochwahrscheinlich gewesen, dass Millvina auch bei jedem anderen Eingriff an Komplikationen zu leiden gehabt hätte, denn sie war alt. Viel älter, als selbst die meisten derer dachten, die sie nicht leiden konnten. Seit Jahren litt sie an einem Emphysem, an Rheumatismus und Arthritis; sie hatte mehr Privatkliniken von innen gesehen als Christina Onassis – aber sie lebte. Sie füllte ein Dasein, dessen Emblem und Leitmotiv für einige Beobachter mit dem Siegelbild graziöser Langeweile beschlossen zu sein schien, doch derlei Urteile sind schnell gefällt und schwer zu begründen.

Millvina Van Runkle, die hier, wie immer viel zu bombastisch gekleidet, in dem Bett lag, das ihr Totenbett werden sollte, in einer schillernden Seidenrobe, deren gepuffte Ärmel die untere Hälfte ihrer inzwischen kalten und blutleeren Oberarme entblößten, Millvina Van Runkle hatte ein Leben für die Gesellschaft geführt. Und solche Existenzen sind, wiewohl scheinbar leicht zu fassen, doch im Grunde rätselhaft. Zum Beispiel ließ sich schwerlich sagen oder vermuten, ob sich nun ihre besten Freunde oder flüchtigsten Bekanntschaften hier zu Besuchen einfanden. Denn derartige Prädikate waren einigermaßen beliebig und auswechselbar in jener Sphäre, in der unsere Geschichte spielt, in jenen Kreisen, wo man Leute, denen man Pest und Cholera an den Hals wünscht, Mimi und Chessy nennt.

Fest hingegen steht, dass sich an Millvinas Bett nur jene Charaktere sehen ließen, die noch nicht verbannt und vergrault worden waren durch Alwine Smid, Millvinas Anwältin und Treuhänderin, die in den letzten Wochen ihre eigene Art von Auswahl und Auskehrung betrieben hatte, indem sie jedem aus Millvinas Kreis, den sie für bedenklich oder unzuträglich hielt, den Zugang zu Millvinas schlossähnlichem Anwesen an der Zürcher Neumünsterallee gesperrt und bisweilen sogar persönlich die Tür vor der Nase zugeschlagen hatte. Obendrein hatte sie Millvinas alten Anwalt, Doktor Alois Martersteig, gefeuert; ebenso die Haushälterin und den Koch und Ferdinand, den treuen Fahrer, der selbstverständlich auch nach seiner Entlassung noch täglich in der Neumünsterallee angerufen und sich bei den Dienstmädchen, Floriana und Ascension, nach Madames Zustand und Befinden erkundigt hatte. Bis Floriana und Ascension von Alwine ebenfalls erledigt wurden, ungefähr zur gleichen Zeit wie Trooper, Impy und Trouble, Millvinas geliebte Malteser, die Alwine wegen eines vermeintlichen Infektionsrisikos entfernen ließ, und aus demselben Grund verbot sie Blumen, sodass die wöchentlichen Lieferungen von Binder im Oberdorf storniert wurden. Und es gab Gerüchte, dass Alwine Smid genau in diesen letzten Tagen und Stunden ihrer Mandantin eine ganz eigene Art von Inventur an der Neumünsterallee durchführte, dabei Möbel und preislose Dekorationsgegenstände systematisch wegschaffend, darunter ein idyllisches Landschaftsbild von Elisabeth Vigée Le Brun, Millvinas Lieblingsstück in ihrer Gemäldesammlung. Genaueres wusste niemand, obschon einiges geredet wurde, doch geredet wurde schließlich immer.

Wie dem auch sei: Millvina würde alsbald das Zeitliche segnen; alle jetzigen ärztlichen Maßnahmen und Vorkehrungen waren rein palliativer Natur; sie dienten dazu, Schmerz und Leid zu vermeiden. (Ein Unterfangen, auf das übrigens Millvinas gesamtes Dasein ausgelegt gewesen war.) Und obschon Gwendolyne Rosenstock dies wusste oder zumindest doch sehr deutlich ahnte, entschloss sie sich, den Umstand des nahen Endes und die Bemerkung von Schwester Hildegard, nachdem die Türe hinter derselben mit einem kleinen Knall ins Schloss gefallen war, zu ignorieren. Womit Gwendolyne einfach den bewährten Gesetzen der Gesellschaft folgte.

»Ich meine, Millvina, Schätzchen, du liegst hier vielleicht in so 'ner Art Krankenhaus«, sagte sie tapfer, wozu sie ein wenig flackernd mit den Augenlidern schlug, »aber ich, schau mich an, ich bin ebenfalls nicht gerade glücklich. Übermorgen ist mein Geburtstag! Ich werde, dir kann ich's ja sagen, vierzig.«

»Hahaha!«, machte Millvina. Und fügte hinzu: »Liebes, ich sollte nicht lachen. Das verschlechtert meinen Zustand.«

»Das ist bestimmt die knappe Hälfte meines Lebens«, fuhr Gwendolyne fort, immer noch tapfer, jedoch nicht sicherer, »das ist so deprimierend. Ich meine, wie weit bin ich gekommen? Und weißt du, was das Deprimierendste ist?«

Pause.

»Gut«, erklärte Gwendolyne, »gut, wenn du's unbedingt wissen willst: Das Deprimierendste ist, dass ich von meiner Mutter zu diesem Geburtstag, den sie als Meilenstein betrachtet, eine Foto-Collage bekommen werde.«

»Das ist in der Tat deprimierend«, konstatierte Millvina aufrichtig.

»… eine Collage mit Bildern der bisherigen Stationen meines Lebens. Das wird ein *Monument* der Frustration! Weißt du, was das für Bilder sein werden? Kannst du dir das vorstellen?«

Pause.

»Ich werds dir sagen«, fuhr Gwendolyne fort, »Einschulung, Einführungsball, Führerscheinprüfung! Das ist alles, was ich bisher in meinem Leben erreicht habe: ein Führerschein. Nicht mal ein Verlobungsfoto … bis auf das mit Alfonso, natürlich. Doch das zählt nicht. Dieser Idiot. Wenn sie das benutzt, brauche ich 'ne Extrastunde bei meinem Therapeuten. *Natürlich* wird sie es benutzen. Ich *weiß* es. Millvina? Warum sagst du nichts?«

»Verzeihung«, erwiderte Millvina. »Mein Gesicht ist streckenweise gelähmt. Und ich brauche meine verbliebene

Kraft, um zu atmen. Falls es dir nicht aufgefallen sein sollte: Ich liege im Sterben.«

»Du hast wenigstens nicht übermorgen Geburtstag.«

»Liebes, wenn du so mit deinem mutmaßlichen vierzigsten Geburtstag fertig wirst, bin ich froh, dass ich tot bin, wenn du in deine fiktiven Wechseljahre kommst.«

Worauf Gwendolyne abermals der Unterkiefer runterfiel.

»Mein Gott, Millvina«, sagte sie mit leichtem Vorwurf, »wie kannst du nur so reden? Das ist ja … geradezu blasphemisch … geradezu rücksichtslos ist das! Ich stecke hier in einer *Lebenskrise!* Ich kann nicht mehr schlafen, ich kann nicht mehr essen …«

»Schätzelchen«, keuchte Millvina und hob Einhalt gebietend die schwer beringte bleiche Hand, »mach dich doch nicht kleiner, als du bist. *Natürlich* hast du Leistungen vorzuweisen! Warst du zum Beispiel nicht mal in einem Diät-Camp für Übergewichtige? Hast du da nicht irgendeine Trophäe gewonnen?«

»Schön«, seufzte Gwendolyne, indem sie ihre Finger nach einer kleinen Pyramide von Champagner-Truffes ausstreckte, die ein dienstbarer Geist auf einem Neuosier-Schälchen in ihrer Nähe aufgeschichtet hatte, »schön, ich *kann* essen. Und wenn ich esse, werd ich irgendwann auch müde …«

»Gwendolyne«, flüsterte Millvina, »würdest du ein Schatz sein und ein wenig den Mund halten und mir bei Schwester Hildegard noch ein paar von diesen phänomenalen Schlaftabletten holen? Das wäre zauberhaft, ich will sie jetzt nicht herbeiklingeln, sie ist mir zu laut und zu ruppig.«

»Schlaftabletten? Es ist doch erst halb sechs«, wandte Gwendolyne ein.

»Ja. Aber ich habe sechs Zwischenmahlzeiten hinter mir

und eine halbe Flasche Gin. Ich bin für heute durch. Und wahrscheinlich für immer.«

»Wie du willst«, erwiderte Gwendolyne, der die Ausführung von Botengängen durchaus nichts ausmachte, und erhob sich. Gwendolyne Rosenstock war einer jener allgegenwärtigen und unempfindlichen Charaktere, denen die Gesellschaft Prädikate wie »unerschütterlich« oder »ununterdrückbar« zuweist; Charaktere, die, um keine eigene Meinung haben zu müssen, fast alle die Vorurteile und Meinungen ihres Milieus ebenso gemächlich annehmen, wie sie ihr Gewissen der jeweiligen gesellschaftlichen Lage anpassen. In Gwendolynes Welt wurde man eine bedeutsame Person, indem man sich dorthin stellte, wo bedeutsame Personen verkehrten. Sie war die geborene Aufschnapperin, vertraut mit allen Buchhaltungs- und Boudoirgeheimnissen der besseren und weniger besseren Kreise, durchaus nicht bösartig oder meschant, nur begabt mit einem beinahe zum Genie entwickelten Feingefühl für die unfeinen Angelegenheiten von feinen Leuten. Sie witterte die Schwächen und Geheimnisse der anderen und hatte im Laufe ihrer Gesellschaftskarriere eigene Erfahrung so gründlich durch fremde ersetzt, dass sie im Grunde überhaupt kein eigenes Leben mehr besaß, was sie quasi zu einem professionellen Gast machte. Und, in der Tat: Gwendolyne war *immer* zur Stelle. Dies war im Wesentlichen auch der Grund für ihre Anwesenheit jetzt und hier, am Totenbett von Millvina Van Runkle, mit der sie mutmaßlich keine enge Bindung verband. Mutmaßlich niemanden verband eine enge Bindung mit Millvina.

Gwendolyne trat vor die Tür in den Korridor, und dort wäre sie beinahe mit dem Schriftsteller Oskar Canow zusammengestoßen.

»Oskar, Liebes!«, rief sie mit unterdrückter Lautstärke, während sie anhob, die Luft über Oskars Wangenknochen zu küssen. »Hast du mich erschreckt! Was tust du hier, willst du Millvina besuchen, wie gut von dir! Wo warst du, in Antibes? Du siehst fabelhaft aus!«

»Danke«, erwiderte Oskar, »das ist ein originelles Kompliment für eine Begegnung in der Schönheitsklinik.«

»Mein Gott!«, quietschte Gwendolyne, indem sie einen schreiartigen Lacher vom Stapel ließ. »Du bist immer so witzig, Oskar; das ist ja kaum auszuhalten!«

»Wie geht es Millvina?«, fragte Oskar.

»Schscht!«, machte Gwendolyne und legte ihren schlanken Zeigefinger mit dem dschungelrot lackierten Nagel über ihre mit Hyaluronsäure gefüllten Lippen, wozu sie ihre Augen auf Mitgefühl einstellte. »Kann jede Sekunde abkratzen. Das ist jedenfalls die Einschätzung von dem Dragoner, der hier die Vitamintabletten austeilt. Furchtbare Person.«

Worauf sie überaus diskret mit dem dschungelroten Daumennagel zurück über ihre Schulter wies, die andere Hand wie ein Vordach schräg über ihrem Mund platzierte und wisperte: »Sieht so aus, als hätte sie was machen lassen.«

»Wer?«, fragte Oskar. »Die Krankenschwester?«

»Haha, oh Gott, *nein*«, quiekte Gwendolyne, »doch nicht die Krankenschwester, das wäre ja zum Totlachen! Millvina, natürlich. Das war dann auch die Ursache für diesen Nervenkrebs oder was immer sie jetzt hat. Gefühlsstörungen. Du weißt schon. Ich meine, ich weiß, wovon ich rede, ich war ja selbst mal hier zur Kinn-Modellierung … – nein, Moment, das war nicht hier, das war in La Rotunda.«

»Warst du nicht mal in einem Diät-Camp für Übergewichtige?«

»Oh mein Gott. Das erinnert mich an meine Mutter. Und daran, dass ich für Millvina ein paar Tabletten holen muss. Bis später, Liebes, wir müssen mal wieder zusammen zum Lunch.«

Damit verschwand Gwendolyne, und Oskar betrat das Zimmer.

»Oskar!«, rief Millvina mit schwacher Stimme. »Mein Gott, endlich, ein Mensch! Ich dachte schon, Gwendolyne wäre das letzte Wesen, das ich auf Erden seh. Sie mag gesellschaftlich versiert sein, aber am Totenbett ist sie eine Schande. Hast du den Zweikaräter an ihrer linken Hand gesehen? Du liebe Zeit, der Ring ist so lächerlich, dass der Elefantenmensch ihn tragen könnte, um von seinem Gesicht abzulenken. Wie gut, dich zu sehen. Komm näher, Schätzchen, komm näher!«

»Du siehst fabelhaft aus«, sagte Oskar, als er Millvina zur Begrüßung die Luft über ihren Wangen küsste, einerseits, weil man das in seiner Sphäre anstelle von »guten Tag« sagte; andererseits, weil er wohl wusste, dass sie sogar jetzt, in ihren letzten Momenten, lange, sorgfältige Stunden an ihrer Schönheit gearbeitet hatte – beziehungsweise hatte arbeiten lassen; auch heute war ihr dunkel glänzendes Haar in vielen Schnörkeln und Ausladungen zu einer umständlichen und hochgebauten Coiffure angeordnet, sodass wohl anschließend irgendein erschöpfter Friseur selbst eine Glukose-Infusion gebraucht hatte.

Millvina Van Runkle war, sogar jetzt noch, eine stattliche Erscheinung, ein eigentliches Hünenweib mit junonischen Schultern und Hüften wie im neunzehnten Jahrhundert. Ihre Statur freilich war nun zusammengesunken und schlaff, nicht wie jene der Damen der Gesellschaft, die aufrechten

Rückens den Kopf ihrem Tischherrn zuwandten, indes sie mit den Spitzen der Lippen sprachen. Millvina saß im Bette, ihr Rücken war rund, sie ließ die junonischen Schultern nach vorne sinken und hielt auch noch den Kopf vorgeschoben, sodass die Wirbelknochen im Nackenausschnitt ihres Nachthemds hervortraten. Das Ende war nah. Millvinas Antlitz war bleich wie Leinen, ihr glatter, indifferenter Teint war sehr viel blasser als sonst, doch es spiegelte sich keine Aufrührung in ihm, keine Angst; er stellte das aus, was er zeitlebens ausgestellt hatte: gepflegte Indolenz.

»Gepflegte Indolenz«, dachte Oskar, »das ist eigentlich eine ganz souveräne Haltung, um dem Ende ins Auge zu sehen. Wenige Leute können sich das leisten. Man zahlt dafür mit einem Leben ohne Aufruhr.«

Laut sagte er: »Ich sehe, du bist ganz die Alte.«

»Nicht ganz«, verbesserte Millvina, »ich sterbe gerade.«

Oskar nickte hierauf, weil er erkannte, dass Millvina Van Runkle, der man ihr Leben lang nachgesagt hatte, dass ihr Lächeln und Grüßen voller Übung und Absicht sei und dass ihr Herz nicht hochschlüge, keineswegs, für nichts und niemanden – dass Millvina Van Runkle also wohl diesen prägnanten Moment erreicht hatte, diesen Moment im Leben sehr oberflächlicher Menschen, der in der Regel den Schlusspunkt bildet, jenen Augenblick, wo sie jede Prätention seinlassen. Deshalb sterben wahrlich oberflächliche Menschen bisweilen mit mehr Anstand als manch vermeintlicher Heiliger. Denn sie lassen auch den Tod nicht nah an sich heran. Und wenn diese Leute irgendetwas virtuos beherrschen, dann sind es Auftritte und Abtritte. Millvina war schließlich eine typische Repräsentantin der Sphäre, der sie entstammte, sie war die Wappenfigur einer Gesellschaft, in der alle unaufhörlich sprechen mussten, weshalb sie Begriffe durch Worte ersetzten und Gefühle durch Redensarten; einer Gesellschaft, in der kein Gefühl dem Strudel der Dinge und Dinglichkeiten widersteht; in der Liebe und Hingabe nur ein Wunsch, eine vage Vorstellung waren, sofern sie sich nicht auf Dinge bezogen (oder auf kleine Hunde), und Hass und Abscheu nur Launen. Es gab keinen treueren Begleiter dort als die American Express Centurion, keinen wahreren Freund als den Doktor mit der Spritze voll Botulinumtoxin.

Und was hatte dies Leben Millvina gegeben? Eine endlose Reihe von Dinner Parties und mehr als den Durchschnitt von Debütantinnenbällen, so viel steht fest. Ansonsten war nicht ohne Weiteres zu sagen, wie ihr Dasein zu bewerten wäre; manche Beobachter neigten zu der Ansicht, dass Millvina jenseits eines unbestreitbaren Talents, die Party im richtigen Moment zu verlassen, überhaupt keinen Charakter besaß. Freilich ist keinen Charakter zu besitzen eine Talentfrage wie alles andere auch; unbegabte Menschen macht es zu Lumpen, in einer höheren Form jedoch führt es wohl zu dem, was ein von seiner eigenen Charakterlosigkeit geplagter deutscher Dichter einst die poetische Indifferenz genannt hat. Millvinas Leben wies alle Formen der Bevorzugung auf: Für Außenstehende erschien es nicht selten als himmlischer Reigen, für Eingeweihte als eine Art Hölle, die man irgendwie liebte. Ein bisschen dem Zimmer vergleichbar, dieser Krankensuite, in der sie nun abschloss. Dachte Oskar.

Laut sagte er: »Hübsch hier.«

»Danke, Liebes. Ronaldo hat alles umgestellt«, erwiderte Millvina, »zuerst die Chaiselongue, die mir Alwine aus der Neumünsterallee hat schicken lassen; Ronaldo fand, sie habe das Chi gestört, bla bleugh bla. Interessiert mich nicht wirklich, du weißt, ich gebe nichts auf esoterische Anleitungen für die Inneneinrichtung. Ich gebe im Grunde nichts auf esoterische Anleitungen für sämtliche Lebensbereiche. Aber ich fand nie, dass Weiß eine gute Farbe für Krankenhäuser ist, und hier herrschte vor Ronaldo eine Stimmung wie im Koma-Zimmer von Sunny von Bülow, thank you very much.«

»Ronaldo Wer?«, fragte Oskar.

»Ronaldo Dingsda«, rief Millvina pikiert, wobei ihr Kardiogramm ausschlug, »Schätzchen, man könnte glauben, *du* bist derjenige von uns, der im Sterben liegt! Sag mir nicht, dass du nichts von Ronaldo gehört hast. Ronaldo Whatshisname. Irgendwas Exotisches. Sweetie, er ist *der* Dekorateur der Saison. Irgendjemand hat ihn aus Südamerika mitgebracht, glaube ich. Marella hat ihn mir empfohlen. Er hat Berties Gulfstream neu gemacht. Das Ding sah ja von innen aus wie ein Salonwagen des Orient Express. Er ist natürlich auf Jahre ausgebucht. Ronaldo, meine ich. Ich habe ihn schon für meine Beerdigung reserviert. Er wird den ganzen Anlass gestalten. Zum Glück konnte er mich reinquetschen.«

Oskar warf einen Blick auf Millvinas Bettwäsche. Porthault, natürlich. Ihm fiel Folgendes dazu ein: Die Vorliebe für Monogramme ist *very middle class.* Das hatte er von seiner englischen Ehefrau gelernt.

Laut fragte er: »Du meinst Ronaldo Riviera?«

»Genau!«, konstatierte Millvina triumphierend. »Wenn das sein richtiger Name ist. Klingt ziemlich falsch, wenn du mich fragst. Ich *wusste,* dass du ihn kennst! Mach dir keine Sorgen, was die Abdankungsfeier angeht, ich habe alles vorbereitet, schließlich ist das sozusagen mein letzter Auftritt, da wird nichts dem Zufall überlassen, ich bin ja nicht verrückt –

auch wenn ich dann natürlich tot bin, Schätzelchen, doch ich will es allerdings vermeiden, ein *zweites* Mal zu sterben, und zwar vor Scham, weil jemand Gestecke mit weißen Callas über die Türschwelle lässt. Eugh! Deswegen Ronaldo. Ist der 'ne Tucke?«

»Woher soll ich das wissen?«, erwiderte Oskar mit einem Anflug von Verlegenheit.

»Liebes«, erwiderte Millvina (mit einem scharfen Blick aus den Augenwinkeln), »du bist Schriftsteller, du hast … einen Nerv für so was. … Whatever. Ronaldo vollbringt Wunder, *Wunder,* sage ich dir, obschon er natürlich alles berechnet, ich meine: *alles,* er krümmt keinen Finger ohne Rechnung, alles kostet extra, wie bei 'ner Nutte oder im Krankenhaus – apropos, Liebes: Hast du die *Schwester* gesehen? Meine Nurse, meine ich? Can you *believe* it? Ist das zu fassen? Selbst Ronaldo konnte die nicht auswechseln. Schwester Hildegard, aus Deutschland, muss ich noch mehr sagen? Und das in einem Haus, das noch nie einen Kassenpatienten gesehen hat. Privater gehts gar nicht. Ich war so oft hier, dass ich eigentlich Rabatt für Stammkunden kriegen sollte. Da könnte ich als Pflegekraft doch wenigstens ein vollbusiges, skandinavisches Modell erwarten, sanft und feengleich, das das Ende der Klopapierrolle zu einem Origami-Schwan faltet und sich ansonsten in klug bemessenen Zeitabständen erkundigt, ob man vielleicht Erfrischungen oder herbeizutelefonierende Gäste wünsche. Stattdessen kriege ich: Schwester Hildegard. Mit den Oberarmen von Hulk Hogan. Eine deutsche Krankenschwester! Das ist ungefähr dasselbe wie ein italienischer Polizist, wenn du verstehst, was ich meine.«

»Ich habe dir was mitgebracht«, sagte Oskar.

»Champagner-Truffes von Teuscher«, seufzte Millvina, indem sie die schwer beringten bleichen Hände gütig nach der grasgrünen Schachtel mit der gelben Schleife ausstreckte, die Oskar ihr reichte, »wie süß! Ich werde sie zwar wegwerfen lassen, aber ich danke dir vielmals für diese wundervolle Idee.«

Und hierauf änderte Millvina Van Runkle abrupt ihren Ton, indem sie ihren Besucher mit einer Dramatik, die an Oskar nicht verschwendet war, näher zu sich heranwinkte und mit rauer, beinahe beschwörender Stimme sprach: »Und nun zum Punkt, Oskar. Ich habe dich nicht ohne Grund hierher bestellt –«

»Herbringen lassen«, verbesserte Oskar.

»Oh, wie findest du den Ghost?«, erkundigte sich Millvina, womit sie die Limousine meinte, die sie geschickt hatte, um Oskar in Zürich abzuholen.

»Sehr angenehm«, erwiderte Oskar.

»Er ist geleast«, flüsterte Millvina und kicherte heiser, »– aber das ist es nicht, Schätzelchen, was ich eigentlich sagen wollte, gütiger Himmel, wir verplempern hier unsere Zeit, und ich kann jede Sekunde abkratzen ...«

Mit diesen Worten griff Millvina nach ihrer rotgoldenen Panerai, die auf ihrem Nachttisch lag, und inspizierte deren Ziffernblatt, als könne sie den Rest ihrer Lebenszeit davon ablesen, bevor sie die Uhr mit einer nachlässigen Bewegung wieder zurücklegte. Auf dem Nachttisch befand sich außerdem eine kleine nilblaue Box von Smythson. Sie enthielt Notizzettel mit Silberschnitt und einer Prägung der Concorde. Daneben lag ein goldener Kugelschreiber von Cartier.

»Und außerdem kann diese furchtbare Person gleich wiederkommen ...«

»Gwendolyne?«

»Du sagst es. Wieso hat Schwester Hildegard diese Nervensäge überhaupt durchgelassen? Ich meine, wer ist weniger geeignet für einen Krankenbesuch als eine Frau, nach der in der Betty-Ford-Klinik mutmaßlich ein Sandwich benannt wurde? Gott prüft mich, offensichtlich.«

»Wirst du auf deine alten Tage religiös?«

»Ich war *immer* religiös; und das sage ich jetzt nicht, weil ich eine Ladung Schmerzmittel intus habe, die reichen würde, einen Grizzly niederzustrecken. Übrigens denke ich, fährt man nicht schlecht, wenn man vor Gott die gleiche Strategie praktiziert wie vor einem Grizzly: Keine plötzlichen Bewegungen, keine Angst zeigen, und versuchen, größer zu erscheinen, als man wirklich ist. Das ist ja überhaupt immer richtig, haha. Und nun zur Sache. Ich lasse dich ja hier nicht durchs ganze Land chauffieren, ohne dass es einen Grund dafür gäbe. Du bist mir, Oskar – und du wirst dich vielleicht wundern, dass ich das überhaupt erkannt habe –, immer als jemand Besonderes erschienen, in dem Sinne nämlich, als du eine besondere Stellung in der Gesellschaft hast: drinnen und doch draußen. Du bist zwar stets dabei – oder doch meistens –, aber du weißt doch selbst am besten, dass du nicht dazugehörst, auch wenn du in der Mitte sitzt; dein Platz ist sozusagen wesensmäßig draußen; ja, ich werde direkt ein bisschen philosophisch, das hättest du mir gar nicht zugetraut, richtig?«

»Ich hatte keine Erwartungen«, erwiderte Oskar wahrheitsgemäß. Er fühlte sich ein wenig unbehaglich, als käme nun etwas, was er nicht hören wollte.

»Wir leben ja in einer fürchterlich mobilen Gesellschaft«, fuhr Millvina fort, die offenbar trotz der sich neigenden Zeit ihren Hang zu Vorträgen nicht verloren hatte, und dazu presste sie, als würde sie einen jähen Schmerz empfinden, für einen Moment die Zeigefinger mit den dschungelrot lackierten Nägeln gegen ihre weichen, bleichen, seltsam durchscheinend wirkenden Schläfen, »jede Sphäre wirft auf diese Art ihre gesamte Brut in die nächsthöhere. Oder versucht es zumindest. Keiner bleibt mehr bei seinem Leisten. Das gefällt mir ganz und gar nicht. Ich meine, ich lasse jede gute Gesinnung, sie komme, woher sie wolle, mit Freudigkeit gelten. Aber: Man muss doch immer dahin passen, wohin man nun mal gestellt ist. Man hat das Prinzip zur Geltung zu bringen, das man darstellt. Das scheint heute nichts mehr zu bedeuten. Doch ich schweife ab. Der eigentliche Punkt ist: Alle glauben, groß zu werden, indem sie sich neben jemand Größeren stellen. Diese Leute brauchen sich auf und bringen sich sittlich herunter. Ihre verzogenen, verzerrten Gesichter dünsten aus allen Poren die Begierden und Gifte, von denen ihre Gehirne geschwängert sind. Du weißt, Oskar, dass ich mich auskenne, denn ich habe immerhin sämtliche Zeit meines Lebens in jener Abteilung der Gesellschaft verbracht, die man die ›bessere‹ nennt. Und es reut mich nicht, ich kenne nichts anderes. Und du weißt ebenfalls, dass ich – manche nennen das konservativ – daran glaube, dass im Grunde jeder Mensch seinen Platz hat; manche müssen ihn finden, nicht wenige verirren sich dabei, weil sie immer nur nach oben schauen und dabei ihren Geist verderben. Denn wie dir ja bekannt ist, Liebes, geht es oben auch nicht besser zu. Man muss reichlich robust sein, um die grenzenlose Anhäufung von Mittelmäßigkeit und bösem Willen, von ehrsüchtiger Ignoranz und egoistischer Faulheit zu akzeptieren und zu ertragen. Eigentlich sind alle Leute, die ich kenne, gestört. Jedenfalls essen sie gestört und spielen gestört, durchwachen die Nächte, und ihre Gesichter werden schlaff und rot – bis man sie korrigiert, die Gesichter, hier, an Orten wie diesem, wo ich jetzt liege. Doch die Menschen lernen nichts. Ihren furchtbaren Vergeudungen geistiger Kräfte und so mannigfachen seelischen Verzerrungen stellen sie nicht Vergnügungen gegenüber – es wäre zu blass und zu wenig gegensätzlich –, sondern *Ausschweifung,* heimliche, entsetzliche Ausschweifung. Jedenfalls tun das die Interessanteren unter ihnen. Robust muss man sein. Oder völlig oberflächlich, aber das schaffen die wenigsten.«

Dies also konstatierte Millvina, war es zufrieden – und starb. Wenigstens gab sie ein Röcheln von sich, ließ ihren Kopf auf dem monogrammierten Kissenbezug zur Seite sinken und erstarrte.

»Millvina?«, rief Oskar besorgt. »Oh mein Gott. Millvina?«

»Nur ein Spaß!«, erwiderte die Angerufene und richtete sich ruckartig im Bette auf. »Just kidding, Sweetheart, just kidding. Ich bin noch da. Wenn ich irgendwas gelernt habe in diesem Leben, dann ein vages Gefühl für Timing. Ich weiß, wann man eine Party verlässt, das ist eine der wenigen Begabungen, die ich für mich reklamieren kann, und noch ist es nicht so weit.«

»Mein Gott, Millvina«, keuchte Oskar schockiert, »du hast mich erschreckt!«

»Ich komme nun zur Sache«, versprach indes Millvina abwinkend, als sei für jegliche Verzögerung jetzt wirklich keine Zeit mehr, »ich rede und rede, und nun wirds ernst. Das hier ist ernst, Oskar, hörst du mich? Das hier ist nicht so was wie irgendein Gelöbnis bei einer Hochzeit oder ein Versprechen, das man einer sterbenden Tante gibt, das hier ist was Ernstes.

Da wir vom Sterben reden: Wo bleibt eigentlich Schwester Hildegard mit der Schmerzmittelspritze? Naja, wahrscheinlich übt sie noch an alten Apfelsinen, das Teufelsweib. Verzeih mir, das müssen die Medikamente sein. Jedenfalls wäre es gut, wenn du in der Nähe bliebest, das letzte Mal habe ich mich beinahe an so einer Riesenvitamintablette verschluckt. Dann hat mich der Arzt gefragt: ›Gibt es eine Geschichte von Lungenkrankheiten in Ihrer Familie?‹, worauf ich nur erwidern konnte: ›Guter Mann, meine Familie *ist* die Geschichte von Lungenkrankheiten.‹ Funny, huh? Ich werde noch komisch auf meine alten Tage, ich meine: in meinen letzten Augenblicken, denn darum handelt es sich hier ja wohl. Du weißt, ich hatte, abgesehen von practical jokes, nie einen großen Sinn für Humor, und ich wollte auch keinen. Ich brauchte ihn nicht, und Humor ist mir zu zersetzend, zu analytisch. Ich analysiere nicht. Als ich das gemacht habe, erst bei einem Therapeuten und dann Jahre später nochmals mithilfe eines Fragebogens, kam beide Male raus, dass ich ein Alkoholproblem hätte, was natürlich lächerlich ist, ich meine, nach *mir* ist *kein* Sandwich bei Betty Ford –«

An dieser Stelle wurde Millvina Van Runkle in ihren Ausführungen durch einen Hustenanfall unterbrochen, den sie so damenhaft wie möglich zu absolvieren versuchte, was beinahe zwei Minuten in Anspruch nahm. Eine unerträglich lange Zeit für so was. Oskar griff eilig nach einer Flasche Fiji-Wasser, die ein dienstbarer Geist in seiner Nähe in zwei Dreierreihen aufgestellt hatte, und reichte sie Millvina.

»Danke, Liebes«, keuchte diese, nachdem sie einen Schluck genommen hatte, »willst du auch was trinken? Ich habe hier … Ronaldo hat eine kleine Bar im Nachtschrank installiert … Johnnie Walker Black? Nicht der teuerste, aber der beste, wenn du mich fragst. Nein? Wie du willst ... ich komme jetzt zur Sache.«

Kunstpause.

»Erzähl mir dein tiefstes Geheimnis!«, wisperte Millvina plötzlich und richtete sich im Bett auf. Sie streckte ihren Arm nach Oskar aus, der, um sie besser zu verstehen, näher herangetreten war, und legte ihre makellos manikürte Hand auf seinen Unterarm. Eiskalt. An ihrem Ringfinger trug sie einen Solitär, einen kanariengelben Diamanten von umwerfender Schönheit. Oskar kannte den Ring. Er war von Van Cleef & Arpels in Paris. Es handelte sich um den Verlobungsring, den Millvina vor ein paar Dekaden von ihrem ersten Ehemann Hektor bekommen hatte. Die Ehe hatte nur ein paar Jahre gehalten, doch Millvina trug den Ring jeden Tag. Oft werden äußere Umstände des Aufstiegs erst sichtbar, wenn der Abstieg in Wahrheit schon begonnen hat, dachte Oskar. Das hatte er irgendwo gelesen.

»Vertrau mir irgendwas an«, raunte Millvina, »erzähl mir was über dich, das du noch nie irgendjemandem auf der Welt erzählt hast!«

»Was, wieso«, machte Oskar, »– das überfordert mich!«

»Keine Panik, Schätzchen«; erwiderte Millvina in geänderter Tonlage, löste ihren Griff und sank zurück auf die Kissen, »ich sollte dich nicht dauernd so erschrecken. Vergib mir, es handelt sich wahrscheinlich um den letzten Spaß meines Lebens. Also, ich werde dir jetzt mal ein paar Sachen über mich erzählen, aus meinem Leben, ohne Umschweife. Erstens: Ich bin viel älter, als du denkst –«

»Das glaube ich nicht.«

»Haha! You are *too* funny. Weiter: Meine Tochter, Mildred, die mit deinem Studienfreund Viktor verheiratet ist – und ebenfalls viel älter sein dürfte, als du denkst –, meine Tochter Mildred, die nicht hier ist, wie du siehst, angeblich wurde sie aufgehalten, nun, ich mache es kurz: Mildred ist nicht meine richtige Tochter. Ich meine: *leibliche* Tochter. Mildred ist adoptiert.«

»Was?«

Viktor Hasenclever, Millvina Van Runkles Schwiegersohn, war in der Tat ein Studienkollege von Oskar an der Hochschule St. Gallen gewesen, und Oskar sah Viktor, der heute als sein Hedge-Fonds-Manager amtierte und im Städtchen Zug wohnte, regelmäßig, wenn dieser nach Zürich kam. Und zwar meistens zum Lunch, wo Oskar nach dem Austausch von Hedge-Fonds-Ergebnissen, Studienerinnerungen und anderen Reminiszenzen das Gespräch gerne auf Themen aus der ökonomischen Welt brachte. Weil er immer noch die Ambition hatte, die ökonomische Welt, die er studiert hatte und die er zwar nicht für das Ganze, jedoch für einen wichtigen und oftmals falsch verstandenen Teil des Ganzen hielt, vollends durchdringen zu wollen. Obschon er wusste, dass sich sein Verstand im Grunde dafür nicht eignete. Genauer: sein Gemüt. Sein Gemüt war viel zu flanierend und müßiggängerisch angelegt für so was. Solche Leute können eigentlich nur Schriftsteller werden. Oskar war es gewohnt, sich für seine Bücher, Aufsätze und Ansprachen kurz und intensiv mit einem Gegenstande zu befassen und denselben dann glücklich wieder seinzulassen. Und obschon er im Grundsätzlichen beeindruckt war durch die schlichte Eleganz des klassischen ökonomischen Paradigmas, das menschliches Verhalten mit einem Minimum an ideologischer Untermauerung zu erklären und vorherzusagen vermochte, so fehlte ihm doch die mathematische Neigung, die für eine weitergehende Hingabe an die Ökonomie erforderlich ist.

Dies aber bedeutete nicht, dass Oskar Geschäftsleute nicht schätzte. Im Gegenteil: Er schätzte viele Geschäftsleute wesentlich mehr als viele Schriftsteller, von denen wiederum viele den Geschäftsmann als Typus unausstehlich fanden, ohne freilich besonders viele Geschäftsleute zu kennen, dies wiederum im Gegensatz zu Oskar. An Viktor Hasenclever schätzte Oskar seine joviale und praktische Wesensart und seinen Abstand zu jeder Form von Prätention. Außerdem vergegenwärtigte sich Oskar gelegentlich mit einer Mischung aus Herablassung und Bewunderung, wie Hasenclevers gesamtes Leben eigentlich mit einer stupenden Gradlinigkeit und Bestimmtheit verlaufen war, zumindest von außen betrachtet, und nie konnte Oskar wirklich zu dem Schlusse gelangen, ob dies nun gut oder schlecht sei … Zu dieser mutmaßlichen Gradlinigkeit hatte auch Viktors Heirat mit Mildred Van Runkle gehört, die ihrer Mutter übrigens so wenig ähnlich war, dass Oskar jetzt von Millvinas Mitteilung eigentlich nicht hätte überrascht sein können. Mildred wirkte oft kalt, mürrisch, züchtig und drakonisch, sie war jene Sorte von Frau, die man sich morgens um sechs bei einem Ausritt durch Dartmoor vorstellen konnte, und verfügte, wie Oskars Frau Lauren es ausdrückte, über das »Feingefühl einer Hyäne«. Vielleicht war es diese Eigenschaft, die sie dann doch wieder in eine Linie zu ihrer Mutter setzte, jedenfalls hatte Oskar Mildred stets so sehr im Verhältnis und in Beziehung zu ihrer Mutter gesehen, dass er jetzt eben nur ein Wort hervorbrachte: »Was?«

»Mildred ist nicht meine leibliche Tochter«, wiederholte Millvina mit einer Spur Ungeduld, »Schätzelchen, da ich im Sterben liege, könntest du deine Rückfragen vielleicht auf das absolut notwendige Minimum begrenzen, danke schön. Gut. Ich fahre nun fort: Mildred ist die Tochter eines Dienstmädchens. Kann man heute noch Dienstmädchen sagen, oder heißt das inzwischen anders? Das Dienstmädchen jedenfalls hieß Ernestine … oder Esmeralda … oder Hortense, was solls, irgendwas in dieser Art, das ist alles lange her. Die Geschichte ist nichts Besonderes, die übliche Konstellation: schwangere Zofe, ledig, Vater unbekannt oder weg oder beides, Verzweiflung, yadayadayada – hier komme ich ins Spiel. Beziehungsweise Martersteig. Alois Martersteig hat das eingefädelt. Ein fabelhafter Anwalt.«

»Ich weiß«, sagte Oskar, »er ist auch mein Anwalt.«

»Ich weiß«, erwiderte Millvina, »das ist das Wesen der Sphäre, in der wir uns bewegen: Alle haben dieselben Anwälte und Friseure, es ist zu drollig. Manchmal tut es mir leid, dass Alwine ihn ersetzt hat. Alois, meine ich. Was soll man machen. Wo war ich? Genau: Ich nahm Mildred als die Meine an. Hektor …«

Und hier, beim Namen ihres ersten Ehemannes, dem zwei weitere gefolgt waren, verlor sich Millvina für einen Augenblick, senkte den Kopf und blickte auf den kanariengelben Solitär an ihrem linken Ringfinger, bevor sie, gleichsam auf ein inneres Kommando hin, sich raffte und fortfuhr: »Hektor konnte ja nicht Vater werden, wie du weißt. Was denn, das weißt du nicht? Was solls. Es ist alles so lange her, Schnee von gestern. Ich kann nicht eigentlich behaupten, dass ich damals dringend ein Kind gewollt hätte, nein, das sag ich frei, ich musste schließlich auch an meine Figur denken; aber ich … ich dachte, es könnte mir und Hektor helfen. Ich dummes Ding. Die Sache ging wie folgt aus: Hortense bekam ein kleines Vermögen, ich bekam Mildred, und Hektor verabschiedete sich alsbald auf Nimmerwiedersehen, mit einem größeren Vermögen sowie dieser Nachtclubtänzerin namens Candy … eine Person, über die ich hier gern hinweggehe, denn ich *hasse* Tugendhochmut … oder hieß die Ruby, die kleine Hure … mein Gott, du kennst diese alte Geschichte, ich konnte mich jahrelang nicht in der Kronenhalle sehen lassen, das Gerede nahm kein Ende. Nun, wie dem auch sei, sie darf es nie erfahren.«

»Wer?«

»Mildred, Schätzchen, wer denn sonst? Hörst du mir überhaupt zu? Ich meine natürlich: *Niemand* darf es erfahren, jedoch vor allen Dingen Mildred nicht. Du musst wissen, Oskar – und wahrscheinlich sage ich dir hier nichts Neues: Was Mildred angeht, so ist reich zu sein, genauer: reich *geboren* zu sein, Teil ihres Selbstverständnisses. Wir sprechen hier von *altem* Geld, Liebes, von ererbtem Vermögen, und darin sieht Mildred, wie ich sie kenne, ihre Wurzeln, und der Mensch braucht seine Wurzeln, das ist sehr wichtig für viele Leute, gerade in dieser Gesellschaft, in der wir uns bewegen. Diese Leute beten Geld an, und ich will dir mal was verraten, Oskar: Geld … Geld ist – eine wunderbare Sache.«

»Was du nicht sagst.«

»Ich bin nicht Materialistin oder so was, ich bin nur reich. Wenn ich Materialistin wäre, glaubte ich, dass Geld die Menschen verändern könnte, aber Geld kann Menschen nicht verändern; es hilft ihnen bloß, so zu sein, wie sie sind.«

»Wie bitte?«

»Was ich meine, ist: Mildred hat ihr Leben auf dem Bewusstsein errichtet, reich zu sein. Sie hat einen Ehemann, sie hat Freunde, jedenfalls an der Oberfläche, wo es zählt. Sie muss vor der Wahrheit bewahrt werden, hörst du, Oskar? Es geht mir dabei nur um sie, nicht um mich; mein Verhältnis zu ihr trägt die übliche Distanz der Elternschaft – Eltern sind Fremde, im Grunde, und lieben wohl nur jene Kinder, mit denen sie eingehend Bekanntschaft gemacht haben, das heißt: in denen sie sich wiedererkennen. Diese soziologische Erkenntnis, die oft durch Sentimentalitäten übertüncht wird, ist von allergrößter Wichtigkeit für die Ruhe der Familien und sollte allen Sprösslingen beigebracht werden, um Enttäuschungen zu vermeiden, da sie beweist, dass Elternschaft eine durch die Sitten und die Gesetze im sozialen Treibhaus großgezogene Empfindung ist. In der Ordnung der Natur haben die Kinder regelmäßig nur während weniger Augenblicke einen Vater – wie Mildred. Und in der Ordnung der Gesellschaft ist Elternschaft schließlich auch nur ein Verhältnis, wie die Freundschaft, wenn man Glück hat. Und Freundschaft ist bekanntlich ein Zustand, der besteht, wenn jeder Freund glaubt, dem anderen gegenüber eine leichte Überlegenheit zu haben. Genug davon! Ich weiß eigentlich gar nicht, wie meine Tochter zu mir steht; dass sie nicht hier ist, beweist jedenfalls nichts. Genug, genug, genug! Ich habe viel zu viel gesagt; es war nicht meine Absicht, hier und jetzt, in meinen mutmaßlich letzten Momenten, literarische Exkurse zu liefern; ich bin eine ganz und gar nicht literarische Person; zum Beispiel hasse ich es, zu lesen …«

»Ich weiß«, sagte Oskar, »das ist eine der Eigenschaften, die mich immer für dich eingenommen hat.«

»Oskar«, flüsterte Millvina, indem sie fest seinen Unterarm umfasste, und ihre Stimme klang bewegt, »das war mein einziges Geheimnis. Und ich habe es dir anvertraut, weil der Mensch sich entlasten muss und die Buchhaltung ordentlich abschließen soll, bevor er diese Welt verlässt. So, und nun hüte es, Oskarlein, du sollst nichts anderes damit tun, als es zu hüten –«

»Okay«, sagte Oskar, dem ganz und gar nicht wohl war.

»Ohh – noch was!«, krächzte Millvina.

»Lieber nicht«, sagte Oskar.

»Der Rolls Royce ist nicht nur geleast, sondern auch noch gebraucht«, erläuterte Millvina mit plötzlicher Munterkeit, »sogar mein Miles-and-More-Konto ist überzogen und –«

Die Tür ging auf. Gwendolyne erschien.

»Ich habe die Tabletten«, sagte sie und reckte triumphierend ein kleines Plastikbehältnis in die Luft, »das war gar nicht so leicht! Schwester Hildegard wollte sie nicht ohne Weiteres rausrücken, ich musste ihr erzählen, dass du Schlafprobleme wegen vergrößerter Polypen hast.«

»Wunderbar«, konstatierte Millvina, »ich setze das einfach auf meine Liste der Gründe, zu sterben.«

»Ich hab mal von jemandem gehört«, fuhr Gwendolyne fort, »oh mein Gott, ihr kennt ihn wahrscheinlich: Néstor, Néstor Blankenship, ihr wisst schon, Néstor, der mal kurz mit Trumpy verlobt war ... Nein? Nicht? Egal. Also: Der ließ sich Polypen rausnehmen – und dann ist ihm der Kopf eingestürzt!«

»Eine hübsche Geschichte«, erwiderte Millvina, »danke, Gwendolyne! Das Schicksal dieses mir bis dato unbekannten Polypenträgers wird mir ein Trost sein, wenn ich in Kürze in irgendeinem Papierkittel tot hier rausgetragen werde. Kann ich jetzt bitte die Tabletten haben?«

»Gewiss, Liebes«, sagte Gwendolyne und griff nach einem Tumbler von Steuben, »doch du solltest nicht so reden, ich meine, ich bin das ja gewohnt, aber du schockierst Oskar.«

»Wirf das nicht runter«, entgegnete Millvina und tippte

gegen das Glas, »der Laden an der Madison Avenue ist für immer geschlossen, ich werde das nie wieder nachkaufen können, Steuben ist tot.«

»Andererseits –«, begann Oskar – und biss sich auf die Zunge.

Da lachte Millvina Von Runkle zum letzten Mal in ihrem Leben.

»Du hast recht«, sagte sie, »ich sehe die Ironie.«

Gwendolyne Rosenstock indes sprach, Ironie hin oder her, wie folgt weiter, währenddem sie ein paar der elliptischen, mit kleinen blauen und roten Perlen gefüllten Tabletten mit Fiji-Wasser mischte: »Zwei? Drei? Aber deswegen bin ich gar nicht so spät. Wegen Schwester Hildegard, meine ich. Nein, etwas anderes hat mich aufgehalten, stellt euch vor, wen ich gesehen habe, beim Check-in in der podiatrischen Abteilung: Herlinde, Herlinde von Gerstenbach, von den Newporter Gerstenbachs, ist das zu fassen? Ich wette, sie kommt zum Fettabsaugen. Herlinde hatte immer fette Fesseln, immer! Man sah ja überhaupt nicht, wo die Unterschenkel aufhörten, wenn ihr versteht, was ich meine. *Cankles!* Und es *war* Herlinde, ich weiß es positiv, ich habe die Schwester gefragt. Die hätte mir das wohl eigentlich gar nicht sagen dürfen, aber – stellt euch vor – ich kannte sie noch von früher, die hat nämlich früher als Rezeptionistin gearbeitet bei Doktor Schlackman, als der noch seine Praxis in Zollikon hatte. Bevor er auf internationale Gewässer ausweichen musste. Armer Doktor Schlackman, er ist so ein Schatz. Oder war. Was immer. Ich habe neulich im Baur au Lac seine Exfrau getroffen, wie hieß die noch … Suneetha? Irene? Shonda! Shonda Schlackman, ihr erinnert euch? Sah auch schon mal besser aus, mit ihrem letzten Gesicht. Millvina, du sagst ja gar nichts?«

»Tut mir leid. Ich habe nicht zugehört. Ich habe gerade versucht, meinen Körper zu verlassen. Könnte ich jetzt bitte die Tabletten haben.«

»Hier, Liebes«, sagte Gwendolyne und reichte Millvina das Glas mit der milchigen Suspension. Als die Patientin es entgegennahm, schlug ihr goldenes Panzerkettenarmband mit einem kleinen Knall gegen das Kristall. Millvina leerte das Glas in einem Zuge, während Gwendolyne feststellte: »Oskar, wie schön, dass du noch da bist! Worüber habt ihr gesprochen, als ich draußen war?«

»Uch«, machte Oskar, »nichts Besonderes. Du weißt schon: small talk … oder … medium talk.«

»Medium talk? Das ist ja zum Totlachen!«, behauptete Gwendolyne und ließ einen schreiartigen Lacher vom Stapel.

»Gwendolyne, *bitte*«, seufzte Millvina, »das hört sich an, wie wenn jemand einen alten Ara erwürgt! Das … ist … – das – gibt – mir … – eff–eff … achwassolls – «

Millvinas Kopf drehte sich zur Seite.

»Bloß weil jemand nur noch ein paar Tage zu leben hat, muss er doch nicht so widerwärtig sein«, murmelte Gwendolyne, indem sie vorgab, die Flaschen mit Fiji-Wasser in eine neue Anordnung zu bringen.

»Millvina?«, sagte Oskar und wollte seine Hand auf die ihre legen, doch im Grunde berührte er nur den kanariengelben Diamanten. Dabei spürte er einen eisigen Hauch, einen bösen, gletscherkalten, phantasmagorischen Hauch, wie schon lange nicht mehr, zuletzt als … aber das ist eine andere Geschichte, die bereits erzählt worden ist.

Millvina seufzte.

»Keine Panik, ich bin noch nicht tot«, flüsterte sie, »ich habe jedoch allerhöchstens noch zwei oder drei falsche

Komplimente in mir, es wird also Zeit, dass ich abtrete; ich hatte ein wunderbares Leben, jedenfalls das einzige, was mir möglich war … and there's a name for you, ladies … –«

Millvinas Kopf drehte sich zur Seite.

»Das sind wahrscheinlich die Nebenwirkungen der Tabletten«, flüsterte Gwendolyne erklärend in Richtung Oskar.

»Du liebe Zeit«, wisperte Oskar zurück, »wie viel hast du ihr denn gegeben?«

»Party-Dosis«, verteidigte sich Gwendolyne, »sie hat selbst gesagt, sie hat die Natur eines Bären.«

Da aber bäumte sich Millvina Van Runkle im Bette auf. Es war das erste und das letzte Aufbäumen in ihrem Leben.

»Ich will dir mal was sagen«, fauchte sie (und sah nicht gerade attraktiv aus). Sie hob den Zeigefinger ihrer makellos manikürten, totenbleichen, blau geäderten Hand und blitzte Gwendolyne an, »ich will dir mal was sagen, Schätzchen, über die Natur. Die Natur ist … die Natur ist … ist … eine zahnlose alte Hexe!«

Damit fiel Millvina zurück in die Porthault-Kissen, als sei nun endgültig das Leben aus ihr gewichen, mit weißem Gesicht und kalter Haut und einem Ausdruck profunder Ermattung. Ermattung eigentlich nicht aus Kampf und Müdigkeit, sondern purem Überdruss. Millvina Van Runkle verschied aus Überdruss, diesem Todfeind einer geistreichen kleinen Person, zu Tode gelangweilt, weil sie von einem Dasein genug hatte, das ihr jeden Tag alles zu Füßen gelegt und ihr nun nichts mehr bieten konnte. Doch bevor sie ging, kam sie noch einmal zurück, blickte Oskar aus halb geschlossenen Augen an und sah auf einmal – zum ersten Mal überhaupt – ganz sanft und beinahe feenhaft aus, als sie mit glasklarer Stimme konstatierte: »Wenigstens sterbe ich reich!«

# 2

# DIE VIER LETZTEN DINGE

»I hate *all* my clothes«, seufzte Lauren, Oskars Ehefrau, die bei Exaltation gerne in ihre Muttersprache fiel. Sie stemmte die Arme in die Hüften, und eine Armee von Spiegelbildern, welche durch die in den verschiedensten Winkeln stehenden verspiegelten Schranktüren entstand, tat es ihr gleich. »Und außerdem habe ich Consuela schon hundert Mal gesagt, sie soll die Sachen nach Saison ordnen und nicht nach Farbe!«

Lauren stand in ihrem Ankleidezimmer, vor einem weit geöffneten achttürigen Schrank, auf dessen mit blaugrauem Taft drapierten Bügeln eine endlose Reihe von Kleidern hing.

Oskar, der im Türrahmen lehnte, barg sein Gesicht in den Händen.

»I can see you fully well«, sagte Lauren.

Draußen ertönte ein Donnerschlag.

»Was ist das?«, fragte Oskar in seine Handflächen.

»God is upset«, konstatierte seine Ehefrau, »und auch für mich scheint das nicht gerade der beste Tag zu werden. Ich meine … dieses Ding hier zum Beispiel … ich muss betrunken gewesen sein, als ich das gekauft habe … und das hier –

ginge höchstens für eine Adoptivtochter von Siegfried und Roy … wohingegen dieses hier … totally out of season ist.«

»Ist das bei Beerdigungen wichtig?«

»Chickie, das hier ist eine Beerdigung, für die ein *Save The Date* verschickt wurde.«

»Allerdings. Genau genommen sogar zwei. Einmal mit und einmal ohne Einladung zum anschließenden Beisammensein.«

»Vielleicht sollte ich einen Wardrobe Organizer anheuern. Wie Ivana, meine russische Stiefmutter. Lord, I hate this day already.«

»Already? Es ist drei Uhr nachmittags.«

»How funny«, konstatierte Lauren. »How funny für jemanden, der selten vor elf Uhr aufsteht.«

»Ich hasse *all* meine Kleider«, stellte Mildred Hasenclever, geborene Van Runkle, fest und stemmte die Arme in die Hüften. Mildred stand im Ankleidezimmer in ihrer Villa am Zugersee. Am überaus rücksichtsvollen Beleuchtungskonzept dieses Ankleidezimmers hatte der Innenarchitekt Guido Salazar lange gearbeitet. Guido Salazar (dies war, natürlich, nicht sein richtiger Name) war der Innenarchitekt der Saison gewesen, vor ein paar Jahren, dann allerdings, wie es bei seiner Profession passieren kann, aus der Mode geraten und schließlich tot und überschuldet in seinem Haus am Bodensee gefunden worden. Mit einem Telefonkabel erdrosselt. Von einem Strichjungen im Streit um den Hurenlohn. Unschöne Geschichte. »Aber das Licht in meinem Ankleidezimmer ist phantastisch!«, pflegte Mildred bilanzierend festzustellen, wann immer Guidos Schicksal besprochen wurde, was allerdings kaum noch geschah, dazu war die Sache zu lange her und die Gesellschaft, in der er sich eine Zeit lang als Gast und Komparse hatte bewegen dürfen, zu sehr mit der Gegenwart beschäftigt. So wie augenblicklich Mildred, die nunmehr konstatierte: »Und ich hasse Beerdigungen!«

»Wegen der Aura von Tod und Vergänglichkeit, die ihnen notwendig anhaftet?«, fragte Viktor, ihr Mann, der im Türrahmen lehnte.

»Nein«, erwiderte Mildred, »weil sie immer so kurzfristig stattfinden.«

Viktor barg sein Gesicht in den Händen.

»Heute ist der wichtigste Tag in meinem Leben –«, fuhr Mildred fort, die ihren Mann gar nicht ansah.

»War das nicht der Tag unserer Hochzeit?«, fragte Viktor dazwischen.

Worauf Mildred hörbar durch den Mund ausatmete.

»Ich glaube, ich kriege Cluster-Kopfschmerzen«, sagte sie, »heute ist der wichtigste Tag in meinem Leben. Frauen, die ich immer gehasst habe, kommen aus allen Teilen der Welt zusammen, um mich zu beneiden –«

»Du sprichst über die Beerdigung deiner Mutter.«

»Genau. Und ich wäre schneller am Ziel, wenn du mich nicht dauernd unterbrechen würdest. Der Punkt ist: *Jeder* dort hasst mich. Und schlimmer: Ich habe nichts anzuziehen. Und man muss fabelhaft aussehen, wenn jeder einen hasst.«

»Mildred«, sagte Viktor, nicht ganz ohne Anstrengung, »niemand hasst dich. Und du siehst fabelhaft aus. Die Leute würden sonst was bezahlen, um so auszusehen.«

»*Ich* bezahle sonst was, um so auszusehen.«

»Sollte es nicht um deine Mutter gehen?«

»Bist du verrückt?«, erwiderte Mildred. »Sie ist tot!«

Mildred Hasenclever, geborene Van Runkle, war keine im konventionellen Sinne schöne Frau. Sie war ein mageres Geschöpf mit vorspringenden Wangenknochen, auf die sie stets etwas zu viel Rouge legte. Schon häufiger war der Kontrast zur junonischen Postur ihrer Mutter Anlass zu Kommentaren gewesen. (»Must have been a windy day when the apple fall from that tree«, pflegte Lauren zu sagen.) Mildreds Augen hätten für schön gelten können, wäre nicht das linke durch einen toten weißen Fleck verunstaltet gewesen. Sie mied die Sonne. Ihre Gesichtsfarbe war hinter den stets geschlossenen Fensterläden ihres Anwesens bleich geworden und glänzte bei unglücklicher Beleuchtung wie unter einer Lackschicht.

»Du verstehst offenbar die Bedeutung des heutigen Tages für mich nicht«, erklärte sie nun ihrem Ehemann, »und dies ist symptomatisch für unsere grundsätzlichen Schwierigkeiten.«

»Bitte, fang nicht wieder damit an, Mildred.«

»Keine Sorge. Ich habe jetzt gar keine Zeit, über unsere Eheprobleme zu sprechen. Genauer gesagt: über deine vermessenen Versuche, die äußere Scheinwelt durch die innere Wunschwelt zu ersetzen.«

»Was?«

»Was solls, Viktor. Lieber Himmel, bisweilen habe ich das Gefühl, wir sind wie zwei Fremde, die nebenandersitzen und auf den Bus warten.«

»Du bist doch noch nie mit dem Bus gefahren.«

Da entließ Mildred einen dunklen Seufzer aus der Tiefe ihres Busens.

»Du verstehst mich nicht«, stellte sie fest, »und außerdem hast du draußen schon wieder das Tor aufgelassen. Ist es so schwer für dich, auf ein kleines Knöpfchen zu drücken?«

»Ich bitte dich, Mildred, warum sollten wir das Tor schließen? Hast du dich mal umgesehen? Wir wohnen hier am *Zugersee.* Was soll passieren? Hast du Angst, dass vielleicht ein paar Geldhaufen von unseren Nachbarn rüberwehen und Miguel sie zusammenfegen muss?«

»Ich möchte«, erklärte Mildred, »dass du eine Therapie machst.«

Millvina Van Runkle wurde auf dem malerischen Dorffriedhof in Kilchberg am Zürichsee bestattet, weil sie dort ihre Steuern gezahlt hatte. In Kilchberg. Jedenfalls den größten Teil. Ronaldo Riviera, den Millvina im Voraus dafür überaus üppig honoriert hatte, hatte alle Hände voll zu tun und buchstäblich Tag und Nacht an der Vorbereitung der Veranstaltung gearbeitet. Denn Millvina Van Runkles Beerdigung war der Anlass der Saison, und Ronaldo wusste das. Jeder wusste das. Natürlich war Ronaldo Riviera kein richtiger Name. Im Grunde war nichts an Ronaldo echt – bis auf seinen Instinkt für den sozialen Aufstieg und die Mechaniken der Gesellschaft, die diesen beförderten. Kaum dass Millvina ihren letzten Atemzug getan, hatte er einen Anruf von Gwendolyne Rosenstock erhalten, die ihm von diesem traurigen Ereignis und Markstein der Gesellschaftschronik Meldung machte (dies mit der Hoffnung verknüpfend, er könne vielleicht ihren eigenen nächsten Anlass ausrichten und ihr darüber hinaus einen guten Platz in der Dorfkirche von Kilchberg sichern). Eine weitere Minute später befand sich Ronaldo schon in fernmündlichen Verhandlungen mit Ferdinand, Millvinas letztem und langjährigen Chauffeur, der eigentlich von Alwine Smid fristlos entlassen worden war. Ronaldo bot Ferdinand Geld. Damit er die Einladungen zur Trauerfeier mit der Limousine zustellen würde. Ferdinand sagte zu, und zufrieden gab Ronaldo ihm die Reihenfolge der Adressen durch, die unbedingt einzuhalten wäre. Er liebte es, das Personal zu instruieren.

Seitdem waren ein paar Tage vergangen, und diese Tage waren die besten im Leben von Ronaldo Riviera gewesen. Denn die Dorfkirche von Kilchberg war klein, und jeder wollte eine Einladung. Offiziell war die Zürcher Gesellschaft in Trauer. Soirées wurden abgesagt. Evchen von Klattersteig musste eine lange geplante Wohltätigkeitsauktion zugunsten der Kunstgesellschaft streichen, was sie, nachdem sie sich lange mit der Sitzordnung beschäftigt hatte, ein kleines bisschen stresste, doch natürlich verstand sie es. Gwendolyne Rosenstock (und nicht nur sie) brachte sich kurz vor dem kritischen Datum noch einmal telefonisch bei Ronaldo in Erinnerung, um ihre Einladung an den Empfang zu sichern, der gleich im Anschluss an die Abdankungsfeier im Hotel Baur au Lac stattfinden sollte, das stets eines der liebsten Hangouts von Millvina gewesen war, früher jedenfalls, besonders zu ihren Zeiten mit Hektor.

Ja, das waren gute Tage für Ronaldo Riviera, der in Wahrheit Thorsten Mischwitzky hieß und in einem deutschen Städtchen namens Wuppertal als Schaufensterdekorateur angefangen hatte und nun also zu einer jener typischen Randfiguren im Orbit der höheren Sphären aufgestiegen war, die ihre Karriere der Laune der Mode verdanken und für die es gefährlich wird, wenn sie das vergessen. Reiche, bekannte und angesehene Menschen schätzte und verehrte Ronaldo auf eine taxierende und unterwürfige Weise; Gefallene, Abgestiegene und Bittsteller aller Art aber verachtete er mit der ganzen Kraft seiner schlichten Lakaienseele. Jedoch missglückte ihm bisweilen die Unterscheidung zwischen den beiden Kategorien. Er selbst war in seiner eindimensionalen Ambition zwar ohne Weiteres durchschaubar, zumal ihm jeder Charme und Humor abging, doch er war nicht dumm, und sein lebhafter Geist erspähte immer neue Möglichkeiten im Rechnen um Vorteil und Nutzen. Das ist immerhin *auch* eine Gabe, denn sogar wenn einen nichts anderes interessiert, ist es kein Kinderspiel, Geld zu machen, dafür bedarf es eines Talents oder wenigstens eines Instinkts, eines Antriebs, und sei es das durstig-leere Schlucken des Sehnsüchtigen. Und in der Tat, das können wir vorwegnehmen, in der Tat würde Ronaldos Ende nicht besser ausfallen als das von Geraldo, der das Ankleidezimmer von Mildred so vorteilhaft ausgeleuchtet hatte. Heute, zur Zeit, da diese Niederschrift erfolgt, redet niemand in der besseren Gesellschaft mehr von Ronaldo Riviera. Aber bis dahin sollte noch ein bisschen Wasser die Limmat runterfließen. Im Moment erlebte Ronaldo die besten Tage seines Lebens.

»Sweetie, es geht so nicht weiter«, erklärte Lauren ihrem Ehemann, als sie den Wagen verließen, »du *musst* Autofahren üben. Ich will nicht schon wieder in den Abendnachrichten vorkommen.«

Lauren und Oskar hatten ihren Mercedes Convertible genommen und auf den von Ronaldo angebotenen Limousinenservice dankend verzichtet. Denn Lauren konnte Limousinen nicht ausstehen und hielt sie für vulgär.

Auf der kurzen Fahrt nach Kilchberg hatte Oskar seiner Frau erzählt, dass Mildred nicht Millvinas leibliche Tochter, sondern ein Adoptivkind sei.

»Oh mein Gott«, erwiderte Lauren, »dies erklärt einiges.

Die beiden sind – waren – so unterschiedlich. Ich meine – Millvina … man kann über sie sagen, was man will, … hat Mildred sie nicht manchmal *Maleficient* genannt?«

»Ja.«

»Oh Lord. Also, Millvina hatte einen Zug, den lieben Gott einen guten Mann sein zu lassen und sich zu trösten, er werde wohl nicht allzu streng mit ihr verfahren, und diese ganz eigene Großzügigkeit hat mir den Umgang mit ihr immer angenehm gestaltet. Mildred hingegen – well: Dirty Harry meets Emily Post. Too ruddy bad.«

»Millvina hatte überraschenden Tiefgang in ihrer letzten Stunde«, sagte Oskar.

»Das waren die Medikamente, Chickie. – Glaubst du, Mildreds wahre Identität wird mit der Testamentseröffnung ans Licht kommen?«

»Ich nehme es nicht an. Das Testament hat ja Martersteig aufgesetzt, und Martersteig ist eingeweiht. Er hat die ganze Adoptionssache wohl überhaupt eingefädelt. Ein fabelhafter Anwalt.«

»Ich weiß«, sagte Lauren, »er ist auch unser Anwalt.«

»Ja«, erwiderte Oskar, »wie Millvina es ausdrückte: Das ist das Wesen der Sphäre, in der wir uns bewegen, alle haben dieselben Anwälte und Friseure, es ist zu drollig.«

»Millvina hatte wohl tatsächlich überraschenden Tiefgang in ihrer letzten Stunde«, stellte Lauren fest, »– allerdings obliegt die Vollstreckung des Testaments doch wohl nun dieser kleinen grauenvollen Person … du weißt schon, diese fürchterliche Frau mit der schlechten Perücke, die alle unausstehlich finden.«

»Alwine Smid.«

»Genau. Soweit ich weiß, hat die doch nicht nur Martersteig gefeuert, sondern auch die Haushälterin und den Fahrer. Die Malteser hat sie ebenfalls wegschaffen lassen, und das waren gegen Ende hin doch wohl die einzigen Lebewesen, an denen Millvina wirklich hing. Außerdem hat mir Ingeborg erzählt, dass Millvinas Haus in den letzten Wochen geradezu ausgeräumt worden sei, da wären die Möbelwagen quasi turnusweise vorgefahren …«

»Wer ist Ingeborg?«

»Meine Maniküre«, erklärte Lauren und hielt wie zum Beweis ihre bleichen, schmalen Hände mit den dschungelrot lackierten Nägeln in die Höhe.

Dann sagte sie: »Man sollte doch recht froh sein, wenn man adoptiert ist. Ich meine, je weniger Familie man hat, desto besser. Ich konnte Leute nie verstehen, die Ahnenforschung betreiben – ich für meinen Teil will jedenfalls nicht noch *mehr* Familienmitglieder, thank you very much. Wie sehe ich übrigens aus? I did a miracle of engineering by taping myself into that dress, aber das Klima heute ist nicht mein Freund. Ich schwitze hier in dieser Südstaatenhitze wie die zerquälte Protagonistin in irgendeinem Tennessee-Williams-Stück. Es scheint ein Gewitter heraufzuziehen. Wieso gewittert es eigentlich dauernd?«

»Weil Gott gereizt ist«, erwiderte Oskar, »und du siehst großartig aus, Kleines.«

»My word, look at those people«, sagte Lauren, als sie die wenigen Schritte Richtung Kirche gingen.

»Mildred hat noch zu Lebzeiten Ronaldo angeheuert, um ihre Trauerfeier zu organisieren.«

»Scheint, als hätte er ein glückliches Händchen mit dem Tod.«

In der Tat war es schwülwarm, ein Gewitter schien sich anzukündigen, worin niemand ein Zeichen sah. Der Friedhof war überfüllt. Ronaldo war wohl, offenbar in Berechnung seiner künftigen Karriere, doch etwas zu zugänglich gewesen, was die Einladungen anging. Die Gesellschaft traf nach und nach ein, den Pünktlichkeitsregeln für Beerdigungen folgend; offenbar hatten alle Millvina gekannt, und alle gaben vor, einander zu kennen, wie das reiche Leute untereinander tun. Und auch wenn sich etliche der Anwesenden gar nicht oder nur flüchtig kannten, so wussten sie doch alles Mögliche übereinander, oft die privatesten Dinge, von denen einige sogar zutrafen. Oskar musste an Millvinas Worte denken: dieses Feld von Leuten, unaufhörlich aufgewühlt von einem Sturm von Begehrlichkeiten. Ein gepflegter Schlag Menschen, der viel auf seinen Auftritt hielt. Aber das war auch schon das Beste, was man von ihnen sagen konnte.

Diese Gesellschaft behandelte alles, und sei es der Tod, als Geschmacksfrage. Und wir meinen dabei Geschmack nicht als transzendente Fähigkeit, das Schöne zu erfassen, denn dafür braucht man ein wenig Güte und Feinheit des Gefühls, also Herzensbildung. Nein, für diese Gesellschaft war Geschmack lediglich eine Frage der richtigen Auswahl, ein Ausweis der Zugehörigkeit, ein anerzogener Reflex, jene Kleinigkeiten zu verbuchen, anhand derer sich enthüllte, wohin jemand gehörte, und vermittels derer man sich signalisierte, dass man von derselben Sorte war. Eine Gesellschaft, die »billig« mit Bezug auf Sex als Kompliment verstand und als schlimmstmögliche Zuschreibung in allen anderen Belangen. Für die das Wort »alt« eine Auszeichnung war mit Blick auf nahezu sämtlichen Besitz, inklusive Geld, und ein Alarmsignal, sofern der Schönheitschirurg es aussprach. Und die ständige Furcht, nicht dazuzugehören, ließ Geschmacksfragen ebenso bedeutsam werden wie die tiefe Langeweile, jene Langeweile, an der Millvina schlussendlich gestorben war.

Eine der ersten Personen, die Lauren und Oskar trafen, war Botschaftsrätin Bittenhumpler, die für den Anlass extra angereist war und zu ihrem Leidwesen einen Aufenthalt an der französischen Riviera hatte unterbrechen müssen. Sie befand sich in Begleitung von Sidonie Abb, die einen hochkommerziellen Antiquitätenhandel leitete (der in Fachkreisen nicht gut beleumundet war) und immer überall als Begleitung auftrat. Bei ihnen standen Doktor Feingarten, Arzt des Vertrauens für so viele, berühmt für seine Vitamin-Injektionen, und Gloria Guppa, die brasilianischstämmige Ehefrau eines bekannten Financiers, eine anämische Blondine, eingebildet und langnackig, heute in einem knielangen schwarzen Balenciaga-Mantel. Gloria war zusammen erschienen mit der Mineralwassererbin Annelore Huntington, die ein Coatdress von Mainbocher trug, dazu schwarze Handschuhe und eine Kelly Bag aus blutrotem Krokodilleder.

»Ist es nicht fürchterlich?«, fragte Annelore zur Begrüßung, indem sie Lauren mit einem gewissen Ungestüm umarmte und die Luft über ihren Wangenknochen küsste. »Die *arme* Millvina.«

»Oh, dear«, sprach Gloria, »es ist so traurig. Und da drüben ist Mica. Seht ihr sie? Man *kann* sie kaum übersehen: so viel Make-up, sie sieht aus wie ihr eigener Warhol-Print. Naja, sie war Stewardess. Einmal Stewardess, immer Stewardess, sage ich immer. Auch wenn sie jetzt auf Twitter dem Dalai Lama folgt. Und sich dieses *Ding* übergeworfen hat, mit schwarzer Spitze, wie dramatisch, offensichtlich ein Oscar-de-la-rip-off, sieht aus, als wollte sie zur Beerdigung einer

Stripperin gehen. Ja, der Tod, schreckliche Sache. Man steigt auf die Waage, und wiegt morgens zwei Kilo weniger als abends, und mein Stoffwechselalter ist ungefähr hundertzehn.«

»Ist das nicht dein tatsächliches Alter, Gloria?«, fragte Oskar.

Worauf Gloria lachte wie ein Delfin.

»Du bist so wahnsinnig komisch, Oskar. Wobei wir hier ja immerhin auf einer Beerdigung sind. Naja. Humor soll ja heilende Wirkung haben. Right? Da wir davon sprechen: Habt ihr gehört, dass Millvina offenbar eine Videobotschaft zur Testamentseröffnung aufgenommen hat, und zwar in verschiedenen Versionen, die sich allerdings nicht inhaltlich unterscheiden, sondern nur nach Ausleuchtung?«

Die Botschaftsrätin wiegte hierauf den Kopf und sah in Abgründe, kam aber zu keiner Entgegnung, weil eben jetzt Doktor Feingarten reichlich unvermittelt in die Runde fragte (und es war durchaus unklar, wen er adressierte oder was genau er damit meinte): »Sorgen Sie vor, meine Liebe?«

»Naja«, erwiderte Gloria, die offenbar in Fahrt war oder sich jedenfalls angesprochen fand, »also, ich habe ein Eigenfettkonto bei meinem Hautarzt. Ich sage immer: Ich kann dem Tod vielleicht nicht entkommen. Aber ich kann ihn beschummeln.«

Delfinlache.

»Was für ein Anlass, nicht wahr?«, bemerkte Sidonie Abb, die nicht eben die Hellste war.

Alsbald kam man auf Millvinas Hinterlassenschaften zu sprechen. Zunächst auf die materiellen. Alwine Schmid, so hieß es, habe unterdessen beinahe Millvinas gesamtes Anwesen an der Zürcher Neumünsterallee ausgeräumt und ja obendrein den armen Ferdinand entlassen, bekanntlich, der Millvina immerhin ungefähr dreißig Jahre lang gefahren habe. Dreißig Jahre, wo gebe es denn so was heute noch? Fatale Geschichte. Es werde zwar in Kurs gesetzt, wahrscheinlich aus Alwines Umfeld, Ferdinand hätte selbst gekündigt, wegen abnehmender Sehstärke, aber das sei doch wohl ein durchsichtiger Vorschub. Und weiterhin hatte man gehört, Alwine ziele jetzt auf Millvinas Chalet in Pontresina. Um das ebenfalls noch auszuräumen und das Inventar bei Boothby's versteigern zu lassen. Und in dieser Art sprach man noch eine Weile weiter, wobei man schließlich, wie es dieser Gesellschaft zu eigen war, mehr und und mehr vom Materiellen auf das Geistige kam und sich der gemeinsamen Lunches mit Millvina und einer ganzen Reihe ihrer reizenden Eigenheiten wie auch Unpassendheiten mit gerührtem Behagen erinnerte. Ja, man konnte sich nicht genug tun damit, bis die Botschaftsrätin mit einem Male sagte: »Da kommt ja Dolores, wer hat die denn eingeladen? Gütiger Himmel, sie sieht aus wie eine trunksüchtige Hausfrau aus den Fünfzigerjahren.«

Dolores von Penz, stark männlich wirkend und von ausgesprochen humoristischem Typus, war Kolumnistin, eine der Veteraninnen des Klatschgeschäfts, das ja heute so ganz andere Wege und Ausmaße kennt als zu jener Zeit, da Frau von Penz mutmaßlich in diese Industrie eingestiegen war (manche sagten, sie sei früher geboren als die Herzogin von Alba). Trotzdem hatte Dolores sich gehalten. Sie machte auch nicht den Eindruck, als wäre sie leicht beiseitezuschieben. Heute sah sie in ihrem Rock mit den breiten Volants aus wie ein allzu dickes Kleinkind. Dazu trug sie eine Art Jäckchen, ein feuerrotes und wirklich deplatziertes Stück, das den Augen wehtat. Dolores' spitze Zunge war gefürchtet, und obendrein hatte sie – beinahe wie um dieser Furcht ein Emblem zu geben – sich augenscheinlich dafür entschieden, ihr wahres Gesicht zu behalten, also nicht allmählich in die Reihe der alterslosen, leicht amorphen Einheitsgesichter überzutreten, mit denen sie sich berufsmäßig so stark zu befassen hatte. Ja, es war, als ob Dolores von Penz ihre Hässlichkeit wie ein Schild vor sich hertrug: Ihre Hakennase bog sich über ein stark hervortretendes Gebiss herab, in dem die offenbar neueren Zähne im Oberkiefer gegen die unteren Zähne grell abstachen; Letztere hatten mit zunehmendem Alter eine dunkelgelbe Färbung wie von altem Holz angenommen. Das Ganze auf einer rustikalen Statur, auf der sie sich allerdings leichtfüßig und agil bewegte. Lauren pflegte festzustellen: »She is built like a tanker, but she moves like a Hovercraft.«

»Wer hat die denn eingeladen?«, wiederholte die Botschaftsrätin. »Wer hat diese Klatschbase hier reingelassen? Millvina dreht sich ja im Grabe rum! Mein Gott, Ronaldos Geltungssucht kennt offenbar keine Grenzen.«

»Ich nehme an, Dolores wurde auf ausdrücklichen Wunsch von weniger berühmten Leuten hierher gebeten«, vermutete Doktor Feingarten.

Delfinlache.

»Hellohowareyou?«, sagte Annelore zu Dolores, welche inzwischen herangetreten war, wozu Annelore jene Art von Lächeln aufsetzte, das sie für Leute reserviert hatte, die sie für unter ihrem Niveau befand.

»Liebes. Du siehst fabelhaft aus«, sagte Dolores zu Lauren.

»Dolores«, sagte Oskar, »altes Mädchen. Wer hat dich denn eingeladen?«

»Du bist wahnsinnig komisch, Oskar«, antwortete Dolores, »du solltest Schriftsteller werden oder so was. Was gibt es Neues, meine Lieben?«

»Nichts«, sprach hierauf die Botschaftsrätin mit Bestimmtheit, »die Zeiten sind grau, die Menschen sterben, und reiche Leute werden immer unbeliebter.«

»Gloria, Liebling«, sagte Dolores, indem sie ihre Augen an Gloria rauf- und runterwandern ließ wie Scheinwerfer, »wo hast du diese fantastische Kinnlinie machen lassen? Ich meine, deine Kieferkontur sieht beeindruckend aus … auf so eine Osterinsel-Art.«

Worauf die derart Angesprochene in der Tat einen Moment lang den Ausdruck eines Moai annahm.

»Zwischen uns«, erklärte sie dann, wobei sie an Dolores vorbeisah, »besteht offenbar eine Differenz im Taktgefühl.«

In diesem Moment näherte sich Gwendolyne Rosenstock in Begleitung von Livia Hegtaler, einer der reichsten Stützen der Zürcher Gesellschaft und einer alten Freundin von Oskar. Außerdem an Gwendolynes Seite befanden sich Erni und Evchen Wohlgemuth, Kunstsammler aus Zollikon, sowie Millicent Cryer, frühere Laufstegberichterstatterin und in Scheidung lebende Gattin von Henry Cryer, der einst die Privatbank Schneckli & Co präsidiert hatte. Millicent (oder, wie man sie in der Gesellschaft nannte, »die *arme* Millicent«) war in jenen Tagen vor allem als Gastgeberin beschäftigt. Sie hatte allerdings nicht mehr dieselbe gesellschaftliche Geltung, weil ihr zukünftiger Ex-Ehemann unter einem Insider-Skandal im Hochfrequenz-Derivatehandel ein wenig zu leiden gehabt hatte – und nun für den Rest seines Lebens eine Bank höchstens noch als Kunde betreten durfte. Das war spektakulär gewesen, mittlerweile aber quasi ein Massenschicksal. Dennoch war Millicent – umtriebig und bemüht, wie sie war – nie, wie andere vor und nach ihr, zu einem vollkommenen Paria im Milieu der Nerze und Narkotika abgesunken; sie war klug und vorausschauend genug, sich eine Weile mit einer Art Satelliten-Umlaufbahn in der Peripherie zufriedenzugeben: ein bisschen Wohltätigkeit, ein bisschen Kunst, und bei ihren Einladungen auf die Oberkruste verzichten. Das würde sich auszahlen.

Gwendolyne Rosenstock nun, mit all der Energie des Auges und Wortes, mit der Natur und Bildung sie versehen, umarmte die Anwesenden mit herzlicher Freude. Die Freude wirkte allerdings leicht übertrieben, als gelte sie weniger dem Wiedersehen als vielmehr der theatralischen Seite daran.

Gwendolyne küsste die Luft über Laurens Wangenknochen und sprach: »Du siehst fabelhaft aus, Liebes! Worüber sprecht ihr?«

»Plastische Chirurgie«, antwortete Oskar.

»Mein Gott!«, quietschte Gwendolyne. »Du bist immer so witzig, Oskar; Lauren, Darling, wie hältst du das nur aus? Plastische Chirurgie? Das ist doch wohl sehr zweischneidig, wenn dieser Ausdruck hier überhaupt gestattet ist. Es verdirbt den Ruf, also das Beste, was man hat. Im Übrigen stumpft man ab, wie mir hundertfach versichert wurde.«

»Das kannst du laut sagen«, bemerkte Livia Hegtaler und zündete sich eine Mentholzigarette an.

»Gwendolyne, du bist zu dünn für meinen Geschmack. Frightfully thin«, stellte Lauren fest.

»Nicht wahr?«, erwiderte Gwendolyne glücklich. »Es ist schade, dass meine Mutter nicht hier ist, um das zu sehen. Alle Kleider sitzen prächtig; nur manchmal frag ich mich, ob ich irgendeine furchtbare Krankheit habe.«

»Man kann alles an den Schuhen sehen«, erklärte Sidonie, um auch mal wieder etwas Text zu kriegen.

»Habt ihr gehört«, flüsterte Gwendolyne erklärend in Richtung Oskar, wozu sie ihre Hand mit den dschungelrot lackierten Nägeln wie ein Vordach schräg über ihrem Mund platzierte, »habt ihr gehört, dass Alwine bereits Millvinas Chalet inventarisieren ließ, ja, ich sage euch, ich habe eben erfahren, dass schon Listen gemacht worden sind für mindestens eine Auktion bei Boothby's …«

Sidonie Abb, deren gesellschaftliches Leben vor allem im Zuhören und Weitergeben bestand, nahm sich vor, diese Information später an Dolores von Penz weiterzureichen, die ihrerseits bereits weitergegangen war.

»Auktionshäuser …«, bemerkte die Botschaftsrätin, »– schlimmer als Banken.«

»Da wir von Auktionen sprechen«, bemerkte Annelore Huntington, »ist das dahinten nicht der Direktor des Museums der Moderne? Nebst seinem Lebensgefährten? Der angezogen ist wie eine Piñata?«

»Ohmygod«, machte Gloria, »die sehen aus wie die Reste einer Homoparade, die versehentlich durch ein Sägewerk marschiert sind.«

»Wenigstens trägt er nicht wieder eine Krachlederne, wie neulich auf Bridas Geburtstag«, sagte Livia, »ich sehe das immer noch vor mir, wenn ich die Augen schließe.«

»Ich habe Männer gesehen, die aus Flüssen gezogen wurden und weniger aufgedunsen waren«, konstatierte Annelore.

Worauf Gwendolyne einen schreiartigen Lacher vom Stapel ließ.

»Wo ist Giorgio?«, fragte Oskar und meinte damit seinen

Freund Giorgio Trezzoli, langjähriger Kurator des Zürcher Kunsthauses. »Ist Giorgio auch hier?«

»Giorgio hat einen unaufschiebbaren Termin mit Karl Bülisegger im Freeport Genf«, erklärte Doktor Feingarten, »Büliseggers haben ihr Budget für Kunst in diesem Steuerjahr noch nicht ausgeschöpft.«

»Das würde Millvina verstehen«, konstatierte Lauren.

Botschaftsrätin Bittenhumpler vollführte hierauf eine Handbewegung, wie wenn sie sagen wollte: »Unverbesserlich«, und überließ die Anwesenden ansonsten ihrer eigenen Beschämung, die aber nicht groß war.

»Wo sitzt ihr?«, fragte Gwendolyne umstandslos in die Runde.

Gloria antwortete als Erste.

»Dritte Reihe, rechts«, sagte sie, »offenbar direkt hinter Mildred und Viktor. Hat irgendjemand eigentlich Mildred schon gesehen? Mein Gott, die *Arme.* It's too sad for words. Natürlich sitzt da wohl auch noch dieser schreckliche obskure Cousin aus Niederösterreich in der Nähe. In der zweiten Reihe, meine ich. Naja, jede Familie hat ihr schwarzes Schaf. Ich kann mir die Stadt ohne Millvina gar nicht vorstellen. Du warst so rührend zu ihr, Gwendolyne; ich meine, am Ende bei ihr zu sitzen und *alles.* Now, wo ist Ronaldo? Ich muss sicherstellen, dass Dolores möglichst weit weg platziert wird. Die Frau ist meine Erz-Nemesis.«

Dann teilte sich das Feld für Alwine Smid. Ein kleiner freier Raum bildete sich um sie, und in der Tat war Alwine eine sehr merkwürdige, Abstand gebietende Erscheinung. Ihr ganzer Habitus schien Distanz zu fordern, es war, als ob Natur und Kultur sich vereinigt hätten, um in seltenem Einklang folgende Botschaft auszusenden: *Nicht anfassen.* Ihr

Teint wirkte verwittert, und sie kleidete sich altbacken wie mit Absicht, trug diese schlecht sitzende Perücke, diesmal zusätzlich leicht verrutscht unter einem monströsen schwarzen Hut. Sie war alt, beinahe so alt, wie Millvina gewesen war. Und wie diese sich, wohl ein wenig kokett, auf ihrem Totenbett gerühmt hatte, gar keinen Sinn für Humor zu besitzen, so traf ebendas nun zweifellos auf Alwine zu, die zu jenen Gemütern gehörte, die Humor nicht einmal in Erwägung ziehen. Denn Humor ist schließlich immer auch ein Zeichen von Zweifel, von grundlegender Skepsis dem Gang der Dinge gegenüber; Alwine hingegen verfügte über eine Determination, die man getrost als tödlich bezeichnen konnte. Sie war, wie alle großen Bösewichte, schrittweise vorgegangen; und zu Millvinas Beerdigung nun wurde Alwine Smid, warum auch immer, von Baron Tensdag begleitet, einem alternden Bonvivant, schlank, brünett und von militärischer Haltung, der in der Gesellschaft gefürchtet war, weil er die Neigung hatte, Fragen über Fragen zu stellen, deren Beantwortung allerdings meist überhaupt nicht abzuwarten, sondern sich stattdessen in Mitteilung dessen zu ergehen liebte, was er inzwischen erlebt. Tensdag hatte ihr den Arm geboten und führte sie jetzt voll großartiger Gewichtigkeit spazieren.

»That's a nice hat«, sagte Lauren im Vorübergehen in Alwines Richtung, »it brings out the death at this party.«

»Mein Gott«, sagte Annelore, »wer hat Alwines Make-up gemacht – ein Leichenbestatter?«

»Ich habe gehört – ich weiß nicht mehr, von wem –, dass Alwine Smid die beste Promotion ihres Jahrgangs verfasst haben soll«, sagte Oskar.

»Das ist ja wundervoll. Wo hat sie überhaupt studiert?«

»In Las Vegas.«

»Ist das ein Scherz?«

»Nein. – Und, speaking of Las Vegas: da kommt Luella! Du erinnerst dich doch an unsere Bekannte Luella, Lauren. Die mit der Zagliani-Handtasche.«

»Be nice. Luella ist eine gute Freundin von mir, wie du ganz genau weißt! Ist sie allein? Ich sehe sie gar nicht.«

»Dahinten. Dünn wie ein Windhund. Deshalb schlecht zu erkennen in der Entfernung. Und in Begleitung ihres üblichen Dates.«

»What?«

»Chardonnay.«

Luella war in der Tat irre dünn.

»Na endlich!«, sagte sie zur Begrüßung. Es blieb etwas unklar, worauf sich dies bezog.

»Oh my«, sagte Oskar, »Luella, was ist geschehen? Hat deine Leber schließlich doch aufgegeben?«

»Das ist Sprühbräune. Anastasia hat die Kanone falsch eingestellt.«

»Was – auf *blood orange?*«

»Nun wollen wir das, was mein Mann hier ironischerweise als Spaß versteht, einmal beiseitelassen«, sagte Lauren, schob Oskar mit ihrem schmalen Unterarm ein Stückchen nach hinten und musterte ihre Freundin mit einem prüfenden Blick, »Liebes, du siehst irgendwie anders aus.«

»Ich bin nüchtern.«

»Ach«, machte Oskar, »ich hatte irgendwie gehofft, du seist betrunken. Doch ich gehe davon aus, du hast deine übliche Thermoskanne mit Chardonnay in der Handtasche?«

»Ha-haa!«, machte Luella. »Du bist ja ’ne Marke, Oskar! Aber wenn es schnell gehen muss, bevorzuge ich einen Absinth-Einlauf.«

Lauren schätzte ihre langjährige Freundin, die sie seit ihren Schultagen in Frensham Heights kannte, und dachte hoch von ihren Talenten (über deren konkrete Richtung und Ausprägung freilich niemand irgendetwas sagen konnte); aber all ihre Begeisterung und die Gefühle tiefer freundschaftlicher Verbundenheit konnten Oskars Ehefrau doch nicht blind gegen die Tatsache machen, dass Luella von gesellschaftlicher Feinheit nur ein bescheidenes Maß zuteilgeworden war. Und diese Feinheit war gerade das, was Lauren persönlich kultivierte.

»Luella, Liebes«, nahm sie daher das Wort, »du hast eine so reizend heitere Behandlung solcher Fragen; aber, abgesehen davon, dass du mir manchmal entschieden zu viel kippst, bin ich nicht sicher, ob –«

»Aber das Beste habe ich noch gar nicht erzählt!«, unterbrach sie Luella.

»Das will ich hoffen«, konstatierte Oskar.

Lauren seufzte.

»Nämlich«, fuhr Luella fort, »– habt ihr euch mal überlegt, ich meine, es besteht immer noch die Möglichkeit, dass Gwendolyne sie mit den Schlaftabletten *gekillt* hat. Millvina, meine ich. Ich weiß ja nicht, wie viele sie ihr angerührt hat, aber es sollen *einige* gewesen sein, wie man hört. Schlaftabletten in Fiji-Wasser. What a way to go.«

Und Luella zog daraus die moralische Nutzanwendung: »Das sollte einem eine Lehre sein, wen man an sein Totenbett lässt.«

»Woher weißt du überhaupt solche Details?«, erkundigte sich Oskar.

»Von Dolores.«

»Dolores von Penz? Die weiß das bereits?«

»Ja, aber was auch Dolores gerne wissen würde, ist, wieso eigentlich Mildred nicht an Millvinas Seite war, am Ende.«

»Frag Mildred doch selbst. Da kommt sie gerade.«

In der Tat traten Mildred und Viktor Hasenclever soeben auf den Plan, und alle drängten sich so unauffällig wie nur möglich in ihre Nähe.

»Das ist ja wie in Lourdes«, zischelte Mildred, »diese Enge! Ich werde mein Balmain-Kleid anschließend wegschmeißen können.«

»Gib es doch wenigstens der Wohlfahrt«, flüsterte Viktor zurück, »vielleicht freuen sich die Armen darüber.«

»Hast du dem Fahrer gesagt, dass er im Wagen warten soll, damit er uns nachher vor allen anderen ins Baur au Lac fahren kann?«

»Ja, Mildred. Du fragst mich das jetzt zum vierten Mal.«

»Da sind Lauren und Oskar. Neben dieser sprühdüsengebräunten Person, die aussieht wie 'ne Stripperin. Und ich meine hier nicht die Stripperin-mit-Herz-aus-Gold-Sorte. Sondern die Nah-beim-Flughafen-Sorte.«

Bei der Begrüßung sah Oskar, dass nun Mildred den Ring trug, den kanariengelben Solitär von Van Cleef & Arpels. Während man noch anteilnehmende Freundlichkeiten austauschte, lief plötzlich an der Peripherie der Szene Alwine Smid vorbei, immer noch am Arm von Baron Tensdag, diesem kapitalen Manne. Mildred kam, als sie Alwines ansichtig wurde, in ein nervöses Zittern, aber nicht auf lange, denn im selben Augenblicke platzte verdankenswerterweise Gwendolyne Rosenstock dazwischen, die sich, kaum hatte sie Mildred und Viktor registriert, blitzartig von einer Gruppe von Gästen löste, der sie eben berichtet, wie sie am Sterbebett Millvinas letzte Momente erleben durfte. »Sie schloss einfach die Augen und starb, das arme Ding«, hatte Gwendolyne erklärt, es bevorzugend, Millvinas letzten Satz unzitiert zu lassen. »Und jetzt entschuldigt mich bitte, ich spreche nicht gern vom Tod, ich bin fürs Leben. Und – ohh Ronaldo, ich habe mich, wie du siehst, für den schwarzen Herrera-Anzug entschieden, genau, wie du es mir empfohlen hast. Nicht dass das bisher groß aufgefallen wäre, ich war so versteckt und versunken im Fond dieser Limousine, und außerdem waren die Scheiben schwarz.«

»Wie um Himmels willen hat Dolores von Penz erfahren, dass *ich* Millvina die Tabletten gegeben habe?«, fragte Gwendolyne zwanzig Sekunden später, als sie bei Lauren, Oskar, Mildred und Viktor stand. Dabei war sie, die stets Bekanntschaften kritisierte, deren Name ihres Erachtens zu oft in den Zeitungen auftauchte, insgeheim verzückt. Es war ohne Weiteres möglich, dass sie selbst diese Information gestreut hatte. »Naja, wenigstens versteht Dolores was von Leuten wie uns. Obschon ich mich wundere, wer diese füchterliche Person überhaupt eingeladen hat. Ich meine, habt ihr sie *gesehen?* Sie ist angezogen wie eine chassidische Großmutter!«

»Besser als Idi Amin in Gala-Uniform«, konstatierte Mildred mit einem scharfen Blick auf Gwendolyne.

»Das ist Carolina Herrera, Liebes.«

»Oh mein Gott«, flüsterte Gwendolyne weitere zwanzig Sekunden später, nachdem Mildred und Viktor sich fürs Erste empfohlen hatten, »oh mein Gott. Habt ihr den Ring gesehen? Ich kann nicht glauben, dass Mildred diesen Ring trägt. Den *Nerv* zu haben, den Nerv!«

»Naja«, fuhr Gwendolyne fort, weil niemand reagierte, »Ende einer Ära, so viel steht fest. Und jetzt entschuldigt mich; ich werde rübergehen und Hallo zu Bunny Strudelmeier sagen und ihr erklären, dass ich morgen nicht an ihre Matinee gehen kann, weil meine Mutter in der Stadt sein wird, um sich intensiv mit der Ehe meiner Cousine Dorotheea – Dorotheea mit Doppel-e – zu befassen, mit der offenbar irgendwas nicht stimmt. Mit der Ehe, meine ich. Dabei ist das schon die dritte. Vielleicht also stimmt auch irgendwas mit Dorotheea nicht. Ich schaue dann in der Kirche nach euch, es wird voll werden. Fangt nicht ohne mich an.«

So also war die Gesellschaft beschaffen. Der Eindruck, den ein unbefangener Beobachter hätte empfangen können (wenn es diesen Beobachter nur je gegeben hätte), war folgender: mittelmäßige Menschen von meist zweifelhafter Liebenswürdigkeit, die, während sie vorgaben, über die letzten Dinge und ersten Wichtigkeiten zu sprechen, eigentlich nur wechselseitig ihren Aufzug musterten und versuchten, zu taxieren, was diese Fendi-Tasche aus Fohlen, Nerz und Weißgold gekostet haben mochte. Und was das über den Gang der Geschäfte sagte. (Meistens gar nichts.) Ein mehr oder weniger fein entwickelter Sinn für Äußerliches verhüllte hier auf mehr oder weniger ansprechende Weise eine merkwürdige Verlegenheit und Unsicherheit bei Berührung großer Fragen. Die Umarmungen überdeckten tiefe Indifferenz und die Luftküsse dauernde Geringschätzung. Aufwallungen ohne Tiefe, viele Zwischenträgereien und vor allem Gemeinplätze, die Weisheiten ihrer Kreise, das war der Stoff ihrer Gespräche. Die Gesichter waren mit Hyaluronsäure gefüllt und von Eitelkeit ausgesogen und zeigten oft genug den seligen Ausdruck jener Narren, die sich von ihrer eigenen Beschränktheit nähren, vor vermeintlicher Gesundheit strotzen und dauernd damit beschäftigt scheinen, sich selber zuzulächeln, am Morgen gleichgültig gegen das, woran sie sich am Abend berauschen würden. Hier war nichts wirklich. Aber was heißt das schon? Ist wirklich, was auf dem Grunde unserer Seele, im Unbewussten vergraben liegt, und woran man vielleicht besser niemals rührt? Nein, die Wirklichkeit ist schließlich, was der Fall ist. Schein und Einbildung sind ihre Gegensätze. Doch Schein und Einbildung waren überaus real in dieser Gesellschaft; mehr noch, sie wirkten gar kausal, indem man Anstoß an ihnen nahm und sein Streben nach ihnen richtete. Der Glaube brachte seine eigene Wirklichkeit hervor, wie auf den Aktienmärkten. Der Schein war der Sinn jener Menschen, der Sinn, ohne den die Wirklichkeit, ihre Wirklichkeit, ins Nichts der Wesenlosigkeit zerfallen würde, und das wollte ja nun niemand. So war die Gesellschaft. Und diese Gesellschaft ging jetzt in die Kirche.

Am Portal der kleinen Dorfkirche mit dem pittoresken Ausblick über den Zürichsee stand der PR-Agent Johannes Trescher und sondierte die Schar. Es war, als ob er Köpfe zählte. Unklar, wer ihn angeheuert hatte. Das war übrigens meistens unklar. Johannes Trescher verfügte über eine Agentur mit Hauptsitz in Berlin, doch er selbst war überall. Hier stand er und nickte den Eintretenden zu; grüßend und zählend zugleich. Unweit und doch offenbar ganz unabhängig von ihm bewegte sich Ronaldo Riviera ein wenig nervös ein paar Schritte nach links, ein paar Schritte nach rechts, zugleich die Kongregation überwachend wie deren Kontrolle und Behandlung durch das angeheuerte Personal. Ronaldo hatte ein Talent dafür, auch in dichteren Menschenmengen und auf beträchtliche Entfernung jene Figuren zu erkennen, die besonderer Behandlung bedurften, und zu diesem Zwecke stand er in dauerndem Augen- und Ohrenkontakt mit den zwölf Platzanweisern, die die Gäste verteilten. Er war ein Meister der Platzierung, darauf fußte seine gesamte Karriere, er wusste, dass ein guter Sitzplan die Balance und Diplomatie eines völkerrechtlichen Vertrages haben musste, und die aktuelle Sitzordnung für das Schiff der Dorfkirche in Kilchberg hielt Ronaldo klammernd auf einem Clipboard in der Hand. Er hatte sie entwickelt, komponiert, mit jenem Gespür auch für die feineren Linien und Grenzen und gesellschaftlichen Demarkationen, wie es nur Außenseiter und Emporkömmlinge haben, die die Regeln lernen und Demarkationen überwinden müssen.

Die rechte Seite des Kirchenschiffs war reserviert für Familienangehörige und engste Freunde. Das war die bessere Seite. (Natürlich nicht ganz hinten, wo es außerdem laut war, denn andauernd schluchzten Floriana und Ascension, die letzten beiden Dienstmädchen Millvinas.) Oskar und Lauren saßen rechts, zweite Reihe, noch vor Gloria Guppa (wahrscheinlich zu deren Leidwesen), denn Millvina hatte stets eine Schwäche besonders für Oskar gehabt, von dem sie seit jeher gewusst hatte, dass er immer ein bisschen außerhalb stand. Und glücklicherweise saß neben ihnen nicht dieser obskure Cousin aus Niederösterreich, besten Dank. Neben Lauren saß stattdessen ein Herr, der höflich gegrüßt, ansonsten jedoch nichts gesagt hatte, was für diese Gesellschaft ungewöhnlich war. Niemand kannte ihn, doch einige glaubten, ihn bereits gesehen zu haben. Auch Oskar. Der Herr war vielleicht Mitte siebzig und verfügte über weiches, kurz gehaltenes Haar und recht große Ohren. Groß war auch sein Krawattenknoten. »Ich kenne ihn«, dachte Oskar, »ich erinnere mich an das plastische Muttermal auf dem Scheitel des linken Tränensacks.« In diesem Moment entließ der Herr einen Seufzer, der nicht zu deuten war. So saß er da, weich und empfindlich und streng und schmal.

Doch etwas viel Seltsameres war geschehen. Noch bevor Oskar sich auf der schmalen Holzbank hatte niederlassen können, war er von einer kleinen Hand am Ärmel gezupft worden, und als er sich halb umdrehte, erstarrte er für einen winzigen Moment: Er sah ins Antlitz von Alwine Smid.

»Ich habe etwas für Sie«, erklärte sie unter dem umstandslosen Verzicht auf einleitende Höflichkeitsfloskeln, während sich ihre nur schwach bewimperten traubengrünen Augen mit einem etwas unheimlichen Liderflackern auf Oskar richteten. Ihm wurde ein wenig schauderös zumute.

»Was? Wie bitte?«, machte Oskar leicht perplex und blickte Alwine ins Gesicht, ohne selbst so recht zu wissen, was er ihr anzusehen versuchte.

»Millvina wollte, dass Sie das hier bekommen«, knarrte Alwine und hielt ihm ein rotledernes Etui unter die Nase. Ihre Hand zitterte ein wenig. Sie war schlecht zu verstehen. Ihre Stimme war heiser. Unstet und forschend die Augen.

»Sie ist ganz bestimmt kurzsichtig«, dachte Oskar, »hochgradig kurzsichtig. Das häufige Zwinkern und der leicht verhängte Blick lassen mit Sicherheit darauf schließen.«

»Hier«, krächzte Alwine, mit einer Spur von Ungeduld und einer Spur von kondeszierender Großzügigkeit, als handle es sich um eine Auszeichnung für Oskar, die ihr, Alwine, nach eigenem Gutdünken zuzusprechen zustünde, und hielt ihm das Etui noch etwas dichter unter die Nase, »nehmen Sie's!«

Oskar nahm das Etui und öffnete es. Darinnen war ein goldener Kugelschreiber von Cartier. Es war jener Kugelschreiber, der auf Millvinas Nachttisch gelegen, in der diskreten Klinik am Genfersee, da sie ihr Leben ausgehaucht, neben der kleinen nilblauen Box von Smythson mit den Notizzetteln mit Silberschnitt.

»Auf diese Art gibt es keine Komplikationen, kein Warten, keine Familie und keine Anwälte«, raunte Alwine (als würde sie dubioses Gut zum Kauf anbieten), »naja, gut, von *mir* abgesehen. Also, haben Sie ein Auge auf die Sache! Hehe!«

Und sie lachte ein grausiges, staubiges Lachen. Ihr schlichtes, schieferfarbenenes Kleid war so schmuck- und kokettierielos wie ihre Hände, ihr Hals und ihr Haar, herb und keusch bis zum Entstellenden.

Zögerlich steckte Oskar das rotlederne Etui ein. Er wusste, dass es Millvinas Wunsch gewesen war, und doch kam er sich vor wie Teil einer Konspiration. In der Tat hätte er es bevorzugt, den goldenen Kugelschreiber in einer Anwaltskanzlei überreicht zu bekommen, als offizielle Hinterlassenschaft, begleitet von einer kleinen rührenden Note von Millvina auf ihrem nilblauen Papier, mit ein paar Worten zu Geschichte und Zweck des goldenen Kugelschreibers. So hätte Oskar das gern gehabt, und zwar am allerliebsten in der Kanzlei des unglaublich jovialen Doktor Alois Martersteig, der schließlich ihrer aller Anwalt war – oder gewesen war, bevor Alwine ihre Mission begonnen hatte.

Der Gottesdienst war kurz und überaus geschmackvoll. Das lag bestimmt an Ronaldos Oberaufsicht. Der Sarg war bedeckt mit Tausenden von Maiglöckchen, Millvinas Lieblingsblumen, so wundervoll arrangiert von Binder. Weiß, blütenweiß, mit einem ganz feinen Hauch Pink. Dafür hatte Ronaldo ein Auge. Die Abdankungsrede hielt Pfarrer Niklaus Richter vom Fraumünster, einer der bekanntesten

Honoratioren der Stadt Zürich, der Gravität mit einer Weltgewandtheit jenseits jeder Frömmelei verband. Ein offener, reformierter Geist – und völlig ausgebucht. Alle wollten ihn; sogar jene, die nicht religiös waren. Millvina Van Runkle war, wie wir wissen, so mittel-religiös gewesen; dennoch wusste niemand, wie Ronaldo es geschafft hatte, Niklaus Richter so kurzfristig zu buchen – und ihn dann noch dazu zu bewegen, außerhalb des Fraumünsters aufzutreten; ein Umstand, der allenthalben Eindruck machte, mit so was konnte man sogar Botschaftsrätin Bittenhumpler impressieren, die sonst keineswegs so leicht zu gewinnen war.

Als der letzte Ton verklungen, leerte sich die Kirche innerhalb von Minuten; diese Gesellschaft besaß in manchen Belangen eine bemerkenswerte Effizienz, und dazu gehörten das Verlassen von Modenschauen und Feierlichkeiten. Der Strom der Besucher quoll aus dem Gotteshaus – und staute sich, weil einige draußen gleich stehen blieben, um Bekanntschaften zu grüßen und das Erlebte auszutauschen. Andere blieben stehen, um sich in die Kondolenzbücher einzutragen, die Ronaldo bei Smythson in Auftrag gegeben hatte. In einer jener Prophezeihungen, welche sich das Schicksal zuweilen gestattet, verdunkelte sich der Himmel.

»Das nenne ich altes Geld!«, sprach Annelore Huntington bewundernd, als in ihrer Nähe der beinahe hundertjährige Patron einer Zürcher Privatbank im Rollstuhl vorbeigeschoben wurde. »Das ist was anderes als Ex-Rohstoffhändler, die mit Ex-Schönheitsköniginnen liiert sind.«

»Also«, bemerkte Gloria, »ich für meinen Teil habe Freude daran, wenn gutaussehende Menschen Erfolg haben!«

»Regatta-Blazer und Cordhosen – das nenne ich altes Geld!«, wiederholte Annelore bewundernd.

»Jedenfalls älter als bei Susie Stutz«, konstatierte Doktor Feingarten.

Womit er jene Dame meinte, die eben vorbeilief und die man immer noch als Boutiquenkönigin der Stadt Zürich bezeichnen konnte – wiewohl gewisse Zungen diese Zuschreibung lieber auf den Lebensgefährten des Direktors des Museums der Moderne anwandten. Susies Imperium bröckelte ein bisschen, was sich allerdings durchaus nicht über Susie selbst sagen ließ, von der übrigens die Rede ging, dass sie missliebiges Verkaufspersonal gerne mal an Weihnachten feuerte.

»Susie ist so dünn«, stellte Gloria fest, wobei unklar blieb, ob Neid, Anerkennung oder Besorgnis diese Beobachtung motiviert hatten. Nein, Besorgnis wohl nicht.

»Ihr Dekolleté gleicht einem Xylophon«, bemerkte Livia.

»Sie hat fette Knie!«, sagte Sidonie, die auch mal wieder etwas Text haben wollte, allerdings sofort leicht betreten und verhagelt dreinschaute, als alle sie ob dieses unvermuteten Vorstoßes einen Moment lang fixierten.

»Aber ihr Taille-Hüft-Verhältnis ist ideal«, diagnostizierte Doktor Feingarten mit einer gewissen professionellen Wertschätzung.

»Und sie hat das Gesicht, das ich will«, seufzte Annelore.

»Bist du verrückt?«, fragte Gloria. »Noch eine Nasenoperation mehr, und sie hat ein Profil wie Lord Voldemort.«

»Wer?«

»Und überhaupt: Camouflage-Muster zu einer Beerdigung? Sie sieht aus wie General Petraeus.«

»Wer?«

»Ich war an Millvinas Seite, als sie starb«, erklärte indes Gwendolyne Rosenstock jedem, der es hören wollte (sowie nicht wenigen, die es nicht hören wollten), »ach, sie war so voller Leben!«

»Not anymore«, bemerkte Livia Hegtaler und zündete sich eine Mentholzigarette an.

»Mein Gott«, seufzte Gwendolyne weiter, »die *arme* Millvina. Ich werde sie so vermissen. Ich werde mich einfach auf die Maiglöckchen konzentrieren und tapfer sein. Ich werde ein tapferes Gesicht machen, so wie Lita Chatfield da vorne – die ihres allerdings in Brasilien hat machen lassen.«

»Und bei der Gelegenheit auch noch Wangenknochen, mit denen man Glas schneiden kann«, bemerkte Gloria.

»Nun«, mischte sich Doktor Feingarten ein, »sie betreibt Social Climbing als Extremsport. Dabei hat sie wahrscheinlich jede Menge Gewicht verloren.«

»Ja«, sagte Annelore, »und noch ein weiteres Facelift, und wir können wohl nur noch durch Handröntgen rausfinden, wie alt sie wirklich ist.«

»Lauren, Oskar«, sprach Botschaftsrätin Bittenhumpler, »war das nicht entzückend? Als ob Millvina dabei gewesen wäre. Sie hat die ganze Sache natürlich sehr sorgfältig geplant. Mein Gott, die Maiglöckchen! Wie wundervoll. Ebenso die Rede. Niemand spricht besser als Pfarrer Richter. *Alle* wollen ihn, sogar Leute, die nie in die Kirche gehen – oder bereits tot sind, zum Beispiel dieser eine Schriftsteller, mein Gott, wie hieß der noch, so klein, mit Bauch und Glatze, naja, wie eben die meisten Schriftsteller aussehen …«

»… jedenfalls in der mittleren Kategorie!«, setzte Doktor Feingarten hinzu und ließ nach diesem Anklang von Sarkasmus eine kleine Kunstpause, um die Wirkung abzuwarten, und, als diese offenbar unter seinen Erwartungen blieb, lachte er selbst überaus herzlich und mit einer Spur Geringschätzung.

Das also war der Tod, beziehungsweise seine gesellschaftliche Veranstaltung. Und weil die Gesellschaft immer redet, selbst angesichts des Todes, erfuhr Oskar nebenbei noch einiges: Wer am Dinner der Beyeler Foundation anlässlich der Art Basel neben wem gesessen und worüber geredet hatte und wer auf der Yacht eines ägyptischen Großinvestors vor Saint-Jean-Cap-Ferrat eingeladen gewesen war und wer über den Umgang mit ägyptischen Großinvestoren entschieden die Nase rümpfte. Und natürlich redete man über diesen seltsamen, abscheulichen Mord an der Goldküste, in Küsnacht, in der Villa einer bekannten Galeristen- und Kunsthändlerfamilie, deren neunundzwanzigjähriger Sohn, ebenfalls im Kunsthandel tätig, mutmaßlich im Ketamin-Rausch einen dreiundzwanzigjährigen Studenten im Streit mit einem Leuchter erschlagen haben sollte, dies war der letzte Stand der Dinge. Die beiden waren in der Tatnacht allein in der Villa. Die Eltern hielten sich in ihrem Chalet in Klosters auf. Den Nachbarn zufolge wurden sie schon länger nicht mehr gesehen. Die Hausangestellten seien aber nach wie vor ein und aus gegangen. Eine Anwohnerin erzählte der Presse, dass die Kinder der Villenbesitzer Parties feiern würden, wenn die Eltern in den Ferien weilten. Offenbar auch in der Tatnacht. Der Ehemann der Nachbarin sei am Morgen der Mordnacht um sechs Uhr aufgestanden, um zur Arbeit zu gehen. »Er hörte aus dem Anwesen laute Jodelmusik«, wurde die Anwohnerin zitiert.

»Furchtbar«, sagte Botschaftsrätin Bittenhumpler, »einfach furchtbar.«

Beim Opfer handelte es sich Berichten zufolge um einen schweizerisch-britischen Doppelbürger. Er war zu Besuch in der Schweiz gewesen. In der Todesanzeige spielten die Angehörigen mit einem Shakespeare-Zitat aus *King Lear* auf die Tat an: »Was Fliegen sind den müß'gen Knaben, das sind wir den Göttern; sie töten uns zum Spaß.«

Über all das also sprach man, höchst weltliche Dinge, denn für diese Gesellschaft, die den Tod nur vom Hörensagen kannte, war sein Eintreten, selbst wenn es grauenvoll geschah wie bei dieser fürchterlichen Geschichte in Küsnacht, bloß eine Anekdote, ungefähr auf dem Niveau der Frage, wo Arrogantia Cutestory ihren neuen Koch gefunden hatte. Eine Anekdote freilich, zu der nicht alle geladen waren; jene unsichtbare Linie, die sich ohnehin durch die Gesellschaft zog, verlängerte sich in dieser Sphäre über den Tod hinaus und schien in alle Ewigkeit zu gelten; jene Grenze, die diejenigen, die drinnen waren, von denen trennte, die draußen blieben; eine Demarkation, ebenso unüberwindlich wie unsichtbar – jedoch durchaus nicht fix, im Gegenteil, in letzter Zeit viel zu flexibel für den Geschmack mancher Leute, wiewohl andere sich wohl ewig abmühten und immer wieder Anlauf nahmen und beinahe überall zugegen waren und doch nicht dazugehörten, sich vor die Jury stellten, vorbereitet und ausstaffiert und Pflicht und Kür absolvierten und durchfielen, wieder und wieder und wieder, unendliche Male. So wie der Medienunternehmer Beat Schüttel und seine Frau.

»They look like a lovely couple in an erectile dysfunction commercial«, pflegte Lauren über die Schüttels zu sagen.

»Schüttel scheint mit aller Welt per Du zu sein«, konstatierte Annelore.

»Dabei schaut er nur nach oben, wie alle Emporkömmlinge«, bemerkte Doktor Feingarten.

»Und diese Frau von ihm, Mariella, ist eine Person, die niemals zuerst grüßen würde. *Pathetisch!«,* erklärte Gloria. »Dabei hat sie mir das letzte Mal, bei Bonnies Barbecue, ihre sämtlichen Eheprobleme erzählt. Obwohl ich das gar nicht hören wollte.«

»Die *Unverfrorenheit* mancher Leute!«, seufzte Gwendolyne.

Es hing also nicht nur mit der Wahl seiner Dinge und Bekanntschaften zusammen, wen die Gesellschaft aufsteigen und wen sie bleiben ließ – und einige fanden, dass das ein Glück war. Doch gerne wurde just dieser Weg versucht, die richtige Wahl der Dinge und Bekanntschaften, und nicht selten mündeten solche mimetischen Bestrebungen und Unterfangen von Mimikry aufgrund von Ungeschicklichkeit und zu großer Ambition schließlich in tragische, karikaturenhafte Übertreibungen, wie bei den Schüttels, den Armen.

Indessen liefen Lauren und Oskar zufällig schnurstracks in die Arme von Mildred und Viktor, die sich eben verabschiedet hatten von einer Chefredakteurin und ihrem Ehemann, dem Erben einer Supermarktkette. Oder war das gar kein Zufall? Das war nicht zu sagen.

»… und zu den vielen Dingen, von denen Ronaldo nichts versteht«, erläuterte Mildred gerade, »gehören nun auch unbedingt Einrichtungs- und Tapezierfragen. Er ist gerade vornehm genug, um sich alles als schön aufreden zu lassen, was bunt aussieht und viel Geld kostet. *Mein* Geld. Wie man an dieser Trauerfeier sieht.«

»Wenn du meinst«, erwiderte Viktor.

»Weißt du, was mir an Ronaldo nicht gefällt? Er ist viel zu

weit drinnen für jemanden von draußen. Wenn du verstehst, was ich sagen will.«

»Wenn du meinst«, erwiderte Viktor.

»Alles, was du tust, ist, mir beizupflichten. Das macht mich wahnsinnig. Hattest du in den letzten sechzehn Jahren überhaupt *einen* halbwegs originellen Gedanken?«

»Oskar!«, rief Viktor erleichtert und lief die letzten Schritte auf seinen alten Freund zu. »Was für ein glücklicher Zufall. Kommst du mit in die Kronenhalle? Lass uns was trinken gehen!«

»Wie bitte?«, versetzte Mildred. »Ich traue meinen Ohren kaum! Darf ich dich daran erinnern, Viktor, dass uns noch ein Empfang für dreihundert geladene Gäste im Baur au Lac erwartet, den dieser Party-Bubi mit meinem Geld ausgerichtet hat? Und wir haben dreihundert Zusagen. Jeder ist frei heute, absolut *jeder.* Weil nämlich alles andere abgesagt wurde. Kommt ihr? Es gibt ein Flying Dinner und jede Menge Prince-of-Wales-Cocktails. Der Lieblingsdrink meiner Mutter, Gott hab sie selig.«

»Blimey!«, sagte Lauren. »Alkohol *und* Transfette? If I was having any more fun, I'd explode. Killing everyone here.«

»Viktor«, sprach indessen Mildred, indem ihr Tonfall etwas entschieden Eisiges bekam, »ich hätte dich an meiner Seite erwartet; aber bitte. Ich finde, dass du teilnahmsvoller sein könntest. Ich habe sehr gelitten, wirklich sehr.«

»Ich auch«, erwiderte Viktor, und sein Ton verriet, dass er nicht scherzte, »glaube mir, nach allem, was ich mir heute wieder anhören musste, ist es wohl besser für uns beide, wenn wir für den Rest des Tages getrennte Wege gehen.«

Oskar geriet über diesen ungenierten Ton seines alten Studienfreunds aus einer Verlegenheit in die andere, sodass er es für angezeigt hielt, diese so schwierig werdende Unterhaltung zu kupieren. Dazu schien die sofortige Auflösung der Situation das Beste.

»Ich fühle mich auch schon ganz schwach«, sagte er deshalb, »wieso wird eigentlich ausgerechnet auf Beerdigungen so viel Unfug geredet? Lauren, falls das okay für dich ist, Kleines, gehe ich mit Viktor in die Kronenhalle, auf einen Prince-of-Wales oder zwei, und wir sehen uns dann zu Hause. Nimm du den Wagen, ich fahre mit Viktor. If that is all right with you, Chickie.«

»Of course it is«, erwiderte seine Gattin und küsste ihn auf die Wange. Wobei sie gleichzeitig Oskars Gesicht sanft am Kinn zu sich heranzog und ihm ins Ohr flüsterte: »Weiß Viktor das mit Mildred? Dass sie adoptiert ist?«

»Ich bezweifle es«, wisperte Oskar zurück, »und ich werde es ihm sicher nicht sagen. Sicher nicht heute.«

Unter diesen Worten und Vorgängen war man bis an die Grenze des Kirchenhofs gelangt und nahm hier, nachdem die glücklicherweise nie allzu dringlich gemeinte Aufforderung, sich recht bald einmal wieder zum Abendessen zu sehen, ebenso von Mildred wie von Oskar ausgesprochen worden war, unter herzlichen Umarmungen Abschied voneinander.

3

# UNHAPPY HOUR

Die Kronenhalle-Bar nah am Zürcher Bellevue war ein ganz angenehmer Ort, nicht zuletzt weil man, wenn man drinnen saß, nie wusste, welche Tageszeit draußen herrschte, und das beruhigte alles, vor allem das Gewissen. Hier war das Licht immer gedämpft, und schwere, für Oskars Geschmack etwas zu verrüschte Draperien vor den Fenstern verschluckten jeden Sonnenstrahl. Dunkelbraun geflammte Mahagonispanten kleideten den Raum aus, mehr oder weniger berühmte Gemälde zierten die Wände, und auf der Bar und kleinen Seitentischchen standen recht fürchterliche Stehlampen mit schmiedeeisernen Füßen.

»Ab einem gewissen Punkt im Leben reduziert sich vieles auf die Frage der Beleuchtung«, dachte Oskar, als er sich auf die geknöpften Polster aus dunkelgrünem Saffianleder vor einem seiner Lieblingstische niederließ. Und gleich anschließend dachte er: »Das ist die Qualität von Einsicht, die man sich nachts um drei am Tresen von Tom's Bar bei jeder besoffenen Fummeltrine umsonst abholen kann. Umsonst und vergebens.«

Viktor und Oskar bestellten Prince-of-Wales-Cocktails.

»Wie war die Feier für dich?«, fragte Viktor.

»Ziemlich gutes Aufkommen für eine Beerdigung«, erwiderte Oskar.

»Danke«, sagte Viktor, »Gwendolyne wollte sich tatsächlich mit *plus* 5 auf die Gästeliste setzen lassen. Jedenfalls ist, was Beerdigungen angeht, alles über fünfzig Gäste bereits Woodstock. Das habe ich von Ronaldo gelernt, dieser seltsamen Figur, die ja plötzlich von der Bühne dieser Stadt anscheinend gar nicht mehr wegzudenken ist. Hineingeschlüpft wie eine Ameise durch einen Spalt. Mildred kann ihn nicht ausstehen.«

»Ebenso wenig wie Alwine, wie ich hörte.«

»Alwine …«, sagte Viktor bedächtig, als müsse er jedes Wort wägen, »… Alwine Schmid – sieht aus wie ein Wasserspeier. Natürlich wissen wir, dass sie das Haus ausräumt. Wir wissen auch, dass *alle* darüber reden. Wir haben sie neulich sogar angetroffen, Mildred und ich, in Millvinas Haus, beim Verfassen einer Liste. Sie hat das Sèvres-Porzellan angesehen wie Cruella de Vil die Dalmatinerwelpen. Und mit diesen bleichen Dracula-Fingern strich sie durch die Tränen aus Lobmeyr-Kristall, das war beinahe poetisch, jedenfalls für meine Begriffe. Es sind die gleichen Leuchter wie in Herrenchiemsee, wie du vielleicht weißt.«

»Ja«, erwiderte Oskar, »ich habe mich bei Millvina immer wohlgefühlt. Ihr Zuhause war wie der Palast eines geschmackvollen Diktators.«

»Ich habe Millvina kaum gekannt«, bilanzierte Viktor etwas unvermittelt.

Es war unter anderem diese Unsentimentalität, die Oskar an seinem alten Studienfreund schätzte. Ja, Viktor Hasenclever war von kühler, gar leicht phlegmatischer Disposition, wie es sich für den Geschäftsmann gehört; ihn durchdrang eine Art von wesenstiefer praktischer Nüchternheit, die Oskar immer angenehm fand, sofern sie sich mit Humor verband, wie das bei Viktor der Fall war. Gesellschaftlich war Viktor gänzlich unambitioniert. Oskar Canow hingegen war ein Mensch von starken gesellschaftlichen Instinkten; doch er beging nicht den Fehler, vom Fehlen ebendieser Neigung bei anderen Menschen auf eine allgemeine Herzdämpfung, Mattheit und Geistesarmut zu schließen.

»Millvina war noch von einem anderen Schlage«, sagte er jetzt zu Viktor, indem er ein wenig gedankenverloren mit dem Zeigefinger eine Linie in den Eisbeschlag des silbernen Prince-of-Wales-Kelches zog, »eine jener Figuren, die noch fest daran glaubte, dass alles, was im Leben irgendwie von Belang ist, auf Dinner Parties passiert. Oder wenigstens beim Lunch. Natürlich hat Millvina niemals wirklich was *gegessen*. Das war die Generation, die von der Brenda-Dean-Diät lebte: Brandy Cocktails und Salted Nuts – ziemlich hochkalorisch, nebenbei – und dann mit Laxanzien gegen ihre verschwindenden Wangenknochen kämpfte. So was ist heute völlig aus der Mode. Die Techniken haben sich irgendwie geändert. Und die Dinner Parties auch.«

In diesem Moment aber geschah etwas Ungewöhnliches: Viktors Gesicht nahm plötzlich einen zutiefst besorgten Ausdruck an. Er senkte den Kopf, fixierte einen kleinen Strudel auf der Tischplatte aus rotem Marmor und fragte leise: »Kannst du ein Geheimnis behalten?«

»Naja«, erwiderte Oskar, »die Frage ist eher: Kann ich mir eins merken?«

»Was?«

»Nun, irgendwie stelle ich in letzter Zeit fest, dass mir manchmal Dinge entfallen – wichtigere Dinge, meine ich.

Ich habe nach wie vor ein hervorragendes Gedächtnis für Kleinigkeiten. Die Sache ist die: Wenn man sich an Petitessen erinnern kann, denken die Leute, man hätte ein gutes Gedächtnis. Ungefähr so wie sie denken, man sei reich, wenn man sich teure Kleinigkeiten leistet. Es sei denn, sie wären von Louis Vuitton.«

»Wir haben Eheprobleme«, sagte Viktor gedämpft, »Mildred und ich.«

»Dies«, erwiderte Oskar, »ist kein Geheimnis.«

»Was? Ist das ein Thema? Wird darüber geredet?«

»Öch, nicht wirklich«, antwortete Oskar, »ich meine … man kennt das doch … man weiß doch, wie Eheprobleme aussehen: dieses eisige, ungemütliche Schweigen, was nur ab und zu durch Beleidigungen unterbrochen wird.«

Viktor presste sich für einen Moment Daumen und Zeigefinger der linken Hand gegen die Schläfen. Dann fragte er in seine Handfläche hinein: »Lauren und du, ihr habt keine Probleme?«

»Nein«, sagte Oskar, »wir sind *fated to be mated.* Wir verstehen uns inzwischen oft ohne Worte, wie Dwight und Mamie Eisenhower.«

»Du hast es gut!«, befand Viktor, als verkünde er eine Diagnose.

Pause.

»Mildred will, dass ich zur Therapie gehe«, erklärte Viktor.

»Was für eine Therapie?«

»Doktor Hockstädder. Zu dem gehen jetzt alle.«

»Ich weiß«, erwiderte Oskar.

Pause.

Dann fragte Oskar: »Wäre hier eine Paartherapie nicht angebrachter? Irgendsowas Systemisches? Ich meine, ich bin kein Fachmann, zum Glück, aber geht man inzwischen nicht irgendwie davon aus, dass Beziehungskonflikte kein individuelles Problem darstellen, sondern Ergebnisse eines fehlgesteuerten Systems, also fehlerhafter Kommunikation … von defizitären Interaktionsmustern, sozusagen?«

»Nicht Mildred«, antwortete Viktor, »Mildred geht davon durchaus nicht aus. Sie hält nichts von systemischen Ansätzen. Der Fehler liege ganz allein bei mir.«

»Dies klingt etwas hart«, bemerkte Oskar.

»Ich bin ein Mann von Prinzipien, Oskar«, versetzte Viktor, wozu er sich ein wenig aufrichtete, »und eines dieser Prinzipien ist: Wenn ich jemanden schätze, tue ich alles, um diesem Menschen entgegenzukommen.«

»Viktor hat für einen Geschäftsmann doch ein recht nachgiebiges Temperament«, dachte Oskar – und registrierte, wie er dies beinahe als Makel empfand, als wäre es peinlich, wenn Leute nicht zu ihren Stereotypen passten.

Und als wollte Viktor dies gutmachen, sagte er nun: »Also ich, ich glaube ja im Grunde an die Liebe als Transaktionsverhältnis.«

»Du verwechselst Liebe mit Prostitution.«

»Nein«, versetzte Viktor etwas pikiert, »ich spreche von Austausch, Oskar. Die Ökonomie ist ja, wie du dich vielleicht erinnerst, die Wissenschaft von der Allokation knapper Ressourcen, und genau das, die optimale Aufteilung begrenzter Güter wie Zeit, Geld, Energie – ist nicht zuletzt der Schlüssel für eine glückliche Ehe. Und übrigens für jedes gelingende zwischenmenschliche Verhältnis.«

»Wie bitte?«

»Das ist doch völlig einleuchtend. Und keineswegs neu. Es hat immer wieder die Idee gegeben, das Modell der ökonomischen Vernünftigkeit, das so bestechend pragmatisch ist, auf vermeintlich sachfremde Zusammenhänge anzuwenden. Zum Beispiel eben auf das Zwischenmenschliche. Das befreit Konzepte wie Liebe und Ehe endlich von diesem inzwischen total hysterisierten altbürgerlichen Ideal vermeintlich wahrer Romantik.«

»Ach. Und wie hat dieser Ansatz bisher für dich funktioniert, Viktor? Offenbar nicht so super. Oder was ist das Problem? Zwischen Mildred und dir? Gibt es überhaupt ein Problem? Weißt du, was ich neulich von Gwendolyne Rosenstock gelernt habe: Oft, wenn Frauen wütend scheinen, sind sie bloß hungrig.«

»Nein, lieber Freund«, entgegnete Viktor, »das ist es nicht. Ich meine, ich will nicht behaupten, dass Mildred ausreichend isst – im Gegenteil, sie würde mich erschießen, wenn ich das behauptete. Und natürlich hat sie im Moment noch ganz andere Sorgen. Ich weiß nicht genau, wie sie zu ihrer Mutter stand; abgeklärt wohl, wie zu den meisten –«

»Immerhin nannte sie sie gelegentlich *Maleficient.*«

»Ja. Ich glaube auch nicht, dass Millvinas Ende sie sehr mitgenommen hat – wiewohl sich so was nicht selten erst später oder über Umwege bemerkbar macht; doch ich weiß, dass *Alwine* ihr zu schaffen macht. Jetzt will sie auch noch Geld für irgendeine Stiftung; Alwine, meine ich; aber Alwine ist nur ein Randproblem. Mildred und ich … wir haben … grundlegende Differenzen. Könnte man wohl sagen.«

»Worüber zum Beispiel?«

»Zum Beispiel wollte ich kein Bett aus Sumpfeiche.«

»Wie gut ich das verstehe! Allerdings wundere ich mich darüber, dass ihr keine getrennten Schlafzimmer habt. Wie die meisten funktionierenden Paare. Es ist doch so: Nahes, tägliches Zusammensein zweier Menschen lässt sich weder von dem einen noch von dem anderen umsonst erkaufen. Es bedarf von beiden Seiten vieler Lebenserfahrung, Logik und Herzenswärme, um sich nicht, statt die gegenseitigen Vorzüge zu genießen, an den gegenseitigen Unzulänglichkeiten wund zu scheuern. Vor allem jedoch bedarf es getrennter Betten.«

»Um sich nicht wund zu scheuern?«

»Ich spreche in Bildern, du kleiner Trottel. Der Punkt ist: Getrennte Schlafzimmer haben bei Verstimmungen, auch wenn sie von außen eindringen, ihre Vorzüge. Dies nur nebenbei.«

»Jetzt redest *du* aber sehr nüchtern!«

»Das passiert mir manchmal, wenn ich getrunken habe«, erwiderte Oskar. »Aber ich will ja auch gar nicht behaupten, dass man glückliche Zweisamkeit nicht auf eine Formel bringen könnte. Bloß rede ich nicht von Allokation. Lebensgemeinschaften sind ja nicht zuletzt auch Lebensbewältigungsgemeinschaften. Und damit stellt sich die alte Frage, ob für eine glückliche Beziehung zwischen zwei Menschen eher jene Spannung nötig ist, wie sie zwischen einander ewig suchenden, auf Temperamentsausgleich bedachten Wesen besteht. Oder eben das gerade Gegenteil: die tiefe Harmonie der Wahlverwandtschaft.«

»Und?«

»Beides«, antwortete Oskar zufrieden, lehnte sich zurück und nahm einen Schluck aus dem silbernen Kelch.

»Wie, beides?«

»Okay«, sagte Oskar, »ich will das für dich mal mathematisch ausdrücken – oder, noch besser, ich schreibs dir hier auf diese Serviette, Viktor, ich habe nämlich gerade diesen goldenen Kugelschreiber in meiner Tasche gefunden, also: Ich bin der festen Überzeugung, dass funktionierende Beziehungen, nennen wir sie *FB,* so, dass also funktionierende Beziehungen nach folgender simpler Gleichung aufzuschlüsseln sind: Charakterliche Ergänzung – dafür schreiben wir *CE* – plus geteilter Sinn für Humor: *GSH.* Das heißt, die Gleichung lautet: *FB* = *CE* + *GSH.* Hier, bitte, schwarz auf weiß! Da hast du deine Glücksformel! Sonst noch was?«

Kurze Pause.

Viktor fixierte die Serviette.

»Na schön«, sagte er dann, »nun, ›charakterliche Ergänzung‹ hört sich prächtig an und ist es auch – aber das ist doch nichts Statisches, daran muss man doch arbeiten, Oskar, das ist eine Übungsfrage und bedeutet unter anderem ständiges Entgegenkommen.«

»Genau. Ich habe gelesen, dass die beste Geisteshaltung für besagtes Entgegenkommen neuerdings populärpsychologisch ›Resignative Reife‹ genannt wird, in der gleichen Diktion, die den Zustand der Verliebtheit als akutes psychiatrisches Durchgangssyndrom, also als Funktionspsychose begreift.«

»Was?«

»Ich weiß. ›Resignative Reife‹ klingt nicht gerade erstrebenswert, ist aber nichts Schlechtes, Viktor, im Gegenteil. Eigentlich wird damit bloß jener Zustand umschrieben, in dem man nicht – oder nicht mehr – versucht, seinen Partner zu ändern. Denn nur Singles, Teenager und vielleicht noch ein paar Verrückte glauben, man könne seinen Partner irgendwie grundlegend ändern. Wird nie passieren. Never. Ever.«

Pause.

»Und, wie soll ich das sagen«, nahm Viktor den Faden

wieder auf, ohne wirklich auf Oskars Auslassungen einzugehen, »Mildred ist lieb und gut, aber besonders leidenschaftlich ist sie nicht. Das liegt wohl nicht in ihrer Natur. Ich nehme an, sie hat das Gefühl, mich zu lieben, und das gute Gewissen, dass es so sei, lässt sie von besonderen Anstrengungen absehen. Ganz sicher bin ich mir natürlich nicht.«

»Mildred ist lieb und gut?«, wiederholte Oskar. »Was ist sie – eine Katze?«

»Du weißt, wie ich das meine.«

»Nein.«

Pause.

»Okay«, begann Oskar erneut, »wie siehts mit *Liebe* aus? Was verbindest du mit dem Wort?«

»Erschöpfung.«

»Wie bitte?«

»Ich meine«, seufzte Viktor, »Liebe ist so ein erschöpftes Wort. Ich wünschte, ich könnte es irgendwie mit Bedeutung füllen. Ich … ich komme wohl auf diesem Weg nicht recht weiter. Allerdings kann ich dir Folgendes erklären: Je höher der mit Leidenschaft verbundene Aufwand ist, desto weniger Leidenschaft findet statt. Es kommt sozusagen keine Transaktion zustande.«

»Also, wenn du so mit Mildred redest, wundert mich nicht, dass in eurer Ehe die Leidenschaft auf der Strecke blieb. Es wundert mich höchstens, dass Mildred noch nicht ins Koma katapultiert wurde.«

»Unsere Ehe ist … auf einer Art Tempomat.«

»Ich würde eher sagen, ihr seid wie Kinder auf dem Rücksitz nach einer zu langen Autofahrt.«

»Was?«

»Hast du je versucht, mit Mildred zu reden?«

»Was?«

»Reden, Viktor, reden! Das schafft Transparenz, senkt die Informationskosten und steigert die Effizienz.«

»Natürlich habe ich mit Mildred geredet. Sie fand, ich sei zu anhänglich und zu überlegt, und ich bräuchte Therapie.«

»Oder lass mich anders fragen: Wieso hält eure Ehe noch?«

»Naja, Mildred schrieb diesen Umstand gerade neulich hauptsächlich der Tatsache zu, dass ich nicht gehe.«

Hier nun entstand wiederum eine kleine Pause, die Oskar benutzte, um bei Doddsie, dem Faktotum der Kronenhalle, eine weitere Runde Prince-of-Wales zu bestellen.

»Ich glaube an uns, Oskar«, erklärte Viktor und sah seinen alten Freund beinahe flehentlich an, »ich glaube an Mildred und mich.«

Oskar schwieg für einen Moment.

»Die Ehe ist eine Folge von Schlachten«, sagte er dann.

»In welchem Abreißkalender hast du das denn gelesen?«, fragte Viktor.

»Aber wo Nähe ist, ist bald Enge«, fuhr Oskar mit etwas glasigem Blicke fort, »man sieht sich nah, und sieht darum auch das weniger Schöne.«

»Nach sechzehn Jahren meiner Ehe ist ›weniger schön‹ wie eine kühle Brise in der Hölle. Und die weht jetzt nicht mehr«, versetzte Viktor und starrte vor sich hin.

»Viele Leute wünschen sich doch diesen Zustand!«, entgegnete Oskar, indem er sich gleichsam aufraffte und innerlich zur Ordnung rief.

»Welchen Zustand?«

»Diesen seligen, häuslichen Zustand des älteren Paares. Diesen Zustand, bei dem man im Durchschnitt erst nach über zehn Jahren als Paar ankommt, und ich denke, Viktor, dieser glückselige Status ist in der Tat erreicht, wenn man von seiner besseren Hälfte Sätze hört wie: ›You know, ich liebe dich, aber manchmal macht es mich wahnsinnig, dass du … *da* bist‹, oder ›these decisions all go through you, cause you're the mayor of crazy town‹. Wie meine Ehefrau mir gestern eröffnete. Und ein Grund dafür, dass ich Lauren aus tiefster Seele liebe, ist übrigens, dass sie mich auch in Kontexten erträgt, in denen ich nicht unbedingt vorteilhaft wirke, zum Beispiel im All-you-can-eat-Kontext oder im Desert-Hills-Premium-Outlet-Kontext.«

»Ach, ihr seid doch als Beispiel gar nicht zu brauchen. *Du* bist doch als Beispiel gar nicht zu brauchen«, erwiderte Viktor, »Künstler sind als Beispiel unverwendbar. Sie sind noch viel nervöser, noch viel sensibler, noch viel übelnehmerischer und viel unberechenbarer als andere schwierige denkbare Ehepartner. Und deshalb ist es von Anfang an was ganz anderes, wenn man sich mit ihnen einlässt. Du liebst Lauren, weil sie in wesentlichen Belangen als dein Widerpart und Gegenspiel erscheint –«

»– und weißt du, was ebenfalls wichtig ist?«, warf Oskar ein, seltsam enthusiasmiert durch seines Freundes letzte Feststellungen. »Weißt du, was wichtig ist, Viktor? *Höflichkeit!* Meine Frau kann die Dinge beim Namen nennen – und tut dies auch nicht selten –, doch gleichzeitig verfügt sie über jene praktisch unerschütterliche Höflichkeit, wie sie in der menschlichen Kulturgeschichte einzig die abgesonderte Lage des englischen Eilands hervorbrachte. Albions Anstand.«

»Was? Was ist los?«

»Also – Höflichkeit: Was war die letzte Aufmerksamkeit, die Mildred dir zuteilwerden ließ?«

»Warte mal … das war neulich«, antwortete Viktor nach kurzem Nachdenken, »so ungefähr Dienstag. Da hat sie zu mir gesagt: Wenn sie sich von mir scheiden ließe, würde ich alles verlieren, was sie mich in all den Jahren zu kaufen veranlasst hat.«

Pause.

»Verzeih«, setzte Oskar dann ein wenig heiser an (weshalb er sich zunächst räusperte, was nicht wirklich half), »verzeih, alter Freund, wenn ich ganz roh und unverblümt diese Frage stelle, aber wieso –«

»Wieso lege ich mir nicht einfach eine Affäre zu?«

»Nein. Ich wollte sagen: Wieso soll ausgerechnet eine Therapie helfen? Ich meine: Ist Therapie nicht obsolet? Soweit ich weiß, ist doch zum Beispiel die Wirksamkeit der klassischen Psychoanalyse immer noch nicht bewiesen, bis zum heutigen Tage … nach weit über hundert Jahren … kein Beweis …«

»Na und? Es gibt zahllose Sachen, von denen rege Gebrauch gemacht wird und deren Wirksamkeit nicht wirklich bewiesen ist.«

»Zum Beispiel?«

»Svelte von Dior.«

Pause.

»Verzeih«, hob Oskar erneut an, »verzeih, lieber Freund, wenn ich ganz roh und unverblümt diese Frage stelle, aber wieso –«

»Wieso zerbrösle ich nicht einfach gelegentlich ein Xanax in Mildreds Algen-Protein-Slim-Fast, damit ich ab und zu wenigstens ein bisschen Ruhe habe? Keine Ahnung. Genau dasselbe habe ich mich auch neulich gefragt.«

»Mildred trinkt Slim Fast?«

»Erzähl das bloß niemandem.«

»Ich werds versuchen. Ich wollte sagen: Wieso legst du dir nicht einfach eine Affäre zu? Ich muss dich nicht daran erinnern, Viktor, dass wir in einem Milieu leben, das physisch und moralisch überaus flexibel ist und dessen willkürlich zusammengestapelte Umgangsformen jedes Gefühl von Artigkeit, Bescheidenheit und Erziehung beständig beleidigen. Sobald man aber die Gebote der guten Kinderstube missachtet, bewegt man sich ganz vorzüglich in diesen Kreisen. Denn eines muss man ihnen zugestehen: Sie haben stillschweigend erkannt, dass gewisse Dinge und Notwendigkeiten, die sich vom Standpunkt der sogenannten Moral vielleicht anhören wie allerlei Gräuel und unaussprechliche Ausschweifungen, im Grunde der menschlichen Natur eingeschrieben sind. Der Himmel weiß, was es für eine Bewandtnis damit hat. Jedenfalls sind wohl Natur und Gesellschaft ewige Gegenpole; und damit sie sich wechselseitig ertragen und nicht zerstören, ist die Diskretion erfunden worden, und manch ein wohlkonservierter Fünfziger von ausgesprochener Bonhomie –«

»Erstens«, unterbrach Viktor und sog hörbar die Luft durch seine etwas unregelmäßig stehenden Vorderzähne ein, »bin ich noch nicht fünfzig. Bei Weitem nicht. Zweitens brauche ich keine Affäre. Ich bin glücklich mit Mildred. Wir verstehen uns nur nicht mehr.«

Oskar wurde klar, dass dies wahrscheinlich in der Tat nicht nur Mildred zuzuschreiben war. Es war nämlich, wie er gerade selbst wieder merkte, nicht immer leicht mit Viktor. In seinem Gang nach Aufhellung von dessen Charakter hatte Oskar im Laufe ihrer Freundschaft schon mühselige Wege beschritten. Dem wenig unterwiesenen Betrachter mochte Viktor zurückhaltend, bescheiden und unaufdringlich vorkommen, beinahe leidenschaftslos, recht vernünftig, lind und liebenswürdig. Das Wesentliche schien zu sein, dass er ohne Ausrufungszeichen lebte. Dies jedoch war ein Irrtum. Denn in Viktors Innerem arbeitete ein zäher Wille, der seine Ziele kannte und dieselben mit einer Widerborstigkeit verfolgte, die ihre eigenen Methoden hatte. Was immer sich diesem leise laufenden Räderwerk in den Weg stellte, wurde nicht zermalmt, es ward zersetzt. Oder umfahren.

In diese Richtung dachte Oskar und sagte: gar nichts. Stattdessen faltete er ein kleines Dreieck aus jener Cocktail-Serviette, auf der er vor ein paar Minuten die Erfolgsformel glücklicher Zweisamkeit notiert hatte. Sein Schweigen indes schien seinem Freunde wenig auszumachen, der zügig und im Vortragston fortfuhr: »Jenseits aller Milieugrenzen und jenseits aller Wirksamkeit oder Unwirksamkeit von irgendeiner Therapie ist doch für jeden Menschen, für jeden von uns, der Konflikt immer derselbe, nämlich der Konflikt zwischen dem, was ich will, und dem, was von mir erwartet wird. Manchmal denke ich, Mildred gehört zu jenen Frauen, die zwar immer nach Antwort verlangen, aber gar nicht richtig zuhören, wenn man ihnen antwortet, sondern lieber gleich weiterfragen. Ein Bruchstück einer Antwort ist ihr schon genug, und der Rest interessiert sie nicht, sodass sie gleich zum nächsten Thema übergeht. Außerdem fallen ihre Fragen immer so aus, dass die zu erwartenden Antworten für sie selbst und ihr Leben eine Bestätigung darstellen.«

»Soll das heißen, ihr leidet unter Charakterdifferenzen?«

»Charakterdifferenzen? Ich weiß nicht, ob man das so sagen kann. Mildred redet zwar gelegentlich davon, sogar mit Nachdruck, doch wohl nur, weil sie das irgendwo gelesen hat. Aber sie empfindet nicht viel dabei. Du hast von charakterlicher Ergänzung gesprochen, Oskar, und die Abwesenheit von Differenzen bedeutet freilich noch keine Ergänzung, wie sie eben auch nach meiner Auffassung wichtig ist. Immer bei einem geteilten Blick auf das Leben. Denn dieser gemeinsame Sinn, romantisch gesteigert, ist ja die Liebe, nichts anderes. Nein, es liegt nicht an Charakterdifferenzen. Vielleicht liegt es daran, dass Mildred vor allem über zwei Eigenschaften verfügt, die sich über all die Jahre immer weiter verstärkt haben, nämlich Herrschsucht und Geltungsdrang.«

»Daran leiden wir schließlich alle.«

»Natürlich ist sie auch materiellen Dingen nicht abgeneigt. Du kanntest ja ihre Mutter.«

Hier, bei dem Wort »Mutter«, zuckte Oskar kurz zusammen, zum Glück unbemerkt von Viktor, der fortfuhr: »Millvinas Hauptsorge war die stündliche Zerstreuung und Anregung, alles, was die Langeweile bekämpfte. Und so hat Mildred ihr Leben lang immer bekommen, was sie wollte. Und auf diese Weise hat sie, so weich und nachgiebig sie sein kann, auch etwas … Rabiates entwickelt und lässt es auf alles ankommen.«

»Mildred kann weich und nachgiebig sein?«

»Ja.«

Pause.

Dann holte Viktor einmal kurz und nahegerade entschieden Luft und fragte: »Hast du Therapieerfahrung?«

»Ja«, entgegnete Oskar fast schon mit warmer Stimme, als durchlebe er in Gedanken die Einzelheiten einer lieben Erinnerung, »ich hatte natürlich mal einen Therapeuten, wie wir alle. Wie hieß der noch … Martersteig? Nein, das ist mein Anwalt. Finkelfried … Finkelstein! Myron Finkelstein – nein, halt, jetzt hab ich's: *Morty!* Morty Finkelstein. Ich meine, was soll man machen? Man kann ja nicht dauernd seine Freunde mit dem ganzen Schrott behelligen. Ach, Morty. Zuerst versuchte er ständig, mich zu verbessern, dann ist irgendwas in ihm gestorben, und der Rest der Therapie verlief völlig problemlos. Wobei ich immer noch – oder besser gesagt: wieder – der Meinung bin, dass einem eine Flasche Wodka und eine Packung Taschentücher genauso weiterhelfen können. Ich meine, du weißt schon, Viktor, all diese Leute, die immer sofort irgendjemanden *konsultieren* müssen. Davon habe ich eigentlich nie viel gehalten. Denn was soll das – plötzlich stellt man fest, mein Gott, ich habe verlernt, wie man aufrichtig und loyal eine Beziehung zu anderen Menschen aufbaut, und nebenbei kann ich mein gesamtes Leben nicht so richtig organisieren, also brauche ich sofort einen Therapeuten, Medizinmann, Sherpa, Swami oder wenigstens einen vernarbten Schamanen mit Tellern in den Ohrläppchen? Also bitte. Das ist doch wohl ein klein wenig hysterisch. So viel steht fest.«

»Weißt du was?«, sagte Viktor und reckte sich ein bisschen in die Höhe auf den grünen Saffianpolstern, und es war nicht sicher, ob er nun einer spontanen Eingebung folgte oder einer Art von Plan – oder vielleicht auch beidem zusammen, in jener unwillkürlichen, selbstablaufenden Verdichtung, wie sie sich das Schicksal bisweilen verstattet. »Warum – warum gehst *du* nicht einfach?«

»Was? Wie? Wohin?«

»In die Therapie.«

»Was?«

»Ich meine«, erklärte Viktor mit einer Spur von Ungeduld, »warum gehst *du* nicht einfach zur Therapie? Statt *meiner?*«

»Wieso sollte ich in Therapie? Ich hab doch keine Probleme.«

»Naja. Darüber will ich mir jetzt kein Urteil erlauben.«

»Danke.«

»Das wollte ich ja auch gar nicht sagen, Oskar. Dass du Therapie *brauchen* würdest … jedenfalls nicht unbedingt … meine Idee ist eine ganz andere, nämlich: Du machst einfach *meine* Therapie! Also, nicht gerade unter meinem Namen, dafür bist du zu bekannt, Hockstädder wird wissen, wer du bist.«

»Danke. Sehr schmeichelhaft.«

»Nein, nein, du bleibst du, und ich bleibe ich, und du bist nicht mit Mildred verheiratet, sondern mit Lauren.«

»So weit kann ich folgen.«

»Aber du gehst einfach statt meiner zu Hockstädder in die Therapie, Oskar, und dort gibst du meine Probleme als *deine* aus, also als *eure,* das ist ganz einfach: Die Probleme von Mildred und mir werden zu denen von Lauren und dir.«

»Wieso? Wie sollte ich das machen? Warum willst *du* denn nicht gehen?«, entgegnete Oskar, immer noch leicht pikiert. Seine psychische Gesundheit war ihm bedeutsam. Wobei es ihm weniger um Gesundheit ging als vielmehr um schlichte Robustheit; eine Eigenschaft, die in seiner Familie stets höher geschätzt worden war, weil sie etwas Trotzendes und Trotziges enthielt.

»Nun«, erwiderte Viktor, »zunächst habe ich keine Zeit. Ich muss dir nicht sagen, wie es auf den Finanzmärkten zugeht.«

»Keine Ahnung.«

»Dann aber: Es passt gar nicht. Es passt gar nicht zu mir. Die Kosten dafür sind prohibitiv hoch für mich. Besonders wenn man die Unsicherheit des Erfolgs bedenkt. Du hast es selbst erwähnt: Der Ertrag ist unsicher, das Risiko nicht klein. Ich bin lebenstüchtig, Oskar, so werde ich gesehen, ich bin Geschäftsmann und mit meiner Welt in Ordnung und Einvernehmen, da macht man doch keine Therapie, und auch wenn Geschäftsmänner, namentlich die der Finanzwelt, zurzeit vielleicht etwas schlechter beleumundet sind, so ficht mich das nicht an.«

»Wie schön.«

»Es wird sogar noch besser: Ich habe nämlich vor Kurzem meine alte Leidenschaft fürs Laienschauspiel wiederentdeckt und mich der Gruppe *Die Goldmimen* angeschlossen, das ist ein Amateur-Schauspiel-Ensemble von Finanzgeschäftsleuten, die jetzt etwas mehr Zeit haben als früher, und wir werden demnächst unsere Inszenierung von *The Producers* im Seniorenzentrum Sydefädeli zur Aufführung bringen.«

»Sydefädeli?«

»Ja. Das ist da in Höngg, unweit der Limmat. Ich spiele Leo Bloom. Was du übrigens niemandem sagen darfst. Mildred hat meinen Hang zum Laienspiel stets missbilligt.«

»Hast du 'nen Knall?«, erkundigte sich Oskar mit leichter Empörung.

»Wieso?«

»Du erzählst mir, so was wie Therapie, oh, das sei gar nicht dein Genre von Erlebnis, passe gar nicht zu deiner gemütlich eingerichteten Welt, deiner unternehmenden Verbundenheit mit allem Lebendigen, yadayadayada. Aber du findest, es passt zu *mir?* Weil ich als Dichter ja sowieso nicht alle Tassen im Schrank habe? Und damit du in irgendeinem Altersheim *A Chorus Line* aufführen kannst? Ist das der Plan?«

*»The Producers.«*

»Was immer.«

»Natürlich. Reg dich nicht auf. Ich wollte sagen: Du könntest doch davon profitieren … in so vielen Hinsichten …«

»Wie darf ich das verstehen? Brauche ich Beratung? Brauche ich Hilfe?«

»Nur mit der Ruhe«, sagte Viktor, »das ist völlig normal. Schließlich weiß niemand, was ihm fehlt. Während alle anderen das sofort sehen können.«

»Was?«

Doddsie unterbrach. Er sah wie folgt aus: Augen von überhaupt keiner Farbe, eine allseits leicht gekrümmte Nase und recht fleischige Hände.

»Wollen Sie noch was?«, fragte er.

»Gewiss, Doddsie«, versetzte Oskar, »ich bin dankbar für die Frage. Wir nehmen noch eine Runde Prince-of-Wales.«

»Ich heiße nicht Doddsie.«

»Nanu. Egal.«

Und der Kellner, der nicht Doddsie heißen wollte, entfernte sich wie jemand, der sich schlecht benommen hat.

Eine seltsame Haltung hatte indes auch Viktor angenommen. Er stützte mit zusammengezogenen Schultern die Ellenbogen auf den Tisch und hob bei gefalteten Händen das Kinn vermittels der Spitzen beider Daumen. Ein gewisser Trotz lag in dieser Pose, wie bei einem verstockten Kind, das zu Unrecht gezüchtigt worden ist und sich eher die Zunge abbeißt als sich beklagt oder beschwert.

Dann sagte er: »Komparative Vorteile. Darum gehts.«

»Wie bitte?«

»Genau darum gehts, Oskar. In der Ehe ebenso wie in der Freundschaft wie in der Geschäftsbeziehung. Und in überhaupt jeder Beziehung. Transaktionsverhältnissse, wie gesagt.«

»Was?«

»Also, wir sprachen doch über Entgegenkommen, richtig? Darüber waren wir uns bereits einig. Was aber bedeutet Entgegenkommen? Doch wohl vernünftigerweise nichts anderes, als dass jeder Partner diejenigen Pflichten und Verrichtungen übernimmt, bei denen er besser, also wirkungsvoller, also effizienter ist als der andere, mithin über das verfügt, was –«

»... was man in der Sprache der Wirtschaftswissenschaften einen komparativen Vorteil nennt. Danke, ich erinnere mich. Ich habe neben dir gesessen im Hörsaal.«

»Nicht immer.«

»Allerdings.«

»Das ist doch sehr einleuchtend, findest du nicht, Oskar? Der eine tankt, der andere streitet sich mit dem Tankwart, wenn die Abrechnung nicht stimmt. Und wenn das leidlich aufgeht, dann stellt sich ein dauerhafter Zauber ein; jene Magie, die aus der besonderen Anziehungskraft erwächst, die zwischen zwei Menschen entsteht, die gleichzeitig von innerlich verwandter Art *und* gegensätzlich gestimmt sind.«

»Also«, sagte Oskar, »du meinst so was wie: Man heiratet, damit jemand da ist, der einen ins Krankenhaus fährt, wenn der Blinddarm durchbricht.«

»So ungefähr.«

»Das klingt etwas sehr ... materialistisch. Es geht doch wohl auch darum, sich gegenseitig zu *verbessern*. So ist doch *Bessere Hälfte* überhaupt zu verstehen: dass es in Beziehungen die Hauptsache ist, sich gegenseitig zu komplettieren, voneinander zu lernen. Dass man mit Partner ein besserer Mensch ist als ohne.«

»Aber«, wandte Viktor ein, »das ist doch genau dasselbe, Oskar! Das ist doch genau dasselbe wie das, was ich eben gesagt habe: Komparative Vorteile. Und darum kreist auch die Freundschaft, zum Beispiel unsere. Die Anwendung dieser Theorie für unser Verhältnis bedeutet: Du gehst für mich in die Therapie.«

Pause. In der Viktor von Oskar ein wenig fassungslos angestarrt wurde.

»Worauf ich eigentlich hinauswollte«, hob Viktor wieder an, »denke einmal daran, alter Freund: *die Inspiration.*«

Damit war es gesagt. Der Pfeil saß bebend im Schwarzen. Die Inspiration. Diese beiden letzten Worte Viktors hallten nach in Oskar Canow, resonierend in seinem Inneren, zurückgeworfen von den hohen goldenen Toren einer Existenz, die trotz hübscher Erträge möglicherweise ihr inneres Kapital längst verwirtschaftet hatte. Oh, Oskar war gut beschäftigt, das war es nicht, nein; eine Rede hier, ein Zeitungsbeitrag da, ein Fernsehauftritt dort, und überhaupt immer brav und tüchtig das erfüllt, was er »Die Forderung des Tages« nannte. Das war es nicht. Doch es fehlte in letzter Zeit vielleicht ein wenig das Große, Übergreifende; die Frage nach dem Wesen, der Bestimmung. Die Wahrheit war jedenfalls, dass ihm die Arbeit jüngst nicht gerade leichtfiel, nicht im Sinne mangelnder Produktivität, vielmehr im Sinne mangelnder Freude: Die Zeit am Schreibtisch erschien ihm bisweilen als ein sinnloses, ärgerliches Dahinstolpern und Rutschen über Wortgerölle, im Wechsel mit quälendem, unerträglichem Psalmodieren, einem Zu-Brei-Haschieren oder Zu-Strudelteig-Auswalken. Es waren, so ungefähr wurde es Oskar in diesem Moment in der Kronenhalle-Bar klar, gewiss nicht das glückliche Ebenmaß des Tages und der Gleichklang gewöhnlichen Erlebens, die zum vertieften Nachdenken Anlass gaben, weder über die Welt noch über sich selbst. Sondern es waren die ungewöhnlichen, dramatischen, ergreifenden und tragischen Ereignisse, die den Menschen neue Erkenntnisse aufzwangen. Und vielleicht wurde ihm hier eine Gelegenheit präsentiert, eine Gelegenheit zu Dichte, Umsturz, Neubeginn …

»Ja«, sagte Oskar, setzte sich ruckartig auf, sah ein wenig bestürzt vor sich hin und presste die Fingerkuppen der linken Hand auf die Lippen, eine Knabengebärde, die er sich nicht abgewöhnen konnte. »Ja, vielleicht ist es das. Vielleicht hast du recht. Die Inspiration. Mit meinem Nervenkostüm steht es sowieso nicht zum Besten. Manchmal verliert meine im Grunde gute Natur die Oberhand, das Leben erscheint mir wie ein furchtbarer aufgesperrter Rachen, es kommt zu Verstimmungen, vorübergehenden Trübungen, periodischen Störungen und Anwandlungen … – Danke, Doddsie.«

»Ich heiße nicht Doddsie«, erklärte der Kellner.

»Es ist mir völlig egal, wie Sie heißen«, sagte Oskar, »oho, ich kenne das Gesetz meiner Natur, die geheimnisvolle Wiederkehr geistiger Katastrophen, unter deren Einwirkung ich unter Umständen alles von mir werfe … und schon geht alles kaputt, was ich nicht vorsichtig berühre … und schon tue oder sage ich etwas, das nie wieder gutzumachen ist … und schon geschieht es mir, dass ich anderer Leute Leben ruiniere. Passiert mir andauernd. Und schon gelte ich als schwierig. Dabei bin ich ein guter Mensch, Viktor! Viktor, hörst du mir zu? Zum Beispiel telefoniere ich nie im Kino. Ich meine, die Anwesenheit von herrlichen kleinen Männern wie Doddsie hier auf diesem Planeten ist allein durch Cocktails schon erklärt. Alles, was er sonst noch zu bieten hat, ist im Grunde eine freundliche Zugabe. Bei mir sieht die Sache anders aus.

Ich habe mein Dasein durch Arbeit zu rechtfertigen. So ist es mir eingeimpft worden von meinen verrückten Eltern.«

»Ach du liebe Zeit«, ächzte Viktor, »es geht wieder los.«

»Verzeihung. Wir hatten vielleicht einen Cocktail zu viel. Oder zwei. Und nichts auf der Welt passiert, wobei ich nicht an meine Eltern denke. Sie hatten es nämlich nicht leicht mit mir. Was ich bewunderte, war ihnen ein Gräuel (und mitunter hatten sie recht); was ich erreichte, war ihnen nichts wert, denn die Trophäen kamen aus den falschen Disziplinen; und beinahe alles, woran ich hing, verstanden sie gar nicht und unterhöhlten es, sodass es aus Niet und Bindung ging, wenn ich danach fassen wollte. Sofern sie nicht einfach in die andere Richtung schauten, was meistens der Fall war. Im Grunde fürchte ich mich vor meinen Eltern bis zum heutigen Tag. Ich fliehe sie wie ein Paar Gespenster. Ich brauch mir nur ihr Bilde vorzustellen, da ist mir schon zumut wie als Pennäler, wenn ich im Lateinischen aufgerufen wurde und Angst hatte, nicht zu entsprechen.«

»Ein wenig Therapie könnte vielleicht in der Tat nicht schaden.«

»Immer unter Kontrolle, immer vor der stummen Forderung wie vor der Mündung eines geladenen Revolvers, immer in innerer Habtachtstellung. Immer in Fechterpositur, auch wenn weit und breit kein Feind zu erblicken ist. Wie die Ritter der alten Zeit, die in der Rüstung zu schlafen pflegten. Nicht so schlimm. Generell haben mich meine Eltern, wie gesagt, nicht besonders beachtet. Einmal, Viktor, als ich jünger war, hätte ich sogar an einem durchbrochenen Blinddarm sterben können, ohne dass sie sich aufraffen konnten, davon Notiz zu nehmen. Die Narbe ist gut verheilt, aber das ist rein äußerlich …«

»Na dann.«

»Oh mein Gott, vielleicht brauche ich ja doch eine Therapie … *noch* eine!«

»Schon gut«, sagte Viktor, »schon gut.«

»Verzeihung«, sagte Oskar, »ich fange mich gleich wieder. Weißt du, mein Leben scheint nach außen hin ja sehr angenehm …«

»Ich weiß.«

»Ich meine: Ich habe alles, was man sich nur wünschen kann. Mein Dasein, unser *aller* Dasein, Viktor, ist so weit weg vom Leben jener Bevölkerungsschichten, die niemals als staatstragend galten und deren miserabler Alltag geprägt ist durch die Symptomatik sozialer Problemlagen, wie etwa Drogen- und Alkoholmissbrauch, Rohheitsverbrechen und psychische Abweichungen … Moment. Das waren die Sachen, die *unseren* Alltag prägen. Was wollte ich sagen?«

»Keine Ahnung.«

»Ich wollte sagen, unser Leben scheint so weit entfernt von jenen unbürgerlichen, unglücklichen, an der Zeiten Missgunst gescheiterten Existenzen, die alle mindestens zwei Autos fahren, und, uchh, niemand hat … eine Garage … ja? Ist es das? Ach du grüne Neune, vielleicht sollte ich tatsächlich zum Therapeuten? Viktor? Ich bin jetzt in dem Alter, wo alle meine Ärzte langsam in den Ruhestand gehen, nicht ohne vorher an mir noch so Phänomene festzustellen wie: Alterswarzen. Oder: seniler Blutschwamm.«

»Eurgh! Das ist ja ekelerregend.«

»Danke. Mitgefühl ist so eine seltene Qualität heutzutage. Wo war ich? Genau: Ich habe alles, was man sich nur wünschen kann. Aber die Hunde im Souterrain. Die muss man an die Kette legen. Obschon das allenthalben aus der Mode kommt. Anscheinend. Hierin zeigt sich wieder die Vehemenz des Fortschritts in die Tiefe. Denn wir stecken bereits weit in der Dekadenz, Viktor; die Künste liegen in voller Krise, das Sensationelle gilt, und nur einem strömt die sinkende Menge noch begeisterter zu, nämlich dem baren Unsinn. So was wirft mich immer wieder aus meinem nicht leicht erkämpften Gleichmut. Dann gehe ich aus. Oder einkaufen, denn zum Glück habe ich Geld. Es ist sehr wichtig für mich, Geld zu haben.«

»Genau wie für Mildred.«

»Was interessiert mich Mildred? Ich rede hier über *mich!* Es ist essenziell wichtig für mich, Geld zu haben, verstehst du das, Viktor?«

»Ich glaube, das haben jetzt alle hier in dieser Bar verstanden.«

»Und genau das wussten, halb ahnungsweise, auch schon meine Eltern, die Armen. Arm natürlich nur metaphorisch.«

»Ich nehme das mal als *Ja?*«

»Ja? Wieso ja? Wozu ja?«

»Ja zu unserem kleinen Experiment. Therapie.«

»Also«, sagte Oskar und nahm einen tiefen Schluck aus dem Silberkelch, »also – und versteh das bitte nicht als Zustimmung; ich frage nur mal so: In welcher Richtung praktiziert denn Doktor Hockstädder?«

»Ich würde es als analytischen Verhaltenstherapie-Mischmasch bezeichnen«, erwiderte Viktor begeistert, »und ich will dir nur noch mal kurz vor Augen halten, alter Freund, dass dieses gesamte … Arrangement nur Vorteile hätte, *nur* Vorteile … für uns *alle.* Für dich, mein Lieber, ergäbe sich ein Arsenal von literarischen Anregungen. Quasi: Therapie ohne Selbstentblößung. Denn du würdest ja *meine* Probleme vortragen. Und für mich entstünde ein therapeutischer Gewinn, indem du mir anschließend davon berichtest. Und Mildred wäre zufrieden, wenn ich meinerseits dann *ihr* berichte. Und ich hätte sogar noch Extra-Zeit für meine Proben. Für *The Producers.* Wir *alle* würden gewinnen! Klassische Win-win-Situation!«

»Nicht so hastig, junger Freund«, erwiderte Oskar, »ich glaube prinzipiell nicht an Situationen, wo alle gewinnen. Ich glaube eher an Win-lose-Situationen. Trotzdem will ich mir das durch den Kopf gehen lassen; ich habe noch nicht Ja gesagt; ich muss es natürlich außerdem mit Lauren besprechen, denn wir besprechen alles; wir führen eine wunderbare Ehe. Wunderbar.«

»Natürlich«, sagte Viktor.

»Ich selbst könnte die Bindung an neue Arbeit brauchen, das will ich gar nicht verhehlen –«

»Da wir davon reden«, unterbrach Viktor teilnahmsvoll, »– arbeitest du?«

»Hoah?«

»Ich meine: Schreibst du an etwas?«

»Jaja, natürlich. Ich arbeite weiter an meinem großen Hindenburg-Musical. Das kannst du dann mit deinen Hedge-Fonds-Kollegen demnächst im Seniorencenter aufführen.«

Aber es wirkte. Oskars Blick glitt flüchtig über die Reihe der rot gemaserten Marmortischplatten, dann über die Gemälde von Miró, Picasso und Klee, die, wie alle Kunstwerke, die was taugten, den ewigen Zwiespalt zwischen dem großen A priori und der einzelnen Selbstvergewisserung verkörperten.

»Die Frage ist nur«, fuhr er nach einer kleinen Pause fort, »die Frage ist nur – also, eigentlich sind das zwei Fragen, nämlich, erstens: Hältst du es für ratsam, beim jetzigen Stand deiner Ehe ausgerechnet um deine Therapie ein reichlich komplexes Lügengebäude zu errichten? Denn so muss man das nennen. Und, zweitens: Könnte ich glaubwürdig deine Probleme vortragen? Beim Therapeuten, meine ich. Damit will ich andeuten: Du und ich, wir sind doch ganz verschieden; dies ist sogar das Fundament unserer Freundschaft, du hast es selbst gesagt. Das ist ja bei einer Freundschaft nicht anders als in der Ehe. Das, was mich rührt und zu deinem Freunde macht, Viktor, der Geist und Sinn, der deinem Wesen zugrunde liegt, ist deine Weltverbundenheit von innen heraus – die mir völlig abgeht. Insofern hattest du ganz recht, als du vorhin feststelltest, dass diese ganze … Entwicklung … gar nicht dein Genre von Erlebnis repräsentiert. Damit erhebt sich die Frage: Wäre es glaubwürdig, zumal für einen Experten der Psyche, dass mir deine Eheprobleme zustießen? Was ist, wenn Hockstädder mich nach Einzelheiten fragt, zum Beispiel nach Details, den Charakter von Mildred zu erhellen … Was ist dann?«

»Ich bitte dich«, versetzte nun hierauf Viktor und klang leicht indigniert, »das sind doch Kleinigkeiten. Doch ich will gern all deine Fragen der Reihe nach beantworten. Und mich bemühen, deutlich zu sprechen. Erstens: Was, bitte, ist die Wahrheit? Nein, ich möchte hier gar nicht das dünne Eis philosophischer Spekulation betreten, dafür bin ich, wie du eben festgestellt hast, überhaupt nicht der Typ; ich will vielmehr geschäftsmäßig antworten: Wir versuchen hier, einen *Deal* zu finden, ein Arrangement, das allen hilft und keinem schadet. Das ist moralisch, wenn du mich fragst; moralischer gehts kaum. – Zweitens, was nun die Glaubwürdigkeit angeht, Oskar, du kennt doch die Gesetze, nach denen die Gesellschaft funktioniert! Du bist doch Schriftsteller, begabt mit Einfühlung und Phantasie! Also wirst du auch jede mögliche Erkundigung von Hockstädder glänzend befriedigen können. Du kennst Mildred, länger als ich. Du hast uns einander vorgestellt, damals bei dieser Wohltätigkeitsauktion bei Botschaftsrätin Bittenhumpler, erinnerst du dich? Insofern sollte es dir leichtfallen, sie Hockstädder gegenüber sozusagen darzustellen, Mildred, meine ich. Denn Mildred ist zwar anspruchsvoll, aber doch kein schwer zu lesender Charakter, ich sage das ohne jeden Beigeschmack, denn ich liebe Mildred, wie du weißt. Wenn du unsicher bist, zitiere einfach das Gesetz der Sphäre. Bei Hockstädder, meine ich. Die Psyche richtet sich immer nach den Regeln der Gesellschaft, in jedem Milieu. Ohnehin wird Hockstädder gar nicht viel fragen, der Charakter seiner Zunft ist das Zuhören, und Hockstädder behandelt die obersten Kreise, die ihrerseits kaum zuhören können und den Therapeuten nach jener Maxime aufsuchen, die du vorhin schon angeführt hast: *Man kann ja schließlich nicht seine Freunde mit dem Schrott behelligen.* Ansonsten, im Zweifel und sollte es einmal heikel werden: Halte dich einfach an die Etikette und sprich nicht über Gefühle. Sehr einfach.«

»Okay«, murmelte Oskar und stand vielleicht etwas abrupt auf, »genug jetzt. Ich bin schon reichlich konfus. Und wahrscheinlich auch etwas betrunken.«

»Schreib dir noch die Nummer von Hockstädder auf«, bat Viktor, »sie steht nicht im Telefonbuch.«

»Telefonbücher gibts doch gar nicht mehr, oder?«

»Du weißt, was ich meine.«

Oskar griff also noch einmal zu jenem goldenen Kugelschreiber von Millvina, den ihm Alwine Schmid vorhin so unangenehm verschwörerisch zugesteckt hatte, und notierte sich auf einem Notizzettel der Kronenhalle die Telefonnummer, die sein Freund Viktor ihm diktierte.

»Alrighty«, versprach Oskar, »ich werde es mir überlegen. Die Rechnung, Smitty. Und ein Taxi.«

»Ich heiße nicht Smitty«, sagte der Kellner.

4

# ZWEIMAL DIE WOCHE

Wie es Bluttransfusionen gibt, Einbringung eines belebenden Überschusses in einen anämischen Körper, so auch Einflößung von Antrieb, Aufschwung, verjüngendem Impuls in den entnervten. Das Vorhaben seines Freundes Viktor, sich gewissermaßen die Therapie zu teilen, hatte Oskar, trotz seiner zur Schau gestellten Zurückhaltung, bis ins Mark animiert. Im Grunde hatte schon genügt, dass Viktor ein bisschen mit ihm gesprochen hatte, dass er sich gegeben hatte, wie er nun einmal war, mit dieser leicht spröden, dennoch brüderlichen und herzlich verbundenen Kameradschaftlichkeit, das hatte genügt, und Oskar erwachte zu sich selbst. Aha, sagte er sich – er hatte diese leichte Neigung zu Selbstgesprächen –, aha, da ist einer, der an mich glaubt, mich inspiriert, folglich bin ich noch wer; da ist einer, nicht der Schlechteste, der was von mir erwartet, folglich habe ich noch nicht ausgespielt und kann noch was anfangen. Also von vorn! Also *back to square one!* Also … zum Haarschneiden! Nein, Unsinn, ich meine natürlich: Zur Therapie!

Derart angeregt fühlte sich Oskar, als er aus dem Taxi stieg und durch die feuchte, leicht salzige Luft der Oktobernacht die paar Schritte zu seiner Haustüre tat. Geheimnisvoll gehüllt in rosiges Gewölk, blinkte der Mond durch die gefiederten Äste der Bäume und streute Garben silbernen Lichts über die schlafenden Anwesen. Linde Winde wehten, die Erde dampfte erquickenden Geruch. Und Oskar ging es großartig. Eine unbeirrte, sture Schaffenskraft ward in ihm angeregt. Er fühlte sich wie von starker Hand berührt und zu frischen Taten aufgefordert. Er fühlte sich aufgefordert, am Schreibtisch Platz zu nehmen, um die hässlichen Stilwidrigkeiten, die groben Ansprüche und kränkenden Veranlassungen einer mangelhaften Wirklichkeit mit den treffenden Worten zu erledigen, um es der Welt ein bisschen heimzuleuchten. In dieser Stimmung öffnete Oskar die Haustür, und vor ihm stand: seine Frau.

»Hullo Honeybunch«, sagte Lauren. Sie trug ein weich fließendes Nachthemd, war barfuß und klang ein bisschen müde.

»Herrjemine«, flüsterte Oskar erschrocken, »habe ich dich geweckt?«

»Nein, Sweetums«, erwiderte Lauren und lächelte, »mir klingen noch die Ohren. Ich bin selbst erst vor Kurzem zurückgekommen. Let's have a little chat and a little Johnnie Walker.«

»Wie wars im Baur au Lac?«, fragte Oskar, nachdem er sich kurze Zeit später mit einem Glas in der Hand rücklings auf ein großes kalifornisches Sofa fallen gelassen hatte, in jenem Zimmer, das man in diesem Milieu »Drawing Room« nennt.

»Also, first of all: No one eats anything remotely normal anymore«, antwortete Lauren. »Das Catering auf dieser Abdankungsfeier hatte Fashion-Week-Niveau: Miniatur-Hummerrollen, Flusskrebspasteten und Canapés mit grünen Bohnen in Tempurateig. Ferner: Frittierte Okraschoten.

Deepfried vegetables are officially a *thing*. Dazu grüner Saft: Kale Kolada. Ich sage dir: Millvina rotiert im Grabe! Zum Glück hatte Luella ihre Thermoskanne mit Chardonnay dabei.«

»Du meinst die gute alte Luella, die ein Diplom vom North Las Vegas Institute for Casino Studies ihr Eigen nennt?«

»Right. Die gute alte Luella.«

»Worüber wurde gesprochen?«

»Nun, Gwendolyne Rosenstock hat die letzte Szene noch ein paar Mal auf die Bühne gebracht. Ich musste zum Glück nicht jedes Mal zuhören. In der Tat habe ich mit recht vielen Leuten gesprochen, zwischenzeitlich mit Chiandra Gutfreund. You know I like her a lot, aber ihre Haut sieht inzwischen aus wie ein Stück Alufolie, das irgendjemand mal versehentlich weggeworfen hat und dann wieder aus dem Müll klaubte, um es versuchsweise zu glätten und weiterzuverwenden. Freilich ist das nichts, verglichen mit Charlotta Jordan. Du erinnerst dich an Charlotta Jordan? Sie ist mindestens achthundert Jahre alt und hat, wenn du mich fragst, eine Plastic Surgery Addiction: Sie sieht aus wie eine Tom-Petty-Halloween-Maske. Ich sage dir, Kleines, wir leben in einer Gesellschaft, wo der Tod sich langsam lächerlich macht, mit einer Sense aus Pappmaché. Das Skalpell des Chirurgen ist schärfer. Also dasselbe wie immer. Und wie liefs bei dir?«

»Viktor und Mildred haben Eheprobleme.«

»Ja«, versetzte Lauren, »das war ebenfalls ein Thema im Baur au Lac.«

Kleine Pause.

Dann Oskar, etwas unvermittelt: »Ich will in Therapie.«

Kleine Pause.

»Sagst du das bloß aus Übermut und Laune?«

»Nein. Was hältst du von dem Plan?«

»Wenn du mich fragst, ob du verrückt seist«, erwiderte Lauren, »so muss ich dich enttäuschen. Niemand ist mehr verrückt heutzutage. It's just not done anymore.«

»Ich meine: Was hältst du von einer Therapie?«

»Ich bin«, versetzte Lauren, »im Allgemeinen eher gegen Therapie. I live my life, I don't analyse it.«

»Nun«, begann Oskar, »es wäre mehr eine … eine Art *Stellvertreter*-Therapie …«

Oskar Canows Gattin warf den Kopf zurück und stieß leise die Luft durch Mund und Nase aus.

»Das«, sagte sie alarmiert, »klingt hingegen nach einem deiner üblichen Wahnsinnspläne.«

Oskar betrachtete liebevoll seine Frau, die gegenüber von ihm Platz genommen hatte, in einem überaus unbequemen Barcelona-Sessel, einen Fuß leicht vor den anderen gestellt. Er betrachtete ihr wohlgeschnittenes, schmales Gesicht mit den mandelförmig umrissenen Augen und den hohen Wangenknochen, ihre nackten schlanken Arme und feingliedrigen Hände, deren Gebärdenspiel nervös und von reizender Anmaßung war.

»Also«, hob er an und faltete die Hände, »bevor du nein sagst –«

»Nein!«, sagte Lauren.

»– die Sache würde wie folgt funktionieren, ungefähr wie folgt, ich setze dir das jetzt einfach in ganz wenigen Schritten auseinander, Kleines: Viktor und Mildred haben Eheprobleme –«

»Was hat das damit zu tun?«

»Alles. Alles, Lauren. Und wir kommen wesentlich schneller voran, wenn du mich aussprechen lässt. Es ist so: Mildred will, dass Viktor eine Therapie macht, aber Viktor hat keine Zeit und vielleicht auch keine Lust, vor allem aber keine Zeit, eine Therapie zu absolvieren. Ich hingegen habe augenblicklich keine … nun, keine rechte Inspiration, wenn du so willst. Also gehe ich statt seiner – und wir alle gewinnen!«

»Bollocks!«

»Was?«

»Ich sagte: Bollocks. Das klingt alarmierend nach einem Irrsinnsprojekt, Chickie. Die Story wird hinten und vorne nicht aufgehen. Oder lass es mich wie folgt ausdrücken: Es gibt einfach keine Version dieses Szenarios, die nicht katastrophal endet.«

»Ungefähr so wie diese Unterhaltung?«

Lauren betrachtete ihren Mann kurz von der Seite. Und zwar in einer Art, als wäre Oskar zwölf Jahre alt. Aus ihren Zügen war jede Spur von Amüsement verschwunden. Sie atmete erneut hörbar aus. Es war ein leises Ausstoßen der Luft durch Mund und Nase bei gleichzeitigem Zurückwerfen des Kopfes, knapp, kühl, ja, geringschätzig, oder höchstens so, als wollte sie sagen: »Gut das, drollig, kurios!« Doch ihre Lider verengten sich, und ihre Augen merkten eigentümlich dabei auf.

Dann sagte sie: »Das Ganze ist *wrong on so many levels!* Ich weiß gar nicht, wo ich anfangen soll. Zunächst und grundsätzlich: Stellvertretertherapie? Wer bitte macht denn so was?«

»Ja«, erwiderte Oskar, »es klingt zunächst etwas seltsam, das gebe ich zu. Doch du weißt, Lauren, dass Viktor Geschäftsmann ist, er sieht vieles, vielleicht zu vieles, unter dem Aspekt von Kosten und Nutzen; er betrachtet sozusagen auch eine Therapie als Transaktion, die nicht zuletzt Zeit kostet, und er … er würde sich deshalb eben diese Therapie quasi mit mir teilen.«

»Das klingt völlig irre. Warum sollte er das tun?«

»Vielleicht ist das seine Art, die Zeit zu bezwingen. Denn die Zeit ist sein eigentlicher Feind, der Feind seiner Sorte, wenn ich so sprechen darf, ohne abfällig klingen zu wollen. Bei Geschäftsleuten ist es doch so: Die Zeit ist ihr Tyrann, sie fehlt ihnen und entflieht ihnen unter den Händen, sie können sie weder dehnen noch zusammenpressen. Sie stehen mit dem Morgengrauen auf, um auf dem Posten zu sein und sich die Beute nicht abjagen zu lassen, um alles zu gewinnen oder nichts zu verlieren, einen Menschen abzufangen oder sein Geld oder eine Idee, ein Unternehmen einzufädeln oder auseinanderzusprengen, aus einem flüchtigen Umstande Vorteil zu ziehen oder … wasweißich … etwelche Unwägbarkeiten zu wittern, zu zergliedern, abzuschätzen und nach Möglichkeit zu schröpfen. Diese Menschen legen ihr Herz fort … wohin? … ich weiß es nicht … aber sie sind mir immer noch lieber als das, was heutzutage als Künstler durchgeht, vielen Dank auch. – Ja, eigentlich sind das lauter manierliche Leute, vielleicht ein bisschen zu sehr Kaufmann, ein bisschen zu sehr auf ihren Vorteil bedacht und mit Wechseln von zweifelhaftem Wert immer bei der Hand. Man muss sich ein wenig vorsehen mit ihnen, aber sonst sind sie ganz gemütlich. Im Grunde doch harmlos …«

»Könnten wir auf den Punkt kommen, bitte?«

»Lauren, wir versuchen hier, einen *Deal* zu finden, ein Arrangement, das allen hilft und keinem schadet.«

»Oho«, erwiderte Oskars Ehefrau, »darf ich nochmals an den letzten Deal erinnern, den du um der Inspiration wegen geschlossen hast? Darf ich noch mal daran erinnern? Das war nämlich angeblich auch ein Arrangement, das allen hilft und keinem schadet. Und was ist dann passiert? Die Hölle hat sich aufgetan!«

»Warum kommst du immer mit diesen alten Geschichten?«

»Alte Geschichten? Das ist kaum sechs Monate her! Und außerdem geht uns das gar nichts an!«

»Was?«

»Die Ehe von Mildred und Viktor!«

»Das sind doch unsere Freunde!«

»Gerade deswegen! Gerade deswegen müssen wir doch nicht in ihren intimsten Angelegenheiten herumstochern!«

»Herumstochern? Ist das neuerdings das Wort dafür, wenn man mehr über seine Freunde erfahren will, indem man sich in ihre privaten Angelegenheiten einmischt?«

»Nein. Das war schon *immer* das Wort dafür.«

Pause.

»Kleines«, sagte Lauren, indem sie die Beine anzog, einen Ellenbogen aufs Knie gestützt, die Wange an die geschlossene Hand geschmiegt, »diese Ehe von Mildred und Viktor, ich meine, ich mag die beiden, aber hast du mal darüber nachgedacht, dass dies eine Mesalliance von Anfang an gewesen ist, ja, eine eigentliche Verlegenheitsverbindung, die tragisch zu nennen schon weit zu gewichtig wäre, eine unerquickliche, wenngleich bisher folgenlose Verirrung, über die einige meiner zweit- und drittbesten Freundinnen sich noch heute köstlich amüsieren, ein Verhältnis, das vom ersten Moment an etwas Peinliches und Unrichtiges hatte, da es nicht auf Temperamentsausgleich gegründet war … Viktor und Mildred, sie sind nämlich beide … etwas … schwerlebig. Seis drum. Es ist, wie es ist. Und das geht uns nichts an.«

Hier nun nahm Lauren einen letzten Schluck Johnnie Walker aus ihrem Steuben-Tumbler, bevor sie hinzufügte: »… und mit ›uns‹ meine ich: *dich.*«

»Come on«, sagte Oskar, beschwichtigend, »es ist doch bloß ein wenig Therapie. It's not a big deal.«

»No, it's not a big deal. Just a really bad idea. Hast du dir, by the way, schon mal überlegt, wie ruchlos es ist, andere Leute für die eigene Inspiration einzuspannen? Hast du gar keine Skrupel?«

Nun jedoch war es an Oskar, pikiert zu sein.

»Wie bitte, was?«, erwiderte er, in jenem echauffierten, unangenehmen Ton eines beleidigten und in seiner Würde unterschätzten Menschen. »Was soll das denn? Wenn überhaupt, dann werde *ich* doch hier eingespannt, und zwar von Viktor. Außerdem: Ich bitte dich, Lauren. Wir alle bringen Opfer für die Kunst. Das ist ihr Wesen. Kunst ist überhaupt nur möglich auf Kosten anderer Leute. Denn bei jedem Worte stirbt ein guter Ruf, bekanntlich.«

»Das mag sein, Kleines. Die Liebe aber lebt vom guten Ruf, wenn du so willst; sie lebt jedenfalls von *Täuschung* nicht zuletzt, von Blindheit und durchaus rätselhaftem Wohlwollen gegenüber sogar gleißenden Imperfektionen des geliebten Menschen. Imperfektionen, die der Rest der Welt überdeutlich sieht. Lug und Trug heißt eventuell der Mörtel, der hier die Steine zusammenhält, die Steine eines jeden Liebespalasts … möchtest du, dass daran gerüttelt wird? Möchtest du das?«

»Hübsches Bild, Chickie. Du solltest Bücher schreiben.«

»Willst du mehr von diesen Weisheiten?«

»Nein, danke.«

»Oskar, Paare lügen, um sich zu beschützen. Zum Beispiel,

wenn ich dich frage, ob ich die Oberarme meiner Mutter kriege.«

»Du kriegst nicht die Oberarme deiner Mutter.«

»Eben. Das meine ich.«

Oskar stand auf, ging hinüber, setzte sich neben seine Frau auf den breiten, unbequemen Sessel und legte ihr seinen Arm um die Schulter.

»Lauren«, sagte er, »ich scherze nicht. Ich … ich arbeite gar nicht mehr richtig.«

»Ach, fiddlesticks! Du bist einfach alt, faul und reich.«

Stille.

»Okay«, machte Lauren und wedelte mit der Hand, »okayokayokay – *mittel*alt. Mittelalt, faul und reich.«

»Ich weiß nicht«, sagte Oskar, »ich bin zweifellos fürchterlich beschäftigt mit allen möglichen Sachen von fraglicher Bedeutung … meistens handelt es sich um gesellschaftliche Verpflichtungen und Reiseunternehmungen –«

»Wobei mir einfällt: Ist das Raffles gebucht?«

»Ja.«

»Die Suite an der Ecke?«

»Ja-haa. Kelly hat das gemacht. Du kannst sie morgen fragen. Falls ich noch eben meinen Gedanken zu Ende bringen darf: – Wo war ich?«

»… ›zweifellos fürchterlich beschäftigt‹ …«

»Genau. Und zwischendurch schreibe ich das eine oder andere philosophische Stückchen oder ein kleines Traktat über das Wesen der Freiheit oder das Wesen des Playboy. Oder ich sitze im Fernsehen und kritisiere Bücher oder besuche die Fashion Week in Mailand oder werde zur Präsentation des neuen Audi nach Miami eingeladen. Und das ist alles wunderbar. Und dennoch … habe ich in meinem

Leben augenblicklich das Gefühl … kreativ ein wenig auf der Stelle zu treten. Ich meine, wie lange ist mein letztes ordentliches Buch her?«

»Keine Ahnung, Chickie. Du weißt, dass ich selten lese.«

»Egal!«, resümierte Oskar. »Ein kleines Tief, nichts weiter, eine vorübergehende Orientierungspause … die jedoch, wenn ich so pathetisch sprechen darf, mein künstlerisches Gewissen zu Taten aufruft. All diese Annehmlichkeiten, sie sind gut und schön, ich meine, dem Himmel sei Dank, zum Glück sind wir reich und fein und so weiter –«

»Du könntest ohne den ganzen Krempel gar nicht leben! Und man muss kein Therapeut sein, um das zu erkennen.«

»Ich könnte sehr wohl ohne den ganzen Krempel leben. Ich könnte ohne *dich* nicht leben, Lauren, jedenfalls kann ich es mir nicht vorstellen; aber der Krempel, die Sachen, die Annehmlichkeiten, das ist mehr … Panzer, Betäubung, ja, das ist es, eine seltsame und doch kommune, vielleicht etwas dumpf und stumpf machende Art von Betäubung, die mir darüber hinweghilft, dass wir in einer kruden, krähwinkeligen Welt leben, dass uns ein korrumpierter Planet in diesen Zeiten durch den Raum dreht, eine arme gestauchte Kugel, wo jede Blume früh geknickt wird, doch der Unrat schwappt und wuchert! Darüber, dass ich regelmäßig so rein gar nichts anfangen kann mit dem modischen Gedankenbestand der tief gesunkenen literarischen Gegenwart, mit den in der Luft liegenden Phrasen und Abgeschmacktheiten, die mich so wenig interessieren, dass ich bisweilen glaube, ein wenig von gestern zu sein, wiewohl ich jung bin, für einen Schriftsteller, jedenfalls …«

»Du redest ja wie …«

»Wie was? Wie wer?«

»You know«, seufzte Lauren und winkte ab.

»Andererseits«, fuhr Oskar fort, »andererseits habe ich mich an den allgemeinen Niedergang, an die Nervenschwäche und die Verkehrtheit der Zeit gewöhnt wie an ein Stimulans. Und möglicherweise *bin* ich ja auch von gestern; eine einzige, dicke, fette, zerzauste und missvergnügt pickende Krähe inmitten einer blühenden und saftenden Frühlingsszene –«

»Du meinst den vorlauten Kolkraben mit Stock und Zylinder?«

»Es war eine Nebelkrähe mit Brille und Melone! Und ich hab dir schon tausendmal gesagt, das lag an den Schmerzmitteln! Und es ist Monate her und hat nichts damit zu tun, dass ich vielleicht mal wieder einen *Laut* von mir geben sollte, Lauren! Und, wer weiß, vielleicht fällt ja nebenher noch was für unser Leben ab …«

»Wie meinst du das?«

»Na, ich meine … Verbesserungen. Aus der Therapie. Als Folge der Therapie. Für uns.«

»Verbesserungen, wieso Verbesserungen? Du tickst wohl nicht mehr richtig! Hier ist doch alles wunderbar!«

»Das ist bloß der Schein.«

»Also«, erklärte nun Lauren, wozu sie sich ein wenig aufrichtete, und sie klang leicht indigniert, wie wenn man einem uneinsichtigen Kind zum soundsovielten Male eine Selbstverständlichkeit auseinandersetzen muss, »es ist *immer* nur der Schein. Das ist das Höchste, was man erreichen kann. Es ist immer nur der Schein der Perfektion, denn niemand hat ein perfektes Leben, hörst du, *niemand!* Deshalb braucht der Mensch das Geheimnis, denn wir sind nie, was wir scheinen. Und für solche Einsichten brauchst du keinen Therapeuten.

Davon abgesehen hast du, wie wir alle, massenhaft Leute, mit denen du reden kannst: Du hast einen Personal Trainer namens Nico –«

»Ich liebe Nico.«

»Ich weiß, Kleines. Außerdem hast du eine Yoga-Instruktorin – sogar mehrere –, einen Physiotherapeuten, deine Assistentin Kelly und deinen Friseur Tonio.«

»Franco.«

»Verzeihung. Franco. Und schließlich hast du *mich*. Your sounding board is *me*; we are married, remember?«

»Dann solltest du mich unterstützen.«

»Das wäre leichter, wenn du dich nicht wie ein Verrückter aufführen würdest.«

»Lauren, es kann doch nicht schaden. Vielleicht wird die eine oder andere Verdrängung gelöst. Du weißt, was passiert, wenn man Dinge systematisch unterdrückt und verdrängt …«

»Ja. Sie verschwinden. Es tut mir leid, Kleines, aber es ist im Wesentlichen immer meine Auffassung gewesen, dass man sich von seiner Vergangenheit am besten in Slow Motion entfernt und sie hinter sich explodieren lässt, wie in einem John-Woo-Film.«

»Ich verstehe deine leidenschaftliche Gegnerschaft gar nicht. Was kann denn schlimmstenfalls schon passieren?«

»Hmm let me think: – humiliation, embarassment, fire, explosions, collisions, tears, nudity, death – doch das war natürlich alles nur eine unglückliche spezielle Konstellation, als vor ein paar Monaten dein letzter Irrsinnsplan umgesetzt wurde, and is unlikely to happen a second time, huh?«

Pause.

Oskar trank sein Glas aus und hielt es Richtung Zimmerdecke, wo die Kristalle des Waterford-Leuchters in einer eisigen Böe erzitterten, aus irgendeinem Grunde, bewegt von einem bösen, phantasmagorischen Hauch, und ihre Lichtreflexe zersprangen im Schliff des Steuben-Kristalls, schwankend und funkelnd.

»Du warst doch außerdem schon mal beim Therapeuten«, gab Lauren nun zu bedenken, »Myron Finklefried.«

»Morty«, verbesserte Oskar, »Morty Finkelstein. Ja. Vor Jahren. Das hat sich irgendwie … erschöpft. Alle gingen damals zu Morty. Was wohl aus ihm geworden ist? Vielleicht habe ich ihn gekränkt …«

»Luella hat ihn letzten Monat bei einem Selbstverletzungsseminar in Portofino gesehen.«

»Was? Was macht Luella denn –«

»Vielleicht war es aber auch ein Bonsai-Workshop in Port Grimaud. Ich habe nicht so genau zugehört. Der Punkt ist ein anderer.«

»Ja?«

»Fandest du das damals besonders inspirierend? Bei Morty Hinklesteen?«

»Finkelstein.«

»Whatever. Du hältst dich womöglich für interessanter, als du bist. Don't get me wrong, du weißt, dass ich dich aus tiefstem Herzen liebe, ich spreche jetzt nur von den innersten Schichten, so to say, ich habe das Gefühl, du erwartest irgendeine … Enthüllung, irgendeinen faszinierenden Kern unter Schichten von Schlacke und Verdrängung, aber vielleicht ist ja da: gar nichts. Was, wenn es langweilig wird, I mean: lights-out, jaw-droppingly boring? Hm?«

»Lauren«, erwiderte Oskar, »es geht doch gar nicht um mich. Es geht um *Viktor.* Für Doktor Hockstädder bin ich Viktor, rein innerlich gesprochen.«

»Das macht die Gefahr von Langeweile nun nicht gerade kleiner.«

»Trust me about this.«

»I want to«, seufzte Lauren, indem sie sich erhob, »but you're just so wrong about so many things.«

»Darf ich das als schwaches Ja verstehen?«

»Was für eine Art von Therapie ist das überhaupt?«

»So ein Mischmasch, nach allem, was ich gehört habe. So eine Art Kognitiver Verhaltenstherapie mit analytischem oder psychoanalytischem Einschlag.«

»Meinetwegen. Du hast mich zermürbt. Aber wenn die ersten Komplikationen auftreten – und ich habe das Gefühl, dies wird in Kürze der Fall sein –, halt mich bitte sicherheitshalber auf dem Laufenden.«

»Ich halte dich *immer* auf dem Laufenden, Kleines.«

»Gute Nacht.«

»Sweet dreams.«

Damit schickte sich Lauren an, ihr Schlafzimmer aufzusuchen. Getrennte Schlafzimmer haben ihre Vorzüge, das wissen wir schon. Doch bevor sie die Türe schloss, drehte sie sich noch einmal halb zu ihrem Ehemann um und sprach: »You're a terrifying individual.«

Und ein Hauch von Liebe lag darin.

Am nächsten Tag rief Oskar in der Praxis von Doktor Leonid Hockstädder an und verabredete einen Termin mit dessen Vorzimmerdame, Astrid. Er verzichtete darauf, seine Assistentin Kelly anrufen zu lassen. Es dauerte lang, bis das Telefon beantwortet wurde, und Astrid war ihres skandinavischen Akzents wegen nicht immer leicht zu verstehen, aber als

Oskar seinen Namen nannte, bekam er einen Termin schon für den übernächsten Tag. Das war freilich erst der Vorstellungstermin. Doktor Hockstädder, die bevorzugte Psychohilfe der besseren Kreise, der seine Praxis im alten Jung-Institut an der Gemeindestraße in Zürich betrieb, legte Wert darauf, dass prospektive Patienten sich persönlich bei ihm vorstellten.

Zwei Tage später also stand Oskar Canow vor einem villenähnlichen Anwesen am Fuße des Zürichbergs. Er legte den kurzen, mit Kieselsteinen bestreuten Weg vom Eisengittertor des Zaunes durch den etwas verwahrlosten Garten zurück und fand sich vor dem seitwärts gelegenen Haupteingang, einer schlichten Holztüre, neben der verschiedene, mehr oder weniger provisorisch aussehende Klingelschilder angebracht waren. *Club,* las Oskar, und *Psychoanalytische Gesellschaft.* Und schließlich, weiter unten, einfach einen Namen, ohne weitere Zusätze: *Hockstädder.* Oskar drückte die Klingel. Eine kleine Zeit verging, dann ertönte ein hohes Summen ungefähr wie von einer Stechmücke, und die Haustüre ließ sich öffnen. Das Treppenhaus aber, in dem Oskar sich nun wiederfand, schien ihm unaussprechlich dumpfig und ärmlich zu riechen, nach billigem Rasierwasser, Essig und starkem Desinfektionsmittel. Er hätte auf der Stelle mindestens sechs widerwärtige Gerüche aufzählen können, die ihm tausendmal lieber gewesen wären als diese Mischung!

»Und das, während draußen die Sonne lacht und die Vögelein viele muntre Liebesmelodien zwitschern und herbstlicher Balsamduft aus Kräutern rinnt«, dachte Oskar, »das ist also der Kontrast des Analytischen und Natürlichen.«

Doktor Hockstädders Praxis lag in der Beletage. Eine doppelte Tür mit großen Milchglasfenstern, die hinter jedermann scheppernd zufiel, führte Oskar ins Vorzimmer. Dort saß hinter einem gewaltigen Schreibtisch aus schwarz gebeizter Eiche: Astrid. Wer zu Doktor Hockstädder wollte, kam an Astrid nicht vorbei. Eigentlich kam überhaupt niemand an ihr vorbei. Astrid, die aus Schweden kam (oder aus Dänemark oder Finnland, das war umstritten – nur Norwegen schied aus), war eine vollbusige Person, der man sofort einen Helm mit Hörnern aufsetzen wollte. Fest stand sie auf ihren etwas säulenhaften, resoluten Beinen in der Wirklichkeit, blockartig und beinahe starr auf dem starken Hals saß ihr das mächtige Haupt mit dem blonden Haar; sie wirkte sehr physisch, sehr real und sehr *zugegen* und hatte zugleich etwas Brachiales an sich, wie es der Wirklichkeit eben bisweilen zu eigen ist. Dies rein äußerlich. Astrids Wesen hingegen war von naiver Freundlichkeit. Eventuell wirkte es auch nur so, weil sie aufgrund ihres skandinavischen Akzents niemand verstand.

Oskar meldete sich an und wurde gebeten, noch einen Moment im Wartezimmer Platz zu nehmen.

»Eigentlich sollte ein Therapeut, jedenfalls ein besserer, gar kein Wartezimmer haben«, dachte Oskar, »– was, wenn man jemanden trifft? Dieses Problem stellt sich freilich ebenfalls beim Urologen, zum Beispiel. Und vielleicht geht es ja hier beim Warten nicht darum, dass ein anderer Patient noch in Behandlung ist, sondern dass der Therapeut sich irgendwie vorbereitet, was ja wünschenswert wäre … oder sollte man sich gar am Ende selbst irgendwie vorbereiten?«

Allerdings hörte Oskar gedämpfte Gesprächsfetzen durch eine ein paar Meter entfernte doppelte Schiebetür mit Milchglasscheiben, hinter der er das Behandlungszimmer vermutete, und falls er sich angestrengt hätte, hätte er wahrscheinlich den einen oder anderen Satz auffangen können. Stattdessen sah er sich um. Das Wartezimmer, das eher ein größerer, umfunktionierter Wintergarten war, beeindruckte ihn wenig.

»Sieht aus wie eine Mischung aus den Kulissen für irgendein Ibsen-Stück und einer unaufgeräumten Garage«, dachte Oskar, »diese drei Sessel passen nicht zueinander, auf dem Tisch liegt eine karierte Decke wie aus *Susi & Strolch,* und der Blumenstrauß sollte entsorgt werden. Ich wette, die Zeitschriften sind indiskutabel …«

Doch gerade als Oskar nach einer uralten Ausgabe von *Good Housekeeping* griff, öffnete sich mit viel Geräusch die Schiebetür zum Behandlungszimmer, und im Türrahmen erschien wie auf einer kleinen Bühne: Doktor Hockstädder.

Selbstverständlich hatte Oskar sich im Vorfeld ein wenig über Doktor Hockstädder informiert, also das getan, was man eben tut: ein wenig die Ohren gespitzt; zumal sich ihm die Leute ohnehin gern anvertrauten (irgendetwas zu Vertraulichkeiten Einladendes schien in Oskars Wesen zu liegen, was er ganz und gar nicht kultivierte, ihm aber beruflich zustattenkam). Allerdings hatte niemand Genaueres zu Hockstädders Erscheinung sagen können; er schien, passend genug, zu jenen Figuren zu gehören, die man immer sofort wieder vergisst. Das Erste, was Oskar nun wahrnahm, waren: hässliche Ohren. Unter einem dichten, zementgrauen, kurzgeschnittenen Schopf. Auffällig hässliche Ohren; nicht gut für einen Therapeuten, dachte Oskar. Er sollte sich die Ohren machen lassen.

»Nur herein!«, sagte indes Doktor Hockstädder ein wenig leutselig zur Begrüßung und mit einer hinwischenden Handbewegung, als müsste er einen letzten Rest Schwellenangst beseitigen.

Seine Figur wirkte in der Tat recht unbestimmt, gar ein wenig formlos – dabei allerdings ziemlich schwer und massig, und das Gesicht – nun, Doktor Hockstädder schien über solche Mengen Gesicht zu verfügen, dass der Überhang von den kräftigen, harten Knochen hinabsackte. Die überraschend hellen, lichtblauen Augen klemmten in kleinen Hängematten aus Fleisch. Das Weiße, das rund um die Iris zur Ansicht freiliegt, war gesprenkelt mit winzigen scharlachroten Äderchen.

»Ein Sanguiniker«, fuhr es Oskar durch den Kopf, »das jedenfalls hätte man vor hundert Jahren gesagt. Lebhaft, optimistisch, leichtblütig. Vielleicht nicht der schlechteste Typ für einen Therapeuten, denn der ist wenigstens auf Diesseitigkeit fixiert. Im Diesseits, aber ohne die Transzendenz zu verleugnen; ausgerichtet auf Erhöhung und Verstetigung der Lebensfreude und Triumph über alle Beeinträchtigungen des Seelenfriedens. Glück als Frage des Geschmacks. Was es ja letztlich ist, auch wenn einige Dogmatiker das nicht wahrhaben wollen. Ein Sanguiniker also. Na gut. Wie schön. Mir solls recht sein.«

Wenn auch niemand präzisere Angaben zu Hockstädders Auftritt und Statur hatte liefern können, so hatte Oskar doch mehrfach gehört, dass er seine Therapiesitzungen im ehemaligen Billardzimmer von Carl Gustav Jung abhielt (denn das ist die Art von Detail, die Leute sich merken). Was vielleicht gar nicht stimmte. Es wurde jedenfalls kolportiert, und in ebendiesen Raum trat Oskar nun also ein.

Nach übereinstimmender Berichterstattung von Fachorganen wie dem *Deutschen Ärzteblatt* kann die Einrichtung und Dekoration eines Behandlungsraums, der zu therapeutischen Zwecken benutzt wird, den Ablauf und Erfolg einer

Therapie mitbestimmen. Studien zeigen, dass sowohl gesunde als auch erkrankte Menschen erheblich von der Einrichtung eines solchen Raums beeinflusst werden. So bevorzugten Klienten eine abgeschwächte Beleuchtung in Beratungsräumen und Sprechzimmern, denn sie konnten sich unter milderen, gedämpften Lichtverhältnissen besser entspannen, und es fiel ihnen leichter, etwas von sich zu erzählen. Zudem machte der Therapeut auf sie einen positiveren Eindruck. Behandlungsräume sollten weder überladen noch kahl oder nüchtern sein, vielmehr sollten sich Gegenstände in überschaubarer Anzahl darin befinden, vor allem solche, die die meisten Patienten aus ihrem Alltag kennen. Das *Deutsche Ärzteblatt* listet hier beispielhaft auf: Bilder, Kalender, Pflanzen, Vorhänge, Teppiche, Vasen und Kissen. Und als ob diese Listung noch nicht ausreichte zum Nachweis seiner Mittelklasse-Wurzeln, fügt das verdienstvolle Organ noch an: »Auch sollte auf betont stilvolles, vornehmes oder extravagantes Inventar verzichtet werden.«

Nun, Letzteres stellte jedenfalls keine Herausforderung dar beim Einrichtungsdogma, das Doktor Hockstädder bei der praxisgerechten Ausstattung des vermeintlichen Billardzimmers von C. G. Jung hatte walten lassen. Und auch von einem Billardtisch war nichts zu sehen. Überhaupt nichts erinnerte hier an eine spielvolle Atmosphäre. Der Raum zeigte vielmehr: gar keine Atmosphäre. Er war nicht klein, die Decke hoch und verziert von einer zurückhaltenden Stuckornamentik im Jugendstil (Oskar konnte Jugendstil nicht ausstehen). Vor dem ebenfalls nicht kleinen Fenster war ein abgetakelter senfgelber Vorhang beinahe ganz zugezogen, sodass tatsächlich das Licht stark gedämpft ward, aber auch das half nicht viel. Vor dem Fenster mit dem beinahe zugezogenen Vorhang stand ein stark abgenutzter Schwing-Sessel, der seinem Aussehen nach aus einer schwedischen Möbelhauskette stammte und ganz offensichtlich Doktor Hockstädders Platz war. Diesem Möbel gegenüber befand sich ein vollkommen indifferenter Sessel, der vielleicht dreißig Jahre alt sein mochte und für den Patienten gedacht war. Und auf der hölzernen Heizungsverkleidung vor dem zugezogenen Fenster stand eine ziemlich verstaubte afrikanische Fruchtbarkeitsstatue.

»Wenigstens dieses Ding ist wohl klassisches Therapiezimmerinventar«, dachte Oskar, während er missbilligend in jenem indifferenten Sessel Platz nahm, wohin ihn Hockstädder nach der Begrüßung wies.

»Gefällt es Ihnen bei mir?«, erkundigte sich Doktor Hockstädder, vielleicht nur eine Floskel anbringend, vielleicht aber auch Oskars wandernden und prüfenden Blick bemerkend (Oskar war seit jeher nicht sehr gut darin, seine Gesichtsausdrücke zu kontrollieren, sofern er sich nicht bewusst darum bemühte).

»Doch doch«, erwiderte Oskar, »es erinnert mich an … es sieht aus wie … ein großer Flohmarkt.«

Was sich nun anschloss, war Folgendes: Oskar erläuterte die Konstellation, Doktor Hockstädder erläuterte die Grundzüge seiner Vorgehensweise. Selbstverständlich erläuterte Oskar nicht die wahre Konstellation, sondern die konstruierte, er hatte zu diesem Zweck extra noch mit Viktor konferiert und schilderte dessen Ehekrise nun als seine eigene, gar mit einer gewissen Hingabe, die keinesfalls Details vermissen ließ: Flüssig und wohl beinahe ein bisschen zu redselig gab Oskar Auskunft über seine durchaus fiktiven Beziehungsprobleme, die in Wahrheit Viktors waren: die Entfremdung, die Kälte, das Nichtverstehen, das lange Schweigen voll Ärger und Konsternation; er hatte sich gestern noch am Telefon mit Viktor genauestens darüber abgestimmt, und zu seiner eigenen Überraschung machte ihm die Konstruktion der Lüge nicht zu schaffen, im Gegenteil, er steigerte sich, wie es manche talentierte Lügner tun – zu denen Schriftsteller regelmäßig und mutmaßlich einer wesenhaften Inklination nach gehören –, geradezu hinein in seine Schöpfung und schmückte sie aus mit kleinen, aber glaubhaften und pittoresken Bildern und Einzelheiten: die Verbalinjurien, die jähzornige Ader auf Mildreds Stirn, trotz Botox, das müsse man sich mal vorstellen, und so weiter.

Doktor Hockstädder nickte und machte sich ein paar Notizen. Worauf er erklärte, dass die Verhaltenstherapie, die in diesem Falle wohl angezeigt wäre, heutzutage ein ganzheitliches Bild des Menschen vertrete. Dabei sei von besonderer Bedeutung, dass der Patient – oder, wie er, Hockstädder, es lieber ausdrücke: der *Klient* – als der erste Experte seiner Probleme gesehen werde. Der Therapeut hingegen habe auch die Entwicklungsgeschichte, Umwelteinflüsse und gesellschaftliche Rahmenbedingungen mit in seine Therapieplanung einzubeziehen. Er werde Oskar also nicht nur nach den Problemen, sondern auch nach Ressourcen und Stärken befragen. Der Begriff Verhaltenstherapie führe insofern in die Irre, als er das Augenmerk eben beinahe ausschließlich auf das Verhalten lenke. In der Verhaltenstherapie stehe aber heute die Untersuchung des Verhaltens gleichrangig neben der Betrachtung von Denken, Gefühlen und körperlichen Prozessen. Ja, und es schade gar nichts, sich dabei gelegentlich auf die Klassiker zu besinnen. Zum Beispiel auf Goethe: *Höchstes Glück der Erdenkinder/sei nur die Persönlichkeit.*

»Er scheint recht leutselig zu sein«, dachte Oskar, »mich wundert, wie er die Distanz zu seinen Klienten halten kann. Oder dient dies Ganze in Wahrheit nur der Musterung?«

»Der Grundsatz ist herrlich, doch das Leben ist voller Reibungsflächen«, führte Doktor Hockstädder aus, indem er sich, quasi unterstreichend, die Hände rieb, »und Selbsterziehung bedeutet schließlich, tätig und beweglich, mit Aufmerksamkeit und so viel Willenskraft, wie man nur aufzubieten vermag, seine guten Eigenschaften und seine Talente zu fördern.«

»Ja«, sagte Oskar, »genau.«

Worauf Doktor Hockstädder sich eine kleine Notiz machte.

»Sehr schön«, beschloss er dann, »das kriegen wir schon hin! Kein Grund zur Sorge, gar nicht. Kommen Sie nächste Woche wieder, und dann immer dienstags. Ach was, machen Sie irgendwas mit Astrid ab, diesem großen Kind! Wir quetschen Sie schon rein, irgendwo zwischen Nichtstun und dem Warten auf den Tod. Haha!«

Und ehe er sichs versah, fand sich Oskar im Treppenhaus wieder, in dem es unaussprechlich dumpfig und ärmlich roch. Als er eben die Haustür aufdrücken und ins Freie treten wollte, wurde er im Erdgeschoss auf ein Schild aufmerksam, eine handgeschriebene Tafel auf einem wackligen Ständer, die jemand dort platziert haben musste, während Oskar bei Hockstädder gesessen hatte. »Analytischer Club« stand auf der Tafel, und darunter: »Vortrag Privatdozent Doktor Gisbert Halbpfennig: *Kreativität aus der Sicht der Analytischen Psychologie*«. Und darunter: »Das Referat besteht aus drei Teilen, dazwischen Pausen und griechischer Imbiss. Nach dem Vortrag ist Zeit für Diskussion.«

Die Doppeltüre mit den Milchglasscheiben daneben stand offen, und Oskar erkannte schemenhaft eine Art Publikum, eine verstreute Zuhörerschaft, die in einem losen Halbrund offenbar um eine Bühne herum saß und dem Vortrage lauschte. Die Bühne konnte Oskar nicht erkennen. Was ihm als Rechtfertigung reichte, einzutreten. Und zwar in einen kleinen Saal, einen etwas verstaubt wirkenden Raum, der bessere Tage gesehen hatte. In dessen Mitte befand sich ein provisorisch wirkendes Podest. Auf demselben stand, hinter einem Pult mit sehr viel Manuskriptpapier und einem halb vollen Glas Wasser, Doktor Gisbert Halbpfennig.

Der Privatdozent war ein kleiner, schiefschultriger und fast schon so gut wie verwachsener Herr in einem abgetragenen Jackett und mit hellbraunen, dringend pflegebedürftigen Schuhen. Oskar setzte sich in die letzte Reihe. Offenbar hatte der Vortrag eben erst begonnen; Doktor Halbpfennig schien sich in den einleitenden Bemerkungen zu befinden, die dazu dienten, der Zuhörerschaft Struktur und Aufbau, Wesen und Wollen seiner Ausführungen darzulegen. Augenblicklich führte Doktor Halbpfennig aus, dass Kreativität eine Tätigkeit sei, die von der Wirkungskraft des paradoxen Geistes des Unbewussten herrühre. Anhand von Träumen und konkreten Beispielen vor allem aus dem Leben und kreativen Werk von Carl Gustav Jung wolle er, Halbpfennig, den Versuch unternehmen, das geheimnisvolle und ambivalente Wesen der Schöpferischkeit (so nannte er es) tiefenpsychologisch etwas zu erhellen. Dabei werde er Fragen der Beziehungen zwischen Psyche und Materie berühren sowie den Zusammenhang von Physik und Tiefenpsychologie und Zahl und Archetyp streifen – und sich überhaupt versuchsweise dem hinter den Erscheinungen liegenden Einheitsaspekt des Seins nähern, dem Unus Mundus, dieser Einheit des Realen vor aller Erscheinung, einer Einheit, deren Ausdruck der Archetyp sei, ebenso wie die Synchronizität oder sinnhafte Gleichzeitigkeit (man könne auch von bedeutungsvollen Zufällen sprechen, sagte Doktor Halbpfennig mit verschämtem Kichern).

»Meine Untersuchungen deuten unter anderem darauf hin, dass das Schöpferische der Mutterboden des inneren Schicksals und die Wirkungskraft über Leben und Tod zu sein scheint«, erklärte Doktor Halbpfennig und verzog ein wenig die Schultern, wozu er außerdem durch Berührung der Spitzen von Daumen und Zeigefinger der rechten Hand einen Kreis bildete, wie um die Präzision und Unumstößlichkeit seiner Untersuchungen zu signalisieren. Er war kein guter Redner, sprach leise, einförmig und einfarbig, zwar mit einer gewissen Überartikulation, ungefähr so, wie ein Sprachlehrer Vokabeln vorsagt, doch ohne jedes Bemühen um Plastik des Wortes, vielmehr in einem kühlen, die Zuschauer distanzierenden Litanei-Ton. Nicht wie ein Vortrag, sondern wie eine Kundmachung schmeckte es dem Ohr.

»Wir hätten also bereits auf den Preis hingewiesen«, sagte Herr Halbpfennig soeben leise und einförmig, »den Preis, den der Dandy, wenn er einer ist, zu bezahlen hat: die Entfernung vom Leben. Die letzte Überlegenheit: das Vergnügen, Welt und Menschen zu durchschauen, die Vergnügungen des Ausdrucks, die psychologische Erkenntnis – verödet das Gefühl. Das ist das, was man ›Ästhetizismus‹ nennt. Was aber bedeutet das, meine Damen und Herren – Ästhetizismus? Nun, ich will es Ihnen sagen, nämlich Folgendes: Ästhetizismus wird nur um den Preis der Teilhabe am Menschlichen erkauft; man vermag weder mitzufühlen noch zu handeln, nur zu beschreiben und zu zergliedern; zudem wendet sich der Trieb zur Analyse auch gegen das eigene Ich, und dies, ich versichere Sie, ist nicht immer ein Vergnügen, beileibe nicht. Diese tiefe Teilnahmslosigkeit eines, ich möchte beinahe sagen: ruchlosen Ästhetizismus ist nun, Sie ahnen es, eng verflochten mit dem Gegensatz von Kunst und Leben.«

Nur sein Mund war in Aktion. Das kühle, schmale, feine Antlitz blieb unbewegt, die Augen, hinter auffallend mächtigen und breiten Knochenbogen tief verborgen, schienen niemals von diesem gewaltigen Stapel Manuskriptpapier aufzublicken. Trotzdem wirkte das Publikum gebannt. Oskar musterte das sporadisch besetzte Plenum: Schräg vor ihm saß eine junge Dame, nein, vielmehr bloß das Epigramm einer jungen Dame, ein ganz zartes Aperçu von Weiblichkeit, in einem Kostüm vom Grün jenes Grases, welches an Nilufern wächst. Dazu denke man sich eine schwere Krone kastanienbraunen Haares über einer sanften Kinderstirne, blitzende Augen und einen Mund, für den die Zauber der Tiefenpsychologie ein viel zu großes Bonbon sind. Daneben ein dünnhaariger und dickleibiger Herr, überkorrekt gekleidet, der den Kopf in den Nacken gelegt hatte und mit offenem Munde und gekreuzten Armen lauschte. Weiter drüben eine Matrone, die Oskar für eine Lehrerin hielt, mit leicht entzündeten Augen und rotflaumigen Flecken auf beiden Wangen. Auf ihrem Gesicht, quasi in katatonischer Hingabe versteinert, malte sich eine so ungebildete Schwärmerei, dass es ein Jammer war. Die Matrone war in Herrenbegleitung, neben ihr saß, drastisch gegen sie abstechend, mit halb geschlossenen Augen und den flachen Händen im Schoß an der Stuhllehne ruhend, ein vermickerter kleiner Mann, dürr und armselig und kränklich von Statur. Die knochige Gestalt wurde von einer unerhörten Strickjacke mit Zopfmuster umschlottert, deren unheilvolles Grau möglicherweise nur davon herrührte, dass sie zu oft gewaschen worden war.

Der Künstler selbst empfehle die vermittelnde Kraft der Ironie als Heilmittel gegen die Entfremdung vom Leben im Dienste der Kunst, erläuterte Doktor Halbpfennig soeben mit entfärbter, versickernder Stimme – aber wie, bitte, sehe das heute aus, heute, in unseren herrlich beschleunigten Zeiten, wo Ironie scheinbar zur Massenbewegung des Kommerz verkommen sei und sich in Posen und Produkten erschöpfe? So fragte Halbpfennig, rein rhethorisch, natürlich, und seine recht elend umränderten Augen erschienen wie trübe Punkte in fahlen, eingefallenen Teiggruben.

»Heitere Ambiguität ist im Grunde das Element vornehmlich des literarischen Künstlertyps«, las er ab, »oder wenigstens: Sie *sollte* es sein. Doch, meine Damen und Herren, ich frage Sie: Ist das heute noch möglich?«

»Das ist doch wohl vor allem eine Milieufrage«, dachte Oskar.

Und er dachte zugleich an jene Gesellschaft, in der er sich vorzüglich bewegte: der gelegentliche Besucher oder Neuling fand hier den Geist vollkommen fertig und die Urteile vollständig gebildet – was für ein herrliches Feld für den Ironiker! Dieses fortgesetzte Harren auf ein Vergnügen, das niemals kommt, die ewige Langeweile, die luxuriöse Leere in Geist, Herz und Gehirn und die ganze große Müdigkeit der höheren Sphären! Herrliches Feld! Diese profunde Vakanz drückt sich in den Zügen aus und erzeugt Pappgesichter, worauf das Gold sich abspiegelt und aus denen jeder geistige Hauch entflohen ist. Jenes Nabobantlitz, worin die Ohnmacht Fratzen schneidet, Ohnmacht nicht der Mittel, sondern der Richtung, des Ziels. Genauer: schneiden *würde*; die Ohnmacht *würde* Fratzen schneiden, sofern die Gesichter nicht durch Botox gelähmt wären.

»– die Künstlertypen heutzutage sind erbärmlich«, befand Doktor Halbpfennig, lächelte matt und fuhr fort: »Von einem gemeinen Gesichtspunkt aus betrachtet, waren sie dies freilich schon immer. Künstler sind ungehörig und niederträchtig. Keiner versteht sie. Sie aber verstehen es, den in uns tief vergrabenen kleinbürgerlichen Hass freizulegen auf alles Reine und Schöne, ein abscheuliches Ressentiment, das aus einer jederzeit tief empfundenen Minderwertigkeit resultiert. Seit jeher. Die Kunst ist ein Krieg, ein aufreibender Kampf. Hat Thomas Mann gesagt. Und man taugt nicht lange dafür. Und heute? Heute gelten Angebot und Nachfrage. Angebot und Nachfrage – und über dieser Sphäre west die Welt der Künstler. Und ich frage Sie: Soll man den Markt verdammen? Der Maler des Tages ist überhäuft mit Aufträgen; der Maler ohne Beschäftigung zernagt seine Eingeweide, wenn er sich als Genie fühlt. Wettbewerb, Nebenbuhlereien und Herabsetzungen töten manche Begabung; noch sehr viel tödlicher freilich ist: die fehlende Nachfrage. Ist das richtig oder falsch? Wissen die Leute, was ihnen guttut? Verstehen sie was von Qualität? Ist die fehlende Nachfrage der Skandal – oder der Umstand, dass wiederum für andere Halbtalente und bare Stümper eine Nachfrage überhaupt erst geschaffen wird? Die einen stürzen sich aus Verzweiflung in die Abgründe des Lasters, die anderen sterben unbekannt, weil sie zu früh auf die Zukunft gebaut hatten –«

»Wieder andere überlebten alle und alles, bis auf ihre Eitelkeit«, dachte Oskar.

Doktor Halbpfennig jedoch schien sich in eine kleine Enthemmung hineinzureden; er entglitt der Enge des Vortragssaals und wirkte ganz und gar eingenommen von seinem Gegenstand, nämlich dem Typus des Künstlers, seiner charakterlichen Vorzüge und Verdienste um den Fortschritt der Menschheit – dabei nicht zuletzt um die Fortschritte der *Psychologie.* Denn allem Künstlertum sei doch das psychologische Interesse eingeboren, wie das Interesse fürs Mythische, Menschlich-Urtümliche und Vorkulturelle, betonte Halbpfennig, und dann wurde ihm offensichtlich ganz schaurig zumute, denn es ging wieder um die Gegenwart, die, blind, blöde und taub, der Kunst die kalte Schulter zeige.

»Lieber Himmel«, konstatierte Halbpfennig in seinem gelinden, blassen Ton (und Oskar fand diesen Anruf für einen Psychologen einigermaßen ungewöhnlich), »lieber Himmel, auf mich wirkt diese ganze geistlose Gegenwart wie eine hässliche Novemberlandschaft: Schmutz, Dunst, Kälte, ein paar Krähen verdrossen auf kahlen Ästen. Zum Glück bin ich nicht verbittert!«

Hier entfuhr Oskar ein Lacher, den er glücklicherweise in einen Huster ummünzen konnte.

»Eine Kloake!«, fuhr Halbpfennig fort, ohne durch diese Störung im Mindesten beeinträchtigt zu sein, und hob den Zeigefinger. »Eine Jauchengrube, das ist aus der Alten Welt geworden, meine Damen und Herren, eine gigantische Kloake, der Abtritt für das ganze Universum!«

Kunstpause. Es schien, als löste sich das Bild ab von jenem wüsten Stapel Manuskriptpapier auf Halbpfennigs Pult und schwebte auf dessen materieloser, durchlässiger Stimme wie auf einer kleinen Wolke sachte durch den staubigen Saal.

Im Übrigen konnte Halbpfennig sich seiner Wirkung

sicher sein, jedenfalls bei der um ihn versammelten Schar seiner größtenteils stark angejahrten Jünger, die, eventuell an derartige Vorträge gewöhnt, die Ansprache mit stummem Aufblick über sich ergehen ließen und in sicheren Abständen die eine oder andere Äußerung stummer Zustimmung von sich gaben: Mehrere Zuhörer hielten, wie um keines seiner Worte zu verlieren, die hohle Hand an die Ohrmuschel oder deuteten dies wenigstens an, indem sie die Hand bis halbwegs zum Ohr erhoben hatten, als seien sie mitten in der Bewegung vor Aufmerksamkeit erstarrt. Der überkorrekt gekleidete, dünnhaarige und dickleibige Herr schüttelte sogar sein linkes Ohr mit dem Zeigefinger, um es hellhöriger zu machen, und hielt es dann wieder Halbpfennigs trägem Redeflusse hin. Die Matrone war ganz rotpflaumiges Nicken, während allerdings der vermickerte Herr neben ihr inzwischen vollständig einem Toten geglichen hätte, wenn nicht seine Brust in dieser zu großen grauen Strickjacke sich so stark und taktmäßig gehoben und gesenkt hätte, als ob er ein mechanisches Triebwerk im Busen trüge.

Indes dozierte Doktor Halbpfennig, der offenbar zu einem Parforceritt durch die Geistesgeschichte gesattelt hatte, das sogenannte neuronale Paradigma, quasi einen der letzten Schreie der gegenwärtigen Kultursoziologie. Hierbei handelte es sich um jene zeitgenössische Anschauung, die davon ausging, dass nicht etwa virale oder gar bakterielle, sondern neuronale Erkrankungen die sogenannten Leitkrankheiten des kommenden Jahrhunderts wären: Erschöpfungszustände, Depressionen, Aufmerksamkeitsstörungen; Pathologien der postindustriellen Leistungsgesellschaft, die ihre Bewohner ohne Erbarmen dazu anleite, als Unternehmer ihrer selbst zu agieren. Gerade diese gnadenlose Selbstbezüglichkeit erzeuge eine paradoxe Freiheit, und die psychischen Erkrankungen der Spätmoderne seien eben die pathologischen Manifestationen dieser paradoxen Freiheit.

»In unserer heutigen Gesellschaft«, erklärte Halbpfennig, »färben Eitelkeit, Missgunst und Niedertracht ab wie das Weiße an einer Kalkwand. Was früher Verrückte und Verbrecher waren, sind heute Depressive und Versager. Ich weiß nicht, ob das noch mit der Psychoneuroimmunologie zu vereinbaren ist, aber: In ihrem Umgang verderben sich die Leute schnell gegenseitig den Charakter, besonders, weil die meisten keinen haben.«

Kleiner Witz. Kurzer schnappartiger Auflacher der Brünetten im schilfgrünen Seidenkostüm und allgemeine zustimmende Animierung des Publikums. Oskar kam es vor, als würde dieses Fähnlein unscheinbarer Existenzen geradezu erstarken unter Halbpfennigs Tiraden, die mutmaßlichen Beschränkungen ihres Lebenshorizonts gaben diesen Herrschaften wohl gleichzeitig ein sehr fokussiertes Innenleben, ungefähr wie bei gewissen Pflanzen, die sich auf kargem Boden aus Trotz eine ungleich intensivere Ausblühung abhungern. Die meisten Verklemmt- und Schüchternheiten haben und hegen geheime Kompensationen, und Oskar war erfahren genug mit den Gesetzen der Gesellschaft, um zu wissen, dass sich die innere Eitelkeit generell proportional zur äußeren Schlichtheit verhielt; und einer Erregung ebenjener Eitelkeit war offenbar die Belebung des Auditoriums zuzuschreiben.

»Heutzutage jedoch«, stellte Halbpfennig fest, »ist eine ganz andere Form der Aufmerksamkeit prävalent, meine Damen und Herren, eine Form der Flüchtigkeit und Verflüchtigung, die das Geistige in der Kunst bedroht: Hyperaufmerksamkeit. Was ist darunter zu verstehen? Nun, neben einer überaus geringen Toleranz für Langeweile ist diese zerstreute und oberflächliche Art der Widmung und Zuwendung gekennzeichnet durch den sehr raschen, hektischen Fokuswechsel. Etwas Getriebenes haftet ihr an, das darf ich wohl sagen. Und dieses Getriebene leitet sich nun direkt her aus der Stimmung unserer Zeit: der Hysterie und Nervosität der modernen Aktivgesellschaft, die nichts mehr zu kennen scheint als die hohle Emphase des Tätigseins, die Verabsolutierung der Vita activa, schamlose Machtpragmatik, aller normativen Bindungen entledigt, was natürlich schließlich voll und ganz zum Verlust des kontemplativen Vermögens führen muss. Und dann? Schon Nietzsche hat erkannt, dass das menschliche Leben in einer tödlichen Hyperaktivität endet, wenn aus ihm jedes beschauliche Element ausgetrieben wird.«

»Nietzsche kann man allerdings zu fast allem zitieren«, dachte Oskar, »das ist ein bisschen billig. Apropos: Ich muss unbedingt vor diesem griechischen Imbiss hier verduften.«

Der Künstler, sagte Halbpfennig indessen ebenso leise wie beflissen (beinahe unnachgiebig), sei ebenfalls ein sehr schönes und also geradezu parademäßiges Beispiel dafür, dass es eben gar nicht selten fließende Übergänge von einem zum anderen Charaktertypus, von der einen zur anderen Störung desselben und vor allem von vermeintlich normalen zu pathologischen Fällen gebe. Die Kunst sei ein Krieg, ein aufreibender Kampf. Und man tauge nicht lange dafür. Thomas Mann, wie gesagt. Doch ganz egal, ob man nun von schizoider, depressiver, zwanghafter oder hysterischer Struktur spreche – stets würde dem Defekt doch die Stärke gegenüberstehen. Was aber sei Charakterstärke überhaupt, fragte

Halbpfennig durchaus rhetorisch. Um gleich anzukündigen, er wolle nun nicht in Einzelheiten gehen (und der raschelnde Stoß Manuskriptpapier verriet, dass er ebendas vorhatte). Das seit der Antike geläufige Konzept der Charakterstärke umfasse jedenfalls wichtige persönliche und soziale Tugenden, insbesondere entschiedenes Eintreten für Überzeugungen, Pflichtbewusstsein, Ausdauer, Courage und moralische Konsequenz. Und nicht zuletzt: Humor!

»Dieser Takt und diese Kunst der Antithese!«, flüsterte nun in Oskars Richtung jene schräg vor ihm sitzende junge Dame mit dem schilfgrünen Kostüm. Sie hatte sich zum Zwecke dieser Bemerkung ein wenig zu unserem Helden herumgedreht, den sie vermutlich in Ermangelung irgendeiner anderen Person in der Nähe adressierte, weil der Enthusiasmus aus ihr rausmusste. Offenbar waren Doktor Halbpfennigs Worte auf dieses liebenswürdige und wirklich entzückend kolorierte Mädchen, die dabei auch ihres eigenen zarten Erfahrungsschatzes gedenken mochte, nicht ohne herzbewegenden Eindruck geblieben. Unter der schweren Krone ihres kastanienbraunen Haares und der sanften isabellfarbenen Kinderstirn wurden ihre Augen vor lauter Enthusiasmiertheit zu blitzenden Ritzen.

Oskar seinerseits war überrascht, dass sie ihn überhaupt wahrgenommen; er hatte geglaubt, sie wäre von Halbpfennigs Bilde ganz in Anspruch genommen. Er lächelte leer und freundlich, dachte aber: »Man sollte geistige Welten absperren können wie einen vornehmen Park. Oder mindestens die Zutritts-Erlaubnis an gewisse Bedingungen knüpfen: Blinde Bejahung ist verboten! Die Begeisterung ist an der Leine zu führen! Ich meine, wo kommen wir denn hin, wenn jeder hier seine Enthusiasmen frei herumlaufen lässt ...«

Dann stand er auf, nickte der schilfgrünen Dame zu und verließ diesen seltsamen Ort, wo der kleine Doktor Halbpfennig, Gisbert mit Vornamen, weiterredete in der Art eines Vorstadtmessias, mit leicht erhobenem Kopf auf seine Entourage herab, und sich seiner Sache so sicher zu sein schien, wie es eigentlich nur dumme Menschen sein können, und dumm war er zweifellos nicht. Ein Ende seiner Ausführungen war übrigens nicht abzusehen. Soeben empfahl er seiner Zuhörerschaft dringlich einen bestimmten Aufsatz zum Vergleich des zyklischen Zeitverständnisses bei Nietzsche und Schopenhauer, verfasst von einem geschätzten Kollegen, dessen Name Oskar entging, der von Halbpfennig jedoch gepriesen ward als ein Experte für den deutschen Idealismus, der fest daran glaubte, dass das Universum zur Selbsterkenntnis gelangen würde.

Oskar Canow verließ die seltsame Villa an der Gemeindestrasse, doch er würde wiederkommen, das war verabredet.

»Ja«, dachte er, während er über den kurzen, knirschenden, mit Kieselsteinen bestreuten Weg durch den etwas verwahrlosten Garten schritt, »genau so ist es: Man hat das Prinzip zur Geltung zu bringen, das man darstellt. Man hat in seiner Sphäre zu bleiben. Verschiedene Welten. Auf der einen Seite das Leben, auf der anderen Seite ein theoretischer Abklatsch von Praxis, vorgetragen von einem schiefschultrigen Männlein, das in seinen Manuskriptpapieren für alles Starke und Rücksichtslose schwärmt, selbst aber offensichtlich gar keine Kraftnatur ist, sondern zartbesaitet, nervös und höchstwahrscheinlich frühgestört, wie Tante Kitty sagen würde. Jemand, dem am Ende nichts bleibt als das hilflose, traurige Wollen, die ewig suchende Sehnsucht … Doch ein kleiner Schauer und Rausch von Glück berührt das Herz, wenn jene Welten, zwischen denen die Sehnsucht hin und wider irrt, sich in einer kurzen, trügerischen Annäherung zusammenfinden. Aber es gibt kein Zusammenkommen … das darf nicht sein. Man muss sich damit abfinden. Man muss es ertragen, das ist das ganze Geheimnis. Man muss sein Naturell ertragen, mit etwas Demut, bittesehr.«

So dachte er, und er war es ganz zufrieden, denn stets bewahrt und verteidigt hatte Oskar Canow in seinem Herzen den Glauben an die wohlmeinende Absichtlichkeit des Schicksals, an etwas Höheres; daran, dass alles seinen Sinn und seine Ordnung habe und im Übrigen schon glimpflich abgehen werde.

# 5

# HYSTERISCHER EINSCHLAG

»Wie geht es Ihnen?«, fragte Doktor Hockstädder, nachdem sich Oskar für seine erste Therapiestunde in jenem indifferenten Sessel schräg gegenüber der Fruchtbarkeitsstatue niedergelassen hatte.

»Was?«, erwiderte Oskar. »Ist das alles? Ich erwarte eine Kajakfahrt über die Strudel meines Unterbewusstseins, und Sie fragen mich das Gleiche wie die Frau von der Reinigung?«

Doktor Hockstädder schwieg.

»Apropos«, fuhr Oskar fort, den dieses Schweigen nervös machte, »ich habe festgestellt, es ist nicht leicht, sich für einen Therapeuten richtig anzuziehen.«

Doktor Hockstädder machte sich eine kleine Notiz. Er schrieb auf ganz bestimmten Notizblöcken, nämlich zufälligerweise auf jenen hellgelben Legal Pads von Mead, die auch Oskar zu Hause für seine Notizen benutzte und sich stapelweise aus Amerika mitzubringen pflegte. Es war ein wenig verstörend für ihn, nun seinen Therapeuten damit arbeiten zu sehen.

»Am besten was Pflegeleichtes«, sagte Hockstädder.

»Das kriege ich *ebenfalls* von der Frau von der Reinigung

zu hören«, stellte Oskar fest, »– was für eine Art von Therapie ist das hier überhaupt?«

»Was würden Sie sagen?«, fragte Hockstädder zurück.

Pause.

»Na gut«, sagte Oskar, »fangen wir an. Soll ich einen Traum erzählen?«

»Kommt drauf an. Verfolgt Sie darin zufällig ein Schwertfisch?«

»Nein.«

»Tja. Das hätte ich erklären können.«

Worauf Oskar leicht katatonisch seinen brandneuen Therapeuten anstarrte.

Doktor Hockstädder lachte. Dies Lachen war nun ein wenig unheimlich, eine Explosion von Dämonen, etwas Schrilles, Überdrehtes haftete ihm an; etwas, was ansonsten gar nicht zu Hockstädders resoluter Bodenständigkeit passte.

»Kleiner Therapeutenscherz«, erklärte er, nachdem er sich gefangen hatte.

»Wundervoll«, erwiderte Oskar, »muss ich für die Humoreinlage mehr bezahlen?«

»Nein. Wir haben hier 'ne Flatrate.«

Und damit fing es an. Das war die erste von einer Reihe von Sitzungen, zweimal die Woche, dienstags und donnerstags, an denen Oskar Canow auf jenem indifferenten Sessel gegenüber der wohlmeinenden Loyalität Doktor Hockstädders Platz nahm, im Visier der afrikanischen Fruchtbarkeitsstatue. Zuvor pflegte Oskars Geduld, ohnehin nicht seine stärkste Eigenschaft, regelmäßig ein wenig im Wartezimmer auf die Probe gestellt zu werden. Er war zumeist damit beschäftigt, sich in eine uralte Ausgabe von *Esquire* zu vertiefen, um ja nichts von den Gesprächsfetzen zu verstehen, die durch die Schiebetür mit Milchglasscheiben zu ihm drangen. Manchmal sah er sogar, mehr oder weniger schemenhaft, die Patienten, wenn diese das Behandlungszimmer verließen, und dann starrte er pflichtschuldig und auch ein bisschen peinlich berührt auf jene grob karierte Tischdecke, auf die hier und da die verwelkten Blütenblätter eines Blumenstraußes runtergesegelt waren.

Einmal aber geschah es, dass Oskar im Wartezimmer, da er vermeinte, angesprochen worden zu sein, *Esquire* sinken ließ und sich umwandte. In der Tat hatte jemand gesprochen, just nachdem mit viel Geräusch die Schiebetür aufgegangen war. Doch nicht zu ihm, und schon im Moment des Umdrehens bemerkte Oskar seinen Irrtum, denn er blickte in ein Gesicht, das seinen Blick nicht erwiderte, ja, ihn gar nicht wahrnahm. Es handelte sich um das sorgfältig konservierte Antlitz einer Dame, die in jene immer größer werdende Kohorte von Damen und Herren fiel, die überhaupt kein erkennbares Alter hatten, in jene Kohorte, die Oskars Freundin Livia Hegtaler mit der ihr eigenen entzückenden Prägnanz unlängst »die Grauzone zwischen vierzig und siebzig« genannt hatte. Die Dame war teuer angezogen, so viel stand fest, sie trug ein Kostüm mit Zobelbesatz von Karl Lagerfeld für Chanel Couture im Wert von ungefähr elftausend Dollar, wie Oskar zufällig wusste. Das aber war nicht das Auffällige an ihr. Das Auffällige an ihr war, dass sie mit geschwollenen Adern auf der Stirn und tiefsinniger Miene zu sich selbst sprach und diese Monologe durch lebhaftes Geschwenke ihrer Zagliani-Handtasche illustrierte. Wie merkwürdig die Dame aussah! Die wasserhellen Augen unter ihrer Fünfhundert-Franken-Frisur glichen zwei fiebrig lodernden, lichtblauen Flammen in tief gehöhlten Gruben, von den mephistophelisch gezupften Brauen finster überbuscht; der verpresste Mund ein Rüssel, der schnarrende Geräusche ausspie. Eine handschweißtreibende Erscheinung!

»Wer war das denn?«, erkundigte sich Oskar drei Minuten später, nachdem er von Hockstädder hereingebeten worden war.

»Das kann ich Ihnen nicht sagen«, erwiderte dieser, »Sie wissen schon, die Schweigepflicht und der ganze Schmonzes.«

Worauf er in seiner leutseligen Art hinzufügte: »Aber sie ist völlig verrückt, so viel steht fest.«

Oskar hatte Doktor Hockstädder auf zwei Termine pro Woche runtergehandelt, weil ihm die zunächst geplanten drei Sitzungen doch ein bisschen übertrieben vorkamen, das hier sei schließlich eine Therapie, keine Analyse. Und Hockstädder hatte mit sich handeln lassen, so wie er denn überhaupt sehr entgegenkommend war. Er pflegte Oskar überaus jovial zu begrüßen und sich nach seinem Ergehen und Alltagsfortgang zu erkundigen, ganz in der Art, als unterhielten sie eine mehr oder weniger flüchtige Bekanntschaft; und trotzdem interessierte ihn, erklärte Hockstädder – das Wiedererleben von Traumata. Aber nicht im tiefenpsychologischen, analytischen Sinne, sondern als Hilfe und Krücke für den Alltag. Denn er vertrat im Grunde die Auffassung, dass innere Vorgänge für uns alle undurchschaubar bleiben und daher nicht analysiert werden sollten. Statt der intuitiven, doch weitgehend auf Unterstellungen angewiesenen Vorgehensweise der Tiefenpsychologie gehe es ihm ums praktische System, um Nüchternheit auch, um Messung und Auslöser und Ursache und Wirkung … – auch die Psychologie sei schließlich eine Wissenschaft mit Kausalitäten, und daher durchaus an neurologisch-neurobiologische Modelle anzulehnen, bei denen der Reiz und die messbare Reaktion im Mittelpunkt stünden. Wobei man immerhin einschränkend zugestehen müsse, dass die kausalen Beziehungen zwischen Gehirn und Bewusstsein nach wie vor grundlegend ungeklärt wären; zwar wisse man einiges über die oberste, als Bewusstsein und Ich-Erfahrung wahrgenommene, und die unterste, molekulare Ebene des Gehirns, doch weitgehend unbekannt, also *terra incognita,* sei immer noch das mittlere Organisationsniveau: die Kommunikation von Verbänden von Tausenden von Nervenzellen, das Zusammenspiel der Neuronen. (Bei diesem Punkte angelangt, pflegte Doktor Hockstädder die Finger beider Hände ineinander zu verhakeln, um dies intrikate Zusammenspiel deutlich zu machen.)

»Das klingt wundervoll«, sagte Oskar daraufhin, schon wieder die Geduld verlierend, »doch eine kleine Frage möchte ich noch anbringen: Wie gut sind eigentlich die Heilungschancen?«

»Was meinen Sie?«

»Ich meine: Wie viele Ihrer Patienten laufen bedrückt und besorgt in dieses, äh, Zimmer hier – und froh und glücklich wieder raus? Und mit ›froh und glücklich‹ meine ich: Gerüstet für den alltäglichen Überlebenskampf. Gewinnen ist schließlich das Allerwichtigste im Leben.«

»Haben Sie Angst, nicht zu entsprechen?«

»Wenn Sie sich langweilten, wäre ich jedenfalls untröstlich.«

Und so schilderte Oskar in den folgenden Wochen seinem Therapeuten, der eigentlich gar nicht sein Therapeut war, seine Eheprobleme, die gar nicht seine Eheprobleme waren. Und zwar schilderte er diese Probleme nach den genauen Vorgaben seines alten Freundes Viktor Hasenclever, den er regelmäßig nach den Terminen bei Hockstädder in der Kronenhalle-Bar traf, um die Empfehlungen des Therapeuten weiterzuleiten und die nächsten Schritte zu besprechen.

»Was hat er gesagt?«, so lautete, nach Begrüßung und Bestellung von Prince-of-Wales-Cocktails, regelmäßig Viktors reichlich umstandslose Erkundigung, nachdem Oskar beispielsweise Hockstädder auftragsgemäß vorgetragen hatte, wie Mildred sich echauffierte, nur weil Viktor ihrer Meinung nach nicht strikt genug mit Scholastique verfuhr, die die Garderobe mal wieder nach Farben geordnet hatte statt nach Jahreszeiten, wie dies doch jeder vernünftige Mensch auf der Welt tun würde.

»Charakterneurose«, erwiderte Oskar.

»Das hört sich ja furchtbar an!«

»Ach«, sagte Oskar, »das ist im Grunde nichts Bedenkliches. Das gehört eher zum Festumzug des Lebens als in die Therapie. Ich paraphrasiere natürlich.«

»Natürlich.«

»Man kann das auch einfach als diffuse Persönlichkeits- und Verhaltensstörungen bezeichnen. Die Charakterneurose kennt im Grunde kein konkretes Beschwerdebild. Sie ist … mehr so eine umfassende Beeinträchtigung des gesamten Erlebens und Verhaltens. Freie neurotische Energie, sozusagen.«

»Und wie hilft uns das jetzt weiter?«

»Nun«, erklärte Oskar, ganz zufrieden, wobei er etwas tiefer zurück in die grün geknöpften Saffianpolster sank, »es ist doch offensichtlich so, dass wir es hier mit einer zwanghaften Struktur zu tun haben: Tendenz zu Übergenauigkeit und Perfektionismus, Furcht vor Risiko, Hang zur Rechthaberei – ich meine, wir alle kennen Mildred!«

»In der Tat. Das klingt nach ihr.«

»Neigung zu Skrupeln und Schuldgefühlen«, fuhr Oskar fort, als trage er eine Liste vor. Wozu er ein paar Pistazien nahm, obwohl er Pistazien nicht ausstehen konnte.

»Das eher weniger.«

»Liebesleben oft gefühlsmäßig gestört.«

»Ah ja?«

»Okay«, konstatierte Oskar und trank einen Schluck aus dem silbernen Kelch, »es könnte natürlich auch – eine eher schizoide Struktur vorliegen. Versuchen wir das mal. Wie klingt das für dich, alter Freund: Individualistin mit überzogenem Selbstständigkeitsstreben; empfindlich und labil im Kontakt mit anderen, deren Nähe nur schwer ertragen oder gar als gefährliche Belastung und grenzenauflösende Beengung empfunden wird. Dazu ein gestörtes Verhältnis zur Realität –«

»Ja. Das klingt auch nicht schlecht.«

»Wie bitte?«

»Ich meine: Das könnte ebenfalls passen.«

»Trotzdem großes Bedürfnis nach Nähe.«

»Wie bitte?«

»Der schizoide Charakter. Hat trotz allem ein großes Bedürfnis nach Nähe.«

»Keine Ahnung.«

»Keine Ahnung?«

»Ich weiß es nicht.«

»Ihr seid doch verheiratet!«

»Na und? Muss ich deshalb jeden Winkel von Mildreds Seele kennen?«

»Jeden Winkel? Ich spreche hier von grundlegenden Dispositionen, Viktor, nicht von irgendwelchen skurrilen Winkeln! Geez, manchmal habe ich das Gefühl, ich kenne Mildred inzwischen besser als du – und, glaube mir, lieber Freund, dies ist kein Zustand, den ich angestrebt habe!«

»… weil du ihn als gefährliche Belastung und grenzenauflösende Beengung empfindest?«

»Das ist ja lustig! Die Musicalproben im Altersheim scheinen deinen Witz zu schulen.«

»Die Sache ist die, Oskar«, seufzte Viktor, wozu er die Stirn in Falten legte und den Zeigefinger der rechten Hand gegen die Schläfe presste, »bisher hat uns dieses ganze Projekt nicht wirklich weitergebracht. Ich meine: Wo bleibt das Pathologische? Welcher Mensch ist denn bitte *nicht* unrealistisch, misstrauisch, leicht verletzlich? Das ist doch nicht gleich pathologisch! Davon muss man *abstrahieren!* Das tue ich im Geschäft schließlich auch. Welcher Mensch ist sich denn bitte der Gefühle anderer wirklich sicher? Hm?«

»Nun«, entgegnete Oskar, »da bin ich ganz anderer Meinung. Es gibt durchaus diesen Typus: Fest in seinen Vorsätzen, deutlich in seinem Wollen, beliebt in der Gesellschaft, gesucht von seinen Mitgeschöpfen, mit allem, was ihn umgibt, in Übereinstimmung. Das ist ein anderes Genre, lieber Freund, keine Frage. Eine ganz andere Art Mensch. Ihr Wesen hat allem Anschein nach nicht den geringsten Einschlag von Exzentrizität, Problematik, Dämonie, Krankhaftigkeit. Sie sind gut ausgerüstet und wohl gelungen, gerade gewachsen und ungetrübt, rein, grausam und munter. Und sie sind schön. An solchen Menschen ist etwas Gefälliges. Es sind diese Menschen, deren Anblick das Glück der Glücklichen erhöht und die Unglücklichen zur Verzweiflung treibt.«

»Solche Leute gibt es gar nicht. Die sind doch eine Erfindung der Literatur.«

»Eben deshalb *muss* es sie geben, Viktor! Es *muss* ihn geben, diesen Typus. Ich brauche sie, diese andere Welt, wo Tatkraft und Sonnenglück zuhause sind, wo alles seine Ordnung hat, wo man hübsch, gesund und liebenswürdig ist. Dieser Distrikt des Normalen, Wohlanständigen und Reizenden – das ist das Reich meiner Sehnsucht bis heute! Und ein kleiner Schauer und Rausch von Glück berührt das Herz, wenn jene zwei Welten, unsere und die andere, jene zwei Welten, zwischen denen die Sehnsucht hin und wider irrt, sich in einer kurzen, trügerischen Annäherung zusammenfinden.«

»Na schön. Aber wenn wir jetzt vielleicht wieder auf so Durchschnittsseelen wie Mildred und mich zurückkommen könnten?«

»Gut. Ich werde bei Doddsie hier noch einen Prince-of-Wales bestellen, und wir kommen schleunigst zurück zur Durchschnittsseele. Und ihren pathologischen Beimischungen. Immerhin, Viktor, kann die Durchschnittsseele regelmäßig ganz gut eine Art von Mitte halten. Sie ist auf die Mitte gerichtet, wie jede Form von Durchschnitt. Nicht jeder ist im Grunde so labil wie Mildred.«

»Nenn mir jemanden, der nicht labil ist!«

»Die Frau von der Reinigung«, seufzte Oskar. Und setzte mit der Befriedigung des Sachverständigen hinzu: »Übrigens sind wir jetzt schon beim hysterischem Einschlag.«

»Hysterischer Einschlag?«

»Ja, mein Lieber. Das ist ein weiterer Formenkreis aus dem dicken Katalog des Psychischen. Eigentlich sagt man offiziell nicht mehr ›hysterisch‹, weil das frauenfeindlich ist. Man verwendet den Ausdruck bloß noch quasi inoffiziell.«

»Was?«

»Überspringen wir das. Also: Labiles Selbstwertgefühl ist die Basis der hysterischen Struktur, wenn man das so paradox ausdrücken mag. Dazu kommen dann die hysteriformen Begleiterscheinungen: Ich-Schwäche, Mittelpunktlosigkeit, fehlende innere Orientierung, von äußeren Einflüssen bestimmbar …«

»Dies«, unterbrach Viktor, »hat nun garantiert nichts mit Mildred zu tun.«

»Nein«, versetzte Oskar, »aber vielleicht mit dir.«

»Was?«

»Ich bitte dich. Die meisten Geschäftsleute sind doch Hysteriker. Ohne Kontinuität, ohne Sinn für den Zusammenhang und das Zusammensetzen der Dinge, stets neue Anfänge suchend, bestimmt durch wunschhaftes Denken, mit einer Neigung zu Rivalität, Geltungsbedürfnis, Bewunderungsgier.«

»Lieben Dank.«

»Es gibt auch positive Seiten: eindrucksvolle Selbstdarstellung, unterhaltsam, kurzweilig.«

»Lieben Dank.«

»Aber anstrengend.«

»Das sagt gerade der Richtige.«

»Alle sind anstrengend.«

»Eugh, *ja!*«, erwiderte Viktor, indem er eine wegwerfende Handbewegung vollführte und dabei versehentlich die kleine Silberschale mit Pistazien umstieß. »Das kannst du laut sagen!

In der Tat! Es ist alles so furchtbar, lächerlich anstrengend, und – und vielleicht sollte ich mich einfach trennen! Scheiden lassen! Wegen unüberwindlicher Meinungsverschiedenheiten in fast allen Lebensbereichen!«

»Das ist doch kein Grund zur Trennung!«, entgegnete Oskar.

Pause.

»Ja«, sagte Oskar, »alle sind anstrengend, aber deshalb muss man nicht verzweifeln. Die menschliche Psyche ist doch kein Uhrwerk. Das Ganze ist verworren und wenig durchschaubar, und Durchwursteln sei schon mal die halbe Miete, sagt Hockstädder. Die kausale Geschlossenheit der Welt sei ohnehin, sagt er, ein überholtes Paradigma, im Leben wie in der Wissenschaft. So viel steht fest. Doch das besprechen wir beim nächsten Mal. Unsere Zeit ist für heute abgelaufen.«

Fest stand ebenfalls: Die regelmäßigen Therapiestunden brachten eine neue Struktur in Oskar Canows Tagesablauf, und Oskar legte Wert auf Struktur. Er war jemand, der an Ordnung glaubte, und jeden Abend zum Schlafen seine kleine Aufbissschiene einsetzte. Mit Bedacht hatte er die Therapietermine auf seine Lieblingszeit gelegt, den frühen Nachmittag. Vieles in seinem Leben fand am Nachmittag statt: sein Physiotherapeut, sein Friseur und sein Personal Trainer waren auf den Nachmittag gesetzt, weil das bedeutete, dass Oskar diese Termine im mehr oder weniger lockeren Anschluss an den Lunch wahrnehmen konnte. Er aß mittags nie zu Hause, es sei denn, Lauren war anwesend, was selten der Fall war. Der Lunch war eigentlich Oskars bevorzugte Mahlzeit des Tages. Nicht etwa weil man ohne soziale

Achtung bereits mittags alkoholische Getränke konsumieren konnte, bevor man wieder einen mörderischen Arbeitstag begann. In der Tat trank er fast nie beim Lunch. Das überließ er anderen. Nein, ihm war der Lunch wichtig, weil er eben auch beitrug zur Ordnung. Ein Lunch strukturierte nicht nur den Tag, indem er Leuten wie Oskar das anzeigte, was man »Mittagszeit« nennt. Oder welche Einteilung Leute wie er für ihre Unmengen freier Zeit auch immer benutzten. Durch regelmäßiges Lunching ordnete man darüber hinaus sein ganzes Leben, insbesondere seine gesellschaftlichen Kontakte. Zürich war ohnehin nicht gerade groß, aber wenn man lunchte, ward die Stadt noch kleiner. Man geriet in einen hermetischen Zirkel mit hermetischen Themenkreisen: andere Leute (die lunchten), Kunst (und was sie kostete), Zweitwohnsitze (und was sie kosteten), Landschaftsgärtner (und was sie kosteten), Liebesaffären. Wer unlängst in welchen Zusammenhängen im *Tatler Hong Kong* abgebildet gewesen war. Außerdem ging es darum, dass irgendjemand Ormulu von Doren, genannt Muffie, ein Gewichtslimit ins Prenup geschrieben hatte. Sowie um die exorbitanten Fortschritte in jener Sparte der Chirurgie, die nicht immer ganz zu Recht als die ästhetische bezeichnet wird. Schließlich tauschte man sich darüber aus, wie der aktuelle Vermögensstand der Leute aussah, denn danach bemaß sich vieles. Wem diskret die Coutts World Card gestrichen oder wer vom Derivatehandel lebenslang ausgeschlossen worden war oder wer, wie dies böse Zungen über den armen Doktor Amandus von Unstrut kolportierten, seine Schönheitsoperationen meistbietend im Internet versteigern musste, wurde nicht mehr zu den richtigen Lunches gebeten. Die Gesellschaft stieß ihn ab wie ein schlecht transplantiertes Organ. Es gab sowieso immer weniger richtige Mittagessen (also solche, bei denen nicht gegessen wurde). Millvina Van Runkle war eine der zentralen Figuren beim Lunch gewesen, doch das lag in der Vergangenheit, und in diesen Kreisen existierte nichts Irrelevanteres als die Vergangenheit.

Oskar lunchte mit Menschen, die er zum Teil noch nie abends gesehen hatte, und es gab andererseits Menschen, die er immer nur im selben Lokal sah, zum Beispiel seine alte Freundin Marita de Tiesbourg. Marita, genannt Tita, amtierte als Konsulin eines kleinen Landes, das nur reiche Leute kannten (die es auch im Wesentlichen finanzierten). Mit Tita besuchte er stets das Restaurant Heugümper, gleich hinter dem Paradeplatz. So auch, nachdem er ein paar Wochen Therapie hinter sich hatte.

Tita war immer zu spät. Oskar konnte das nicht leiden, doch er verzieh ihr.

»Liebes«, sagte er zur Begrüßung, »du siehst fabelhaft aus!«

Das war zweifellos wahr. Niemand konnte ein Fürstenberg Wrap Dress und Vintage Vivier Slingbacks besser tragen als Marita de Tiesbourg.

»Danke schön«, erwiderte die Konsulin, stellte mit elegantem Schwung ihre giganteske Alligator Kelly Bag auf den Tisch, warf einen Blick hinein und fügte an: »Ich habe mein iPhone auf dem Schreibtisch liegenlassen. Ich male jetzt Bilder damit.«

»Dies klingt sehr faszinierend. Wir haben uns sehr lange nicht gesehen, Sweetie. Wieso warst du nicht auf Millvinas Beerdigung? Jeder hat nach dir gefragt.«

»Ich war auf dieser Menschenrechtskonferenz.«

»Wie wars?«

»Uch. Vor allem Sitzordnungsfragen und Protokolltussendramen. Wo ist der Kellner? Ich hätte gerne einen Dry Martini. Aber das Personal meidet mich. Wahrscheinlich weil ich ausstrahle, dass ich sehr betreuungsintensiv bin.«

Sie bestellten pochierte Jakobsmuscheln mit Soubise und Selleriecrème.

»Apropos betreuungsintensiv«, sagte Oskar anschließend, »ich gehe jetzt zu Doktor Hockstädder.«

»Oh«, erwiderte Tita, »ich habe von ihm gehört. Wie ist das Wartezimmer?«

»Grauenvoll.«

»Das ist ein gutes Zeichen. Da fällt mir ein: Wie heißt schon wieder dieser … äh … dieser Raumausstatter, von dem jetzt alle reden?«

»Ronaldo Riviera?«

»Was für ein Name. Wie ich höre, räumt dieser … dieser Ronaldo-Charakter augenblicklich Millvinas Haus aus.«

»Naja. Das Ausräumen besorgt eher Alwine Smid, die Anwältin.«

»Diese fürchterliche Frau mit der schlechten Perücke?«

»Genau.«

»Gott sei Dank. Ich meine: Anwalt war doch irgendwie schon immer ein schlimmer Beruf. Aber heutzutage geraten nach und nach alle möglichen Professionen in Verruf, da bin ich froh, dass wenigstens die Dekorateure sauber bleiben!«

Und sie lachten das grausame Lachen der Eingeweihten.

»Was solls«, erklärte die Konsulin, wobei sie mit einer kurzen Verzerrung der Lider die Zeigefingerspitze gegen die weich gepuderte Schläfe presste, »ich bin ja schon froh, wenn die ganze Gesellschaft nicht nur aus irgendwelchen delinquenten Finanzfritzen besteht. Da ist man ja schon fast dankbar für den Unterhaltungswert von ein paar korrupten Fußballfunktionären. Wobei: Vorteilsnahme, Unterschlagung, Kursmanipulationen, Steuervermeidung, Geldwäsche – das alles gehört in die langweiligste Kategorie der Delinquenz. Ich sage dir, Oskar, es gibt wenig Banaleres als jene Sorte Mensch, deren hauptsächliche Regung Griesgram und Gier darstellen und deren einzige Versuchung und Ausschweifung stets ins Materielle abgleitet. Berge von Kokain und eine Heerschaar von Huren haben nichts mit Sinnlichkeit zu tun.«

»Nicht?«

»Ahhh, *Sinnlichkeit!*«, sprach die Konsulin emphatisch und nahm mit einer gewissen Entschiedenheit einen Schluck Martini. »So was ist doch am Aussterben, heutzutage! Millvina Van Runkle, das war noch ein Original! Wie sie ihre Schläfen und Ohrläppchen mit Rouge bemalte, darüber Vaseline für den Glanz! Wie sie ihren Mädchen – wie hießen die noch, die waren ewig bei ihr, Jadwiga und Floriana, glaube ich, ist ja auch völlig egal –, wie sie ihnen auftrug, das entsprechende Kleid mindestens zwei Tage vor dem fraglichen Anlass an die Luft zu bringen, ausgelegt auf weißem Leinen von Porthault. Und die Haare, die Haare! Dieses Färbemittel, das sie direkt aus Paris mitbrachte, zweimal im Jahr, weil es hierzulande nicht zu kriegen und hochwahrscheinlich verboten ist. Und stets dieselbe Frisur! Immer! Ich will dir mal was sagen, Oskar: Daran erkennt man Stilsicherheit. Natürlich gibt es auch Leute, die immer dieselbe *schreckliche* Frisur tragen, versteh mich nicht falsch. Und natürlich weiß kein Mensch, wie glücklich oder unglücklich Millvina gewesen ist; dies waren auch am Ende gar nicht ihre Kategorien. Aber sie hat gegeben und gespendet, und es ist ein Jammer, dass ihr Ende und Erbe nun so banal verläuft, mit Stapeln von Material, das diese raffgierige Perückenträgerin aus dem Haus schaffen lässt, unter den Augen der ganzen Stadt. Doch jede Sinnlichkeit endet wohl so – banal. Das Landschaftsbild von Elisabeth Vigée Le Brun ist offenbar auch schon abtransportiert, Millvinas Lieblingsstück, was für eine Schande!«

»Woher weißt du das?«

»Gwendolyne.«

»Gwendolyne, natürlich! Lauren nannte sie nach der Trauerfeier: *the world's most pointless person.*«

»In der Tat«, seufzte die Konsulin, »sie hat mir neulich stundenlang auseinandergesetzt, in welchen Louis-Vuitton-Geschäften wo auf der Welt man sich am besten auf die Wartelisten für welche Taschen einträgt. Ist das zu fassen?«

Tita aß sehr langsam. Sie schob ihre Jakobsmuschel auf dem Teller hin und her und zerteilte sie in kleinere und kleinere Stückchen. Oskar vermutete dahinter irgendeine Doktrin, würde aber niemals fragen. In seiner Welt war man gewöhnt an Lehren und Ansichten über alles Mögliche und die damit einhergehenden kleineren und größeren Verhaltensauffälligkeiten, und wenn die Leute das erläutern wollten, dann taten sie es. Meistens wollten sie.

»Jedenfalls«, erklärte Tita, »ist ein grauenvolles Wartezimmer ein gutes Zeichen. Natürlich nur für einen Therapeuten. Selbstverständlich *nicht* für einen Schönheitschirurgen, zum Beispiel. Oder einen *richtigen* Arzt. Du weißt, was ich meine, Liebes. Da stellt man ganz andere Ansprüche. Obschon Therapeut und Schönheitschirurg eigentlich gar nicht so weit voneinander entfernt sind, heute. Die plastische Chirurgie ist ja mittlerweile nur ein weiteres Instrument zur Selbsterschaffung und Ich-Optimierung; die äußere Attraktivität wird zum scheinbaren Ausdruck des Seelendesigns.«

»Psychotherapie mit dem Skalpell?«

»Findest du nicht? Das ist es doch, was die Leute machen, Oskar! Sind innere Ideale in einem gewissen Alter nicht erreicht worden, vielleicht auch, weil die Therapie gescheitert ist, wird eben die körperliche Erscheinung geändert. Über diesen kleinen Umweg vermeint man, sich dann doch noch ein ideales Ich kreieren zu können. Oder man spart sich die Therapie und lässt gleich an sich rumschnippeln. Das Ergebnis ist in jedem Fall: Die Kränkung wird abgewehrt.«

»Das klingt sehr … professionell. Findest du den Wunsch nach persönlicher Perfektion nicht zulässig?«

»Naja«, sagte Tita und schob ein Stückchen Jakobsmuschel über den Teller, »verzeih den kleinen Vortrag. Schon Freud hat gesagt: Anatomie ist Schicksal.«

»Das wusste ich gar nicht.«

»Das wird selten zitiert. Aber es gilt nach wie vor.«

»Glaubst du, man kann für jemand anderen eine Therapie machen?«

»Was? Nein. Natürlich nicht. Aber ich glaube, dass sich viele Sachen im Alltag therapieren lassen. Von selbst. Im Leben. Sofern man eins hat. Während sich die Analyse der Psyche gerne verfängt in diesen ewigen Unversöhnlichkeiten – du weißt schon: Geist und Natur, Geist und Leben, Gehirn und Geist, yadayadayada –, gibt es doch wohl vieles, was der Mensch selbst therapieren kann; mit einem zugewandten Umfeld und etwas Erfahrung. Empathie und Erfahrung, das wäre überhaupt alles.«

»Das klingt sehr einfach«, wandte Oskar ein, »und ich für meinen Fall muss dir sagen: Ich bin gar nicht so wild auf Erfahrung. Manchmal kommt sie mir vor wie das Monument auf einem Grab. In dem Stationendrama meines Lebens.«

»Das ist wohl eher 'ne Nummernrevue. Dann leg halt

noch Wodka und 'ne Packung Taschentücher obendrauf. Zu Empathie und Erfahrung, meine ich. Ich sage bloß: Man muss nicht unter jeden Stein schauen. Du bist ein Ausnahmefall. Ist nicht das Schreiben sowieso schon Therapie? Ist der Dichter nicht immer auch Psychologe, sogar wider Willen?«

Oskar hielt inne. Er war kein Theologe oder Metaphysiker, das wissen wir bereits, aber er glaubte bekanntlich fest und hartnäckig an eine Ordnung jenseits von Zeit und Zufall, eine Ordnung, die die menschliche Existenz bestimmte und, wie er es gerne ausdrückte, auf den Punkt brachte. Und immerhin dieser Teil seines Wesens, der Kern, wo dieser Glaube saß, schien ihm vollkommen richtig und am Platze und jedenfalls keiner Veränderung bedürftig. So war für ihn Selbsterkenntnis weniger eine Frage der Reflexion als vielmehr der Kreation, der Schöpfung. Keine Aufgabe in erster Linie für die Theorie, sondern für die Welt der Fiktion, an der Oskar seinen kleinen täglichen Anteil hatte; hier eröffneten sich alle Arten des Jubelns und Leidens, beispielhaft an Existenzen, in die man Einsicht gewann, mit denen man sich identifizieren konnte. Hier eröffneten sich auch die Seligkeiten und Grausamkeiten, zu denen man selbst fähig war. So war es.

»Schreiben ist …«, erklärte Oskar mit einer gewissen stockenden Bestimmtheit und einer lebhaften Bewegung des Unterkiefers, »Schreiben ist … die Wesensschau des Gegebenen. Literatur befähigt zur Anteilnahme an ziemlich wichtigen Dingen: der Ko-Existenz von Gegenwart und Vergangenheit, zum Beispiel. Oder zur Einsicht in die unerreichbaren Ansprüche, die im Namen der Liebe gestellt werden. Und dass Liebe in Wahrheit was ganz anderes ist. Die

Nähe zum Irrsinn. Und all diese Gemeinplätze, denen man nie auf den Grund kommt, obschon so viele Menschen an ihrer Oberfläche kratzen, dass sie schon ganz abgerammelt wirken. Die wichtigsten Wahrheiten sind trivial. Und die Fähigkeit zur Einfühlung durch Literatur bedeutet: sich selbst zu erkennen. Das will der Mensch. Der Mensch will sich nicht verstehen, sondern erkennen. Sich zu erkennen, genauer gesagt: sich *wiederzuerkennen,* ist ja immer alles im Leben. Wer darauf spekuliert, wer damit Geschäfte macht, hat gewonnen.«

Tita hielt sich mit ihrem Urteil zurück. Stattdessen nahm sie einen Schluck Martini.

»Da wir von Anatomie sprachen«, erkundigte sich Oskar, »hast du Dings gesehen?«

»Dings?«

»Dings, du weißt schon, diese ehemalige Yogalehrerin, die eine Zeit lang mit diesem Devisenhändler aus Zug verlobt war, als dessen veganische Diätberaterin sie vorher amtierte.«

»Ist das die, die *Botox Barbie* genannt wird?«

»Nein, das ist die mit diesem unglücklichen Monobrauenproblem und den Melanotan-Injektionen. Ich meine die, die auch als *Oui Oui* bekannt ist.«

»Oui Oui? Ja, natürlich habe ich die gesehen. Und zwar nach ihrem letzten Nosejob. Ihr ganzes Gesicht ist nur noch Nase. Sie sieht aus wie ein Pferd.«

»Offenbar hatte sie vorher eine Nase wie ein Tukan. Jedenfalls hat sie Annelore Huntington erzählt, sie wolle sich unbedingt noch die Nase machen lassen, bevor sie vierzig werde.«

»Liebes«, sagte Tita, indem sie das Martiniglas von den Lippen absetzte und es etwas ruckartig abstellte, wobei der eidechseneigroße Diamant an ihrem Ringfinger mit leisem Knall gegen den Rand des Glases schlug, »glaub mir: Oui Oui ist näher am *Tod* als an vierzig.«

Und so verabschiedeten sich Oskar und Tita für dieses Mal.

»Viel Glück mit der Therapie«, sagte Tita und gab Oskar einen Kuss auf die Wange, »und, bitte, denke immer daran, dass man sehr schöne, ja, auch tiefe Dinge hervorbringen kann, wenn man keinen Charakter hat.«

»Danke, Liebes«, erwiderte Oskar und gab Tita einen Kuss auf die Wange, »und, bitte, denke immer daran: Der Romancier kann das Leiden seiner Mitmenschen bloß unsterblich machen, während der Konsul die Möglichkeit hat, es durch Abstempeln eines Passes zu verkürzen.«

»Du hast ein Talent für Schlussworte, Sweetie.«

»Davon lebe ich.«

So verstrichen ein paar weitere Wochen, Weihnachten kam und ging, doch der Winter blieb, und dann kam der Februar, einer der Monate, die Oskar am wenigsten leiden konnte. Er hatte in der Zwischenzeit einiges gelernt über die menschliche Psyche und ihre Verkettungen, ein paar Merkwürdigkeiten kennengelernt, den Durchschnittsmenschen mit seinen pathologischen Beimischungen, gewisse Notwendigkeiten der Kreatur, die sich unter Umständen für den Laien ansehen und anhören wie die schlimmsten Grausamkeiten. Da darf man nicht zimperlich sein. So müssen ab und an die bürgerlichen Tugenden von Pietät und Diskretion ein wenig gedehnt werden für einen lehrreichen Blick in die Schründe der Menschenwelt, »denn am farbigen Abglanz haben wir das Leben!«, wie Doktor Hockstädder leutselig festzustellen pflegte, wozu er sich voller Vorfreude die Hände rieb. Bei den praktischen Anwendungen, betonte er, gehe es ja nicht um irre oder nicht-irre; es gehe auch nicht um Lebensexzellenz, sondern um schlichte Bewältigung des alltäglichen Daseins. Und die Kognitive Therapie, der er, Leonid Hockstädder, ganz entschieden zuneige, stelle dafür die aktive Gestaltung des Wahrnehmungsprozesses in den Vordergrund. Nicht die objektive Realität, sondern die subjektive Sicht der Dinge, also die Wahrnehmungsauswahl und die Wahrnehmungsbewertung, seien entscheidend für das Verhalten. Affekt und Verhalten seien nämlich weitgehend von der Art bestimmt, wie der Mensch die Welt strukturiere. Und auf dieser entschieden praktischen Grundlage konnte Oskar seinem Freund Viktor bei Prince-of-Wales-Cocktails in der Kronenhalle-Bar unter anderem Folgendes referieren:

1. Teilt dein Lebenspartner dir mit, dass er sich nicht ausreichend beachtet fühlt, ist das ein Problem, auch wenn du denkst, dass du ihm genug Beachtung schenkst. Dies entspricht der Grundauffassung der Kognitiven Verhaltenstherapie, wonach die Art und Weise, wie wir denken, bestimmt, wie wir uns fühlen und verhalten und wie wir körperlich reagieren.

2. Wenn sich in der Auseinandersetzung mit deinem Lebenspartner zwei Arten von Kritik vermengen, nämlich die faktische mit der emotionalen Ebene, führt das zu unproduktiven und unfairen Diskussionen. Ein Zank darüber, ob Scholastique die Kleider besser nach Farbe oder nach Saison sortieren sollte, kann in eine Grundsatzdiskussion zur Frage eskalieren, ob einer der Ehegatten sich in der Zweierbeziehung ausreichend emotional engagiere oder nicht. Um sol-

che Eskalation zu vermeiden, ist es gut – wenn auch beileibe nicht immer einfach –, sich selbst und seinem Partner klarzumachen, welche Art von Argumentationsebene man im Moment besetzt und beim Gegenüber besetzt sieht. Es geht um die Bewusstmachung von Kognitionen, also Prozesse des Wahrnehmens, Erkennens, Begreifens, Urteilens und Schließens. Sowie um die Überprüfung von Kognitionen und Schlussfolgerungen auf ihre Angemessenheit.

3. Sei dir bewusst, ob du lediglich die Art und Weise kritisierst, wie jemand etwas macht – oder stattdessen nicht doch einen fundamentalen Wunsch oder eine Angst ausdrückst. Und denke daran: Ob rational oder nicht, die ursprüngliche Furcht vor einer Trennung lauert in jeder kritischen Diskussion. Es kann reichen, das Gefühl von Zugehörigkeit zu vermitteln, um einen Disput zu entschärfen.

»Manchmal hilft es auch«, sagte Oskar, »wenn man versucht, innerhalb der Beziehung jene Komponenten zu identifizieren, die *vor* dem Leben als Paar existierten, bevor die Zeit alles vermischte und verbog. Jenseits dessen solltest du dir bewusst sein, Viktor, dass das alles im Grunde Arbeit bedeutet. Womit ich sagen will: Es geht nicht mit einem Trick oder Knall, falls du das vorgehabt haben solltest.«

»Auch nicht mit einer Tablette?«

»Nein.«

»Naja, Mildred fragt mich regelmäßig nach den Fortschritten. Ich habe manchmal das Gefühl, sie erwartet einen anderen Menschen. Einen neuen Mann.«

»Dies ist typisch für sie. Mildred macht mich langsam wahnsinnig. Und es wäre im höchsten Maße wünschenswert, dass sie selbst zu einer Korrektur ihrer hochgradig irrationalen Einstellungen, Bewertungen und Überzeugungen gelangte. Um dann diese korrigierten Einstellungen in Verhalten umzusetzen. Kurz: Sie muss sich ändern.«

»Das ist auch meine Meinung.«

»Und?«

»Nun, ich habe mit ihr darüber gesprochen, und wir waren dann schließlich beide der Meinung, dass meine Meinung überhaupt keine Rolle spielt.«

»Möglicherweise solltest du dich auch mal durchsetzen.«

»Ich kann mich nicht einfach so durchsetzen. Ich habe Asthma.«

»Okay, wir brauchen mehr Zeit, wie es scheint. Vielleicht sollten wir uns fürs Erste mit der Grundweisheit aus dem Yves-Saint-Laurent-Handbuch des Durchwurstelns begnügen.«

»Und die wäre?«

»Die MYE-Regel.«

»MYE?«

»Manage Your Expectations. Gehe von dem aus, was da ist. Mildred ist da, und sofern du bei ihr bleiben willst, weil du Gefühle für sie hegst und sie – mutmaßlich – für dich, gehen wir zunächst von der realen Mildred aus.«

»Ich weiß, dass sie mich auf ihre Art liebt. Aber ihre Art passt mir irgendwie nicht.«

Trotz dieser schwierigen, verwickelten Lage machte Viktor, wie Oskar nicht entging, durchaus keinen zerknirschten Eindruck, ganz im Gegenteil. Regelmäßig, wenn Mildred glaubte, dass er seine Therapiestunde absolvierte, besuchte er die Proben der *Goldmimen,* deren Inszenierung von *The Producers* unmittelbar vor der Aufführung stand. Sagte er.

Viktor spielte den Part des Leo Bloom, jenes unauffälligen, nervösen und angstbesetzten Buchhalters, der nichtsdestoweniger auf den perfiden Plan kommt, aus dem Scheitern Profit zu ziehen. Und er ging auf in dieser Rolle. Ja, je mehr seine alte Leidenschaft fürs Schauspiel sich entzündete, desto weniger schien er sich für Oskars Fortschritte in den Therapie-Sitzungen zu interessieren, die doch eigentlich seine eigenen Fortschritte sein sollten, oder für die Ratschläge, welche Oskar ihm hinterbrachte. Voll Freude und Anteilnahme hingegen erstattete er Bericht über die Fortschritte bei den Proben – oder über die Rückschläge, zum Beispiel über die erheblichen Besetzungsschwierigkeiten für die Rolle der Ulla.

Viktors Enthusiasmus war zwar neu, aber wiederum für Oskar nicht besonders alarmierend, denn bekanntlich war er an mehr oder weniger begeisterte Vorträge über alle möglichen Themen gewöhnt (viele davon weitaus ermüdender als das Laienspiel); Vorträge, die man einfach über sich ergehen ließ. Um dann seinerseits Vorträge zu halten, beispielsweise über die Psyche und ihre Verwicklungen, woran Oskar mehr und mehr Gefallen fand. Und so redeten die beiden Freunde in gewisser Weise aneinander vorbei und entfernten sich voneinander bei ihren Zusammenkünften, ohne dass dies einem von ihnen störend auffiel oder überhaupt nur zu Bewusstsein kam. Alles schien ganz wunderbar zu laufen, obschon sich gar nicht viel geändert hatte, und Oskar sagte zu Lauren: »Weißt du, Kleines, diese Therapie kommt mir sehr angenehm vor. Es ist wie in einer Talkshow, wo ich der einzige Gast bin. Und das einzige Thema. Und der Gastgeber von mir bezahlt wird.«

»Du meinst: von Viktor.«

»Das ist doch jetzt egal. Du weißt, wie gern ich Leute beschäftige.«

»Sollte es nicht auch ein bisschen schmerzhaft sein?«

»Was?«

»Die Therapie.«

»Nicht notwendigerweise, denke ich. Zumal es ja gar nicht für mich ist. Vergiss nicht: Es ist für Viktor. Und für Mildred, auf eine Art. Wie kann es mich dann schmerzen? Ich habe all die Erkenntnis ohne jeden Schmerz.«

Lauren legte den Kopf in den Nacken, begleitet von einem leisen, aber deutlich hörbaren Ausstoßen der Luft durch Mund und Nase, knapp, kühl und geringschätzig.

Dann sagte sie: »Das klingt wieder mal nach dem perfekten Deal. Wieder einmal.«

»Lauren«, erwiderte Oskar, »ich weiß, du hältst die klassische Psychoanalyse für obsolet und wirkungslos. Und Kognitive Verhaltenstherapie ist für dich eine Kombination von Atemübungen, Mantras und Post-its am Kühlschrank, auf denen steht: *Ich bin ein guter Mensch*. Aber, ich sage dir, es geht um: die Bewusstwerdung. Die Gegenwart als ausdehnungslosen Punkt zwischen Vergangenheit und Zukunft. Die Verlorenheit des Selbst an die Banalitäten des Daseins.«

»Wer bist du – Martin Heidegger?«

»Du hast bloß mal wieder von Anfang an ein schlechtes Gefühl gehabt. Und darauf gewartet, dass das Ganze im Desaster endet.«

»Wieso denken alle, ich freue mich, wenn jemand versagt?«

»Ich will dir mal was sagen, Lauren. Setz dich zu mir.«

»Das geht nicht. Dieses Balenciaga-Kleid ist nicht zum Hinsetzen gemacht.«

»Gut, dann sag ich's dir eben im Stehen: Manche Menschen, vielleicht sogar die meisten, verbringen ihr ganzes Leben damit, am Spielfeldrand zu sitzen und darauf zu warten, dass ihnen etwas widerfährt. Für die hat das Leben keinen Text, sondern nur Regieanweisungen: Zusätze, Einschränkungen, Durchführungsbestimmungen. Menschen, die zwischen Glück und Unglück gar nicht unterscheiden können und darum weder von dem einem noch dem anderen angefasst werden. Sie können auf nichts hoffen, nicht einmal auf den Zufall, denn es gibt ein Leben ohne Zufälle, und traurig sind die Menschenkinder, denen so was zustößt. Das allein ist schon deprimierend, aber das Niederschmetterndste ist: Sie sind zufrieden damit. Sie leben vollkommen unberührt von den Strömungen der Zeit, deren Rauschen manch anderes Gemüt so oft nervös macht, sie haben keine politische, keine literarische Meinung und nur ein kleines Quantum Weltanschauung, die sich in einem Satz zusammenfassen ließe: Es ist, wie es ist. Sie haben keine Helden, keinen Ehrgeiz, ihr Sosein zu transzendieren.«

»Alright, alright, ich habs kapiert, Kleines!«

»Es gibt einen Unterschied, Lauren, einen Unterschied zwischen Menschen, die einfach nur leben, und Menschen, die ihr Leben führen. Die erste Gruppe fragt nie nach dem Prinzip. Nach dem Bewegungsprinzip für den Gang der Dinge. Denn was ist dieser Grundsatz, worinnen besteht er? Ist es der entfesselte Zufall oder der Zwangszusammenhang einer göttlichen Vorsehung, die durch alle Dinge hindurchreicht? Und was wäre wohl weniger belastend? Folgt man seinem Dämon? Hat man die Fähigkeit, sich über den Zufall zu erheben, eine innere Freiheit gegenüber dem, was einem zustößt, zu bewahren? – Jedenfalls war dies immer meine

Panik, Chickie. Ich meine: Zu solchen Leuten zu gehören, die am Spielfeldrand sitzen und warten.«

»Gestern hast du mir noch erklärt, es sei schon immer deine Panik gewesen, in einem Nachtclub auf dem Klo eingeschlossen zu sein und nicht mehr rauszukommen.«

»Weil mir das neulich passiert ist! In Istanbul, ausgerechnet!«

Trotz dieser Befassung mit höheren und gar letzten Prinzipien und Zusammenhängen stellte sich eine ganz praktische Frage: Profitierte Oskars Arbeit? Ja, er sah den Therapiestunden mit erwartungsvoller Vorfreude entgegen, war fasziniert von den Einblicken in die Konstanten und Bewegungen des Menschseins, doch gar nicht so selten war dies eine mit leichten Schuldgefühlen behaftete Freude, ungefähr wie jener diffuse Kitzel, mit dem primitivere Lebewesen die Befriedigung ihrer Bedürfnisse willkommen heißen. Es war das Wissen um seiner selbst willen. Tatsächlich sah es mit der Anregung von Oskars Schaffenskraft nur so-so aus. Die Inspiration hielt sich in Grenzen, wie das ja oft der Fall ist, wenn der Vorhang weggezogen wird, das hätte man auch vorher wissen können. Der pure Umstand, dass es möglicherweise aufregend werden könnte, reichte nicht, reichte nie, jedenfalls nicht für Oskar.

Tatsächlich ist es ein (durch Legionen mittelmäßiger Dichter absichtsvoll geschürter) Trugschluss, dass äußere Aufwallungen für die schriftstellerische Arbeit irgendwie anregend wirken; das Verhältnis zwischen Emotion und Inspiration ist vielmehr lose, unbestimmt und unzuverlässig, so tragisch und langweilig es klingt. Das wusste Oskar. So missbilligte er als Moralist und strenger Arbeiter an sich selbst jene Capricen und Eigenarten, die er an der Gesellschaft anregend fand, und hielt hohle Allüren für unkünstlerisch und unmoralisch – dies im Gegensatz zu echten Allüren.

In der Tat kämpfte Oskar jeden Tag einen verschieden ausgehenden Kampf, ob er verharren und den Versuchungen von Welt und Gesellschaft nachgeben oder sich an den Schreibtisch setzen und es den Leuten zeigen sollte. Er schrieb an einer seltsamen Liebesgeschichte, in der nach siebzehn Jahren eine nie Tat gewordene und dennoch stattgefundene Liebe wieder auftauchte, plötzlich wieder da war, was die Hauptfigur aus der Zeit katapultierte. Natürlich sind die Hindernisse für eine solche Liebe beträchtlich (manche würden sagen: unüberwindbar); doch wichtiger als alles ist, dass der geliebte Mensch ein Ideal verkörpert. Denn nicht Glück ist der Sinn der Liebe oder des Lebens überhaupt, das denken nur die Glücksdeppen oder höchstens noch die Gesundheitsapostel, denen jeder Bezug zur Transzendenz verlustig gegangen und für die deshalb das Leben selbst das höchste Gut ist. Gegen diese banale Immanenz aber steht das Ideal, das Über-sich-Hinaus des Menschen. Bewunderung und Enthusiasmus bilden das Medium, in dem ein Charakter sich entwickelt. Und man bleibt genau so lange jung, wie man Helden hat, die man verehrt. Das ist Liebe.

So dachte Oskar und sprach über derlei literarische Sezierungen des Psychischen sogar gelegentlich mit Hockstädder, der über solch Luxusprobleme mit fröhlicher Jovialität hinwegging. Fest steht, dass das Schreiben für Oskar immer auch therapeutisch gewirkt hatte, insofern die Korrektur der Wirklichkeit durch das treffende Wort für einen bestimmten Typus eben heilsam ist – doch dazu gehörte auch, dass man die Welt überhaupt nur in Grenzen an sich heranließ. Es ging nicht darum, alles zu verstehen. Was am Menschen schließlich veränderbar erschien, war selbst der Veränderung unterworfen.

Im Übrigen kommt es doch im Leben ohnehin mehr auf den angeborenen als auf den anstudierten Beruf an. Was also musste Oskar schon von der Psychologie verstehen! Die Dichtung nämlich ist das Handwerk, das er nun einmal gewählt hatte – und sei es nur eben in Ermangelung der Fähigkeit zu irgendeinem anderen. Die Kunst zu schreiben ist, wie alle Kunst, das Produkt einer Reizbarkeit, die nicht menschliche Norm sein kann. Dieses Talent, sein Druck und seine Zucht, bleibt der Prüfstein des Poetentums. So war Oskars Veranlagung, so war er gedacht, so stand er da in den Augen des Schicksals, auf diese Art ergaben sich die Dinge, und auf diese Art debattierte er ab und zu mit Hockstädder über seine Arbeit. Und über die damit verbundene Frage, wer er war. Wer war Oskar Canow? Ein von allen ordentlichen Menschen gern gesehener Bestätiger ihrer Ordnung, die er durch die ausgezeichnete Schilderung des Gegensatzes hob? Der ironische Notar seiner Sphäre, der in seinem Herzen wusste – und recht damit hatte –, dass in ebendieser Sphäre Fiktionen nicht das Gegenteil der Wirklichkeit waren, sondern Instrumente ihrer Konstruktion? Ein Chronist, willens und imstande, jede Menge langweiliger, mattherziger Charaktere nach der Natur zu zeichnen, inklusive Ekelfalten? Damit selbst Psychologe wider Willen?

Es war unnütz, hier nach Widersprüchen zu kramen; es gab sie zu Hunderten, und sie, diese Teilwahrheiten, die Oskar ohne Skrupel aneinander oder gegeneinander reihte, widerlegen die Wahrheit seines Werkes und Lebens nicht. Wir sehen: Der Mensch ist nicht einmal sich selbst transparent.

Freud zufolge verneint das Ich gerade das, was das Unbewusste schrankenlos bejaht und begehrt. Das sogenannte Es bleibt dem Ich weitgehend verborgen. Durch die menschliche Psyche geht also ein Riss, der das psychische System nicht mit sich übereinstimmen lässt. Und gerade in diesem Riss begründet sind Innerlichkeit, Spontaneität und Ereignishaftigkeit, die das Leben überhaupt ausmachen, also: die menschliche Freiheit … und ihr Zauber.

Doch hier begann das Verhängnis, die Vermischung der Leben, indem Oskar über diese Linie ging, indem er sein Werk mit ins Spiel brachte und damit notwendig sein Leben, wo er doch eigentlich vorgab, ein anderer zu sein und andere Probleme zu haben. Und natürlich wurde auch Doktor Leonid Hockstädder mehr und mehr in die ganze Angelegenheit involviert. Denn auch wenn es im Verhältnis von Patient zum Therapeuten ein striktes Abstandsgebot gibt und bekanntlich die Gefahr der Projektion lauert, so entspricht es doch einer allgemein menschlichen Dynamik, dass sich ebendieses Verhältnis über allerlei Zwischenstufen, von der anfänglichen beiderseitigen Reserve über einen sympathischen, professionellen Umgang, in vielen Gesprächen und bei mancher Gelegenheit zu menschlicher Bewährung entwickelt. Zumal der kognitive Therapieansatz Doktor Hockstädders auf dem Prinzip des sogenannten Kollaborativen Empirismus beruhte: Klient und Therapeut sind gleichberechtigte Partner, da der Klient als Experte seiner Denkmuster gilt.

Einerseits also gewöhnte sich Oskar zunehmend an Hockstädder und dessen Weise, und andererseits interessierte ihn sein Therapeut als Typ, als Charaktercharge: als Typ des professionellen Beraters und Lebensverbesserers. Hier saßen einander zwei gegenüber, die sich gegenseitig zu visitieren schienen. Das ging ungefähr wie folgt:

»Sie wirken heute besonders stoisch, wie eine weise alte Eiche«, sagte Oskar, nachdem er Platz genommen hatte.

Worauf Doktor Hockstädder sich eine Notiz machte.

Oder Oskar erklärte nach einem kurzen Blick auf seinen Therapeuten: »Ich weiß nicht, ob ich diese Schuhe tolerieren kann.«

Worauf Doktor Hockstädder sich eine Notiz machte.

Und während Doktor Hockstädder sich eine Notiz machte, schob er regelmäßig seine Zungenspitze ein wenig zwischen den Lippen hervor. Unter seiner großporigen Knollennase saß ein etwas spitzer Mund, in dem sich zu viele hässlich geformte Zähne drängten. Vielleicht aufgrund dieses Platzmangels bildeten die quittengelben Vorderzähne einen nach außen gekehrten Trichter, Hockstädder kriegte offenbar nie ganz die Lippen darüber, was in der Tat nicht gerade einnehmend aussah, sondern bisweilen vielmehr so, als deute er einen Kuss an, was natürlich hochgradig unangemessen war und von Oskar selbstverständlich nicht thematisiert wurde. Auch Therapeuten haben schließlich Gefühle.

Hockstädders Zunge stieß beim Sprechen permanent gegen seine Zähne, was eine Manier des Lispelns entstehen ließ, bei welcher dem Gegenüber, falls es sich nicht in Acht nahm, dann und wann kleine Speichel sprühende Fontänen ins Gesicht geschleudert wurden.

Das war das Äußere. Was nun das Innere anging, so verfestigte sich im Laufe der Zeit bei Oskar der Eindruck, dass sein Therapeut bei all seiner Klugheit und Redlichkeit voller kleiner Vorurteile und Verbohrtheiten steckte. Hockstädder hatte, das wissen wir schon, eine Schwäche für joviale Sentenzen und Zitate, zum Beispiel: »Der Mensch ist unlöslich gebunden an das Gesetz seines eigenen Wesens.« Dazu lächelte er mit einem ganz ungemeinen und insofern etwas unheimlichen Behagen. Er glaubte (sofern ein Therapeut überhaupt an irgendetwas glaubt) an das Ideal der Selbsterziehung; daran, mit Aufmerksamkeit und so viel Willenskraft, wie man nur aufzubieten vermochte, seine guten Eigenschaften und Talente zu fördern, tätig und beweglich. Er verfocht die Idee des Anstoßes, der genügte, um eine ganze Kettenreaktion gütlicher Folgen in Gang zu setzen. Andererseits hatte Hockstädder allerdings eine beinahe offensive Vorliebe für Erschütterungen, wenn er beispielsweise im Vorübergehen feststellte, Oskar wäre übermäßig zuwendungsbedürftig, und sein, Oskars, Geltungsdrang habe hysteriforme Züge.

»Vielleicht tischt mir die mephistopelische Schlange bloß aus zarter Bosheit diese Katrastrophenmeldungen auf«, dachte Oskar und rückte unbehaglich auf dem indifferenten Sessel hin und her. »Ich weiß das nicht so genau. Er ist ein rätselhafter Charakter.«

Noch schlechter vertrugen es Oskar und sein Geltungsdrang, wenn Hockstädder, vermeintlich zur beiläufigen, faktischen Illustration irgendeines Sachverhalts, etwa darauf hinwies, dass Oskars künstlerische Produktion ja sozusagen stagniere, während ungleich Geringere zugleich ungleich mehr hervorbrächten. Solche Botschaften von Ungerechtigkeit und Übervorteilung waren bloß dazu geeignet, unserem Helden Lähmung, Ekel und Geringschätzung gegen den Weltlauf ins Blut zu impfen. Nervenverschleiß war hier die Folge und sonst gar nichts.

»Wie viele Irre kennt er wohl?«, fragte sich Oskar. »An der Flanke eines solchen heißen Speikegels analytischer Vernunft entsteht ja mit Sicherheit ein Hain ganz seltsamer Gewächse. Und vielleicht ist mit der Zeit ein wenig von dieser Seltsamkeit zu Hockstädder hinübergeweht, wenn und sofern er nicht schon vorher seltsam war, dies ist freilich nicht mehr herauszufinden. Jedenfalls ist er ein so verzwicktes, pikantes, intrikates Freundchen und gewissermaßen mein anderes Ich, in jenem Misstrauen, jenem Zweifel, der hohen Erwartung und den festen Überzeugungen, mit denen er mitfühlend und scharfblickend meine Existenz beobachtet. Ich muss mich ein wenig vor ihm hüten.«

Und dann passierte es. Irgendwann passiert in jedem Plan ein Fehler, und die Qualität eines Plans zeigt sich darin, wie dieser Fehler aufgefangen wird. Es war ein milder Tag, jedenfalls für Februar, ein Tag, dem es in keiner Art anzumerken war, dass er den Auftakt zu einer Kakophonie hässlicher Ereignisse bilden würde. Oskar saß bei Hockstädder, die Sitzung plätscherte so dahin, und nachdem er seinem Therapeuten auseinandergesetzt hatte, wie seine fiktive Ehefrau sich mit einem seltsamen, bilderlosen Gleichmut in innerste Abgeschiedenheit zurückgezogen hatte und dort eine dumpfe Ruhe genoss, fragte Hockstädder: »Was ist mit Ihrer Mutter?«

»Wie bitte?«, fragte Oskar zurück. Das tat er immer, wenn er momentan überfordert war. Obschon er ganz genau verstanden hatte.

»Nun«, erwiderte Hockstädder jovial, »Sie als Schriftsteller kennen vielleicht die Freudsche These, dass das Unheimliche in Wahrheit das Heimliche, Heimische, Vertraute sei. Trifft unser Begehren nicht oft solche Menschen, die uns an Vertrautes, etwa an Vater oder Mutter erinnern?«

»Eww!«, machte Oskar. »Wollen Sie damit sagen, dass ich mit meiner Mutter verheiratet bin?«

»Nein. Man kann sich auch ein Liebesobjekt suchen, bei dem man sich vollkommen sicher ist, dass es nichts mit dem Primärobjekt zu tun hat.«

»Klingt romantisch. Und ein wenig abstoßend. Verzeihen Sie bitte, aber ist das nicht so ein bisschen Psycho-Gerede von vorgestern? Das kommt mir beinahe so obsolet vor wie die Ansicht, dass alle Männer automatisch zu ihrem Vater würden und alle Frauen zu ihrer Mutter – ich meine, wozu gibt es plastische Chirurgie und Schocktherapie?«

»Nun«, sagte Doktor Hockstädder erneut, nachdem er sich eine kleine Notiz gemacht hatte, »Wahlfreiheit in der Liebe scheint mir sowieso eine Illusion zu sein. Die Antike wusste das bereits, wie so vieles. Venus ist hier ein schönes Bild: die tyrannischste aller Göttinnen, die über Souveränitätsansprüche des Subjekts nur lachen kann. Hier gibt es keine Rücksicht auf Verluste. Jedenfalls haben wir noch gar nicht im weiteren Sinne über Ihre Familie gesprochen. Über Ihre Eltern.«

»Oh mein Gott. Im Ernst? Ich hab das doch alles schon mit Morty durchgekaut. Mit *Myron,* meine ich, Myron.«

»Wer ist Myron?«

»Mein Ex-Therapeut. Myron Finkelstein. Ich frage mich manchmal, was wohl aus ihm geworden ist. Ich habe ihn vor ein paar Jahren aufgesucht, mehr aus Indolenz, das ist der Hauptantrieb in meiner Welt, und *alle* gingen damals zu ihm. Ich meine, was soll man machen? Man kann ja nicht dauernd seine Freunde mit diesem ganzen Schrott behelligen. Myron praktizierte als unorthodoxer Freudianer, nicht feindlich gegenüber Medikation, ein Grund seiner Beliebtheit. Trotzdem glaubte er natürlich an Verdrängung und solche Sachen und fing dann an mit Rorschach-Tests und freier Assoziation, und das führte zu hypnotischen Techniken, was ja nun irgendwie die entgegengesetzte Bewegung ist zu der, die Freud genommen hat. Es ging weiter mit ganz schicken Programmen wie *Eye-Movement Desensitizing* und *Inner-Child Therapy* und dann *Energy Systems Therapy* und *Internal Family Systems Therapy.* Der arme Myron. Er hat alles probiert. Dann ist irgendwas in ihm gestorben, und der Rest der Therapie verlief völlig problemlos. Schließlich pflegte er nur noch zu sagen: ›Betonschicht drüber und weg damit!‹ Ach, Morty. Ich meine: Myron. Oder hieß er doch Morty? Egal. Ich vermisse ihn ein wenig, jetzt, wo ich über ihn spreche. Sonst vergesse ich ihn meistens. Ich hoffe, Sie sind nicht eifersüchtig.«

»Kommen wir zurück zu Ihrer Familie«, befand Doktor Hockstädder und klang irgendwie erschöpft. Diese Tonlage war bisher nicht von ihm zu hören gewesen. Er entfernte geräuschvoll die Verschweißung von einem frischen Legal Pad und legte dafür ein welliges, vollgeschriebenes Exemplar auf einem Tischchen neben dem Schwing-Sessel ab.

»Bitte sprechen Sie langsam«, sagte er in diesem bis dato unbekannten Ton, »und kein Detail ist unwichtig.«

»Sie meinen über das, was ich meine Eltern nenne? Dieses emotional verkürzte, verängstigte und bisweilen kleingeistige Paar, das versucht, tief sitzende Neurosen durch eine Fixierung auf Oberflächlichkeiten zu verdecken? Wobei ich nichts gegen Leute habe, die so was *gut* machen, im Gegenteil, nahezu alle Leute, die ich kenne, machen das. Meine Kindheit? Mein Gott, das war eine mittelgradig depressive Episode voller abgespaltener Affekte. Dazwischen, quasi als Auflockerung, mancherlei Nervenzusammenfälle. Ich bin ein Märtyrer meiner Nerven.«

»Ich auch«, seufzte Hockstädder.

»Also schön, hören Sie gut zu, verehrter Herr Doktor, denn ich werde das in den nächsten zwanzig Jahren nicht wiederholen. Schon deswegen nicht, weil der afrikanische Fressbusch meine Stichwortkarten vertilgt hat.«

DOKTOR HOCKSTÄDDER *[verwirrt]*: Was …

OSKAR *[mit unwilligem Handwedeln]:* Schscht! – Ich bin der einzige Mensch, der dieser Hölle entkommen ist und überlebt hat, um davon zu erzählen. Kinder soll man sehen und nicht hören. Und eigentlich möglichst auch nicht sehen. Das war das Motto meiner Jugend. So entwickelte sich mein narratives Selbst. Sie müssen wissen, lieber Herr Doktor, wenn Sie schon fragen, dass meine Eltern es für richtig hielten, mich für ein paar Jahre in ein Internat in die Provinz zu schicken, weil sie mich für schwer erziehbar erachteten. Dies tun sie wahrscheinlich bis zum heutigen Tag. In einer bescheidenen und anspruchslosen Gegend befand sich diese Lehranstalt, in einem Krähwinkel und Abdera, einem verlorenen Zipfel der Welt, wo das Schicksal Pause macht, wo die Zeiger aus der Uhr fallen, wo mittags für drei Stunden die Geschäfte schließen. Genauer: das Geschäft.

DOKTOR HOCKSTÄDDER: Was für ein Geschäft?

OSKAR: Ein Hermès Flagship Store, was sonst! – Meine Güte, es ist doch völlig unerheblich, *was* für ein Geschäft! Wichtig ist bloß, dass die guten Leute in dieser Gegend das Leben nicht anders verstehen denn als Ideal der Ruhe und Tatenlosigkeit … ja, die Menschen dort plagen sich niemals mit irgendwelchen seelischen Aufregungen oder nebelhaften Fragen des Verstandes, zumal derartige Fragen und Exaltationen an Geist und Herz zehren und das Leben verkürzen. Nein, Stille und ungestörte Zufriedenheit herrschen da in den Sitten der Leute. Weder Diebstähle noch Morde noch sonstige furchtbare Begebenheiten haben sich jemals ereignet; keine heftigen Leidenschaften oder kühnen Unternehmungen exaltieren den dortigen Menschenschlag. Harmonisch und gleichmäßig vollzieht sich der Kreislauf des Jahres. Dem Rhythmus des Lebens ergeben.

DOKTOR HOCKSTÄDDER: Gibt es da lebende Hühner?

OSKAR: Ja.

DOKTOR HOCKSTÄDDER: Das muss ein gesegneter Landstrich sein!

OSKAR: Sind Sie irre? Sie können ja mal hinfahren. Das Wesentliche dieses Landstrichs lässt sich jedenfalls in zwei Worten zusammenfassen: *Nichts passiert.* Und nach diesem Programm zieht sich das Leben in diesem Erdenwinkel dahin wie ein endloses, undurchsichtiges Gewebe, um ganz unbemerkt erst an der Bahre abzureißen. Manchmal braucht man dort sehr lange, bis man merkt, dass jemand tot ist.

DOKTOR HOCKSTÄDDER: Eine hübsche Geschichte! Haben Sie jemals daran gedacht, Kinderbücher zu schreiben?

OSKAR *[ihn ignorierend]:* Dazwischen also ich. Meine Eltern hatten mich auf dieses Internat geschickt, weil sie ihren Sohn schwierig und seltsam fanden, weil ihnen das Leben zu viel wurde, namentlich meiner Mutter, die sich vor allem fürchtet, tot oder lebendig; aber mein Vater hat im Grunde nicht weniger Angst. Flucht vor dem Leben. Das richtige Leben hängt, wie ich Ihnen nicht sagen muss, an der Kunst, mit Kontingenzen zu existieren; ja mehr noch: den Zufall nicht als Ärgernis, sondern als Stimulanz zu behandeln. Dafür hatten meine Eltern nie die Kraft. Denn die Voraussetzung dafür ist Weltkenntnis. Dann lässt man sich weder von Furcht noch von Hoffnung versklaven. In dieser Situation also befand ich mich, voller Zweifel und Sehnsüchte, abseitsstehend, von anderer Sorte, so sonderlich und in Widerstreit mit allem scheinend, einsam und von innen verzehrt, hungrig und stolz, zerfallen mit den Lehrern und fremd unter den anderen Jungen. Doch der Versuch, mein Selbstvertrauen totzuknicken, misslang. Dem Anschein nach fast nur durch einen Zufall, damals, in jenen heiklen Jahren, doch er misslang.

Doktor Hockstädder: Wieso?

Oskar: Ich bin dankbar für diese Zwischenfrage. Ich werde Ihnen sagen, wieso. Das liegt an … das ist die Kraft *in* mir. Zum Glück habe ich einen harten Kern – und noch ein paar andere Anlagen, woher auch immer; das ist wohl das, was man *the margin of freedom* nennt: die Subjektivierung der objektiven Umstände, dass man sich sein eigenes Universum baut, sich darinnen einrichtet, verbunden mit dem glücklichen Zufall der kostbaren Störungen. Alles Neue im Leben verdanken wir schließlich der Selektion aus dem Zufall, der Auswahl aus störenden Geräuschen, der Abweichung von der Linie. Womit ich nicht sagen will, dass dieser scheinbare Zufall eben eventuell nicht viel mehr als nur ein Schein wäre; vielleicht ist er sogar der einzig übrig gebliebene Kontakt mit einer Dimension des Göttlichen, als Verlautbarung einer Art Agentur, die all unsere Prädikamente verwaltet – wenn auch nicht notwendig verantwortet. Aber gerade deshalb wird ja die Fähigkeit bedeutsam, sich über den Zufall zu erheben, eine innere Freiheit gegenüber dem, was einem zustößt, zu bewahren. Können Sie mir noch folgen?

Doktor Hockstädder: Geht so.

Oskar: Was ich sagen will, ist: Das Rauschen, das Kippen

des Gleichgewichts ist elementar. Ordnung entsteht durch Fluktuation, Evolution durch Störung, Schöpfung durch Verwirrung. Das ist schön und gut; aber man muss natürlich robust sein. Sonst geht man selbst dabei drauf. Die Robustheit war übrigens immer etwas, worauf man in meiner Familie geradezu unsinnig stolz war –

»... und das anderen Leuten bisweilen als Starrsinn und Selbstfixiertheit erscheinen möchte«, warf Doktor Hockstädder ein.

»Wir kämen sehr viel schneller zum Ziel, wenn Sie mich nicht dauernd unterbrechen würden«, erwiderte Oskar. »Wo war ich? Richtig: der Kern. Das Eigene. Das, was mich gerettet hat; was es mir ermöglichte, allein zu stehen. Der Mensch findet in sich, was er nirgends in der Welt findet, etwas Unerkennbares, Unbeweisbares, niemals Gegenständliches, etwas, was sich aller forschenden Wissenschaft entzieht: die Freiheit.«

»Dies ist Ansichtssache«, gab Hockstädder zu bedenken, »Freiheit kann nicht allgemeingültig festgestellt werden. Man kann die Wirklichkeit schließlich auch so betrachten, als ob in ihr alles mit Notwendigkeit geschähe.«

»Natürlich«, erwiderte Oskar, »und wenn man das tut, dann ist es auch so. Fiktionen sind ja nicht das Gegenteil von Wirklichkeit, sondern Instrumente ihrer Konstruktion.«

»Was?«, machte Hockstädder. »Sie verwirren mich.«

»Das ist erschreckend leicht.«

Hier nun richtete sich Leonid Hockstädder ein wenig in seinem schwedischen Schwing-Sessel auf, als wollte er seine therapeutische Autorität restaurieren, und in einem dazu passenden Tonfall stellte er fest: »Selbst die mangelnde Elternrolle für sich zu übernehmen, ist bei vielen erfolgreichen

Menschen zu beobachten. Es ist sowohl eine Usurpation, eine Selbstüberhebung, als auch die Möglichkeit, innerlich Kind zu bleiben: so etwas wie eine wissende Naivität. Posttraumatisches Wachstum. Selbsterziehung.«

»Was genau meinen Sie damit?«

»Damit meine ich: Sie glauben doch nicht im Ernst, dass Sie je von Ihrer Familie loskommen werden.«

»Das klingt viel weniger kompliziert, als ich gehofft hatte.«

»Es gibt ein Lied von Tom Waits ...«

»Ach du liebe Zeit.«

»Darin heißt es: *If you get far enough away, you'll be on your way back home ...*«

»Geht es dabei um die Erdkrümmung?«

»Wie bitte?«

»Was?«

»Was?«

»Ich bin nicht so gut mit Metaphern ...«

»Ich denke, Sie sind Schriftsteller?«

»Ja, und? Was hat das damit zu tun?«

»Wie wärs damit: Wenn man eine Geschichte erzählen will, muss man vom Anfang beginnen ...«

»Was?«

»Schön! Bittesehr!«, erklärte Doktor Hockstädder, gewissermaßen abschließend und mit einer wegwischenden Handbewegung. »Ich gebs auf! Sie haben mich kleingekriegt! Was ich versuche, Ihnen zu sagen, werter Herr Canow, ist: Man kann doch nicht die Säule umstürzen, die einen trägt! Man kann doch nicht einen gewachsenen Baum ausreißen wie ein Büschel Unkraut! Man –«

»Bitte«, unterbrach Oskar, »sprechen Sie nicht weiter in Bildern. Formulieren Sie Ihre Weisheiten nach Gefallen, werter Herr Hockstädder; nur lassen Sie, wenn ich bitten darf, poetische Bilder besser beiseite. Es ist nun einmal so, dass ich diese strenge und erkältete Konstellation in meinem Elternhause gewissermaßen als einen schweren Stil- und Schicksalsfehler meines Lebens betrachte, für den ich kein Pardon gewähre! Ich meine, um ein Haar wäre ich einer von diesen Teenagern geworden, die sich in eine Ecke des Schulhofs verkriechen und pfundweise Schokolade in sich reinschlingen. Das war eine *Qual.* Wenn man einen Zeugen für so was hat, möchte man den Betreffenden nie wiedersehen … Also sprechen Sie mir möglichst nicht von Verwandtschaften! Ich habe keine! Ich bin einzeln. Bis auf Tante Kitty, natürlich. Und was solls. Was solls! Betonschicht drüber! Betonschicht drüber!«

»Nun gut«, ächzte Hockstädder, als hätte er soeben knapp einen Langstreckenlauf absolviert, und legte demonstrativ seinen Notizblock auf das Tischchen, »ich sage Ihnen das jetzt ganz deutlich, in aller Klarheit, hören Sie: Sie werden nie von ihnen loskommen! Nie!«

»Warum sagen Sie so was?«

»Weil ich Ihr Therapeut bin.«

»Komisch. Eigentlich sollte doch mit Therapeuten alles irgendwie einfacher werden. Erscheinen nun aber Sie, Herr Doktor, mit Ihren schauerlichen Charakteranalysen … und Einsichten, die Sie nur äußern, um mir auf die Nerven zu fallen –«

»Ich äußere sie, weil sie wahr sind.«

»Wahr, nervtötend – das ist doch dasselbe!«

»Man kann die Wahrheit nicht oft genug sagen.«

»Das ist eine sehr interessante Auffassung für einen Therapeuten. Und damit meine ich: Das ist zweifellos der gröbste

Unfug, den ich jemals gehört habe, und das will einiges heißen, denn bekanntlich lebe und arbeite ich in einem Milieu, wo man andauernd Unfug zu hören bekommt.«

»Das ist ja interessant«, befand Doktor Hockstädder mit einem plötzlichen Wechsel des Tons, nahm seinen blassgelben Notizblock wieder auf und machte sich einen kleinen Vermerk, »das ist ja interessant, dass Sie Ihr aktuelles Milieu erwähnen.«

»Sie klingen wie ein Sozialarbeiter.«

Doch Hockstädder ließ sich nicht beirren. Er kam wieder aufs Geleise, das merkte man.

»Ich rekapituliere«, kündigte er an, erneut ganz jovial, »Sie sind also in einem bürgerlichen Zuhause aufgewachsen, in einer Atmosphäre der Eisigkeit, voller Distanzen, Verhehlungen und Peinlichkeiten.«

»Wie schön Sie das beschreiben.«

»Und«, fuhr Hockstädder fort, »… deshalb jetzt *diese* Gesellschaft? Schließlich leben Sie dem Anschein nach nun in einem gänzlich entgegengesetzten Bezirk, nämlich in jener überreizten, passiv-aggressiven Gesellschaftssphäre, wo man, abgedriftet in ein Meer aus Luxusprodukten und Platinmeilenkarten und bedeutungslosem Sex, keiner geregelten Arbeit nachgeht und stattdessen sich pflegt und sein Innenleben peinlich beobachtet und über diese Beobachtungen sich zu unterhalten liebt.«

»Nanu«, machte Oskar, aufrichtig verwundert, »das klingt irgendwie ziemlich reserviert. Mit einem Hauch Bitterkeit.«

Doch Hockstädder schien ihn gar nicht zu hören. Vielmehr verfiel er in einen kleinen Vortrag, als würde sich ein lange aufgestauter Überdruss nun Bahn brechen. Er sah Oskar starr in die Augen, als er deklamierte: »Abgewandten Geistes vertut man seine Zeit, in Ihrer Welt, Herr Canow, einer Welt, deren Bewohner sich langweilen und deren Gemüter deshalb erregt und gereizt sind, verdämmernd zwischen Gefallsucht und Geziertheit, verwüstet und erschöpft durch künstliche Aufregungen, zu allen Affären und Abenteuern gelaunt, auch wenn sie zuletzt vor Gericht ausgetragen werden müssen! Oder im Alkohol enden. Jaja, für reiche Leute gelten andere Verhaltensstandards, ich weiß. Ist mir bekannt. Ich kenne massenhaft reiche Leute, sie kommen gerne zu mir, um sich kurieren zu lassen.«

»Was ist denn mit Ihnen los?«, erkundigte sich Oskar besorgt. »Brauchen Sie ein Glas Wasser?«

»Es ist dies ein Milieu«, dozierte Hockstädder weiter, den Einwurf seines Klienten ignorierend, »wo Augenschein und Erkenntnis oft genug identisch sind. Was nicht heißt, dass es sich in diesen Kreisen nicht angenehm leben ließe, im Gegenteil, auch mit Zierereien und Affenpossen kommt man leidlich komfortabel durchs Leben, sofern man liquide ist. Ja, gerade diese vielfachen Blindheiten und zugleich Empfindlichkeiten stellen womöglich eine ganz neue Art von Ataraxie und Weltunbefangenheit dar, eine Souveränität, die sich nicht der Gewalt oder der Heiterkeit verdankt, sondern der schieren Blasiertheit. Das Wesen der Blasiertheit ist schließlich die Abstumpfung gegen die Unterschiede der Dinge und Erscheinungen … eine profunde Weltentwertung, die von allem den Preis kennt, und wenn ich ein psychologisches Porträt Ihres Milieus zu liefern hätte, lieber Herr Doktor Canow, so würde ich aus dieser Grundeigenschaft alle übrigen ableiten …«

»Das klingt ja wunderbar«, dachte Oskar, während Hockstädder immer weiterperorierte, »das muss ich mir merken.

Ich sollte eigentlich ebenfalls einen Notizblock mitbringen …«

»Sie sind also aus einem bürgerlichen Elternhaus aufgebrochen«, rekapitulierte Hockstädder unbeirrt und tapfer, »und leben nun als bürgerlicher Exilant inmitten einer Gesellschaft, deren wohl vorstechendstes Merkmal die völlige Unempfindlichkeit Ideen gegenüber, das Fehlen jeglichen Interesses am Geistigen sein dürfte. Diese Abstinenz hat selbstverständlich ihre ganz eigene Art der Seelenruhe zur Folge – sofern es einem nichts ausmacht, dass niemals irgendjemand eine geistreiche Bemerkung von sich gibt. Außer Ihnen natürlich, Herr Canow, aber Sie gehören freilich auch nicht wirklich dazu, das muss ich Ihnen nicht sagen, denn Sie wissen es selbst: Sie haben niemals wirklich irgendwo dazugehört, nie! Niemals!«

»Phew!«, machte Oskar und atmete hörbar durch den Mund aus.

Doktor Hockstädder schrieb sich etwas auf seinen Block.

Dann warf er das ganze Ding fort.

»Zum Glück war das kein iPad«, sagte Oskar.

Pause.

»Auch die Psychologie, lieber Herr Canow, ist eine Wissenschaft mit Kausalitäten, deshalb müssen wir zu Ihren Wurzeln. Denn was verdrängt wird, kehrt bekanntlich wieder, aber in entstellter, hässlicher oder doch zumindest peinlicher Gestalt.«

»Gut. Das hätten wir ja jetzt erledigt.«

Nachdem Oskar das gesagt hatte, vollführte sein Kopf einen kleinen Ruck. Hatte er einen Drehtick? Leicht morboser Zustand, offenbar. Irgendwas war im Argen. Hockstädder starrte ihn mit irre flammenden Augen an, und zwar so geradeheraus, so sehr gewillt, die Sache bis zum Äußersten zu treiben, dass Oskar die Verpflichtung verspürte, sich rechtfertigen zu müssen.

Daher sagte er: »Muss das nun alles wie ein hochgehievtes Schiffswrack wieder an die Oberfläche rauschen? Ich meine, was prägt denn den Menschen? Was ist therapierbar? Was braucht der Mensch? Ein bisschen Liebe, etwas zu tun, weiter nichts. Spielen seine Wurzeln dabei stets eine Rolle? Nein.«

»Doch!«

»Ich dachte, hier gäbe es keine falschen Antworten?«

»Irrtum!«

Jetzt aber war es an Oskar, auf die hölzerne Armlehne seines indifferenten Sessels zu pochen, in dem er für seinen Geschmack heute schon entschieden zu lange saß.

Er pochte und sprach: »Ich will Ihnen mal sagen, verehrter Doktor, was der Mensch braucht – Transzendenz! Der Aufschwung zur Transzendenz, das ist vielleicht das Wichtigste im Leben. Nicht Herkunft oder so was. Der bestirnte Himmel über mir, und das moralische Gesetz in mir, Sie wissen schon. Die Überwindung des Schicksals ist nur das Zweitbeste; das größte Geschenk ist seine *Erfüllung*. Man hat das Prinzip zur Geltung zu bringen, das man darstellt. Da könnte ich im Grunde genauso gut adoptiert sein, wie Mildred – ich meine: meine Frau – ich meine –«

»Wie bitte? Ihre Frau ist adoptiert?«

»Unsinn. Meine Frau ist doch nicht adoptiert.«

»Das haben Sie doch gerade gesagt.«

»Ja. Was?«

»Was?«

Hockstädder geriet nun auf seinem Sessel in eskalierende

Schwingungen und beschrieb eifrig seinen Notizblock, wozu er seine Zungenspitze zwischen den Lippen hervorschob. Oskar bereute. Adoptiert. Wie Mildred. Das hätte er wohl lieber nicht sagen sollen. Immerhin wusste selbst Viktor nichts davon. Das heißt: Oskar wusste nicht, ob Viktor es wusste. Wenn er es wusste, wusste er es jedenfalls nicht von ihm. Außerdem hatte er jetzt Mildreds Namen ins Spiel gebracht, und Mildred war ja gar nicht seine Frau, auch nicht für Hockstädder, er trug hier nur Mildreds Eheprobleme vor, stellvertretend, oder besser: Viktors Eheprobleme, Viktors Probleme mit Mildred.

Und da dämmerte es Oskar Canow: Er hatte heute die ganze Zeit von sich gesprochen, nicht von Viktor, dessen Probleme er hier referieren sollte. Er war auch nicht vorbereitet gewesen. Was wusste er über Viktors Wurzeln? Gar nichts! Er hatte seine Rolle verlassen; er hatte diesem ganzen windigen, von Anfang an fragilen Gebäude einen empfindlichen Stoß versetzt; wusste der Himmel, was nun geschehen würde. Fest stand: Oskar hatte ein ungutes Gefühl nach dieser Sitzung, ungefähr so, wie wenn man in einer ziemlich riskanten Gegend falsch abgebogen ist.

Er war froh, dass die Stunde vorüber war. Als er das unaussprechlich dumpf und ärmlich riechende Treppenhaus hinabschritt, dachte er wieder an die Kausalität. Wir wissen doch alle, dass wir darunter stehen, dass nun mal leider ein Notizblock (zum Beispiel) nicht in der Luft hängen bleibt, sondern zu Boden fällt, fallen muss, mag ihn Gwendolyne Rosenstock oder Leonid Hockstädder loslassen. Vor der Kausalität sind wir alle gleich. Wir wollen aber nicht gleich sein. Nichts ist uns verhasster, als eingereiht zu werden. Auch die landesüblichen Neurosen sind viel schematisierter, als ihre

Besitzer glauben. Sicherlich sind ihre unglücklichen seelischen Schaltungen ein wenig verschieden, dennoch lassen sich fast alle auf einen Generalnenner bringen. Der durchschnittliche städtische Mitteleuropäer befindet sich fast immer im Vorstadium der Neurose.

Als Oskar in seinen Gedanken (und auf der gewundenen Treppe) so weit gekommen war, erschrak er tüchtig. Er hatte eben den Eingang zum Analytischen Club passiert, als dessen Türe aufging, mit schepperndem Geräusch, und da sah er es wieder: das leicht katatonische Faktotum, jene sorgfältig konservierte, alterslose, teuer angezogene Dame, die mit geschwollenen Adern auf der Stirn und tiefsinniger Miene zu sich selbst sprach und diese Monologe durch lebhaftes Geschwenke ihrer Handtasche illustrierte. Die Dame stand im Türrahmen, wo sie verharrte, wie auf einer kleinen Bühne; sie starrte durch Oskar hindurch, die wasserhellen Augen zwei fiebrig lodernde, lichtblaue Flammen in tief gehöhlten Gruben. Eine handschweißtreibende Erscheinung! Und es durchfuhr ihn, und ihm war, als wäre der kleine Hergang doch mehr als ein bloßer Zufall gewesen.

## 6

# VERSTAND UND SINNLICHKEIT

Stets liegt in unserer Subjektivität, in der Art unserer Selbsterfahrung, ein Element von Hysterie. Was ist Hysterie? Hysterie ist eine Methode – eine Methode der Befragung unserer sozialen, symbolischen Identität. In ihrem innersten Kern ist Hysterie eine Frage, gerichtet an die Instanz, die unser Selbst bestimmt. In der psychoanalytischen Theorie wird Hysterie als subversiv betrachtet; weitaus subversiver als Perversion. Denn die hysterische Position ist jene des Zweifels, und Zweifel kann überaus produktiv sein. Alle Neuerung, aller Fortschritt entstammt dem hysterischen Fragen.

Nach dieser einen Stunde, in der Oskar, verwirrt vom Eintauchen in seine Kindheit, Hockstädder erzählt hatte, dass seine Frau adoptiert worden sei, schien alles anders. Das war mehr gewesen als ein Lapsus im Plan. Oskar spürte, dass eine Linie überschritten war, er hatte etwas preisgegeben, was ihm nicht preiszugeben zustand; er hatte etwas getan, was sich nicht *gehörte.* Manieren gelten schließlich auch für die Therapie. Millvina hatte ihm auf ihrem Totenbett das Versprechen abgenommen, dieses eine Geheimnis zu hüten – auch wenn Hockstädder glaubte, es handle sich um Lauren, die adoptiert sei, nicht Mildred; Oskar verlor dieses Gefühl der Transgression nicht mehr. Lauter Fragen und Beklemmungen. Oskar fühlte sich unwohl, möglicherweise steuerte er geradewegs auf den Nervenzusammenbruch zu. War das Hysterie? Die schreckliche innere Bedrängnis war beinahe chronisch bei seiner immer gleich in ihrer Gesamtheit bedrohten Natur. Aufruhr der Säfte, hätte sein Hausarzt gesagt, der gute alte Doktor Rupp – doch die Säftelehre vertrug sich natürlich nicht mit spätmoderner Psychologie. Hätte Oskar tiefer geschaut oder schauen wollen (denn es gibt etwas im Menschen, das sich gegen die Erkenntnis der Wahrheit mit allen Kräften wehrt), so hätte er, gerade er, alles gesehen, alles gewusst. Gewusst, dass die ganze Chose auf ein Desaster zusteuerte. Seine tatsächliche Ehefrau Lauren, die durchaus nicht adoptiert war, auch wenn sie sich dies manchmal wünschen mochte, pflegte es in der entzückenden Prägnanz ihrer Muttersprache ungefähr so auszudrücken: »… like a plane crash shoving a train wreck onto a crowded highway«.

Kurz: Obschon rein äußerlich alles weiter nach Plan lief, war die Stimmung gekippt, ein Unbehagen hatte sich eingestellt bei Oskar, das nicht mehr weichen wollte, eine gewisse Vorsicht hatte sich seiner bemächtigt in den Sitzungen mit Hockstädder. Die Therapie wirkte auf ihn mehr und mehr wie irgendein verhängnisvolles Genussmittel: ganz interessant, anregend und beruhigend – doch im Hintergrund lauerte die Ahnung, dass das Spiel verhängnisvoll enden könnte. Auch der Umstand, dass Oskar über seine Familie gesprochen hatte und Hockstädder nicht aufhörte, dieselbe miteinzubeziehen, sorgte für Verstimmung. Oskar war ein Mensch, der Verstimmungen mied wie der Teufel das Weihwasser; er war stets sehr gewissenhaft, wenn es darum ging, die eigene Erscheinung sich selbst gegenüber aufrechtzuerhalten, seine

Verwöhntheit und Penibilität in Bezug auf Äußerlichkeiten hatte hier ein moralisches Äquivalent. Und wenn er dann und wann einen kleinen Inspektionsrundgang durch sein Gemüt unternahm, so gab es dort gewisse Türen, die er lieber verschlossen ließ. Und es passte ihm gar nicht, dass Hockstädder anklopfte, hartnäckig wie ein Zeuge Jehovas.

Andererseits war die Therapie ein Faszinosum. Sonst hätte Oskar sie ja einfach abgebrochen. Stattdessen involvierte er, inzwischen halb gegen seinen Willen, immer mehr Details seiner selbst und seiner eigenen Ehe in die Gespräche mit Hockstädder; er verstrickte sich in die Analyse, die eine seltsame Sogwirkung entfaltete. Auf diese Weise waren nicht nur die Ratschläge und Aufschlüsse, die er nach den Sitzungen an Viktor weiterreichte, reichlich inadäquat für diesen. Sondern Oskar servierte obendrein seiner Ehefrau Lauren die eine oder andere Empfehlung, die das ganz und gar nicht glücklich aufnahm. Zum Beispiel als er vorschlug, dass sie vielleicht von nun an regelmäßig in *einem* Bett schlafen sollten.

»I thought as much«, erwiderte seine Ehefrau. Und sie warf den Kopf in den Nacken und verzerrte abwehrend das Gesicht, während sie ihren Mann prüfend fixierte, ernst, kühl und beinahe geringschätzig. Dann stieß sie hörbar die Luft aus, dass es nur so eine Art hatte.

Oskar für seinen Teil irritierte es mehr und mehr, dass sein Freund Viktor, für den er immerhin diesen ganzen Spuk veranstaltete (oder zu veranstalten glaubte), dass also Viktor für seine Theaterproben im Zürcher Seniorenzentrum Sydefädeli längst entschieden mehr Leidenschaft zeigte als für das Therapie-Vorhaben, und zwar so weitgehend, dass er Oskar ständig zu zusätzlichen Sitzungen mit Hockstädder drängte, einzig, um mehr Zeit fürs Laienspiel zu haben. Es waren offenbar just die Proben für jene Aufführung, die Viktors Leben, das so reich an materiellen Werten war, einen frischen neuen Schwung und Sinn verliehen hatten; die Proben, die er besuchte, während seine Frau Mildred glaubte, er säße bei seinem Therapeuten. Dies allein war bereits seltsam und eine merkwürdige Verschiebung der ursprünglichen Zielsetzungen; aber noch bedenklicher war, dass Viktor, vielleicht sogar noch eher als sein Freund, die Verstrickung Oskars in die falsche Therapie wohl wahrnahm oder wenigstens hätte wahrnehmen müssen, doch ihn dies seltsam kaltließ, wie überhaupt die ganze Sache und ihr Fortgang, denn mehr und mehr befasste sich Viktor stattdessen mit der Frage: Wer soll die Ulla spielen?

»… und dann hat mal wieder dieser Ich-mach-diesen-Quatsch-noch-den-Rest-meines-Lebens-Gedanke sein hässliches Haupt erhoben …«, hörte Oskar durch die Glastüre mit den Milchglasscheiben, als er eines Dienstags zur gewohnten Zeit bei Hockstädder saß. Er seufzte. Es war immer dasselbe. Reiche Leute mit armseligen Problemen. Die Monovalenz des Leidens war hier mutmaßlich noch stärker als beim plastischen Chirurgen ein paar Häuser weiter. Und was Oskar eben gehört hatte, war nicht das Einzige gewesen, was ihm heute durch die Milchglasscheiben zugeflogen war; die Dame, die ihre Stunde absolvierte, sprach nicht eben leise und außerdem ein wenig überakzentuiert, als ob sie einen Brief diktierte. Und zwar sprach sie von ihrer bedauerlich missratenen Familie, mit lebensprühender Treue in allen Einzelheiten, wobei dann und wann schwere Verwünschungen von ihren Lippen sich lösten, Verwünschungen, welche hier wiederzugeben ich ablehnen muss.

»Sehr schön«, hörte Oskar endlich Doktor Hockstädder erwidern, »da machen wir nächste Woche weiter. Unsere Zeit ist leider um.«

»Hätten Sie ein Gläschen Weißwein?«, fragte die Stimme.

»Wein ist nicht wirklich Bestandteil der Therapie«, antwortete Hockstädder leutselig, »wie ich Ihnen bereits erklärt habe.«

»Ich habe Ihnen schon ein paar Mal gesagt: Sie müssen hier die Türen isolieren lassen. Man versteht jedes Wort. Das ist indiskret«, sagte Oskar etwas später, nachdem er seinen Therapeuten begrüßt und Platz genommen hatte.

»Und wie fühlen Sie sich dabei?«, fragte Hockstädder.

»Belastet«, erwiderte Oskar, »ich meine, ich will einfach nichts von den Problemen anderer Leute hören. Das ist peinlich. Und langweilig.«

»Aha. Und sonst? Wie geht es Ihnen?«

»Fragen Sie bitte spezifischer.«

»Nun gut«, befand Hockstädder und nahm einen mit Oskars Initialen beschrifteten Pappordner zur Hand, der neben ihm auf dem Tischchen lag, »vielleicht ist es weniger langweilig für Sie, wenn ich Ihnen verrate, woran die Dame vor Ihnen litt: Klimakterische paranoide Psychose, Dementia phantastica, agitierte Form mit Wahnbildungen, dazu vielfache Blindheiten und Empfindlichkeiten sowie pathologische Trübungen des gesamten Geistes, eine eigentliche Affektpsychose.«

»Was ist mit der Verschwiegenheitspflicht?«

»Pff!«

Nachdem Hockstädder diesen Laut von sich gegeben hatte, fuhr er, während er noch in den Unterlagen kramte, im Konversationston fort mit einer jener Bemerkungen, von denen Oskar nie wusste, ob sie einfach einem konventionellen Bedürfnis nach Unterhaltung entsprangen oder therapeutisch platziert waren, gesetzt als der bestimmte, beinahe ein wenig tückisch gewählte Ausgangspunkt für ein systematisches Zickzack, was nur scheinbar zufällig aussah.

»Wissen Sie«, bemerkte nämlich Hockstädder, »der alte Seneca hat gesagt: Die Philosophie hat eine unglaubliche Kraft, alle Gewalt des Zufalls aufzufangen. Natürlich sagte er dies nicht zuletzt in dem Bemühen, Neros ausschweifendem Temperament entgegenzusteuern.«

»Wollen Sie mich jetzt auch noch mit Nero vergleichen?«

»Nein. Aber da Sie Nero erwähnen, möchte ich Sie darauf hinweisen, dass es nicht billiger wird, wenn Sie Ihre eigenen Diagnosen stellen.«

»*Sie* haben doch Nero erwähnt.«

»Nun gut. Ich wollte eigentlich – bevor Sie die ganze Sache auf sich bezogen – darauf hinweisen, dass es viel eher heißen sollte: Die *Psychologie* hat eine unglaubliche Kraft, alle Gewalt des Zufalls aufzufangen. Denn alles, auch der Zufall, liegt in der Psyche.«

»Es gibt doch auch noch so was wie Schicksal«, sagte Oskar.

»Sie meinen sogenannte sinnvolle Zufälle oder nicht-kausale Zusammentreffen? Das, was Jung Synchronizität nannte?«

»Oder Präkognition«, entgegnete Oskar. »Wie bei diesen bedenkengeplagten Menschen, die immer damit rechnen, dass ihnen gleich etwas zustößt, dass nach des Zufalls dunklem Gesetz auch bereits überstanden Geglaubtes jederzeit schreckliche Wiederkehr feiern könne und dem Leben einfach nicht zu trauen sei. Das führt mich an den Krater des schlechthin Unbegreiflichen, das starre Dunkel des Nichts, an jene entsetzliche Einsamkeit, in der ein einzelnes erschauerndes Bewusstsein über den Saum der Welt hinabblickt in den kalten, leblosen, unauslotbaren Abgrund ...«

»Was Sie nicht sagen«, erwiderte Hockstädder und machte sich eine kleine Notiz.

In diesem Moment flog die Türe auf, ohne dass jemand angeklopft hätte, und Astrid erschien, Astrid auf ihren resoluten Beinen. Ach, Astrid! Das Leben, blond und voll. Oskar sah sie zweimal die Woche, wenn er zu seinen Terminen antrat, wurde freundlich von ihr an der Rezeption begrüßt und verabschiedet und bestätigte seine Termine mit ihr, doch er wusste nichts über sie. Eventuell ging gerade deshalb etwas Beruhigendes von ihr aus, etwas entschieden Bodenständiges. In ihrem Gemüt schienen alle Ereignisse gleich schwer oder leicht zu wiegen, ein Erdbeben regte sie nicht mehr auf als ein in der Wäsche verloren gegangener Strumpf, genauer gesagt: nicht weniger. Herzlich ungerührt agierte sie hier in der Zürcher Gemeindestrasse hinter dem Empfang (der eigentlich bloß ein alter dunkler Schreibtisch mit Klauenfüßen in Hockstädders Vorzimmer war). Mit aufrichtiger, doch nie verlangender Teilnahme gewissermaßen, wie geschaffen für ihren Beruf. Astrid hatte ein Innenleben, gewiss, wer hat das nicht, aber davon verriet sie nichts. Sie hatte ein Schicksal, aber nur, wenn sie alleine war. Ihre vollkommen gleichmütige Haltung zu den Tatsachen und Fiktionen des Daseins, von denen sie täglich tosend umgeben war, gab ihr etwas ungemein Kühles, Klares, Luftreinigendes. Astrids Klima war das beste!

Astrid stand also im Türrahmen. Oskar begrüßte die Unterbrechung, einerseits, weil er Unterbrechungen generell begrüßte; andererseits, weil hier gerade das Leben hereinkam, in diesen verhangenen Raum mit seinen staubigen Büchern und seiner ollen, frigiden Fruchtbarkeitsstatue.

Verzeihung, sagte Astrid mit aufrichtiger Teilnahme, ein Notfall. Frau van Starnberg habe sich gemeldet und sei im Begriff, eine Flasche Kloreiniger auszutrinken.

»Mopsi?«, entfuhr es Oskar. »Mopsi van Starnberg, genannt ›die Strafe‹?«

»Nicht schon wieder«, seufzte Hockstädder.

»Was ist eigentlich mit der therapeutischen Schweigepflicht?«, erkundigte sich Oskar.

»Pff!«, machten Hockstädder und Astrid.

»Das sollte ich alles gar nicht hören«, erklärte Oskar, »das wirkt schwer traumatisierend.«

»Bitte entschuldigen Sie mich für einen Augenblick«, sagte Hockstädder indes jovial und selbstverständlich ohne eine Antwort abzuwarten, bevor er verschwand. Die Milchglastüre schlug hinter ihm zu.

Oskar Canow war zum ersten Mal allein im Behandlungszimmer von Doktor Leonid Hockstädder. Und blickte sich um: die Bücherregale, die seltsam bombastische Deckenlampe im neobarocken Stil, der leicht schadhafte Perserteppich; Hockstädders verlassener, noch leicht vibrierender, starke Gebrauchsspuren zeigender Schwing-Sessel ihm gegenüber. Dieses Zimmer, in dem er nun schon etliche Stunden verbracht hatte, kam Oskar bei seiner Musterung vor wie eine überdrüssig gewordene Bekanntschaft, an der man sich längst sattgesehen und -gehört hat, aber keinen Grund findet, sie abzuservieren.

Dann rückte er sich ein bisschen zurecht. Oskar missbilligte immer noch diesen Sessel, in dem er saß – weder hübsch noch bequem, und irgendwas stach ihn in den Rücken.

»Diese Praxis wäre ein Fall für Ronaldo Riviera«, dachte er.

So wanderten Oskars Gedanken und sein Blick. Und beide blieben gleichzeitig an jenem ockerfarbenen Pappordner hängen, der mit Oskars Initialen beschriftet war und auf dem Tischchen neben Hockstädders Sessel lag. Oskar starrte auf dieses Ding wie eine Schlange, die ein Kaninchen hypnotisiert.

»Ich sollte da mal reinsehen«, dachte er.

Ein Skrupel flog ihn an.

Aber nur eine Sekunde lang.

»Hockstädder selbst scheint es ja nun, wie wir eben wieder gemerkt haben, mit der Verschwiegenheitspflicht nicht so genau zu nehmen«, dachte er weiter, »wer weiß, was er wem schon alles erzählt hat; zumindest Astrid kennt wahrscheinlich einen guten Strauß meiner privateren Antriebe und Zusammenhänge; es ist also sozusagen nur fair, wenn ich selbst mal nachschaue, das sorgt für gleich lange Spieße auf beiden Seiten. Immerhin sollte da in dieser Akte die Wahrheit über mich stehen, die wissenschaftliche Wahrheit, es ist wie ein Blick in den Spiegel der Wahrheit, und ich wollte doch Inspiration, deshalb haben wir dies ganze Experiment schließlich veranstaltet.«

Und Oskar griff nach der Akte.

Für dieses Pappding war der Titel »Akte« eigentlich eine drastische Beschönigung, die Akte war gar keine Akte, nicht einmal ein Ordner, im Grunde einfach nur ein schlichter Pappdeckel mit einem ungewissen Dazwischen. Oskar schlug den Deckel auf – und war nicht wenig schockiert über das, was ihn anflog, im wahrsten Sinne: Das war keine ordentliche Patientendokumentation, weit davon entfernt, das war ein Konvolut aus lauter blassgelben Legal-Pad-Notizen; anscheinend ohne System und Struktur, vielmehr lose und wild.

Oskar nahm irgendeinen dieser blassgelben Zettel und las in Hockstädders penibler, ein wenig eckiger Handschrift: *Canows Gemüt, Künstlertyp: obsessive Qualität. Bisweilen rigide und kompromisslos. Kann nur unter komfortablen Umständen funktionieren*

Und auf dem nächsten Zettel: *Zwangsgedanken mit akuten hysteriformen Begleiterscheinungen; narzisstisch gestört, auf sich selbst zurückgeworfen, schätzt den eigenen Störwert / Verleugnung des Todes und des Fortschreitens der Zeit / verwendet eine Technik der Hysterie, um seine Krankheit zu pathologischem Vorteil auszunutzen*

Und auf dem nächsten: *Augenblicke geistiger Trübung und Konfabulation, allerdings mit einem ans Wunderbare grenzenden Instinkt (jedenfalls in allen Belangen des Sozialen)*

Die Milchglastür fiel zu.

Hockstädder stand im Raum.

»Ich kann nicht glauben, was ich hier über mich lese«, erklärte Oskar seinem Therapeuten. Er tat dies mit aufrichtiger Empörung; weit davon entfernt, seine Lektüre zu verschleiern, denn er hatte trotz aller privater und intimer Verhandlungen, die hier vonstattengingen, einen soliden Sinn dafür, dass es sich um ein Auftragsverhältnis handelte … oder jedenfalls: dass er (beziehungsweise: Viktor) immerhin Hockstädder bezahlte und dieser damit in seinen Diensten stand, womit doch die anfallenden Notizen über ihn quasi sein, Oskars, Eigentum darstellten … oder jedenfalls: darstellen müssten.

»Das sollten Sie nicht lesen«, erklärte Hockstädder.

»Pff!«

»Das enttäuscht mich ein wenig«, erklärte Hockstädder weiter.

»Enttäuscht? Das *enttäuscht* Sie ein wenig? Ich versichere Sie: Sie sind nicht halb so enttäuscht wie ich, wenn ich Ihre Diagnosen lese!«, entgegnete Oskar enragiert. »Oder ist das wiederum nur ein Zeichen … [hier pickte er einen beliebigen blassgelben Zettel auf und las ab] … ein Zeichen meiner *bürgerlichen Rückständigkeit des Lebensgefühls und Vorbehalte gegenüber allem, was leichtlebig und zukunftslos erscheint?* Hm?«

»Das ist charakteristisch für einen gewissen Künstlertyp«, erwiderte Hockstädder und setzte sich, »eine endemische Beschäftigungsneurose, wenn Sie so wollen.«

»Tatsächlich? Das gilt wohl auch für die narzisstische Störung, darf ich vermuten?«

»Ach«, sagte Hockstädder mit einer wegwerfenden Handbewegung und in jenem Ton, mit dem man ein Kind über eine Schramme tröstet, »das ist heutzutage nichts Besonderes mehr, im Gegenteil, die narzisstische Persönlichkeit ist die häufigste Charakterstruktur unserer Beschleunigungsgesellschaft. Selbstverwirklichung ist ja scheinbar zur Massenware geworden. Sie wissen, was ich meine: kurzlebige Produkte, erfahrungsarme Erlebnisse und Resonanz, die meist trivial ausfällt, wenn sie sich überhaupt einstellt, zum Beispiel im Dings, Interweb. Das führt dazu, dass wir uns in sämtlichen Bereichen unseres Lebens, nicht nur im ökonomischen, einem Wettbewerbssystem mit der Logik der Konkurrenz unterwerfen: Status, Aussehen, Freunde, Besitz. Nur noch Transaktionsverhältnisse. Und der Schnellste frisst alles.«

Das alles begleitet von Speichel sprühenden Fontänen.

»Der nasse Zahn«, dachte Oskar, »er hat das, was Tante Kitty einen *nassen Zahn* zu nennen pflegt.«

»Deshalb auch diese Besessenheit mit der Gesundheit allenthalben«, fuhr Hockstädder in dieser etwas unangenehmen Weise fort, »– wie Nietzsche es nannte: die Sucht, sich mit ängstlicher Beratung von Ärzten und peinlichster Lebensart von Tag zu Tag fortzufristen, ohne Kraft, dem eigentlichen Lebensziel näher zu kommen. Denn Voraussetzung für die Fülle des Lebens ist die Auseinandersetzung mit seinem Ende. Der Tod als Mitspieler und Gegenspieler des Lebens gibt diesem seine Gestalt. Wir aber haben das lange Leben an die Stelle des guten Lebens gesetzt. Eine vermeintliche Gesundheit, die doch in erster Linie Verleugnung ist, ersetzt das gute Leben. Heutzutage, da Selbstverwirklichung scheinbar zur Massenware geworden ist.«

»Das haben Sie schon mal gesagt«, entgegnete Oskar ein wenig giftig, »und Sie sollten, sofern Sie auch nur einen Hauch analytisches Gespür besitzen, gemerkt haben, dass ich nun durchaus kein Gesundheitsfanatiker bin. Dazu ist mein Bezug zur Transzendenz zu stark.«

Kurze Pause.

»Wissen Sie, Herr Canow«, erklärte Hockstädder (und dabei zog er Oskar mit einer gewissen jovialen Resolutheit den Pappdeckel aus den Händen, wobei ein paar blassgelbe Blättchen zu Boden segelten, was ihn nicht zu stören schien), »Ihr Auge sieht alles unter derselben Konvention.«

»Ja. Das nennt man Stil.«

»Unter einer Konvention von exquisiter Schönheit und vorzüglicher Annehmlichkeit, in der Tat«, fuhr Hockstädder fort, »aber sehr weit entfernt von allem jenseits der Fassade, von allem, was *nicht* idyllisch und oberflächlich ist.«

»Das stimmt doch gar nicht!«

»Vielleicht würde Ihnen ein Spiel nutzen. Wir nennen das: Korrektive Konditionierung.«

»Klingt wie 'ne Elektroschock-Strafmaßnahme aus den Fünfzigerjahren.«

»Es geht um ein sogenanntes Coping-Skill-Training für den Umgang mit zwischenmenschlichen Belastungssituationen«, erklärte Hockstädder unbeirrt, »das Prinzip besteht darin, den Klienten Dinge ausführen zu lassen, die ihm unangenehm sind. Was Sie brauchen, Herr Canow, ist der Kontakt mit einer anderen Lebenswelt. Denn Sie existieren augenblicklich in einem Milieu, wo Eitelkeit alle Leidenschaften in sich fasst. Dieses Milieu inspiriert und ernährt Sie, doch es vergiftet Sie auch.«

»Dieses Milieu ernährt vor allem *Sie.*«

Leonid Hockstädder hatte jahrelange Erfahrung. Es brauchte viel, ihn aus der Bahn zu werfen. Er war verwurzelt mit dieser Praxis, verwurzelt in seinem Denken, nahezu verwurzelt mit seinem Schwing-Sessel, und ungerührt fuhr er fort: »Zerquält von einer steten Sucht, hervorzubringen, von kostspieligen Launen überboten, vom Geiste der Unersättlichkeit besessen und abgemattet und gierig nach Lust, wollen Sie, Herr Canow, durch übertriebene Arbeit die Lücken ausgleichen, die der Müßiggang geschlagen hat. Sie versuchen vergebens, Welt, Ruhm, Geld und Kunst miteinander zu versöhnen. Sie müssen die Rolle tauschen, Herr Canow! Sie müssen die Rolle tauschen!«

»Ist das jetzt die Strafe, weil ich Ihre Notizen gelesen habe?«

»Das ist typisch, dass Sie das als Strafe sehen. Es ist bloß eine Aufgabe. Ich gebe Ihnen nun eine kleine Aufgabe: Sie werden betteln gehen.«

»Was?«

»Ganz recht. Der Rollentausch bedeutet in Ihrem Fall, den Part des Bittenden, Unbemittelten zu übernehmen. Sie werden betteln gehen, auf der Bahnhofstrasse oder wo immer. Und anschließend will ich hören, wie es war.«

»Sie sind verrückt!«

»Dieses Wort gebrauchen wir hier nicht. Oder jedenfalls äußerst zurückhaltend.«

Kurze Pause.

»Sehen Sie's als Spiel«, schlug Hockstädder vor, »Sie wissen ja sicher, dass Friedrich Schiller im Spiel das erkannte, was den Menschen charakterisiert und zu seiner eigensten Würde erhebt. Im Spieltrieb verbinden sich unsere beiden Grundkräfte: Verstand und Sinnlichkeit. So gelangen wir zur Freiheit.«

»Hat Schiller nicht ebenfalls gesagt, dass die Einsicht in Wahrheit und Pflicht nicht das Höchste sei, sondern vielmehr die Einsicht in die Schönheit?«

»Das hat jetzt damit nichts zu tun«, behauptete Hockstädder Fontänen speiend. Worauf er – und das hatte er bisher noch nie getan – den Zeigefinger hob und beinahe beschwörend fortfuhr: »Machen Sie das Spiel. Erproben Sie neue Seiten an sich. Das wird Ihrer Beziehung guttun.«

»Meiner Beziehung?«

»Ja. Ihrer Ehe. Sie erinnern sich an Ihre Ehe? Indem Sie die Rolle wechseln, fördern Sie Ihre Partnerschaft. Denn die bloße Tatsache des absoluten Kennens, des psychologischen Ausgeschöpfthabens ernüchtert uns alle in langjährigen Beziehungen. Das lähmt die Lebendigkeit des Verhältnisses. Sorgen Sie für Neues, lieber Herr Canow – und damit für Distanz.«

»Was?«

»Bauen Sie Distanz auf. Wir alle brauchen allgemein mehr Distanz. Zu uns und zu den anderen. Innerlichkeit, Spontaneität und Ereignishaftigkeit, die das Leben überhaupt ausmachen, Herr Canow, sind der Transparenz nämlich entgegengesetzt. Eine transparente Beziehung, wo jeder alles über den anderen weiß, ist außerdem eine tote Relation, der jede Anziehung fehlt. Machen Sie das Spiel. Erleben Sie was anderes!«

»Sie wollen also, dass ich betteln gehe?«

»Wenn Sie sich ändern können, festigen Sie Ihren Charakter. Darinnen liegt die Paradoxie der sittlichen Kraft.«

»Sie wollen also, dass ich betteln gehe? Soll das so eine Art Mastery-Erlebnis werden?«

»Das ist typisch für Sie, dass Sie das als Mastery-Erlebnis sehen«, konstatierte Hockstädder und machte sich eine Notiz.

»Hören Sie auf mit den Notizen! Das bringt nichts!«, fauchte Oskar.

Und fügte an: »Okayokay! Ich werde es tun! Und ich sage Ihnen auch, warum: Das ist genau die Sorte von Herausforderung, auf die das emotionale Desinteresse meiner Mutter mich perfekt vorbereitet hat!«

Dieses Mal kam Oskar überaus geladen in der Kronenhalle-Bar an.

»Was ist denn dir passiert?«, erkundigte sich Viktor, der dort schon auf ihn wartete. »Du wirkst so aufgebracht.«

»Wie sensibel von dir, das festzustellen. Hockstädder hat mich als zwangsneurotischen Narzissten diagnostiziert«, erwiderte Oskar, indem er sich auf die geknöpften Polster aus dunkelgrünem Saffianleder fallen ließ.

»Das hat er gesagt?«

»Natürlich nicht. Ich habe seine Notizen gelesen.«

Viktor lachte. Worauf sein Freund Oskar ihn missvergnügt anblickte.

»Ein bisschen Narzissmus ist doch wohl nicht schlecht«, behauptete Viktor versöhnlich.

»Inwiefern?«

»Nun ja, besonders für Hockstädder. Spinner wie du zahlen seine Stromrechnung.«

»Wie *du*«, korrigierte Oskar, und seine Augen verengten sich. »Du meinst: Spinner wie *du*. *Du* zahlst seine Stromrechnung!«

»Dieser Rollenwechsel wird langsam anstrengend für mich«, stellte Viktor fest.

»Ach nein. Das tut mir außerordentlich leid. Und wie, glaubst du, läuft die Sache für mich, hm? *Hm?*«

»Nur mit der Ruhe«, sagte Viktor, immer noch versöhnlich, »– aber du musst schon zugeben, also: narzisstisch, das hat wohl kaum viel mit *mir* zu tun; eher mit dir und meinetwegen auch mit Mildred. Lass uns was zu trinken bestellen.«

»Ja und nein«, erwiderte Oskar. »Ich meine: ja, wir bestellen was zu trinken; nein, du bist nicht narzisstisch, jedenfalls nicht sehr. Obschon du Geschäftsmann bist. Aber Narzissmus scheint die Stimmung der Zeit zu sein, jedenfalls wenn man Hockstädder glaubt. Selbstverwirklichung als Massenware; so hat er das ausgedrückt.«

»Was immer.«

»Ja. Was immer. Weißt du, Viktor, ich habe nachgedacht; über deine Worte von neulich, erinnerst du dich, als du gesagt hast, das Beste wäre es vielleicht, sich schlicht und einfach zu trennen.«

»Du und ich?«

»Was? Nein. Du und Mildred!«

»Jaja«, versetzte Viktor und ergriff den Prince-of-Wales-Cocktail, den Doddsie inzwischen wortlos serviert hatte, ohne dass sie eine Bestellung hätten aufgeben müssen, »aber inzwischen, auch dank dir, sehe ich das viel nüchterner, Oskar. Du hast recht: Der Zustand der Verliebtheit ist ein akutes psychiatrisches Durchgangssyndrom.«

»Das habe ich gesagt?«

»Du oder Hockstädder, das weiß ich nicht mehr; ihr werdet ohnehin langsam zu einer Person für mich.«

»Das ist alarmierend.«

»Finde ich nicht. Man muss die Sache nüchtern sehen.«

Pause.

Oskar seufzte.

»Ja«, sagte er dann, »man muss die Sache nüchtern sehen – aber das heißt nicht, dass da nicht etwas Höheres im Spiel wäre, etwas Übervernünftiges, wenn du so willst. Liebe fordert, formt und bildet uns, Viktor; sie schafft Gründe und Bedeutungshorizonte, die es uns ermöglichen, unsere Identität zu definieren. Es geht in Partnerschaften nicht nur um die Nähe und das Familiäre, sondern auch um das Fremde, Andere. Es geht um Inspiration und Entwicklung, auch um Distanzierungsvorgänge zur Steigerung von Selbstbestimmung.«

»Du klingst schon selber wie ein Therapeut«, versetzte Viktor.

»Nenn mich altmodisch, aber ich glaube unbedingt an die Zweierbeziehung. Sie ist mir lebendig-freudvoller Daseinsinhalt, und nach meiner unmaßgeblichen Privatmeinung bestehen das größte Geheimnis und das größte Geschenk des Lebens darinnen, dass sich zwei dauerhaft zueinanderpassende Menschen über den Weg laufen.«

»Weißt du, alter Freund«, erklärte Viktor und lehnte sich zurück, »ich habe darüber nachgedacht, nicht zuletzt animiert durch diese Gespräche, die wir hier führen ... und auch in dem, was du eben gesagt hast, wurde es mir wieder deutlich: Mildred und ich – wir sind anders als du und Lauren. Wir sind eine andere Sorte Paar. Vielleicht ist das Problem bei Mildred auch ein Mangel an Verrücktheit: Es fehlt eben jene leise Dosis von Irrationalem, die dem vernünftigen Menschen inneren Halt gibt ...«

»Willst du damit sagen, dass Lauren verrückt ist?«

»Was, nein, wieso? Nein. Nein, ich will eher sagen: Mildred und ich, wir führen eine Art Festungsehe.«

»Was heißt das?«

»Das weiß ich auch noch nicht genau. Aber irgendwie habe ich herausgefunden ... in letzter Zeit ... dass von Mildred auch etwas Beruhigendes ausgeht.«

»Bist du übergeschnappt?«

»Sie ist beruhigend in der Art von weißem Rauschen. Wie ... wie eine sanfte Kaskade von Störgeräuschen.«

»Du bist übergeschnappt.«

»Nein, nein, niemand schnappt hier über, nicht jetzt, wo alles gerade so reibungslos klappt, Oskar! Denk doch mal drüber nach: Wieso sollte ich mich trennen, das wäre jetzt genau das Falsche, auch die Proben laufen hervorragend, und wir brauchen nur noch jemanden für die Ulla.«

»Wundervoll. Vorher brauche ich dich.«

»Wozu?«

»Wir gehen betteln.«

»Was?«

»CST.«

»Was?«

»Das steht für: Coping-Skill-Training. Hockstädder hat es mir erklärt. Es geht um das Einüben von Bewältigungsstrategien für Belastungssituationen. Das Training besteht beispielsweise darin, dass man den Patienten ihm besonders unangenehme Dinge ausführen lässt. Wie Bettelngehen. Das schult den Umgang mit einem als bedeutsam und schwierig empfundenen Lebensereignis oder einer heiklen Lebensphase.«

»Inwiefern?«

»Was weiß ich. Irgendwas mit Rollentausch, Selbst-Transzendenz yadayadayada, wer kann sich diesen Quatsch schon merken? Du wirst einfach Stress ausgesetzt und sollst daran wachsen.«

»Aber das ist doch eine Plattitüde!«

»Natürlich. Die menschliche Psyche arbeitet plattitüdenhaft; also gilt dies auch für die Theorie, die sich mit ihr befasst. Das Modell geht davon aus, dass nicht die Beschaffenheit der Reize oder Situationen für die Stressreaktion von Bedeutung sind, sondern die individuelle kognitive Verarbeitung des Betroffenen. Stress entsteht weniger durch die Ereignisse selbst als vielmehr dadurch, wie wir diese bewerten.«

»Ist das nicht im Grunde das, was Buddha sagte?«

»Wir kommen nirgendwohin, wenn du mich andauernd unterbrichst, Viktor. Das Hauptziel bei jeder Coping-Übung liegt jedenfalls darin, eine Belastung als Herausforderung zu sehen. Weil dadurch Ressourcen frei werden, um angemessen zu reagieren. Es geht um Resilienz, Viktor, Resilienz!«

»Was ist das denn?«

»Deine Widerstandsfähigkeit. Die Fähigkeit, Krisen durch Rückgriff auf persönliche und sozial vermittelte Ressourcen zu meistern und als Anlass für Entwicklungen zu nutzen. So … so wie diese verrückte Obdachlose da draußen am Bellevue, die gerade genug Kraft hat, gegen den Winter zu kämpfen.«

»Das ist keine Obdachlose. Die regelt den Verkehr.«

»Was immer. Jedenfalls gehen wir betteln.«

»Muss das sein?«

»Es ist nur zu deinem Besten, Viktor. Ich mache das *alles* überhaupt nur für dich, wenn ich mal daran erinnern darf. Das ist nämlich gut für deine adaptiven Coping-Strategien. Die tragen zu einer langfristigen und nachhaltigen Lösung des Problems bei. Während bei maladaptiven Coping-Strategien der Ablenkungscharakter im Vordergrund steht. Wie bei deinen Theaterproben. Wobei dir die Schauspielübung zweifellos zugutekommen wird. Wenn wir betteln gehen.«

»Wann?«

»Am Samstag. Auf der Bahnhofstrasse.«

»Und was soll ich Mildred erzählen?«

»Ich bitte dich, dir wird schon was einfallen; du tischst ihr doch die ganze Zeit irgendwelche Märchen auf, wenn du heimlich zu deinen Musicalproben gehst.«

»Es gibt einen Moment von Wahrheit in jeder Lüge.«

»Das ist der größte Unfug, den ich je gehört habe.«

»Die Wahrheit kennt Versionen«, versetzte Viktor hartnäckig, »zum Beispiel habe ich Mildred ja auch nie mitgeteilt, dass sie adoptiert ist und – autsch! Was ist denn mit dir los?«

Oskar hatte sich mit der linken Hand in den Unterarm seines Freundes gekrallt.

»Was?«, flüsterte er heiser.

»Wie was?«

»Du weißt es?«

»Was?«

»Dass Mildred adoptiert ist? Du weißt, dass Mildred adoptiert ist?«

»Natürlich. Millvina hat es mir gesagt.«

»Mir auch«, flüsterte Oskar, »und ich … mir … ich … ich habe es Hockstädder gegenüber erwähnt.«

»Was?«

»Dass meine Frau adoptiert ist.«

»Na und? Wieso sollte das ein Problem sein? Deine Frau ist schließlich nicht Mildred, sondern Lauren.«

»Aber Lauren ist nicht adoptiert.«

»Kein Problem«, wiederholte Viktor, »da gilt doch so was wie die ärztliche Schweigepflicht.«

Hier entstand eine kleine Pause, in der Oskar seinem alten Freund Viktor ein wenig starr in die Augen blickte.

Dann machte er: »Pff!«

Oskar und Viktor hatten, Hockstädders Empfehlung folgend, ihr Experiment auf einen Samstagnachmittag gelegt. Und was für ein Samstagnachmittag dies war! Lassen Sie es mich wie folgt paraphrasieren: In Freuds Forschungsarbeit spürt man überall den heißen Atem der Großstadt. Die Überhelle, die blendende Dialektik gehört dazu. Ein die anderen nicht ruhen lassender, selbst nie ruhender Großstadt-Faust. Mit Jung hingegen ist man nicht in der Großstadt, aber auch nicht in der Kleinstadt, da ist man in frischer, freier Alpenluft. Der Mensch als Bergwanderer nimmt zwar zeitweilig einen Führer, im Übrigen aber ist er auf sich selbst und die eigne Kraft gestellt – unter ihm Fels und Erde, über ihm strahlender Himmel und belebende Sonne.

Und dazwischen, genau in der Mitte, liegt: die Zürcher Bahnhofstrasse. Eine Magistrale der Psyche, Menschwerdung, Zivilisation. Die Bahnhofstrasse kann nur in Zürich liegen. Sie ist einerseits zwinglianisch saturiert, mit einem Hang zur Zucht und Nabelschau, zur Introspektion, der kühlen, trockenen (und fast möchte man sagen: neutralen) Befassung mit der eigenen Innerlichkeit auf eine bestimmte, nüchternwissenschaftliche Art. Und andererseits legt sie diese gewisse, typisch schweizerische, calvinistische Ungerührtheit an den Tag angesichts des Bombasts, den einige Luxuswarenhandlungen auf ihr zur Schau stellen. Denn der Bahnhofstrasse ist auch etwas Obszönes eigen, hier glitzern bei Graff Geschmeide hinter Panzerglas, die mutmaßlich Argentinien vor dem Staatsbankrott retten könnten (oder wenigstens ein paar Stunden Aufschub gewährten, und manchmal sind ein paar Stunden alles, was man braucht). Zwar ist Opulenz oder gar Protzerei bei der einheimischen Bevölkerung, deren Erbengemeinschaften immer noch manches Haus an der Bahnhofstrasse besitzen, seit je verpönt, aber der hiesige Schlag stellt schon lange nicht mehr die wichtigste Kundschaft, die kommt aus fernen Ländern.

Doch nicht nur Besucher aus fernen Landstrichen waren an jenem goldenen Samstag auf der weltberühmten Bahnhofstrasse, sondern durchaus auch der heimische Schlag: zielstrebig, schlank, dezent gewandet. Es war ein milder Spätsommertag; es herrschte das, was man in der Schweiz »Bergwetter« nennt: ganztägig sonnig. Die Luft war sanft. Und erfüllt von Stille. Gedämpftes Geräusch gehört in Zürich zur

Ortsdisziplin, allenfalls punktiert durch das Klicken von Jimmy-Choo-Stiletto-Absätzen und dem gelegentlichen Quietschen des Trams. Und dazwischen, auch das sollte gesagt werden, gibt es natürlich immer wieder ein paar Verrückte. Zürich ist eine Stadt, wo der zwinglianische Repressionsdruck seit jeher das Irrewerden begünstigt; es gibt wenig Städte auf der Welt, die fassadenhafter sind, sowohl im guten wie im bedenklichen Sinne, und dazu passt, dass auch die Verrückten in unserer schönen Limmatstadt überdurchschnittlich häufig in die Kategorie FADZB fallen, und das steht für: *Freaks auf den zweiten Blick*. Also Herren in Vollbart und derbem Tweed, die Lippenstift und Ohrringe tragen, zum Beispiel, als wäre dies die selbstverständlichste Kombination der Welt. Zürich ist das Welthauptquartier dieser Sorte Freaks; sie scheinen ganz vorzüglich dem Genius Loci zu entsprechen, der die Befassung mit der Innerlichkeit in zwinglianischer Tradition gern dem tüchtigen Weitermachen unterordnet, dem Aufrechterhalten des Betriebs. Für die schwereren Fälle gibt es schließlich Anstalten, hervorragende Anstalten, weiter oben auf den Hügeln der lieblichen Seekopfstadt, wo aus den heranbrandenden Nebelschwaden erstklassige Spitäler, Sanatorien und psychiatrische Institute ragen. Denn Zürich ist eine Schönheit, die ein bisschen kränkelt. Oh, nichts Ernstes, ein kleines Leiden nervöser Art, eine feine Überreizung und Erschöpfung, Nervenexzentrizität, seelische Zustände, Sie wissen schon. Bloß Leute, die abgehärtet (und altmodisch) genug sind, um Dinge namhaft zu machen, vor deren Nennung ein zarteres spätmodernes Empfinden zurückbebt, würden sagen: Siech! Hinfällig! Größe aus Erschöpfung, Schwäche in Form von Kraft, viel Wille, viel Ehrgeiz, viel Zucht, aber krank, krank, krank!

Oskar und Viktor trafen sich am Paradeplatz.

»Also, hier gehts schon mal gar nicht«, erklärte Viktor und deutete über seine Schulter, wo die Terrasse der Confiserie Sprüngli lag, »da sitzt Sidonie Abb zusammen mit Mopsa, Winkie und Kiki.«

Genau. Da saß Sidonie Abb und sprach über die Party eines Milliardärs in Andermatt, aber das wissen nur wir, denn das konnten Viktor und Oskar alles gar nicht hören. Ihnen ward nämlich nicht nur die Sicht, sondern auch die Akustik beeinträchtigt durch eine am Tisch vor Sidonie sitzende drogerieblonde Dame spätmittleren Alters. Im Leopardenkostüm. Und zwar durfte man von besagter Dame, ohne befürchten zu müssen, der Übertreibung geziehen zu werden, wohl schon feststellen: Sie war fett. Ein Dekolleté, an dem man sich das Auge schärfen kann, wie Wippchen sagen würde. Oberarme, über deren Wucht der dürre Gatte neben ihr sicher trauervolle Berichte abgeben könnte. Dieser Gatte, der auf den hübschen lakonischen Namen Otto hörte (oder eher: *nicht* hörte), ward von der Matrone befehligt, in der Art wie: »Nein, Kohlensäure verträgst du nicht.« Sie selbst indes schien sich ebenfalls einiges zuzumuten, was sie nicht vertrug; jedenfalls ließ sie zwischendurch einen Husten vom Stapel, der klang, als ob eine Espresso-Maschine in Gang gesetzt würde. Übrigens schimpfte die Scharteke im Leopardenkostüm in wahren Fuhrmannsausdrücken, sooft ihren umsichtigen Anweisungen zuwidergehandelt ward, indem Otto beispielsweise *doch* ein Wasser mit Kohlensäure bestellte, denn Otto ließ sich offenbar nicht unterkriegen, gewiss nicht so mir-nichts-dir-nichts. Schrilles Keifen, Quieken, die falsche Stimme für ihren umfangreichen Körper.

»Oh my God, was macht ihr denn hier«, erkundigte sich in diesem Moment eine ganz andere, wohlvertraute Stimme.

Es war Livia Hegtaler. Sie trug einen offenen Pelzmantel und hielt eine brennende Menthol-Zigarette zwischen den Fingern. Woher sie aufgetaucht war, war durchaus unklar.

»Wir sind, äh, aus therapeutischen Gründen hier«, erklärte Viktor.

»Unfug!«, beschied Oskar.

Doch Livia interessierte sich für die Antwort auf ihre Erkundigung überhaupt nur insofern, als dass sie ihr ein Stichwort gab.

»Oh-em-dschie«, sagte sie und stieß den Rauch ihrer Zigarette in die Luft, »ich habe ja auch mal 'ne Therapie absolviert, zu der gehörte, dass ich mich bei allen Leuten entschuldigen musste, habe ich das eigentlich bei dir gemacht, Oskarlein?«

»Nein.«

»Entschuldigung.«

»Keine Ursache.«

»You know«, fuhr Livia mit einer wegwerfenden Handbewegung fort, »Therapie-Schmerapie! Ich sage immer, es sind drei Dinge, auf die's im Leben ankommt: ein Dach überm Kopf, irgendeine Form von Versicherung, und ein wenig Unterhaltung. Das Letzte ist das Schwierigste – aber wem sag ich das!«

»Danke für diesen praktischen Hinweis.«

»Sweeties, ich muss rennen. Ihr glaubt nicht, wie viele Anwälte erforderlich sind, um einen Comestibles-Laden in Sag Harbor aufzumachen. Bye now. Bye.«

»Das hat ja schon mal hervorragend begonnen«, stellte

Viktor fest, als von Livia nur noch ein entferntes Klicken ihrer Jimmy-Choo-Stilettos zu hören war.

Oskar aber fuhr ihn an: »Hast du sie nicht mehr alle? Bist du verrückt, von therapeutischen Gründen zu reden?«

»Wieso denn, Livia hat doch gar nicht reagiert. Die Leute hören nie richtig zu, Oskar, das solltest du langsam wissen.«

»Es geht mir nicht darum, ob sie zugehört hat. Es geht darum, dass du es *gesagt* hast! Auf jeden Fall lassen wir das mit der Bahnhofstrasse und laufen die Poststrasse runter.«

Mit diesen letzten Worten zeigte Oskar auf die vor ihnen liegende Poststrasse, die auf das Fraumünster zulief.

»Okay, lass uns die Poststrasse runterlaufen.«

»Und dann frage ich einfach die erste Person, die uns entgegenkommt.«

»Wonach?«

»*Oh-em-dschi,* es ist hoffnungslos mit dir! Ungefähr so, als würden Alien und Predator als Geschäftspartner einen Gemüseladen eröffnen. Nach Geld, natürlich! Wir wollen betteln, erinnerst du dich? Ich frage einfach die erste Person nach Geld!«

»Genau«, sagte Viktor, »wir machen das, wie wenn man frisch ins Gefängnis kommt: Man haut dem größten Typen auf den Kopf, sodass einen alle in Ruhe lassen.«

»Deine soziale Kognition ist wirklich umwerfend«, erwiderte Oskar.

Die erste Person, die ihnen entgegenkam, war eine Dame. Die Dame hatte, wie man so sagt, 'ne Menge Charakter im Gesicht. Sie war von hagerer, hoher Gestalt. Ihre Schultern unter dem modischen Pelzmantel aber waren offensichtlich die eines Lastträgers: breit, gedrungen, muskulös. Lange aufgelockte Strähnen ihres goldgefärbten Haares flossen in kunstvollem Arrangement über den Kragen ihres offenen Zobels, während sie eine gesteppte schwarze Chanel-2.55-Handtasche zwischen ihren ringbedeckten Fingern hielt.

»Verzeihen Sie«, sprach Oskar, als die Dame auf seiner Höhe war, »hätten Sie vielleicht freundlicherweise etwas Geld für mich?«

Die Dame starrte ihn an und ging weiter.

»Hallo? Hallo-*ooh?*«, rief Oskar ihr hinterher, drehte sich zu Viktor und konstatierte: »Ist das zu fassen? Nicht mal ein Wort gesagt! Das ist mal wieder typisch für diese Stadt! Ich meine: Wie, bitte, soll die Gesellschaft funktionieren, wenn hier jeder nur auf sein eigenes Fortkommen achtet, hm? Hm?«

Worauf er sich wieder in Richtung der inzwischen weit entfernten Dame drehte, von der eigentlich nur noch der Hall ihrer Jimmy-Choo-Stilettos zu hören war, und diesem Nachhall schrie Oskar hinterher: »Ich bin auch nur ein Mensch! Ich bin ein Mensch wie Sie. Bloß eloquenter!«

»Ach du liebe Zeit«, machte Viktor.

»Was?«, erwiderte Oskar aufgebracht. »Stimmt das vielleicht nicht? Man wird doch wohl noch feststellen dürfen, dass wir alle Menschen sind.«

»Da kommt Dussling!«, meldete Viktor.

Der Klatschreporter Thorsten Dussling war ein flachbrüstiger, hagerer Mensch und Oskars Nemesis. Da es ihm kein anderer bescheinigte, attestierte sich Dussling selbst, die gewagteste Gesellschaftskolumne deutscher Zunge zu schreiben, was ungefähr so aussah, dass er zweit- und drittklassige Anlässe besuchte, wo er sich ein paar Leuten vorstellte, dann über diese Leute etwas schrieb, was er für gewagt hielt, und dieselben Menschen später anrief und sich für Lunchvorträge gegen Honorar empfahl.

»Schnell!«, zischte Oskar. »Zu Gucci!«

Und er zog Viktor in den Gucci Store an der Zürcher Poststrasse. Weil sich dieser Laden zufällig gerade hinter ihnen befand.

Bei Gucci war die Beleuchtung selbstverständlich sehr angenehm. Und Oskar lehnte sich gegen einen angenehm getönten Spiegel. Röte war in sein Gesicht gestiegen, und sein Mund war trocken. Jemand hatte ihm irgendwann gesagt, bei trockenem Mund solle man an Zitronen denken. Außerdem fror er ein wenig. Offensichtlich handelte es sich um eine kleine Entgleisung, einen momentanen Fassungsverlust, eine mit dem frischen, liebenswürdigen *bon sens,* den wir an unserem Helden gewohnt sind, unvereinbare Augenblicksexaltation. Vielleicht war es aber auch die Klimaanlage bei Gucci. Er verharrte wie angewurzelt, als hätte er irgendeinen Gegner direkt vor sich. Dabei stand vor ihm bloß sein alter Freund Viktor, den Oskars Zustand übrigens unter immensen Druck setzte. Denn Viktor war, wie die allermeisten Charaktere in diesem Milieu, nicht sehr gut in Notfällen.

»Dussling ist wirklich der Letzte, den wir jetzt brauchen können«, flüsterte Oskar heiser, »wirklich der Letzte! Dieses spillerige Scheusal!«

»Der Meinung bin ich ebenfalls«, ächzte Viktor, während er seinem schwer atmenden Freunde beruhigend auf den Rücken klopfte, »... doch bitte keine Handgreiflichkeiten mehr, sei so gut ... Oskar! Lass meine Hand los! Du tust mir weh!«

Während Viktor versuchte, sich aus der schmerzhaften Klammer zu erlösen, trat ein Verkäufer auf sie zu. Er war gut gewachsen und hat ein wohlgebildetes Gesicht mit sinnlich aufgeworfenen Lippen. Diese Lippen waren verzogen zu jenem gesellschaftlich freundlichen Lächeln, hinter dem meistens etwas Nervöses liegt.

Der Verkäufer richtete einen festen, aber nicht indiskreten Blick auf Oskar und Viktor und erkundigte sich, während das Lächeln nicht aus seinen Zügen wich: »Kann ich Ihnen behilflich sein?«

Oskar ließ langsam Viktors Hand los und antwortete: »Wir brauchen noch einen Moment und melden uns, danke.«

Der Verkäufer trat ab.

»Jemand hat mir neulich erzählt, bei Dusslings Buchpräsentation im Festsaal des Kaufleuten wären nur zwölf Leute gewesen«, sagte Viktor, was ihm gerade eingefallen war, um Oskar aufzuheitern.

»Wer war im Kaufleuten?«, fragte eine unangenehme Stimme.

Sie gehörte Dolores von Penz. Der Klatschkolumnistin. Auch Dolores schien sich aus dem Nichts materialisiert zu haben.

»Teufel auch!«, flüsterte Viktor.

»Das fehlte noch!«, flüsterte Oskar zurück.

Dolores trug einen winzigen Hund im Arm. (Die Winzigkeit von Hunden fungierte in dieser Gesellschaft als Indikator ihrer sozialen Klasse.) In der Hand hielt sie einen Seidenschal, den sie nur wenige Augenblicke vorher prüfend gegen die stark gedämpfte und also umsatzfördernde Deckenbeleuchtung gehoben hatte. Doch auch diese überaus rücksichtsvolle Beleuchtung konnte nicht viel für Dolores tun: Ihr Teint über den mageren Wangen erschien bleifarben, die Haare aschgrau. Ihr Gesicht wirkte böse und frühvergreist, als wäre eine besorgte, unwillige Miene für alles, was sie sah, darinnen festgefroren.

Oskar nahm Dolores von Penz in Augenschein, eine gänzlich ramassierte Person, er sah in ihre kleinen Augen von grün getöntem Grau, mit hektischen, jagenden Lichtern in der Iris; in manchen Momenten (so in diesem) funkelte es krank und blindwütig in ihnen auf. Während sie nun aus diesen Kniepaugen einen gewissermaßen schreienden Blick auf Oskar richtete, schmatzte Dolores genießerisch mit den Lippen, offenbar im Vorgeschmack von etwas Angenehmem. So pflegt ein Mensch zu grimassieren, der danach giert, Mittelpunkt der Aufmerksamkeit zu werden und eine sensationelle Nachricht zu verbreiten. Oder ein Eclair zu verschlingen.

»Wer war im Kaufleuten?«, wiederholte Dolores.

»Hallo, Liebes«, erwiderte Oskar und begutachtete, wie man es in gespannter innerer Verfassung manchmal tut, anscheinend neugierig die verschiedensten Phänomene, zum Beispiel die ausgelegten Krawatten und die Auswahl an Gucci-Spontankauf-Schlüsselanhängern in Form von kleinen Gucci-Schirmmützen oder Miniatur-Turnschühchen an Katzengoldketten.

Und dann sagte Oskar etwas sehr Gutes, nämlich: »Gar nichts, Sweetie, gar nichts. Wir müssen nun gehen.«

Damit zog er Viktor zurück auf die Poststrasse. Bei ihrem überstürzten Abgang wären sie in der Tür beinahe zusammengestoßen mit einer Dame, die es in der lokalen Reklamebranche zu einer gewissen Berühmtheit gebracht hatte. Die Dame war viel zu dünn für ihr Alter. Und zu jung. Und nichts hätte sie mehr gefreut, als das zu hören. Sie befand sich in Begleitung eines Schönheitschirurgen, den die ganze Stadt kannte. Dieser war übersaisonal alpingebräunt und sah aus wie eine Mischung aus einem Skilehrer und einem Croupier.

Inklusive voller Wimpern und Neonzähnen. Die Frisur eine Mischung aus Josef Stalin und Linda Evans.

Man begrüßte sich, denn man kannte sich, und dann standen unsere beiden Freunde wieder auf der Poststrasse.

»Okay«, sagte Oskar, als sie draußen waren (wobei er nicht verhindern konnte, dass seine Tonlage mehrfach kippte und er sich in den Worten beinahe verhedderte), »es geht mir nicht so super, im Moment, aber vielleicht habe ich auch gerade kurzzeitig das Bewusstsein verloren, weil die Zähne so weiß waren. Wie dem auch sei. Vergessen wir mal all diese irrsinnigen Begegnungen und Zwischenfälle und besinnen uns auf unsere Aufgabe! Wir haben hier nämliche eine Herausforderung zu bewältigen, Viktor! Viktor? Bist du da? Gut. Also. Es geht um unsere Bewältigungsfähigkeiten. Es geht um *Resilienz,* Viktor, Resilienz! Also, wie viel soll ich verlangen, einen Franken, zwei Franken?«

»Wofür?«

»Willst du mich umbringen?«

»Was?«

»Viktor, ich flehe dich an. Ich mache das alles nur dir zuliebe. Aber du musst ein Mindestmaß an … an Involviertheit aufbringen, sonst ist dieses gesamte Unterfangen sinnlos! Wir versuchen hier, betteln zu gehen, falls du dich erinnerst.«

»Vielleicht würde es helfen, wenn du Schweizerdeutsch sprechen würdest.«

»Was? Mit dir?«

»Nein. Mit den Leuten.«

Oskar atmete geräuschvoll durch den Mund aus. Dann vollführte er eine kleine Drehung auf dem Trottoir und wandte sich unvermittelt an einen Herrn, der dort soeben vorbeikam, einen Herrn mit einem robusten, aber friedvollen Gesicht und einer Figur, die man wohlwollend als *statuesk* bezeichnet hätte.

»Sorri«, sagte Oskar, »händ Sie mir en Stutz? Oder zwei.«

Der Herr blieb abrupt stehen.

Er blickte Oskar einen Augenblick geradewegs ins Gesicht. Dann fuhr er mit dem Zeigefinger über die gebleckten Zähne und ließ ein Grinsen sehen.

»Doktor Canow?«, fragte er. »Oskar Canow?«

»Wie?«

»Ich bins. Morty! Morty Finkelstein.«

Oskar hatte seinen früheren Therapeuten zum letzten Mal vor Jahren gesehen. Morty trug Dad Jeans und ein Sakko aus Breitcord. Dies mobilisierte nun schon wieder Oskars Metabolismus, ferner die Durchblutung seiner Bewegungsmuskulatur und der Herzkranzgefäße sowie die Leistung des Herzens. Nicht das Sakko, meine ich; Mortys Auftreten überhaupt. Aber das Sakko trug auch nicht gerade zur Beruhigung bei.

»OMG Morty«, stieß Oskar hervor. »Sie sind es. So was. Wie sehen Sie denn aus?«

»Wie bitte?«

»Ich meine: Was machen Sie denn hier?«

Morty fuhr nun abermals mit dem Zeigefinger über die gebleckten Zähne und ließ ein Grinsen sehen.

»Fühlen Sie sich nicht wohl?«, fragte er dann.

Oskar fand das mit dem Zeigefinger ziemlich unappetitlich. Er konnte sich nicht erinnern, dass Morty diesen Tick früher schon gehabt hatte. Das stellte seine gesamte Therapie bei ihm infrage.

»Mir gehts ausgezeichnet«, antwortete Oskar.

»Ja, ja …«, machte Morty. Mehr machte er nicht. In seinem Blicke stand – jedenfalls nach Oskars Dafürhalten – indes sehr viel zu lesen: fast ein ganzes Feuilleton! Sein kohlpechrabenschwarzer, schmaler Kinnbart zeigte gleich einem ausgestreckten Finger zur Erde.

»Wie ich hörte, waren Sie auf Millvina Van Runkles Abdankungsfeier«, sagte Morty anschließend, »die ganze Stadt redet ja von diesem Anlass. Wie wars?«

»Uch«, erwiderte Oskar, »ich habe diese Geschichte schon so oft erzählt. Fragen Sie meinen Dekorateur.«

Morty ließ ein Lachen hören. Dies Lachen, ein Sturzbach schrill gellender Schreie, klang völlig unangemessen für seine Statur.

Darauf wurde er schlagartig wieder ganz ernst und fragte: »Sie meinen Ronaldo Riviera? Das ist ja ein Zufall. Ich meine, irgendwie ist dieser Mensch ja unangenehm, aber auch lustig. Wie ein Tornado, der durch eine Bananenfabrik rast. Das hab ich auf Youtube gesehen. Riviera ist Patient bei mir, müssen Sie wissen.«

»Was ist«, fragte Oskar, »mit der Schweigepflicht?«

»Pff!«, machte Morty. »Das ist doch bloß Klatsch. Klatsch gehört jedem.«

Pause.

»Nun«, resümierte Morty Finkelstein, »ich muss mich verabschieden. Ich muss … weiter. Wiederschaun, Herr Canow, Wiederschaun. Es freut mich, Sie in so guter Verfassung zu sehen.«

»Ja«, erwiderte Oskar, »das würde mich ebenfalls freuen.«

Und damit ging Morty seiner Wege. Bis nichts mehr von ihm zugegen als das zart verhallende Stakkato seiner Jimmy-Choo-Stilettos … Ich scherze natürlich. Morty trug Crocs.

Oskar hingegen lehnte sich nun an die nächstbeste Fassade. Er bedeckte mit der linken Hand seine Stirn, wozu er die Augen schloss, die ein wenig heiß waren, als ob er nicht ausreichend geschlafen hätte.

»Der arme Morty«, sagte er leise, »er scheint völlig übergeschnappt zu sein. Dad Jeans. Wie traumatisierend. Zu meinen Zeiten hat er sich besser angezogen, mehr auf sich geachtet. Findest du nicht auch, Viktor, dass man eine Art von Sorgfaltspflicht für seinen Therapeuten hat?«

»Wie bitte?«

»Ich denke, wir sollten aufhören, wir brechen die Übung ab. Genug gebettelt für heute.«

»Aber –«

»Hör mir zu, Viktor: Ich hatte mal 'ne Panikattacke, weil ich mit dem Kopf in einem Prada-Pullover steckengeblieben bin; und das hier ist schlimmer. Ich bin halb krank und erschöpft, und mich ergreift gestaltloses Missbehagen; wir brechen ab! Wir brechen diesen Unsinn ab! Diesen ganzen Unfug!«

»Resilienz, Oskar, Resilienz!«

»Du hast leicht reden, Leo Bloom!«

»Das hier ist schlimmer für mich als für dich!«

»Wie? Wie bitte? Wie das denn?«

»Immerhin gehts hier um *meine* Ehe!«

»Durchaus nicht. Hier gehts zunächst mal ums Betteln, Viktor. Es geht um eine neue Rolle. Um Bewältigungsstrategien, Wirksamkeit, Selbstwirksamkeit, Neubewertung der Gesamtsituation. Um den Wandel der Bedrohung zur Herausforderung durch Bewältigung! *Bewältigung,* hörst du?! Davon scheinst du weit entfernt – *weit* entfernt! Du hast nicht eine einzige Person nach Geld gefragt. Und ich? Ich mach diesen ganzen Quatsch nur für dich!«

»Das glaubst du doch wohl selber nicht!«

»Ich werd dir mal sagen, was ich glaube, Viktor: Für einen Amateurschauspieler hast du offenbar ziemliche Schwierigkeiten mit jeder Form von Rollenwechsel.«

»Ich bin undiagnostizierter Hypoglykämiker!«

»Du bist ein undiagnostizierter Trottel!«

»Da kommt Alwine.«

Richtig. Da kam Alwine Smid, die in den letzten Wochen für Gesprächsstoff bei diversen Lunches in der Kronenhalle und im Clouds, im Terrasse und im George, im Razzia und im Times gesorgt hatte. Da kam Alwine, das späteste Mädchen der Welt, offenbar bereits im schönsten Sonntagsputz. Jedenfalls trug sie ein Trumm von einem Rock, ein Unding, das aussah wie aus der Uraufführung von *Mutter Courage* und von Alwine fernerhin sehr unglücklich kombiniert worden war mit einem jägermäßig aufgemachten Jäckchen, geradezu gewollt unkleidsam vom Schnitt, jede Gefälligkeit der Gestalt und Bewegung unterdrückend und verhindernd. Außerdem Schuhe wie Kajaks und ein entschieden albern wirkendes Kapotthütchen auf ihrer lächerlich schlecht sitzenden Perücke. In diesem merkwürdigen Wochenendstaat lief sie die Poststrasse hinunter, und zwar in einer Manier, als wären mit jedem Schritt schmerzhafte Widerstände zu überwinden, starr erhobenen Hauptes, sodass an ihrem hager dem moosgrünen Jägerjäckchen entwachsenden Halse der ziemlich große Adamsapfel stark und nackt hervortrat. Dazu blickte sie mit ihren schwach bewimperten, traubengrünen Augen, zwischen denen, sonderbar genug zu ihrer scharfen Nase passend, zwei senkrechte, energische Furchen standen, scharf spähend ins Weite. Eventuell war sie tatsächlich kurzsichtig.

»Wieso läuft Alwine rum wie eine Quäkerin?«, fragte Viktor.

»Ich finde eher, sie sieht aus wie eine leicht verzerrte Version von Doktor Quinn«, erwiderte Oskar.

»War Doktor Quinn nicht eine Quäkerin?«

»War die nicht so 'ne Art Cowgirl?«

»Laufen eigentlich alle Leute Samstagnachmittag hier in der Stadt rum?«

»Ja.«

Alwine indes steuerte mit ihrem Basiliskenblick direkt auf Oskar zu. Viktor schien sie überhaupt nicht wahrzunehmen.

»Soso, Herr Canow«, sagte sie, kaum bei ihm angelangt, und stupste Oskar mit ihrem Zeigefinger in die Seite wie eine Hexe aus dem Märchen, während sie ihre trüben Augen mit einem etwas unheimlichen Zittern und Liderflackern auf ihn richtete. Oskar wurde ein wenig schauderös zumute. Alwines Hände hatten die Farbe faulen Wassers.

»Wir laufen uns ja in letzter Zeit andauernd über den Weg«, erklärte Alwine indes in einem versuchsweise leutseligen Ton, »unsere Bahnen scheinen sich schicksalhaft zu kreuzen. – Schöner Artikel übrigens, den ich da von Ihnen in *Vogue* gelesen habe.«

»Sie lesen *Vogue?*«, entfuhr es Oskar, ehrlich erschüttert.

*»Religiously«*, erwiderte Alwine.

»Das ist ein Witz, oder?«, fragte Viktor dazwischen.

Worauf Alwine ganz minim den Kopf in Viktors Richtung drehte und mit heiserer, böser Stimme sagte: »Sie werden schon sehen, dass ich nicht spaße.«

»Was«, erwiderte Viktor, »– und dann setzen Sie sich so einen Hut auf?«

Alwine aber trat noch etwas näher an Oskar heran. Genauer gesagt: Sie schnellte empor, ihre zierliche Gestalt hoch aufgerichtet. Ihre Augen glommen fahl und traten wie Knöpfe aus den Höhlen.

»All meine Freunde«, flüsterte sie heiser und agitiert, »all meine Freunde sagen andauernd zu mir: Alwi, dir passieren ständig die verrücktesten Sachen, du solltest unbedingt ein Buch schreiben!«

»Sie haben Freunde?«, fragte Viktor.

Tödliches Anstarren war die Folge.

»Ich mag Sie nicht besonders«, stellte Alwine mit Blick auf Viktor fest.

»Damit werde ich fertig«, erwiderte dieser.

»So eine Mischung aus *Catcher in the Rye* und *Sex and the City*«, fuhr Alwine unbeirrt und beinahe tapfer fort, indem sie sich wieder Oskar zuwandte und in einem erneuten abrupten Modulationswechsel ihren Ton versuchsweise zurück auf leutselig stellte, »das würde mir vorschweben.«

Oskar klappe die Kinnlade runter.

»I am *so* Carrie!«, wisperte Alwine in entsetzlicher Koketterie und vollführte einen grausigen Augenaufschlag zum imaginären Plafond.

Dazu kicherte sie ein grausiges, staubiges Kichern. Und Oskar fragte sich, wo in diesem winzigen Körper eine solche Schreckensstimme Platz fand. Hochwahrscheinlich sah er etwas erschrocken und überrumpelt aus, jedenfalls schien sich Alwine plötzlich ihrer Transgression gewahr zu werden, trat unvermittelt einen Schritt zurück, machte eine hässliche Bewegung mit den Schultern, die Oskar irgendwie bekannt vorkam, und mit einem zwischen den Zähnen gemurmelten »guten Tag« verließ sie die Szene. Alsbald vernahm man bloß noch das verhallende Ticken ihrer Jimmy-Choo-

Stilettos … – just kidding, just kidding. Ich muss damit aufhören.

»War das nicht eine Brosche von Millvina, die Alwine da am Revers hatte?«, fragte Oskar. »Diese goldene Schlange mit dem Smaragdauge?«

»Das ist mir egal«, versetzte Viktor, »ich will jetzt nach Hause. Bevor Mildred misstrauisch wird. Ich konnte sie nicht anlügen.«

»Wie süß von dir.«

»Stattdessen habe ich drei Xanax klein gebröselt und in ihre Zahnbleichschiene gestreut.«

»Das ist etwas weniger süß. Doch mir ist es recht. Dass wir nach Hause gehen, meine ich. Ich weiß, ich sage das häufig, aber: Ich bin selten so gedemütigt worden. Und ich sage das mit dem dumpfen Ziehen meiner abgesägten Nervenenden. Zurückweisung ist nicht leicht für mich. Und heute sind mir mehr Türen vor der Nase zugeknallt worden als einem Zeugen Jehovas mit Lippenherpes.«

7

# DAS ZUSAMMENTREFFEN DER DINGE IST IRONISCH

Oskar kam zermürbt nach Hause. Der Tag schien ihm sinnlos, mehr noch, er schien ihm irgendwie die Sinnlosigkeit des Daseins zu bündeln, oder nur insofern sinnvoll zu sein, als dass er bestätigt hatte, dass alles keinen Sinn hatte, alles. Diese gesamte Übung war sinnlos und führte zu nichts.

Lauren saß im Halbdunkeln und blätterte in *Tatler.*

»I know bone structure … and they will not age well«, sagte sie zu sich selbst, als Oskar den Raum betrat. Dann blickte sie auf und fragte: »Hullo Kleines, wie war das Therapietraining?«

»Coping-Skill-Training«, verbesserte Oskar.

»Whatever, Sweetie.«

»Fürchterlich«, erwiderte Oskar, indem er zur Decke blickte und sich an die Gurgel griff, »es war *fürchterlich,* Lauren, ich habe Morty gesehen … und er roch nach Old Spice und Pot.«

»Wer? Wen?«

»Morty Finkelstein, mein alter Therapeut.«

»Ich dachte, der hieße Myron. Myron Fischbein.«

»Ja. Und ich dachte, Myron hätte wenigstens einen Bruchteil des ganzen Geldes, was ich ihm damals in den Rachen geworfen habe, dafür benutzt, sich einen *etwas* weniger unzumutbaren … *Pullunder* zu kaufen. Doch dies ist nicht geschehen. Dabei hätte es bloß eines Bruchteils bedurft, Lauren, bloß eines *Bruchteils!*«

»Hysteriker. Und wie wars sonst?«

Oskar ließ sich auf einen unbequemen Barcelona-Sessel fallen.

»Du glaubst nicht, welche dichterische Begabung der Kontingenz innewohnt«, flüsterte er.

»Ich verstehe kein Wort.«

»Ich will sagen: Der Zufall erfüllte seine Pflicht. Und es war eine *Tortur!*«, konstatierte Oskar; nun mit einer ganz anderen, wesentlich unangenehmeren Stimme, wobei er seiner Frau starr in die Augen sah. »Tortur, Lauren, Tortur!«

Kurze Pause.

»Du weißt ja«, sagte Oskar, »dass ich einen Blick in Hockstädders Akte geworfen habe. Wo bekanntlich zu lesen stand, ich wäre ein riesiger Narziss.«

»Yes, dear. That is such a relief. And yet not at all.«

»Und jetzt das. Wir haben komplett versagt.«

»Wieso wir?«

»Ich meine: Viktor und ich. Wir haben versagt, Lauren. Bei dieser Demutsübung. Wir haben die gesamte Übung vermasselt. Ich möchte wetten, das hat noch nie jemand auf der ganzen Welt so schlecht gemacht wie wir.«

»Das ist doch wohl kein Wettbewerb.«

»Stimmt. Aber wenn es ein Wettbewerb gewesen wäre, wären wir die Letzten gewesen.«

Kurze Pause.

»Wir machen Schluss!«, erklärte Oskar und stand auf. »Wir machen Schluss mit dieser Charade! Mit diesem irrsinnigen, aberwitzigen Therapie-Projekt. Bevor wir alle verrückt werden. Schluss! Schluss! Wir müssen einfach nur Mildred ins Boot holen. Die arme Mildred. Weißt du was? Wir erklären ihr alles beim Essen. Wir sind doch Freunde. Wie wäre es mit einer Intervention? So einer guten, alten, altmodischen Intervention, einer Ehe-Intervention. Beim Abendessen.«

»Uh-oh.«

»Man braucht natürlich einen Aufhänger. So was wie ein konfrontatives und zerquältes Element im Privaten. Zum Beispiel unsere Ehe.«

Kurze Pause.

»Das war ein Scherz, Lauren.«

»Das *alles,* hoffentlich.«

»Was, nein, wieso? Also nicht das mit der Intervention. Das ist doch eine fabelhafte Idee.«

»Wir sollten uns da raushalten.«

»Du bist konfliktscheu.«

Da aber lachte Lauren heiser.

»What are you talking about?«, erkundigte sie sich anschließend. »I *live* in conflict. I am the *mayoress* of conflict.«

»Hast du meine Brosche gesehen«, erkundigte sich in diesem Moment in jenem großzügigen Anwesen im idyllischen Städtchen Zug am Zugersee Mildred Hasenclever, geborene Van Runkle, aus ihrem Ankleidezimmer in Richtung ihres Ehemanns, »die goldene Schlange mit dem Smaragdauge, die von meiner Mutter?«

»Ja«, erwiderte Viktor, der in einer Art vorgelagertem Korridor stand und seine Aktentasche durchsuchte, ein Stück von Asprey aus zimtfarbenem englischen Sattelleder. Mildred hatte ihm die Tasche zum Hochzeitstag geschenkt, und Viktor durchsuchte sie, weil er sich nicht erinnern konnte, wo er die letzte Fassung des Skripts für *The Producers* hingetan hatte. »Aber ich weiß nicht mehr, wo.«

»Danke«, stellte Mildred fest, »das ist sehr hilfreich.«

Kurze Pause.

»Welche Fortschritte machst du?«, erkundigte sich Mildred. Der Stimme nach steckte sie halb im Kleiderschrank.

»Wie bitte?«

»In der Therapie. Welche Fortschritte machst du in der Therapie?«

»Das kann ich dir nicht sagen.«

»Wieso? Wieso kannst du mir das nicht sagen?«

»Mildred. Es gibt so was wie eine therapeutische Schweigepflicht.«

»Pff!«

»Ich sage nur: Das ist naiv und gefährlich«, konstatierte just zur selben Zeit wenige Kilometer Luftlinie entfernt in einem Drawing Room am Zürichberg Oskars Ehefrau Lauren, die inzwischen aufgestanden war und beim Sprechen auf und ab lief, »du benimmst dich mal wieder wie jemand, der sich überall einmischt, und das geht nie gut aus.«

»Lauren«, entgegnete Oskar, »jetzt warte doch mal. Ich habe einen fabelhaften Plan. Wir machen das so: Wir laden sie zum Abendessen ein, Mildred und Viktor, daran ist doch nichts Verdächtiges oder Intrusives, ich bitte dich, eine völlig normale Einladung, es werden *dauernd* Leute eingeladen.«

»Ja. Vor allem wir.«

»Und dann steuern wir elegant auf den Themenkreis zu, wir bringen einfach die Probleme in der Paardynamik der beiden zur Sprache, und es wird sein wie eine therapeutische Gruppensitzung, und danach ist alles gut. Ein Durchbruch!«

»I hate and fear every facet of that idea.«

»Du unterschätzt deine Selbstwirksamkeit.«

Lauren atmete hörbar aus.

Dann sagte sie: »Würdest du bitte aufhören, Therapieversatzstücke auf mich anzuwenden.«

»Du glaubst einfach nicht an deine Moderationsfähigkeiten«, versetzte Oskar trotzig.

»Nein, Sweetie, ich glaube nicht an *deine.* Don't take this the wrong way, but I have almost no faith in you in diesem Department.«

»Ich versuche nur, Kontinuität herzustellen.«

»Genug«, sagte Lauren, »enough already. Wir hatten *ebenfalls* einen Deal, Oskar, falls du dich erinnerst. Und dessen Herzstück ist: No psychobabble.«

»Was? Was meinst du?«

»Ich meine: Ich kann das nicht mehr hören! Seit Wochen und Monaten werde ich hier diagnostiziert. Nach jeder Therapiestunde kommst du mit neuen faszinierenden Einsichten nach Hause, die augenblicklich auf mich angewendet werden! Das ist so easy. Das kann ich auch. Das kann jeder. Soll ich dir mal verraten, woran du leidest? An *Adult Attention Deficit Disorder.* Genau. AADD. Aber das ist nicht alles, Kleines. Das wäre nur die Spitze des Eisbergs. Dann hätten wir noch: *Financial Information Disorder.* FID. *Driving Directions Deafness.* DDD. Und zudem, ganz generell: *Other People Non-Attention Condition.* OPNAC. Dies ist immer noch lediglich die Spitze des Eisbergs. Ich habe in all den Jahren, die ich nun schon das Privileg genieße, an deiner Seite verbringen zu dürfen, weitaus mehr Ad-hoc-Diagnosen gesammelt, ich könnte ein *Textbuch* über dich verfassen, und ich würde dir noch mehr aufzählen, wenn ich nicht ganz genau wüsste, dass das lediglich narzisstische Zufuhr für dich bedeutete.«

»Das macht mich sekundär unglücklich«, sagte Oskar ein bisschen schockiert.

»Du Ärmster. Ich breche gleich in Tränen aus.«

»Und zwar liegt das … an … an meinen Eltern!«

»Jetzt geht das wieder los!«, ächzte Lauren und hielt jäh inne in ihrem Auf und Ab. »Da sind wir wieder! Du kennst keine Skrupel! Okay, leg los, erweiche mein Herz mit den melodramatischen *sob stories* aus einem Elternhaus, das nur eine großbürgerlich eingerichtete psychiatrische Anstalt mit missvergnügten, einander fremden Menschen war!«

»Jaja, du musst denken, ich bin irgendwie besessen«, erwiderte Oskar, bestürzt und nachdenklich über die Worte seiner Frau, »aber seitdem ich mit Hockstädder darüber gesprochen habe, ist mir klar: Ich bin der einzige Mensch, der dieser Hölle entkommen ist und überlebt hat, um davon zu erzählen. Und außerdem ist in meinen Geschichten immer ein kleiner Schatz von Weisheit verborgen.«

»Du *bist* besessen!«, flüsterte Lauren beinahe tonlos, und dazu stampfte sie mit dem Absatz ihrer Massaro-Pumps auf wie eine Disney-Figur. »Deine armen Eltern! Du glaubst, du seiest das Kind, bei dem sie alles falsch gemacht haben. Und wie perfekt du gelernt hast, das für deine Zwecke auszunutzen!«

»Stimmt«, erwiderte Oskar betreten und scharrte ein wenig verlegen mit den Füßen, »das tut mir auch immer sehr leid. Doch ich erwarte was vom Leben, ich bin an eine gewisse Largesse gewöhnt – und im Moment nur einen Hauch davon entfernt, bei dieser ganzen Sache, bei diesem ganzen

Therapieprojekt selbst in Konfusion und Komplexen zu versinken, wo ich mich doch eigentlich raushalten wollte … Bloß weil ich offenbar Validationsprobleme mit meinen Eltern habe. Ich hatte eine harte Kindheit.«

»Ich auch«, sagte Lauren.

»Wie bitte?«, fragte Oskar ungläubig. »Du meinst in South Kensington? Geboren mit einem silbernen Löffel im Mund und begehbaren Kleiderschränken voller Tweed? Zwischen Norland Nannies und Westonbirt?«

»Stowe«, verbesserte Lauren.

»Natürlich, Stowe. Jedenfalls ist das doch wohl eine Welt, wo die schlimmsten Probleme eine Qualität haben wie … wie: der falsche Tweed an einem Dienstagnachmittag.«

Lauren legte den Kopf in den Nacken.

»Erstens«, sagte sie, »ist der falsche Tweed an einem Dienstagnachmittag *epically terrible.* Und zweitens: When you never have to ask for something, you never learn how.«

Oskar kniff kurz die Augen zusammen.

»Stimmt«, sagte er dann, »das ergibt irgendwie Sinn.«

»I thought as much«, erwiderte seine Ehefrau und presste sich die flache Hand vor die Stirn. Und dazu schüttelte sie den Kopf.

»Lauren«, sagte Oskar mit eindringlichem Kopfschütteln, »es ist das Leid der vom Glück Privilegierten, nie zu lernen, wie Begehren sich erfüllt, weil sie von einem spöttischen Schicksal dazu verurteilt werden, am Ziel zu beginnen.«

*»Uh-huh. I thought as much«,* wiederholte Lauren und blickte ihren Ehemann einen Moment lang an, ernst, prüfend und beinahe kühl. Und dabei stieß sie hörbar die Luft aus, dass es nur so eine Art hatte.

»Wie bitte?«, fragte zur selben Zeit reichlich pikiert Mildred, die immer noch in ihrem begehbaren Kleiderschrank steckte. »Ich bin also dieses langweilige Ding, für das du dich entschieden hast, weil es gut für dich ist? So eine Art Vollkornbrot?«

»Könnte es sein, dass wir hier zwei verschiedene Konversationen führen?«, erwiderte Viktor verdrossen. Er war erschöpft von einer Unterhaltung, von der er sich nicht genau erklären konnte, wie sie, ausgehend von der Frage nach einer Brosche, derart schnell in jene dünne Höhe des Unangenehm-Grundsätzlichen hatte aufsteigen können, wo einen jeder Schritt ins Rutschen bringen kann.

»Woher soll ich das wissen? Ich höre nicht zu«, antwortete seine Frau, und fügte nach einer kleinen Pause an: »Warum liebt mich jeder, nur du nicht?«

»Ich dachte, jeder hasst dich?«

»Du bist absolut unmöglich. Absolut unmöglich. Ich war zeit meines Lebens beliebt! Bis auf die zwei Jahre am Cheltenham Ladies College, als meine Spange mit dem Skoliosegestell verbunden wurde und ich aussah wie ein Baugerüst. Die Kids hingen auf mir rum und haben geraucht.«

»Ja. Das war hart.«

»Dennoch bin ich nett und menschenfreundlich geblieben. Wie durch ein Wunder. Zum Beispiel bringe ich immer die Drahtbügel zurück zur Reinigung.«

Viktor warf seiner Frau einen Blick zu.

»Na schön«, räumte diese ein, »ich bringe die Dinger vielleicht nicht *selbst* zurück. Aber ich sage Dingens da, Scholastique, sie soll das machen.«

»Dafür liebe ich dich.«

»Urgh! Ich hasse jeden, der mich liebt!«

»Okay«, erklärte zur selben Zeit in Zürich Oskar Canow, dem überhaupt nichts an Konfrontation lag, »Lauren, wir können sie auch einfach nur einladen. Das ist doch das Mindeste, was wir tun können.«

»Nein. Das Mindeste, was wir tun können, ist: gar nichts.«

Pause.

»Na gut«, seufzte Lauren schließlich, »na schön – ich machs! Ich meine, ich werde jede Menge Wein brauchen, und eventuell ein Betäubungsgewehr, aber gut, bittesehr, ich bin dabei.«

»Danke. Und dein Sarkasmus ist fehl am Platz, Kleines. Immerhin sind wir auf eine Art beide verantwortlich für die Situation, wie sie sich uns jetzt darstellt.«

»Gewiss, Kleines, doch auf eine wirkliche Art bist nur *du* verantwortlich.«

»Du magst doch Mildred … oder?«

»Well, ich mag … Teile von ihr.«

»Und Viktor?«

»You broke him, you fix him«, befand Lauren.

»Darf ich dich mal unterbrechen«, sagte in diesem Moment Mildred Van Runkle mit einer scharfen Drehung in Richtung ihres Ehemanns, »und ich verrate dir auch, wieso, Viktor: Es interessiert mich einfach nicht. Ich komme mir vor, als würde ich mich endlos und sinnlos abstrampeln … im seichten Ende eines sehr dunklen Pools.«

»Was?«

»Ach nichts. Nichts. Das war eine Metapher. Du kennst mich ja. Ich kann tun, was ich will; ich bring es einfach nicht fertig, andere Menschen zu verletzen.«

»Also, wenn man sich so umhört, dann findet jeder –«

»Nein«, unterbrach Mildred, »das findet niemand. *Du* findest das. Wir machen gar keinen Sinn, theoretisch. Als Paar.«

»Die besten Paare machen theoretisch keinen Sinn.«

Mildred seufzte.

»Du bist mein Ehemann«, sagte sie, »warum also bist du nie auf meiner Seite?«

»Weil ich deine Seite nie verstehen kann, Mildred!«

»Genau! Genau das meine ich. Wir kommen nicht miteinander zurecht und bringen immer nur das Schlimmste im anderen zum Vorschein. Anstatt das Positive zu sehen. Das halb volle Glas.«

»Oh, mit dir ist das Glas immer halb voll! Bloß nie sehr lange.«

»Genau, und ich werde dir sagen, womit das Glas halb voll ist: mit Staub. Dem Staub vom zerstörten Traum einer wundervollen Zukunft!«

»Ich gehe ins Büro!«

»Wunderbar. Das gibt mir die Gelegenheit, hier mutterseelenalleine zu sitzen und mir den Kopf darüber zu zerbrechen, wann und wieso mein Leben so fürchterlich schieflaufen konnte. Das nennt man *Me Time.*«

In diesem Moment klingelte es.

»Was ist das?«

»Das Telefon«, sagte Viktor.

»Nein«, sagte Mildred, »mein Klingelton ist *La Cucaracha.*«

»Nicht das. Das, was da vor dem Spiegel steht. Das Festnetztelefon.«

»Was? Ich wusste gar nicht, dass das noch funktionert. Wer ruft denn hier auf dem Festnetz an?«

»Finde es raus«, schlug Viktor vor, »indem du den Hörer abnimmst.«

Mit einem wütenden Blick auf ihren Ehemann tat Mildred ebendies und sagte: »Hallo … Lauren, Schätzchen, wie nett. Gerade haben wir von euch … Freitag? Was wir Freitag machen? Wenn ich das wüsste; ich weiß ja nicht mal, was wir gerade *jetzt* machen … Natürlich kommen wir zu euch zum Abendessen, mit dem allergrößten Vergnügen sogar, das ist ja wundervoll … eine Rettungsinsel im Ozean meines Verzagens. Nein, ich spreche bloß in Bildern. Das versteht offenbar niemand. Ja, neun Uhr ist perfekt, danke. Bis Freitag, Liebes! Grüße an Oskar! Cheerio.«

»This could go a lot of different ways«, konstatierte Lauren, nachdem sie den Telefonhörer aufgelegt hatte.

»Hauptsache, du bist auf meiner Seite«, sagte Oskar.

»Natürlich, Kleines. Du warst lange nicht mehr so interessant. Außerdem habe ich jetzt schon so viel Spaß.«

Aber vor dem Freitag lag der Donnerstag, und Oskar fand sich bei Dr. Hockstädder an der Gemeindestrasse ein. Er nahm Platz und dachte: »Das hier ist ein bisschen wie ein Gefängnis, wo jedes Erlebnis, jede Sinnenreaktion tausendmal stärker ist, jedes Vorkommnis unendlich viel größeren Eindruck hervorruft, als es das draußen, im freien Leben zu tun pflegt, wo ja jede Erfahrung sofort wieder von anderen verdrängt wird. Hier bleibt alles haften, das Kleinste noch, jede Idee, jeder Gedanke, jede Assoziation, stockt und verstopft die inneren Kanäle und Verbindungen und ist dem, der so viel Zeit hat, zu denken und darüber auch noch zu reden, eine ständige Folter. Da wird eine vielleicht sachlich harmlose Feststellung durch den üppig bezahlten Therapeuten, dessen Gesicht unerschöpfliches Wohlwollen ausdrückt, denn auch dafür wird er bezahlt – da also wird ein womöglich belangloses Aperçu zur endlosen Schmach, die den nächsten Zwischenfall im richtigen Leben noch schärfer empfinden lässt. Und alsbald fühlt sich der Patient überall wie ein vor Gericht Befindlicher, der sich unbehaglich umschaut, auch wenn er mit dem reinsten Herzen von der Welt an die Barre tritt. Unter Verdacht zu sein, bedeutet immer, halb schuldig zu sein; und dieses Moment muss man immer in die Rechnung einsetzen, wenn man vom therapeutischen Gewinn spricht. Macht bloß keiner.«

An dieser Stelle sollte gesagt werden, dass Oskar die Therapie, die nicht seine war und es doch wurde, inzwischen nur noch als gesellschaftliche Verpflichtung behandelte, was für ihn nicht zuletzt bedeutete, dass er mental bisweilen reichlich abwesend war, schließlich hatte er in jahrelanger gesellschaftlicher Schulung die Gabe zur Vollendung gebracht, seiner eigenen Unterströmung von Gedanken zu folgen und dabei den Eindruck zu erwecken, auf der Höhe der Konversation zu sein. »Aus dem Ohr wiederholen«, so nannte seine Tante Kitty diesen Vorgang.

»Wie ist Ihr Trainingsnachmittag gelaufen?«, erkundigte sich Doktor Hockstädder.

»Wieso haben Sie das Foto von Ihrem Vater vom Schreibtisch genommen?«, fragte Oskar zurück, um Zeit zu gewinnen.

»Das war meine Mutter.«

»Ist das nicht ein bisschen seltsam, wenn ein Therapeut ein Foto seiner Mutter auf dem Schreibtisch hat?«

»Überspringen wir das«, beschloss Hockstädder, »nicht nur, weil es vollkommen irrelevant ist, sondern auch, weil ich glaube, es könnte uns helfen, das zu überspringen. Also. Wie lief Ihre kleine Übung auf der Bahnhofstrasse? Wie Sie wissen, ging es dabei darum, Stress als komplexen Wechselwirkungsprozess zwischen den Anforderungen der situativen Konstellation und der handelnden Person zu betrachten. Um eine Verschiebung der Perspektive, also.«

»Der nasse Zahn«, dachte Oskar, »der nasse Zahn!«

Laut sagte er: »Katastrophal. Wir haben leider gar nichts als Chance, sondern alles bloß als Bedrohung wahrgenommen. Keinerlei Verschiebung der Perspektive, also.«

»Wir? Wieso wir?«, fragte Hockstädder und rückte sich umständlich etwas im Sessel zurecht.

»Mein Gott: Ich!«, erwiderte Oskar gereizt. »Das ist doch jetzt egal!«

Hochstädder machte sich eine Notiz.

»Und wem schreiben Sie diesen Misserfolg zu?«, fragte er dann.

»Jedenfalls nicht mir!«

»Sie sind ein Phänomen«, konstatierte Doktor Hockstädder, worinnen beinahe so etwas wie Anerkennung mitschwang. Dabei schob er seine Zungenspitze ein wenig zwischen den Lippen hervor.

»Wissen Sie was«, erklärte Oskar ungnädig, »diese ganze Übung war doch schon von der Anlage her gründlich verfehlt! Es kann ja wohl im Leben nicht darum gehen, irre beliebt zu werden. Oder lassen Sie mich das mal so ausdrücken: Wenn ich allen Menschen ausweichen wollte, die sich je von mir gekränkt oder zurücksetzend behandelt gefühlt haben oder mich einfach nicht leiden können, dann könnte ich ebenso gut für den Rest meines Lebens zu Hause bleiben, Tiefkühlpizza über dem Spülbecken essen, vom Fensterbrett aus den Vögeln zuwinken und den Zusammenbruch sämtlicher Ich-Funktionen in einer gleißenden psychotischen Katastrophe erwarten. Wovon ich, nebenbei bemerkt, gar nicht mehr so weit entfernt scheine.«

»Spätestens seit Freud wissen wir, dass der Glückliche nie phantasiert, nur der Unbefriedigte«, erwiderte Hockstädder indes einigermaßen rätselhaft und sah Oskar geradewegs ins Auge.

»Freud«, sagte Oskar verstimmt, »war bekanntlich ziemlich freudlos.«

»Wir müssen uns mit Ihrer Phobie vor Kontrollverlust auseinandersetzen – schaffen wir das heute?«

»Setzen Sie's auf Ihre Liste.«

»Ich kann Ihnen nicht helfen, wenn Sie nicht mitarbeiten. Das ist die Voraussetzung.«

»Apropos arbeiten: Was machen Sie eigentlich in den letzten zehn Minuten?«

»Wie bitte?«

»Na, Ihre sogenannte Stunde besteht doch nur aus fünfzig Minuten. Was ist mit den letzten zehn? Sie werden doch kaum so lange brauchen, um für den nächsten Verrückten dieses Zettelkonvolut rauszukramen, was Sie als Akte bezeichnen.«

»Fünfzig Minuten sind üblich«, erwiderte Hockstädder langmütig, »ich mache die Regeln nicht.«

»Was soll das heißen? Natürlich machen Sie die Regeln! Wer denn sonst? Gott?«

Kurze Pause.

»Ich biete«, erklärte Hockstädder, »eigentlich keine Paartherapie an … aber bei Ihnen … vielleicht sollten Sie Ihre Gattin mal mitbringen?«

»Das fehlte noch! So haltet ihr Seelenklempner einen bei der Stange – indem ihr uns noch mehr antut!«

»Was meinen Sie?«

»Sie wissen sehr gut, was ich meine. Oder soll ich es in Ihrer Sprache ausdrücken? Ich meine, dass der allgegenwärtige therapeutische Expertendiskurs die Liebe wie die Arbeit heutzutage standardmäßig pathologisiert. Alles soll krank sein. Als ob Sie mittels der Emportreibung eines maximalen Ideals zugleich ein Maximum menschlichen Versagens erzeugen müssten. Das Ergebnis ist eine Ethik der Selbstkontrolle, die Gefühle als Funktionsstörung umdeutet. Womit ich wieder bei … *in* meinem Elternhaus wäre. Danke.«

»Fühlen Sie sich nicht wohl?«

»Ich weiß nicht. Vielleicht. Vielleicht auch nicht. Was ich allerdings weiß, ist, dass die Liebe – hören Sie: die *Liebe* – in ihrer therapeutischen Umdeutung zu einer reinen Pflicht wird, die keine Moral mehr hat, kein Glück mehr hervorbringt, sondern Stress und Unzufriedenheit. Man muss ja seine Vergangenheit nicht vergessen. Aber irgendwann sollte man sie verlassen, wie ein abbruchreifes Haus. Herkunft ist nicht Zukunft. So will es bloß die Sicht von der neurotischen Fesselung der Nachkommen durch die Komplexe der Vorfahren. Das ist Psychofeudalismus! Darum kann es doch wohl nicht gehen! Nicht in einer ordentlichen Therapie.«

»Worum sollte es denn in einer ordentlichen Therapie gehen, Ihrer Auffassung nach?«

»Was weiß ich. Darum, dass man ein besserer Mensch werde, irgendwie.«

»Ein besserer Mensch«, erwiderte Hockstädder, »werden wir eben möglicherweise in der Liebe. Indem wir nämlich durch die Liebe innere Güter realisieren, zum Beispiel Anerkennung, Erfahrung oder Vertrauen. Im Grunde hat das alles schon Hegel erkannt.«

»Das ist ja schön. Für ihn.«

»Nach diesem großen Vertreter des deutschen Idealismus«, fuhr Hockstädder unbeirrt fort, »ist die Liebe ein Verhältnis wechselseitiger Anerkennung: Sie fordert von uns, die eigenen Begierden und Motivationen zugunsten der Wünsche und Ziele des anderen zurückzustellen; und zugleich können wir nur durch die Anerkennung des anderen unsere eigenen Bestrebungen und Bedürfnisse realisieren: Die Liebe vermittelt Anerkennung, indem wir uns durch sie nicht nur selbst verwirklichen, sondern zugleich zur Beförderung des Glücks des geliebten anderen beitragen.«

»Wundervoll. Das klingt alles ganz wundervoll. Hören Sie, lieber Herr Hockstädder, ich weiß, dass wirkliches Lernen etwas von einer Bekehrung an sich hat. Ich weiß, dass Sorglosigkeit eine Fiktion ist, die Kosten verursacht. Doch zum Glück bin ich reich. Verstehen Sie das?«

»Nicht ganz«, erwiderte Hockstädder seelenruhig.

Kleine Pause.

»Wollen Sie damit sagen: Jeder ist allein?«, fragte Hockstädder dann.

»Was? Nein. Wie kommen Sie denn auf diesen Unfug? Ich bin nicht allein. Sie? Sie vielleicht? Ich habe mir nie Gedanken über Ihren Zustand gemacht. Wie geht es Ihnen eigentlich?«

»Sie haben ein Recht auf ein Ideal«, erklärte Hockstädder.

»Ich will nicht wertend klingen, aber das hört sich ziemlich nach erstem Semester Psychobasiskurs an«, sagte Oskar, »und wenn Sie nichts dagegen haben, könnten wir heute vielleicht früher Schluss machen. Es liegt nicht an Ihnen, es liegt an mir. Mein Charakter langweilt mich.«

»Ich muss Ihnen allerdings die volle Stunde berechnen.«

»Sie meinen: die vollen fünfzig Minuten. Tun Sie das. Kaufen Sie sich eine neue Heizung für Ihren gitarrenförmigen Pool. Und ich wandere an einen dunklen und grauenvollen Ort, um die unendliche Leere zu begrübeln, die unserer sinnlosen Existenz folgt, dieser auf ewig gefrorenen Gegenwart als ausdehnungslosem Punkt zwischen den tristen, belanglosen Polen von Vergangenheit und Zukunft.«

»Wie wärs mit 'ner Extra-Stunde diese Woche?«

»Okay«, sagte Oskar und zog sein kleines ledergebundenes Notizbuch aus der Tasche.

Da begann Doktor Leonid Hockstädder zu lachen. Er lachte zischend mit seinem etwas spitzen Mund, in dem sich diese vielen hässlich geformten, quittengelben Zähne drängten. Das Ganze sah nicht gerade einnehmend aus, und Oskar starrte entsetzt auf den Vorgang.

»Haha«, quiekte Hockstädder, »– kleiner Therapeutenscherz!«

Oskar starrte.

Hockstädder sammelte sich ein wenig umständlich.

»Tut mir leid«, sagte er dann, zupfte sich ein imaginäres Staubkorn vom Hosenbein und wirkte aufrichtig bedrückt, »das war unprofessionell.«

»Ich bin fassungslos«, erklärte Oskar nicht ganz so aufrichtig.

»Ach, kommen Sie!«, erwiderte Hockstädder mit einer wegwerfenden Handbewegung. »Nur weil ich nach Zeit bezahlt werde, heißt das nicht, dass wir ewig an dieser Sache arbeiten müssen.«

»An welcher Sache?«

»Sehen Sie, schon haben wir ein Thema für die nächste Stunde. Für heute ist unsere Zeit leider um.«

»Das wirft mehr Fragen auf, als es beantwortet.«

»Das ist immer so bei einer guten Therapie!«

Oskar stand auf und ging.

Zurück auf dem leicht schadhaften Perserteppich neben dem indifferenten Sessel blieb sein Notizbuch von Smythson of Bond Street.

Dann kam der Freitag. Und mit ihm der Abend, an dem Lauren und Oskar das Essen für ihre Freunde Mildred und Viktor Hasenclever gaben. Jener Abend stand von Anfang an unter einem unglücklichen Stern. So jedenfalls hätte wohl die selige Millvina Van Runkle es betrachtet, die für derlei Vorausdeutungen eine Schwäche gehabt hatte. Zunächst war nämlich das Wetter ungünstig. Ein Gewitter lag in der Luft, nicht ungewöhnlich für diese Jahreszeit. Scharfkantige Wolken in bösem Anthrazit brachen die untergehende Sonne, das glutrote Sonnenglück, und zogen dräuend und drohend und grollend herauf über unsere kleine Stadt – die freilich von mancher Seite mit ihren heute über vierhunderttausend Einwohnern unter Bezugnahme auf die (nicht vorhandene) Größe des Landes bereits als eine das gesunde Verhältnis übersteigende Metropole betrachtet wurde. Irmgard hatte gekocht. Es gab Lobster Newberg. Oskar hasste Lobster Newberg. (Da konnte er noch nicht wissen, dass dieser Hummer gar nicht auf den Tisch kommen würde; niemand würde was essen, an diesem Abend, und Irmgard am nächsten Tag den Kopf schütteln und sagen: »Macht's nur so weiter!«) Lauren und Oskar hatten für neun Uhr eingeladen. Damit hielten sie sich an das alte Diktum der Herzogin von Windsor, wonach neun Uhr abends die Zeit sei, zu der Bankiers und Industrielle gerade so umgänglich, freundlich und aufgeräumt sind, wie sie es überhaupt je zu sein vermögen. Außerdem beginnen Frauen über vierzig um Schlag neun Uhr am vorteilhaftesten auszusehen. Egal, wann sie aufgestanden sind.

»Mein Haar ist strähnig, mein Gesicht zu oval, und ich habe keine Freunde«, stellte allerdings gegen halb acht Mildred fest und stemmte die Arme in die Hüften. Sie stand vor einem dreiteiligen mannshohen Spiegel in ihrem Ankleidezimmer, an dessen überaus rücksichtsvollem Beleuchtungskonzept der damalige Innenarchitekt der Saison lange gearbeitet hatte.

»Ich liebe dich, egal wie du aussiehst«, erklärte Viktor, der im Türrahmen lehnte.

»Das ist Teil des Problems«, seufzte Mildred, »ich funktioniere besser unter bedingter Liebe.«

»Du siehst wundervoll aus.«

»Ich weiß nicht«, überlegte Mildred, während sie mit einer Schildpatt-Bürste durch ihr Haar fuhr, »manchmal frage ich mich: Bin ich wirklich glücklicher als meine engsten Rivalinnen?«

Worauf sie die Bürste sinken ließ, sich umblickte, als sähe sie das Zimmer zum ersten Mal, und feststellte: »Ich hasse dieses Haus. Wir müssen alles neu machen. Oder am besten ein neues kaufen. Das hier ist ja, als ob man in einem Puppengefängnis lebte!«

Viktor barg sein Gesicht in den Händen.

»Vielleicht sollten wir gar nicht gehen«, sagte er in seine Handflächen.

»Ausgeschlossen«, erwiderte Mildred, die ihren Mann nicht ansah. »Du kennst mich ja. Ich bringe es einfach nicht fertig, andere Menschen zu verletzen.«

»Ich habe Consuela schon achthundertmal gesagt, sie soll die Rosenbouquets mit Chanel No 5 parfümieren und den Abfall mit diesem Ferragamo-Zeug, was ich auf der Fashion Week geschenkt bekommen habe, und *nicht* umgekehrt«, erklärte eine Stunde später am Zürichberg Lauren ihrem Ehemann, als es klingelte.

»Zu früh? Das ist gar nicht ihre Art«, konstatierte Lauren, »machst du mal bitte auf, Kleines? Es ist sonst niemand hier. Wegen der … Intervention.«

Oskar begab sich zur Haustüre.

Davor stand: Luella.

»Oskardarling!«

»Luella«, stellte Oskar fest. »Ich hab mich schon gefragt, warum die Vögel aufgehört haben, zu singen.«

»Es ist Nacht.«

»Allerdings.«

»Schätzelchen«, sagte Luella, »ich liebe diesen Cardigan immer mehr, je öfter ich ihn an dir sehe.«

Luella, Laurens Freundin aus ihren Schultagen in Frensham Heights, war eine Erscheinung, die von den meisten Menschen in ihrer Gesellschaft als »larger than life« apostrophiert wurde. Sie trug eine gewaltige Frisur aus ondulierten falschblonden Locken, scharfkantig und trocken wie Sägespäne, und dazu im Mund das, was man in Oskars Kreisen »die volle Hollywood-Garnitur« nannte, also eine geschlossene Phalanx makelloser, quadratischer, vollkommen regelmäßig stehender Zähne, deren leuchtendes Weiß mit der

Bräune des Gesichts kontrastierte, die immer noch so tief und falsch war wie auf Millvinas Trauerfeier.

»Wer ist es?«, rief Lauren aus der Tiefe des Hauses.

»Ich weiß nicht«, rief Oskar über seine Schulter zurück, »etwas, was aussieht wie Donatella in ihrer Winterhaut.«

Worauf Luella einen schreiartigen Lacher vom Stapel ließ.

»Oskar«, keuchte sie und machte eine wegwerfende Handbewegung, »du bist *zu* komisch!«

Lauren tauchte auf.

»Sweetie«, sagte sie und umarmte Luella, »was machst du denn hier? Was ist dir passiert? Du siehst ganz aufgelöst aus!«

»Sie sieht doch aus wie immer«, warf Oskar ein.

»Ich könnte in der Tat einen Drink gebrauchen«, erklärte Luella, »oder ein paar Tabletten. Stellt euch vor: Meine russische Augenbrauenlady wurde ermordet …«

»Ich wette, das ist eine lange Geschichte«, sagte Oskar.

»… und zwar von einer Rolltreppe«, fuhr Luella fort. »Sie wurde von einer Rolltreppe zerquetscht.«

»Good heavens!«, sagte Lauren.

»Genau. Wer bitte soll mir jetzt die Augenbrauen machen? Ludmilla war die *Beste.* Hieß sie Ludmilla? Oder Anastasia. Keine Ahnung. Ich musste mir Luft aus dem Eisfach zufächeln, so geschockt war ich!«

»Aus welchem Eisfach?«, fragte Oskar interessiert.

»Das ist doch jetzt egal«, stellte Lauren fest, »aus *irgendeinem* Eisfach!«

»Ihr habt doch nichts dagegen, wenn ich eintrete«, konstatierte indes Luella, indem sie versuchte, sich an Oskar vorbei durch die Tür zu drängen, »ich brauche dringend ein *happy environment.* So eine Art … vorurteilsfreien Schutzraum.«

»Da bist du hier völlig falsch«, sagte Oskar, »hast du keinen Therapeuten, den du anrufen kannst?«

»Mein Therapeut redet nicht mehr mit mir.«

»Dieser glückliche Mensch.«

»Wir wollten eben essen«, bemerkte Lauren.

»Ohh«, machte Luella, »*endlich* was Ordentliches zu essen! Ich lebe seit Tagen von Red Bull und Toaster-Strudel. Wie ihr euch vielleicht erinnert, hatte ich ja diesen Kochkurs für Singles gebucht, aber der Dozent hat sich umgebracht, weil seine Lebensenergie durch ein dunkles Chi blockiert wurde.«

»Gewiss«, sagte Oskar, »die Leute um dich herum sterben wie die Fliegen.«

»Da du davon sprichst«, fuhr Luella fort, »ich könnte ein paar Antidepressiva in Klinikstärke vertragen. Oder habt ihr vielleicht irgendwelche Schmerzmittel? Die helfen möglicherweise auch noch gegen die Nebenwirkungen meiner Jimmy Choos; ich habe *clicky feet,* ganz schlimm, mindestens Stufe 5, ich sage euch, wenn ich ein Pferd wäre, müsste man mich erschießen!«

»Du bist schwer zu beleidigen«, stellte Oskar fest.

»Dankeschön!«, erwiderte Luella.

»Ich glaube, wir haben noch ein paar alte Preludin-Reserven oder diese abgelaufenen Muskelrelaxantien aus Mexiko, die Kelly in die Bahnhofsapotheke zurücktragen wollte.«

»Chickie«, entschied Lauren, »hör auf mit diesem Unsinn. Würdest du Luella bitte reinlassen?«

»Bist du sicher? Dinner mit Luella ist, als wäre man in einem Umzugskarton mit einer Anakonda eingesperrt.«

»Hallo?«, machte Luella. »Ich bin *anwesend.*«

»Genau das meine ich.«

»Du musst Oskar entschuldigen«, sagte Lauren, »er ist sogar noch ruppiger als sonst. Das liegt an dieser Intervention, die wir geplant haben.«

»Oh, was denn, eine Intervention?«, rief Luella begeistert. »Ihr plant eine *Intervention?* Darin bin ich *supi!* Ihr glaubt nicht, wie viele Interventionen ich schon hatte.«

»Doch.«

Luella quetschte sich an Oskar vorbei und gelangte so ins Entrée.

»Okay«, sagte dieser. »Komm herein. Aber bleib nah an der Tür.«

Womit Oskar die Haustüre schloss.

»Alrighty«, sagte er dann, nachdem er tief Luft geholt und dieselbe hörbar wieder ausgestoßen hatte, »was möchtest du trinken, Luella? Vanilleextrakt und Terpentin, wie immer?«

Da klingelte es wieder.

Beinahe reflexartig öffnete Oskar erneut die Türe.

Aber Mildred sah ihn gar nicht. Sie redete auf ihren Ehemann Viktor ein und schob sich, ein dünner Sturzbach aus Zobel, gleichzeitig durch den Türrahmen. Oscar de la Renta, natürlich.

»... diese furchtbare Person«, erklärte Mildred, »– und es interessiert mich nicht, ob sie ein Drüsenproblem hat, sie ist *fett.* Ich meine, sie behauptet ja ebenfalls, nichts mit ihrem *Gesicht* gemacht zu haben! Ein Gesicht, das mittlerweile einem Konterfei gleicht, das jemand auf einen *Luftballon* gemalt hat! Ich *bitte* dich. Diese ganze Person ist doch wie eine Erscheinung aus der griechischen Mythologie: Halb Frau, halb Fabelwesen. Allein die Stirn! Ihre Stirn ist gespannter als ein Schlangenhintern während des Sandsturms.«

»Mildred. Du solltest Dichterin werden«, sagte Oskar.

Doch niemand achtete auf ihn.

»Dieses ganze Upper-Class-Getue; dabei weiß sie nicht mal, wie man *Coutts* ausspricht«, fuhr Mildred fort, während sie sich mit Oskars Hilfe ihres Zobels entledigte und denselben im Arm ihres Gastgebers beließ, »und ich will dir mal was sagen: In *meiner* Welt gilt immer noch: Diamanten trägt man nicht am Tag, bis auf Haarspangen, natürlich. Und ich will dir noch was anderes sagen: Es interessiert mich *nicht,* welchen Louis-Quelque-Chose-Fireplace ihr Ronaldo ins Wohnzimmer gesetzt hat, nicht die *Bohne* interessiert mich das, *nouveau riche* bleibt nämlich *nouveau riche,* hab ich recht? Das Feng Shui da drinnen war jedenfalls fürchterlich. So was *spüre* ich. Drüsenproblem, ha! Hallo, Oskar, Liebes, wie geht es dir? Ich meine, was wird sie wohl als Nächstes behaupten – dass sie fett ist, weil ein Fluch auf ihr lastet? Und der Fluch muss kräftig sein, wenn er so was Gewaltiges hervorbringt … nur ein Priester kann das Ding aus der Welt schaffen … ach, was sag ich, ein ganzes Konvent! Sweetie, du siehst wundervoll aus!«

Diese letzten Worte hatte Mildred an Lauren gerichtet, indem sie ihr zur Begrüßung drei Luftküsse verabreichte.

»Wie geht es dir?«, erkundigte sich Lauren.

»Oh, wie immer«, erwiderte Mildred, »ich habe dieses unbestimmte Gefühl, dass mein Leben einem gähnenden Schlund gleicht und ich auf die Uhr sehe, während die Blüte meiner Jugend verrottet an der Rebe … aber genug von mir. Wie nett, uns dazuhaben. Neun Uhr. Niemand lädt ja heutzutage mehr auf neun Uhr ein. Die Leute ziehen alles nach vorne, immer früher, immer schneller. Das sind diese furchtbaren Russen, die ruinieren alles. Dabei ist neun Uhr eine wunderbare Zeit: Der Bauch ist nach dem Lunch wieder völlig flach, trotzdem ist man noch nicht hungrig.«

»Ich bin eigentlich nie hungrig«, erklärte Luella, »dafür nehm ich Repressitol.«

»Wie … äh … schön«, behauptete Mildred und drehte den Kopf Richtung Luella, mit leicht zusammengezogenen Augenbrauen, wie man ein störendes Insekt wahrnimmt.

»Darf ich euch Luella vorstellen, den Überraschungsgast des Abends?«, fragte Oskar. »Sie ist eine … Freundin … des Hauses und eben hier reingeschneit wie eine todessüchtige Figurine. But *jolly good fun,* sofern man milden Alkoholismus tolerieren kann. Doch wer von uns kann das nicht? Man sagt ja immer, der Alkohol macht seine Opfer zu einsamen Selbstmördern. Luella hingegen macht er erst erträglich. Außerdem bekam sie bei einer Abstimmung in ihrer letzten Rehab-Klinik den Titel *Most Likely To Succeed.* So was wird einem nicht auf einem Silbertablett serviert.«

»Danke«, konstatierte Mildred, »wir kennen Luella.«

»Oh, gut«, erwiderte Oskar, »denn jemand, der ihr zum ersten Mal begegnet und nicht weiß, dass sie leicht plemplem ist, könnte einen falschen Eindruck bekommen.«

»Wie schrecklich«, sagte Mildred.

»Viktor, mein Lieber«, sagte Oskar und umarmte seinen Freund, »du bist ja auch noch da.«

»Ja«, erwiderte Viktor, »manchmal übersieht man das.«

»Da wir davon reden«, sagte Mildred, »es ist *alarmierend,* dass mir Sidonie Abb letzte Woche kurzfristig und ohne Angaben von Gründen einen Lunch abgesagt hat, ich meine, diese Person ist quasi eine menschliche Rating-Agentur, also was bedeutet das für mein Standing?«

»Sidonie ist nicht nur eine menschliche Rating-Agentur, sondern auch eine gesellschaftliche Muräne«, bemerkte Lauren, »sie hat etliche meiner Freundinnen verschlungen.«

»Apropos verschlingen«, meldete sich Luella, »was gibts zu essen?«

»Lobster Newberg.«

»Ach du liebe Zeit«, seufzte Mildred, »ich sage nur: Quecksilbervergiftung.«

»Macht mir nichts«, erklärte Luella, »ich kann alles roh essen. Das habe ich neulich beim japanischen Generalkonsul gemerkt. Obwohl ich nie zuvor Satan hatte. Ich meine: Sake. Ich habe einen Magen aus Eisen.«

»So kompensiert dich dein Körper für deinen schwindenden Geschmackssinn«, sagte Oskar.

»Nun«, stellte Lauren fest, nachdem sie hörbar ausgeatmet hatte – hörbar jedenfalls für ihren Ehemann, auf den sie zugleich einen warnenden Blick heftete, »in der Liste all der Dinge, von denen ich erwarte, dass sie mich eines Tages umbringen, rangiert Quecksilbervergiftung jedenfalls deutlich unter Leberversagen, Blitzschlag und dem Erleiden eines Herzinfarktes, während ich das Check-in-Personal von Air France anschreie. Und, speaking of Leberversagen: Wie wäre es mit einem Drink?«

»Das wäre wundervoll.«

»Was möchtest du, Luella?«

»Einen Slippy Nipple.«

»Kann ich nicht«, erwiderte Oskar.

»Dann hast du dir bisher eine der elementaren Freuden des Leben versagt. Also nehme ich eine Prärieauster.«

»Kann ich nicht.«

»Kannst du Margarita mit zerstoßenem Aspirin?«

»Nein.«

»Schade. Das ist so praktisch Was kannst du?«

»Dark 'n' Stormy.«

»Wie passend.«

»Sei nicht so zynisch, Mildred«, sagte Lauren, die für einen Moment die Beherrschung und Geduld zu verlieren drohte, »das steht dir nicht.«

»Ich bin nicht zynisch«, erklärte Mildred. »Bitter – meinetwegen. Das ist die Frucht jahrelanger Isoliertheit und melancholischer Anwandlungen, von trüben Enttäuschungen und der zu Üblichkeiten werdenden Gemeinheiten – kurz: all der niederschmetternden Nichtigkeiten und des schnöden Leids des Lebens, die ganze Frucht eines früh gebrochenen Gemüts. Bitter – meinetwegen. Aber nicht zynisch.«

»Alrighty, Mother Macbeth, dein Drink ist fertig, einmal Dark 'n' Stormy«, sagte Oskar und reichte Mildred ihr Glas.

Doch sie gab es ihm geradewegs zurück.

»Bitte ohne dieses nervige Eis«, sagte sie, »das nimmt viel zu viel Platz ein.«

»Also«, erklärte Luella, »ich sage ja immer: Man ist nie betrunken, wenn man *immer* betrunken ist.«

»Wer hat dir das denn beigebracht?«

»Ein holistischer Therapeut.«

»Kluger Mann.«

»Allerdings! Ihm ist mal eine Offenbarung in einem Fernsehtestbild erschienen.«

»Wie alt ist der denn? Fernsehtestbilder gibt es doch gar nicht mehr.«

»Übrigens nehme ich lieber Wein. Am besten halb rot, halb weiß.«

»Möchtest du ein paar Pillen dazu, Liebes?«

»Oskar!«, schrie Luella. »Du bist *zu* komisch.«

Dann sagte sie zu Mildred: »Schätzchen, verzeih, wenn ich

dich so anstarrte, aber so, wie du da stehst, in diesem Fürstenberg-Kleid und mit dem Glas in der Hand und allem, erinnerst du mich wahnsinnig an meine Mutter, bevor sie ins Gefängnis ging.«

»Wie drollig«, erwiderte Mildred, »ich hatte ebenfalls eine untüchtige Mutter. Doch ich kompensiere das nicht, indem ich zu viel Make-up trage. Stattdessen bin ich einfach irgendwann innerlich gestorben.«

»Der Ring sieht wundervoll aus«, sagte Lauren schnell.

Sie meinte den Solitär. Mildred trug den Verlobungsring ihrer Mutter, den kanariengelben Diamanten. Oft werden äußere Umstände des Aufstiegs erst sichtbar, wenn der Abstieg in Wahrheit schon begonnen hat, dachte Oskar. Das hatte er irgendwo gelesen.

»Danke, Liebes«, erwiderte Mildred und warf einen prüfenden Blick auf den Ring, als inspiziere sie ihn zum ersten Mal, »ein Erbstück meiner Mutter. In der Tat habe ich überlegt, ob ich ihn ein bisschen ändern lassen soll. Natürlich unter Berücksichtigung der alten Regel für Verlobungsringe: Man kann die Fassung ändern lassen, aber nicht den größten Stein. Genau wie bei Ehemännern.«

Worauf Viktor leise sagte: »Mildred, hörst du dir eigentlich selbst zu?«

Da aber fuhr ihn seine Ehefrau an mit den Worten: »Ich höre mir *immer* selbst zu! Das ist eine der wenigen verbliebenen Freuden meines Lebens!«

»Ein paar Nüsse?«, fragte Oskar schnell und präsentierte eine Kurland-Dessertschale mit Pistazien.

»Danke«, sagte Luella und griff beherzt zu, »und um noch mal auf das Make-up zurückzukommen, also, Poppy, die Transsexuelle vom Make-up-Stand bei –«

»Schätzchen, weißt du eigentlich, wie viel Fett Nüsse haben?«, unterbrach sie Mildred.

»Das ist aber gutes Fett.«

»Pistazien sind doch gar keine Nüsse.«

»Es gibt kein gutes Fett«, erklärte Mildred.

»Für dich sicher nicht«, murmelte Viktor.

»Was meinst du damit?«

»Ich meine damit, dass gewisse Fixierungen zumeist dann auftreten, wenn der Bezug zur Transzendenz verloren geht.«

Pause.

»Oh, Viktor, du meinst das Verhältnis zum Tod, das uns abhandenkommt?«, fragte Luella, nachdem sie die letzten Pistazien runtergeschluckt hatte. »Worauf dann aufgrund der nunmehr fehlenden narrativen Thanatotechnik der Zwang entsteht, dieses bloße Leben unbedingt gesund zu erhalten. Durch gute Fette und so weiter?«

»Man merkt, dass sie mit dem Teufel was trinken war«, murmelte Oskar.

»Schon Nietzsche hat gesagt, dass nach dem Tod Gottes die Gesundheit sich zu einer Göttin erhebe«, fuhr Luella fort.

»Wirklich?«, fragte Oskar. »Für mich klingt das nämlich eher nach Poppy, der Transsexuellen vom Make-up-Stand.«

»Für Menschen, für die es einen Sinnhorizont gibt, der über das nackte Leben hinausgeht, kann sich die Gesundheit jedenfalls nicht dermaßen verabsolutieren«, sagte Viktor.

»Wo bitte hast du denn diesen Quatsch aufgeschnappt?«, erkundigte sich Mildred. »Mir gehts nicht darum, gesund zu sein, sondern gut auszusehen.«

»Wie läufts mit dem Haus an der Neumünsterallee?«, fragte Lauren schnell.

»Ausgeräumt«, erwiderte Mildred, »ausgeräumt wie ein Kadaver in der Wüstensonne.«

»Alwine versucht, das Erbe direkt in eine Stiftung zu lenken«, sagte Viktor.

»Ich wäre froh, wenn wir diesen Namen heute Abend nicht wieder erwähnten«, sagte Mildred, »diesen Namen und diese ganze Angelegenheit.«

»Welchen Namen?«, fragte Luella.

»Alwine«, antworteten alle im Chor.

»Das ist ja traurig«, sagte Luella.

»Natürlich ist das traurig!«, zischte Mildred. »Wann war das hier jemals eine glückliche Geschichte? Ich bin nicht erzogen worden, glücklich zu sein.«

»Whatever you need to tell yourself«, murmelte Lauren.

»Dafür hast du ja mich. Es ist mein Ziel, dass du glücklich bist, Mildred«, erklärte Viktor.

»Ja«, entgegnete Mildred, »das ist auch mein Ziel.«

»Willst du, dass ich glücklich bin, Lauren?«, erkundigte sich Oskar.

»Nicht, wenn es mich in irgendeiner Weise negativ affiziert«, erwiderte seine Frau alarmiert.

»Also«, sagte Luella und hob dazu den Zeigefinger, »du bist gar nicht unglücklich, Mildred. Das denkst du nur, weil du in Wahrheit glücklich bist. Weil du dich unglücklich *fühlst!*«

Kurze Pause.

»Ihr müsst Luella entschuldigen«, sagte Oskar und tätschelte der alten Schulfreundin seiner Frau den Oberarm, »sie erschöpft sich schnell unter dem Druck, interessant zu erscheinen. – Luella, Liebes, weißt du noch, wie du uns gefragt hast, woran es liegen könnte, dass du etwa fünfhundert gescheiterte Beziehungen zu beklagen hast? Und fünf Scheidungen?«

»*Drei* Scheidungen«, verbesserte Luella und nahm einen Schluck, »zweimal wurde annulliert.«

»She is one of life's real soldiers«, sagte Lauren.

»Vielleicht sollte man nicht so schnell heiraten«, gab nun Viktor zu bedenken.

»Wieso nicht?«, fragte Luella. »Das ist das einzig Richtige. Wenn man sie erst mal kennt, heiratet man sie nicht mehr.«

»Oh mein Gott«, stellte Mildred fest, »lasst uns nicht über Beziehungen reden.«

»Wieso denn nicht?«, fragte Viktor. »Gibt es noch andere Themen, die du auf den Index setzen willst?«

»Es ist erstaunlich«, raunte ihm daraufhin Lauren zu, »wie du nicht merkst, dass du die Lage verschärfst.«

Mildred seufzte.

»Ich hab nie viel von dir erwartet«, sagte sie dann an die Adresse ihres Ehemanns, »und du hast mich nie enttäuscht.«

»Oh«, machte Luella, »ich habe mich gerade gestern verliebt.«

»Das heißt nur, dass sie mit jemandem geschlafen hat«, erklärte Oskar.

»Also, bitte!«, erwiderte Luella. »Ich warte mindestens neun Tage, bis ich eine Beziehung als ernsthaft betrachte.«

»Genau wie bei Haarverlängerungen und Pflegeeltern«, sagte Oskar.

»Ich bin eine sehr sinnliche Person«, fuhr Luella fort, »ich strahle jede Menge Pheromone ab.«

»Das ist der Grund, warum Katzen dich nicht mögen«, konstatierte Oskar. Worauf er sich an seine Frau wandte und fragte: »Weißt du noch, Liebes, wie wir damals erst anhand des Ablaufdatums auf einem Käsefondue entdeckten, dass wir Hochzeitstag hatten?«

»Das habe ich längst verdrängt.«

»Perfekt.«

»Apropos verdrängen: Kann sich jemand an dieses unmögliche Ensemble erinnern, das Mariella Schüttel auf der Beerdigung meiner Mutter anhatte?«, erkundigte sich Mildred. »Lieber Himmel, sie sah aus wie *Funeral Barbie*. Und ihre Schuhe. *Gott,* ihre Schuhe!«

»Dolores von Penz berät Mariella offenbar beim Einkaufen in Paris«, sagte Luella, »das weiß ich von Ronaldo.«

»Nun«, resümierte Mildred, »dadurch wird man auch nicht interessanter. Sie sind furchtbare Emporkömmlinge, Schüttels. *Un-er-träg-lich.*«

Und sie betonte jede einzelne Silbe.

»Ihr alle habt das Gerücht über Dolores gehört, nicht wahr?«, fragte Luella.

Darauf ließ sie eine kleine Kunstpause verstreichen, und dann formte sie mit den Lippen ohne Ton, doch stark überakzentuiert in der Art einer Pantomime das Wort *pleite*.

»Hyänen«, sagte Viktor. Mit durchaus unklarem Bezug.

»Hyänen gehören zu den wenigen Säugetieren, bei denen die Weibchen völlig dominieren«, sagte Oskar.

»Ich muss gar nicht immer alles kontrollieren«, erläuterte Mildred, die dies auf sich bezog, »obwohl es im Allgemeinen besser läuft, wenn ich es tue. Ansonsten lenke ich mich ab durch leichte Hausarbeiten und die übermäßige Benutzung von Augentropfen.«

»Hausarbeiten? Du?«, machte Viktor und stieß einen Lacher aus.

Dies jedoch kam nicht so gut an.

»Ich habe dich nicht geheiratet, um Hinweise zur Selbstperfektionierung zu erhalten«, sagte Mildred tonlos, »sondern für blinde Unterstützung bei allem, was ich tue.«

»Ich brauche mehr zu trinken«, rief Luella und reckte verlangend ihr Glas in die Höhe.

»Clearly the shuttle to and from hell is back up and running«, murmelte Lauren.

Worauf Oskar leise erschauderte, was aber niemand bemerkte.

Die Konversation erstarb, und Mildred, durch die Pause verleitet, neues Maß anzulegen an ihres Ehemannes Schwächen und Begrenzungen, sagte nach einem leicht betretenen Augenblick der Stille: »Vielleicht ist es meine Schuld. Ich meine, womöglich ist es irgend so eine Art Muster, dass ich mir emotional nicht verfügbare Männer aussuche, weil ich Angst vor einer Enttäuschung habe.«

»Ohh«, machte Luella, »das bringt mich auf die Frage: Wie läuft die Therapie?«

»Gut«, antworteten Oskar und Viktor unisono.

Darauf entstand eine winzige Pause, in der sich einige der Anwesenden darüber klar wurden, was hier gerade angerichtet worden war.

»Was denn«, fragte Mildred und drehte sich zu Oskar, »du bist *auch* in Therapie?«

Wieder eine winzige Pause.

»Pff«, machte Oskar mit einer wegwerfenden Handbewegung, »wer ist das denn heutzutage nicht?«

»Habt ihr Probleme?«

»Was? Wer? Wir? Nein. Lauren sorgt für mich wie eine kleine Vorsehung.«

»Pff«, machte Lauren mit einer wegwerfenden Handbewegung, »mein Motto war immer: *Towel off and keep going.* Dann und wann ein kleiner Fassungsverlust, regelmäßiger Mittagsschlaf und keine Scheu vor Psychopharmaka –«

»Könnten wir das Thema wechseln?«, fragte Viktor. »Ich bin das nicht gewohnt. In meiner Familie fällt nie ein böses Wort …«

»Dafür esst ihr ziemlich viel und sterbt früh an chronischer Verstopfung«, konstatierte Mildred.

»Genau!«, rief Luella. »So löst man Probleme! Man weint, man schreit Gott an, man isst heimlich. Und trinkt! Oskar, Darling, ich brauche noch was zu trinken!«

Da aber brach es heraus aus Viktor Hasenclever.

»Wer hat denn heutzutage bitte *keine* Probleme?«, fragte er in die Runde. Und fuhr fort: »Wenigstens eine kleine Komplementärstörung? Ich meine, psychische Gesundheit ist doch eine Illusion, ein Spiel über dem Abgrund der Welt; jedenfalls, so viel immerhin steht fest, ist diese Sache, ich meine das Gehirn, die Psyche, das ist alles andere als ein Uhrwerk, in dem irgendwelche deterministischen Prozesse linear ablaufen, das ist das Erste, was man lernt, in einer Therapie! Nicht wahr, Oskar? Hab ich recht? Das Ganze ist vielmehr multidimensional und ohne einheitlichen Kausalitätsbezug. Mein Gott, das weiß doch jedes Kind!«

»Das stimmt«, pflichtete Oskar bei, der das Manöver erkannte, »die kausale Geschlossenheit der Welt ist ohnehin eine überholte Ansicht.«

Dabei dachte er: »Sieh an! Wenns drauf ankommt, ist Viktor ganz hübsch auf dem Quivive unter seiner nüchternen Fassade, gar nicht so schlecht im Improvisieren und Ablenken, womöglich doch ein schauspielerisches Talent. Auch ist er ein bisschen skeptisch und launisch von Natur, was er gesellschaftlich nur begrenzt unter Verschluss halten kann, womöglich das Erbteil einer schwierigen Herkunft. Doch eigentlich weiß ich gar nicht viel über ihn. Eine schillernde, unruhige Seele! Immerhin hat er schon mal ein Eichhörnchen angeschrien. Mal sehen, wo das hinführt …«

Viktor aber war in Fahrt, prächtig in Fahrt. Dies werfe, so zitierte er kühn Doktor Hockstädder, gewaltige Fragen auf, Fragen nach den höheren Funktionen des Menschen, die ja wohl auf den Plan träten, wenn philosophische Konzepte wie das Selbst, der freie Wille, das Bewusstsein oder auch Zustände wie Freude, Scham, Verliebtheit mit bestimmten Regionen und Zuständen im Gehirn verknüpft würden. Denn solche neuronalen Korrelate von philosophischen Begriffen ließen das menschheitsalte Leib-Seele-Problem in neuem Licht erscheinen: Kann der Geist auf das Gehirn reduziert werden? Und wo ist der Geist im Gehirn zu finden? Wobei eben schließlich auch das Gehirn ein Rätsel sei und bleibe, noch weit entfernt von Entschlüsselung. Immer noch. So viel stehe wohl fest.

Pause. Alle starrten ins Leere.

»Well«, sagte Lauren schließlich, »wie ich gestern in der Etiketteratgeberrubrik der *New York Times* gelesen habe: Take a Klonopin and let the good times roll!«

»Also, ich sehe ja Veränderungen ständig im Voraus«, erklärte Luella, »ich habe das zweite Gesicht.«

»Das will ich hoffen«, erwiderte Mildred.

»Du weißt doch gar nicht, was richtige Sorgen *sind,* Mildred«, befand Viktor nun etwas unvermittelt und vorwurfsvoll, »du kennst doch nur so Probleme von der Art wie *Ich kann alles tragen* oder *Ich hasse Scholastiques Frisur!*«

»Ich bitte dich«, erwiderte Mildred kühl, »– Pferdeschwänze mit fünfzig?«

»Jedenfalls«, resümierte Oskar, »kann man doch wohl bei allen Unwägbarkeiten der Psyche Folgendes sagen: Positive Beziehungserfahrungen stärken die Resilienz.«

»Meine Rede!«, konstatierte Luella und hob prostend ihr Glas, »physischer Kontakt kann das Leben verlängern.«

»Nun, in diesem Fall solltest du langlebiger sein als Styropor«, sagte Oskar.

»Haha!«, schrie Luella. »Du bist wirklich umwerfend komisch, Oskar. Du solltest irgendwie versuchen, damit Geld zu verdienen. Übrigens war ich ja selbst auch eine Zeit lang in Therapie.«

»Das zählt nicht«, sagte Oskar, »das war vom Richter verordnet.«

»Weswegen?«, fragte Viktor.

»Gefährdung der öffentlichen Ordnung und Widerstand gegen die Staatsgewalt«, antwortete Luella.

»Sowie: Herbeiführen einer Sprengstoffexplosion, soweit ich mich richtig erinnere«, ergänzte Oskar.

»Nein«, sagte Viktor, »ich meine: Was war der Grund für die Therapie?«

»Das frage ich mich auch«, erwiderte Luella.

Doch unsere Freunde Oskar und Viktor waren zu früh erleichtert gewesen, falls sie davon ausgingen, dass ihr weiträumiges Ablenkungsmanöver funktioniert hatte. Mildred war misstrauisch geworden. Sie schien irgendeine Fährte aufgenommen zu haben. Jedenfalls zeigte sie ein für sie gänzlich untypisches Interesse am Phänomen der Therapie. Der Abend verlief ganz anders als geplant.

»Und bei wem bist du in Behandlung?«, erkundigte sich Mildred nun bei Oskar.

»Wie bitte?«, fragte dieser zurück, um Zeit zu gewinnen.

»Bei welchem Therapeuten?«

»Hockstädder«, erwiderte Oskar. Er sagte das, weil ihm auf die Schnelle nichts Besseres eingefallen war als die Wahrheit. Das passierte ihm häufiger. »Ich bin nicht sehr gut in Notfallsituationen«, dachte er, »das wusste ich, und so war es schon immer.«

»Was denn, du auch?«, quiekte Luella. »Wieso sind denn alle bei Hockstädder?«

»Wieso nicht«, seufzte Lauren, »wir sind schließlich auch alle beim selben Innenarchitekten.«

»Stellt das nicht ein Problem dar?«

»Möglicherweise. Ich meine, alle Chalets sehen gleich aus. Like they have been decorated by a parrot.«

»Nein«, sagte Luella, »ich meine das mit dem Therapeuten. Dass alle zum selben Therapeuten gehen. Wird das nicht schwierig mit der Schweigepflicht?«

Da aber machte die Gesellschaft (außer Luella) nur: »Pff!«

Mildred war auf der Fährte.

»Wie oft?«, fragte sie Oskar mit einem leicht inquisitorischen Unterton, den sie sich nicht im Geringsten zu unterdrücken bemühte. »Wie oft gehst du zu Hockstädder?«

»Zweimal die Woche.«

»Das ist üblich.«

»Manchmal vielleicht auch dreimal.«

»Das ist seltsam.«

»Wieso? Was ist daran seltsam?«

Aber Mildred antwortete nicht. Stattdessen sah es aus, als wäre sie für einen Moment ins Grübeln geraten.

»Hockstädder«, sagte sie dann, mit einer merkwürdig gedehnten Intonation, »der ist allerdings schon lange in Mode. Ich glaube, der hat auch meine Mutter behandelt, damals. Er war nicht der Seelenretter, an den man sich wandte, wenn man am Boden zerstört war; aber um ein gewisses allgemeines Unbehagen und die eine oder andere gesellschaftliche Auffälligkeit diskret beiseitezuschaffen, gab es keinen Besseren. Um Unpässlichkeiten zu *eskamotieren,* genauer gesagt. Das ging immer eine Zeit lang gut. Und so eine gewisse Zeit … das ist ja meistens alles, was man braucht.«

»Du meine Güte«, erklärte Luella, »da bin ich ja direkt dankbar für meinen Gerichts-Psychiater, der keine Skrupel hatte, schwere Psychopharmaka zu verschreiben. Er hat immer gesagt: Liebes Kind, wollen Sie den sanften Schlafengel oder eine Klinikpackung vom Narkosehammer?«

»Ich weiß«, sagte Lauren, »ich habe deinen Medizinschrank gesehen, und da waren ein paar Sachen drin, die sind nichts für Amateure.«

»Hockstädders Therapieansätze hingegen ließen sich ideal verbinden mit einem Chardonnay um drei Uhr nachmittags«, erklärte Mildred, und ihre Züge verfinsterten sich, »genau das Richtige für eine eiskalte, scharfzüngige Alkoholikerin mit histrionischer Persönlichkeitsstörung, die –«

»Ohh, Sweetie«, unterbrach Lauren und fasste Mildred sanft am Oberarm, »wollen wir nicht zu Tisch gehen, bevor wir über unsere Mütter sprechen?«

»Ich liebe meine Mutter«, erwiderte Mildred. »Nur hätte sie wahrscheinlich keine sein sollen.«

Kurze Pause.

Lauren betrachtete Mildred sorgenvoll von der Seite und erkundigte sich: »Ist alles in Ordnung?«

»Ja«, seufzte Mildred, »außer diesem Nervensägengefühl, das mich immer wieder quält. Nun. Was solls. Keine Ahnung, ob das an den Cocktails liegt …«

»Ha«, warf Luella launig ein, »die meisten meiner fünfhundert Beziehungen haben mit diesem Satz angefangen.«

»Entschuldigt unsere kleine Freundin«, bemerkte Oskar und fasste Luella bei der Hand, »sie hat keinen Sinn für Dezenz, doch dafür sind ihre anderen Sinne geschärft.«

»Was ich eigentlich sagen wollte«, fuhr Mildred fort, »war: Keine Ahnung, ob das an den Cocktails liegt, aber: Meine Vorstellung von einem guten Therapeuten ist ein Barmann, der freihändig einschenkt!«

»So viel zu scharfzüngigen Alkoholikerinnen«, stellte Viktor fest.

»Ich habe nicht mit *dir* geredet«, fauchte Mildred.

»Ahh, funktionierende Alkoholiker«, bemerkte Luella, »das ist die *beste* Sorte: Sie haben Spaß und kriegen nebenbei noch Sachen erledigt.«

»Geht so«, erwiderte Mildred, »ich wurde im Wesentlichen durch Norland Nannies und Room Service aufgezogen.«

Nein, der Abend verlief ganz und gar nicht wie geplant. Melancholie vermischte sich mit Zanklust, und in dieses passiv-aggressive Gemenge hinein konnte man doch keine Intervention starten, das war unmöglich.

»Vielleicht sollten wir zu Tisch gehen«, wiederholte nun Lauren mit einer gewissen Dringlichkeit.

Da klingelte es.

»Es kommt jemand«, sagte Oskar, »Gott sei Dank.«

»Ich gehe schon«, erklärte Lauren und stand auf, bevor jemand anders sich erheben konnte.

»Falls das der Tod ist, wäre das wohl für mich«, konstatierte Mildred, »sag ihm, er soll hupen, und ich komme gleich raus.«

»Der Tod hat keine Hupe«, sagte Luella.

»Und falls es der Teufel ist, wäre das wohl für Luella«, sagte Oskar.

Lauren ging zur Tür.

Es war aber weder Tod noch Teufel. Im Gegenteil. Im Türrahmen stand: Astrid. Astrid, das Leben. Sie schlug in die Szene wie ein Meteor.

»Verzeihung«, sagte Astrid.

»Gewiss«, erwiderte Lauren, die Astrid selbstverständlich noch nie in ihrem Leben gesehen hatte.

Indessen nahm Oskar im Drawing Room Viktor zur Seite, um mit ihm ein paar vertrauliche Worte zu wechseln. Die Gelegenheit dafür war günstig, weil sich Mildred und Luella soeben über Renata Züsel austauschten, die klatschsüchtige Ehefrau des Chefredakteurs Züsel, die von ihrer gemeinsamen Freundin Lily Smallberg, Architektin der gehobenen Kreise, gegenüber einem wichtigen Klienten behauptet hatte, sie, Lily, könne nicht mit Geld umgehen; und dies, wiewohl die ganze Welt wusste, dass Züsels ihrerseits am Monatsende regelmäßig die Lebensmittel mit ihrer Tankstellenkarte einkaufen mussten, obschon sie ja nun auch nicht eben wenig verdienten.

»Züsels Geiz ist legendär«, erklärte Mildred, »ich schwöre dir, er hat noch nicht *einmal* in der Kronenhalle selbst bezahlt. Nicht ein einziges Mal.«

»Ich bin in großer Sorge wegen Mildred«, flüsterte Oskar derweil Viktor zu.

»Gehts um ihr Trinken?«, flüsterte Viktor zurück.

»Nicht im engeren Sinne.«

»Ihre Stimmungsschwankungen?«

»Nicht ganz.«

»Ihr Aussehen? Ihre Essgewohnheiten?«

»Nein!«

»Ihren Überlegenheitskomplex? Die Minderwertigkeitsgefühle? Ihre Farbblindheit? Die Angst vor Norwegern? Die Angst vor Waschbären?«

»Nein, nein, nein! Mein Gott, halt die Klappe, Viktor! Was weißt du eigentlich über Mildred?«

»Eine Menge, wie du gerade gehört hast.«

»Ja, aber nichts Wesentliches! Du bist viel egozentrischer, als ich dachte. Seis drum. Zurück zu Mildred. Wir haben nicht viel Zeit. Es geht um ihre überempfindliche Reaktion auf alles, was mit ihr nicht stimmt. Mit ihr und mit dir, genauer gesagt.«

»Ach was. Das klappt doch wieder super mit Mildred und mir.«

»Hast du nicht mehr alle Tassen im Schrank?«, zischte Oskar. »Bist du *blind?*«

»Oskar!«, rief Lauren aus dem Entrée.

»Entschuldigung«, sagte Oskar zu Viktor, »wir sprechen gleich weiter. Ich muss mal kurz zur Tür.«

»Ich komme mit«, beschloss Viktor, »sonst darf ich mich hier noch eine halbe Stunde über den Cirencester Park Polo Club unterhalten.«

Vor der Tür, genauer: inzwischen im Entrée, stand immer noch Astrid, vollbusig, platinblond und das Leben. Und hielt Oskars in brandrotes Saffianleder gebundenes Notizbüchlein von Smythson in der Hand, das er bei Hockstädder vergessen hatte, und das Astrid, für die diese Adresse auf dem Weg lag, an sich genommen, mit dem Versprechen, es seinem Besitzer persönlich zurückzubringen, was sie nun mit ihrem drolligen skandinavischen Akzent seit ein paar Minuten Lauren auseinanderzusetzen versuchte.

Als Viktor Hasenclever Astrids gewahr wurde, fiel es ihm wie Schuppen von den Augen, und er brachte bloß ein Wort hervor: »Ulla!«

In der Tat war Astrid augenscheinlich die perfekte Besetzung für die lange vakante Rolle der Ulla Inga Hansen Benson Yansen Tallen Hallen Svaden Swanson Bloom in der Inszenierung von *The Producers.* In diesem Moment, in dem Viktor sein Auge auf Astrid gerichtet hatte, wusste er: Er würde sie fragen müssen. Gewinnen. Da führte gar kein Weg dran vorbei. Für die Rolle der Ulla. Es würde die gesamte Produktion retten. Jetzt. Gleich. Auf der Stelle.

»Verzeihen Sie«, sprach er ein wenig mechanisch und steuerte nicht weniger mechanisch auf Astrid zu, die ihn verwundert anblickte, ebenso wie Lauren und Oskar, aber Viktor war blind für die anderen, er sah nur Astrid. Er hielt eine seiner Visitenkarten zwischen den Fingern seiner bereits ausgestreckten Hand, auf diese Weise näherte er sich Astrid, die soeben ihre Mission vollendet und Oskar sein Notizbüchlein ausgehändigt hatte.

»Ja?«, sagte Astrid.

»Was ist denn hier los?«, erkundigte sich eine Stimme aus dem Hintergrund. Es war Mildred, die auf der Schwelle aufgetaucht war.

»Und wer ist diese Person?«, fragte sie weiter. »Sieht aus, als käme sie aus einer Fabrik für Sexroboter.«

»Das ist Astrid«, erklärte Oskar wahrheitsgemäß.

»God dag på dig«, sagte Astrid.

»Good day for pigs to you«, erwiderte Mildred und erkundigte sich bei ihrem Mann, der abrupt stehen geblieben war und langsam seinen Arm mit der ausgestreckten Visitenkarte senkte: »Kennst du diese Person?«

»Nein«, antwortete Viktor wahrheitsgemäß.

Mildred musterte ihn.

»Du bist ein furchtbar schlechter Lügner«, sagte sie, »du zitterst wie ein neugeborenes Reh.«

»Astrid ist die Praxisassistentin von Doktor Hockstädder«, erklärte Oskar, in dem Bemühen, Viktor ein Alibi zu verschaffen, aber da hatte er sich verrechnet.

»Und wieso kennst du sie dann nicht?«, fragte Mildred misstrauisch ihren Mann. »Du *bist* doch bei Hockstädder, zweimal die Woche. Manchmal vielleicht auch dreimal.«

Ganz kurze Pause.

»Gute Frau«, wandte sich Mildred an Astrid, und man hörte ihrer Stimme an, wie sehr sie sich bemühte, in einem konventionellen Ton zu bleiben, »Sie arbeiten bei Doktor Hockstädder?«

»Ja«, antwortete Astrid.

»Haben Sie diesen Herrn schon mal gesehen«, fragte Mildred weiter und zeigte mit der dschungelrot manikürten Spitze ihres Zeigefingers auf ihren Gatten Viktor.

»Nein«, antwortete Astrid.

»Hallo?«, machte Oskar. »Was ist mit der Schweigepflicht?«

»Pff!«

# 8

# DER ROTE FADEN

Kein Mensch ist stark oder klug genug, mit Taten oder Worten das Geschehen abzuwenden, das mit eherner Gesetzmäßigkeit aus seinem Wesen, seinem Charakter folgt. Immer vorausgesetzt, der Mensch *hat* Wesen und Charakter. Denn was ist Charakter? Diese Frage hatte Oskar in seinen Sitzungen mit Hockstädder gelegentlich berührt. Die Charaktertypen gingen durchaus fließend ineinander über, so fand Hockstädder, und bei allen Bestrebungen zur Kategorisierung gelte es jedenfalls, niemals aus den Augen zu verlieren, wie sich das Phänomen des Charakters zu jenem des Willens verhalte. Die Freiheit des Willens bestehe nämlich nicht darin, tun zu können, was man wolle; sondern darinnen, sich fragen zu können, ob das, was man wolle, auch wert sei, dass man es wolle. Der Charakter sei also quasi verstetigter Wille: eine robuste Struktur, in der Neigungen, Vorlieben und Entscheidungen wohlgeordnet sind. Es ist eine alte Erkenntnis, dass Menschen die Welt primär im Lichte ihrer Handlungsmöglichkeiten sehen und begreifen. Wohlgeordnet.

Und was passierte jetzt? Alles flog auf. Alles verwehte, stürzte zusammen, alles, das ganze Gebäude aus Lug und Trug – hinweggefegt, erledigt durch den Gang der Dinge. So bestrickend schlicht der anfängliche Plan des Rollentauschs unserer beiden Freunde gewesen, so banal ging nun seine Abwicklung vonstatten, was wesentlich an Mildred lag, denn vermöge einer so naiven wie treffenden psychologischen Gewitztheit erriet sie die Konstellation, bevor sie sie erfuhr, mit einer Sicherheit und Ruhe, wie man eben nur die einfachen Sachverhalte des Lebens kennt.

»Bloß eins würde ich noch gern wissen«, erklärte Mildred, an ihren Ehemann gewandt, und ihr Ton klang aufrichtig interessiert, »was hast du *gemacht?* In all den Stunden, meine ich, in denen du angeblich in der Therapie gewesen bist?«

»Ich habe Theater gespielt«, antwortete Viktor, und er konnte nicht verhindern, dass er für einen Augenblick ziemlich glücklich wirkte.

Hierauf nun allerdings sah man Mildred weiß werden bis unter die dschungelrot lackierten Fingernägel. Dann schoss ihr jählings das Blut zu Kopf. Und unwillkürlich presste sie, ebenfalls nur für einen Wimpernschlag, ihre Hand auf ihre schmalen Lippen, wie um einen Aufschrei zu ersticken.

*»Theater?«*, keuchte sie.

Kleine schreckliche Pause.

Und Mildred setzte fassungslos hinterher: »Du betrügst mich mit *Spaß!*«

»Naja«, machte Oskar, der das dringende Gefühl hatte, irgendwas sagen zu müssen, »es handelt sich um irgendeine Mischung aus *Rent* und *Yentl* im Altersheim.«

*»Seniorenzentrum«*, verbesserte Viktor, »und *The Producers.*«

Da aber begann Mildred Hasenclever, geborene Van Runkle, zu schreien.

Und zwar schrie sie: »Halt! Stopp! Aufhören! Jetzt halten

hier *alle* mal die Klappe! Das ist *zu viel.* Das ist ein bisschen viel Empathiebelastung, jedenfalls für mich! Das ist der Vordereingang ins Irrenhaus. Ich habs versucht, der Himmel ist mein Zeuge, ich habs wirklich versucht!«

Alle erstarrten.

»Sie!«, konstatierte Mildred und zeigte auf Astrid. »Ich habe keine Ahnung, wer Sie sind, aber Sie gehen jetzt besser.«

»Ja!«, erwiderte Astrid, glücklich erleichtert.

»Astrid!«, rief in diesem Moment Luella, die soeben das Entrée betrat.

»Luella!«, rief Astrid, in dem Tonfall, in dem man eine alte Bekanntschaft begrüßt, die man länger nicht gesehen hat.

»Ich will gar nicht wissen, woher die sich kennen«, seufzte Mildred, »Blanche und Stella!«

»Oh, Astrid ist auf meinem Führerscheinbild mit mir«, erklärte Luella, worauf sie, die Situation in Augenschein nehmend, kurz innehielt und dann fragte: »Was ist denn hier los?«

»Jemand sagt jetzt sofort was Beruhigendes!«, verlangte Lauren und ergriff ihren Ehemann beim Oberarm.

»Wieso denn ich?«, fragte Oskar.

Eisiger Blick von Lauren.

»Okay«, seufzte Oskar, »okay. Also, Mildred, im allerschlimmsten Fall wirst du jemanden umbringen, und das wird dich dann dein ganzes weiteres Leben lang verfolgen. Aber das ist wirklich nur der allerschlimmste Fall. Ansonsten sind wir wohl schon über den Berg. Ich gebe zu, ich bin Laie, doch nach meinen Kenntnissen tritt die akute Belastungsstörung, volkstümlich Nervenzusammenbruch genannt, stets sofort nach dem belastenden Ereignis auf und –«

»Sind wir schon in der Intervention?«, fragte Luella.

»Was für eine Intervention?«, erkundigte sich Mildred, und ein scharfer Ton lag in ihrer Stimme.

»Gar nichts!«, erwiderte Lauren schnell. »Gar nichts! Wir wollten bloß darüber sprechen, dass du schon als Kind immer hübscher warst als alle anderen und wie belastend das für dich gewesen sein muss.«

»Gut«, beschloss indes Viktor, und es schien, als würde er sich einen kleinen Ruck dabei geben, »Intervention also. Einmal muss es ja sein. – Mildred, dein Verhalten in letzter Zeit hat mich auf die folgenden Arten affiziert …«

Hier nun ergab sich wiederum eine kurze Pause, weil Viktor einen Moment brauchte, um aus seiner Hosentasche ein zusammengefaltetes Stück Papier ans Licht zu ziehen, was offenbar den Fortgang seiner Argumentation enthielt.

»Vielleicht kann ich helfen«, mutmaßte Luella, indem Viktor etwas umständlich den Zettel entfaltete, »ich bin zertifizierte Dialogprozessbegleiterin. Ich habe ein Diplom aus dem Internet.«

»Warte, bis du aufgerufen wirst, Luella!«, sagte Oskar und zog gleichzeitig sanft (aber bestimmt) Viktor den Zettel aus der Hand.

»Ugch«, maulte Luella, »– wieder drei Wochen meines Lebens verschwendet!«

Da rief Mildred: »Halt!«

Dazu streckte sie die Hände aus in einer anheimgebenden Geste.

»Ich realisiere gerade etwas«, erklärte sie, »nämlich: Die besten Jahre meines Lebens … sind vorbei. Und waren miserabel.«

»Lachen ist die beste Medizin«, sagte Luella.

»Außer Valium«, gab Viktor zu bedenken.

»Hast du vielleicht *auch* ein Diplom in Konfliktbewältigung?«, fragte Oskar.

»Nein«, erwiderte Viktor verblüfft, »aber ich habe eins von den Weight Watchers.«

»Ich muss nun gehen«, erklärte Mildred und griff nach ihrem Zobel.

»Bist du übergeschnappt?«, erkundigte sich Viktor. »Was soll das? Wir waren uns doch einig, dass wir Probleme diskursiv lösen wollten.«

»Nein. Du und dein Therapeut, ihr wart euch einig. Ich habe irgendwann einfach nicht mehr widersprochen. Bis ich merkte, dass du gar nicht zum Therapeuten gehst, sondern dass das ein *imaginärer* Therapeut ist – und alles eine große Lüge. Gigantisch. So groß wie ein Billboard über dem Sunset Boulevard.«

Hier machte Mildred eine Kunstpause und richtete einen taxierenden Blick auf ihren Ehemann. Dann fragte sie ihn: »Was glaubst du, wie viele gute Jahre noch vor mir liegen?«

»Nun …«, begann Viktor, seinerseits taxierend, und legte den Kopf schief.

»Halt die Klappe!«

»Du wirfst die Flinte viel zu schnell ins Korn!«

»Nein, manchmal brauche ich Ewigkeiten. Ewigkeiten voll Yoga und Einsamkeit. Doch jetzt hat mir dieses Duo hier, diese … Schönheitsschulabbrecherin zusammen mit der aufgepumpten schwedischen Nachtigall, dieses Fellini-Duo hat mir die Augen geöffnet!«

»Also bitte!«, sagte Luella. »Astrid kann ihre Vorfahren bis zu Wikingerzeiten zurückverfolgen.«

»Besinn dich doch, Mildred«, flüsterte Viktor, beinahe

flehentlich, und hielt seine Frau am Arme fest, »wir können ein neues Kapitel aufschlagen!«

»Welches?«, fragte Mildred und machte sich los. *»Die Pleite meines Lebens?«*

»Irgendwann kommt der Moment«, seufzte Luella, »irgendwann sieht man, wie der Mann, den man für den Richtigen hielt, Essensreste im Bart hat oder eine Riesensammlung von Unterlagen zur bevorstehenden Zombiespinnenapokalypse im Keller oder dein Auto stiehlt und es auf dem Parkplatz einer Armbrustschießanlage im Kanton Luzern stehen lässt ... lange Geschichte.«

»Danke, Luella«, sagte Oskar, »das ist sehr hilfreich. Verfolge diesen Gedanken weiter.«

»... naja«, fuhr Luella fort, »dann wacht man möglicherweise irgendwann in einem Best-Western-Hotel auf, mit zwei Roadies von Death Cab for Cutie ...«

»Ich meine: *Innerlich.* Verfolge diesen Gedanken innerlich weiter.«

»Genug!«, befand Mildred und zog mit ihrer flachen Hand einen dschungelroten Strich.

Alle sahen sie an.

»Das hier«, erklärte Mildred, »ist am Ende genau das, worauf ich gewartet habe. Das ist das *Signal.* Ende und Einkehr! Vorbei ist dieser endlose Marsch, dieser triste Leidensweg durch leere Tage. Ich weiß: Die Lüge ist die Währung der Welt. Das wusste ich schon immer. Jeder weiß das. Ich schaue nach vorne. Ich bin – im Gegensatz zu allem, was ihr über mich gehört habt – nicht nachtragend. Bitter vielleicht. Ich meine: Von so was erholt man sich nie. Ich jedenfalls nicht. Dafür bin ich nicht ausgerüstet. Und nun muss ich gehen. Es war ein unvergesslicher Abend.«

»Mildred«, sagte Viktor und ergriff seine Frau wieder beim Arme, leicht am Zobel rüttelnd, »du hast … mentale … Zustände.«

»Ich *bitte* dich«, schnaubte Mildred verächtlich, »gestatte mir wenigstens die *Illusion* von Selbstachtung. Das Leben ist ein Kampf.«

»Was für eine wundervolle Metapher«, sagte Oskar.

»Das ist keine Metapher«, konstatierte Mildred.

»Also«, erklärte Luella, »ich habe dieses famose Buch über Traumdeutung von der Autowaschanlage. Das gabs zum Carnaubawachs dazu.«

»Du hast doch gar kein Auto mehr«, sagte Lauren, »seit dieser Geschichte mit der Armbrustschießanlage.«

»In der Tat brauchst du psychische Betreuung«, stellte Mildred fest und zeigte auf ihren Ehemann, »und zwar nicht irgendeinen Therapeuten. Du brauchst ein *Team*. Das Konferenzen abhält. Und ich – ich werde aufbrechen. Ich habe das Gefühl, ich habe bisher gar nichts angefangen mit meinem Leben.«

»Das stimmt doch nicht«, sagte Oskar, »du fliegst zweimal im Jahr nach Paris und lässt dir die Kollektionen vorführen.«

»Mildred!«, sagte Viktor beinahe schluchzend. »Wir sitzen doch im selben Boot!«

»Nein. Wir sitzen nicht im selben Boot. In meinem Boot sitzen ich und Dutzende von Anwälten. Das ist auch gut so, denn ich habe ja offenbar mentale Zustände. Und nun entschuldige mich. Ich muss mich erst in einen mentalen Zustand bringen, und zwar in den von diesen Karate-Typen, bevor sie Ziegelsteine zertrümmern.«

»Die Liebe verwelkt«, erklärte Luella, »aber Dinge bleiben für immer.«

»Entschuldigen Sie unsere Freundin Luella«, sagte Oskar zu Astrid, »sie ist auf einer Ölplattform großgezogen worden, von neunzig Männern und einer Prostituierten.«

»Ich bin furchtbar enttäuscht von euch allen!«, sprach Mildred, drehte sich um und ging. Und leiser und leiser ward das Klicken ihrer Jimmy Choos.

»Das ist ja verrückt!«, stellte Luella fest. »Heute passieren nur so irre Sachen. Zum Beispiel habe ich nach dem Aufstehen mein ganzes Gesicht mit Augencrème eingeschmiert.«

»Doch hoffentlich nicht mit der mit den Platinumpartikeln?«, erkundigte sich Lauren.

Mildred hatte die Türe offen stehen lassen. Der Blick in die Nacht tat sich auf. Die Witterung war angenehm kühl, das Atmen fiel leichter, und alle Geräusche klangen weich und beinahe zur vollkommenen Ruhe gedämpft. Doch ging ein Wind, eine sanfte, föhnige Brise, typisch für Zürich, grasig und frisch, schwach nach Wasser riechend. In diesem eigentümlichen, fast unnatürlichen Schweigen der Nacht, das man in einer Stadt wie Zürich noch hören kann, in der unheimlichen Schranke, die es gegenüber Leben und Streben errichtet, fühlt sich der Mensch einmal mehr mit seinem Schicksal konfrontiert, denn die Stille und Leere der Dunkelheit scheinen ihm für einen Augenblick geradezu seine Zukunft darzustellen, als wäre die Welt verlassen und er allein als fühlendes Wesen zurückgeblieben in einem toten Universum.

Unten aber lag die Stadt, durchströmt von der reißenden Limmat und der niedlichen Sihl, in der langgestreckten Tal-Mulde, der sich in weiter Ferne mit kristallgepanzerter Brust der Gletscher entgegenwarf, als hätte er sein Hinaufstürmen in die Ewigkeit zu verteidigen. Dort lag die Stadt Zürich, eingebettet in die Starrheit der Ewigkeit und doch im Fluss, alles im Fluss, gestern alles ganz anders als heute, und sie schlief; denn Zürich ist keine Stadt, die niemals schläft.

Damit lassen wir dies Fleckchen für heute hinter uns, die Stadt, die schimmernd und trutzig in den falben Nachthimmel ragte und dem entfernten Betrachter ihre begehrenswerte Seite präsentierte, zum Beispiel jener kleinen Schar der verbliebenen Gäste einer Dinner Party auf dem Zürichberg, einer Party, die so fürchterlich entgleist war, dass ihre Besucher kein Auge für den Ausblick hatten. Und wie wir auf die Stadt sehen, so blicken wir auf das Leben dieser Gesellschaft: eine freundlich scheinende Flucht leichter Unterhaltungen, die dafür sorgt, dass das Dasein sich selbst trägt, angetrieben durch Bedürfnisse, die knapp unter der Oberfläche bleiben und über die Spekulation und Anspielung so leicht dahingleiten wie ein Convertible der Oberklasse – bis der erste feine Riss das Geflüster zum Geschrei werden lässt. Und dann fühlt sich der Mensch einmal mehr mit seinem Schicksal konfrontiert.

So fühlte sich auch unser Held, Oskar Canow, am nächsten Morgen: mit seinem Schicksal konfrontiert. Er erwachte spät, nach unruhigem Schlaf. Dabei hatte er sich, als er zu Bett gegangen war, so grundlegend müde gefühlt, dass er erwartet hatte, augenblicklich in eine Art Koma zu fallen. Doch sobald er sich gebettet, schien jeder Nerv auf- und angestachelt auf unangenehme, diffuse Weise; eine Legion revolvierender Nervensensationen überrollte ihn. Oskar stand wieder auf und nahm eine der Melatonintabletten, die sich in einer kleinen Silberdose von Penhaligon's auf seinem Nachttisch befanden. Etwas Stärkeres nahm er nie; er vertrug keine Schlafmittel und träumte schlecht davon. Und überhaupt: Welche Droge hätte seine Überreizung dämpfen können? Er sehnte sich nach wohliger Erschöpfung, und fühlte sich, als sei ihm ein grausames Stimulanz in die Adern gezwungen worden.

In der Nacht war ihm der Teufel auf der Bettkante erschienen. Auch das noch.

»Sie schon wieder«, seufzte Oskar, »was machen Sie denn hier?«

»Och«, machte der Teufel und betrachtete seine Fingernägel, »ich war sowieso in der Gegend.«

Dann drehte er sich zu Oskar, musterte ihn und stellte fest: »Sie sehen gar nicht gut aus. Sie sehen aus, als wären Sie in einen Propeller geraten. Schönes Schlamassel, huh?«

Oskar erwachte spät. Er erwachte außerdem gallig und reizbar. Er fühlte sich seelenkrank und elend, und je mehr er sich ins Leben zurückrufen wollte, umso schauriger fühlte er seine Adern vergiftet, spürte, wie es pulste und klopfte und einen Sud von mörderischer Virulenz braute … am Rande des Deliriums … gefährlich nah am Abgrund von Trübung, Täuschung, Wahn. Depersonalisation. Derealisation. Das Konzept des psychischen Zusammenbruchs war ihm fremd, so war er nicht erzogen, aber er hatte das Gefühl, dass der Gang der Dinge stärker als er selbst geworden war. Und so was hasste er.

In diesem Zustand richtete er sich auf, inmitten seiner üppigen, königsblauen, schwere Falten werfenden und mit kleinen goldenen Empirekränzen bestickten Bettwäsche, aus der Exilmonarchen-Kollektion von Porthault, und betrachtete voller Hass sein Schlafzimmer. Er nahm die Möbel, die Bilder, die Bücher einzeln in Augenschein; wie man sich im Zustand der Übermüdung auf x-beliebige herbeigewehte Sachen konzentriert. Sein unsteter Blick streifte den gewaltigen Brandfleck in der gelb polierten Palmenholzplatte des Nachttisches. Irgendjemand hatte diesen Fleck einmal sehr obszön ausgedeutet. Wahrscheinlich Luella. Weiß der Teufel, wieso sie in sein Schlafzimmer gekommen war. Luella schreckte bekanntlich vor nichts zurück.

Durch die großen Fenster fiel die Sonne des späten Vormittags herein, vielleicht auch die Sonne des frühen Nachmittags, wer wollte es sagen. Im Lichtfächer kreisten Goldpartikel, als habe ein überirdisches Gespann bei seinem Galopp durch den Himmel Staub aufgewirbelt, auf seinem Weg ins Verderben, ins Nichts. Viel wahrscheinlicher aber war, dass der Staub von der Zimmerdecke rieselte. Consuela war auch auf einer Leiter viel zu klein, um die Zimmerdecke zu erreichen. Oskar aber bestarrte das Phänomen für einige Augenblicke, so reglos gebannt, wie man nur vor seinem Schicksal zu stutzen vermag.

Dann setzte er sich auf die Kante seines gewaltigen schwedischen Bettes mit dem blau-weiß karierten Kopfende und erwartete multiples Organversagen, eine umwerfende Erschöpfungsdepression oder eine kleine Affektpsychose. Wenigstens eine Ohnmachtsanwandlung oder das Aufbrechen einer dissoziativen Identitätsstörung. Dank seiner Stunden bei Leonid Hockstädder konnte er nun literarische mit wissenschaftlichen Diagnosen der Psyche mischen. Wundervoll. Oskar presste sich die Fäuste in die Augen, bis er Blitze sah, und fragte sich: »Wieso habe ich dieses ganze dumme Spiel nur angefangen? Jetzt haben wir den Salat. Jetzt sind die

Charaktere bis an den Rand getrieben worden. Vielleicht war das von Anfang an eine ungünstige Versuchsanordnung, wenn man die Tatsache bedenkt, dass alle Beteiligten emotional so stabil sind wie ein Käfig voller Ratten in einem brennenden Crack-Labor.«

Darauf erhob er sich, begab sich in die Küche und machte sich ein doppeltes Alka Seltzer auf Eis.

In der Post fand Oskar einen persönlichen Gutschein für einen Body Wrap, den irgendeine übereifrige PR-Agentin geschickt hatte. Es gibt keine Melancholie in der Welt der PR. Der Gutschein wurde begleitet von einem Schreiben, in dem Oskar las: »Gezielt abnehmen – entdecken Sie unser neues Modularsystem.«

»Frechheit«, dachte Oskar, und las weiter: »... wohltuende Vitalitätsbehandlungen für ein besseres Körpergefühl. Egal ob Sie 50 bis 100 Zentimeter Körperumfang verlieren; 5, 10, 15 oder mehr Kilo abnehmen, Ihr Bindegewebe verjüngen und straffen, Ihre Silhouette an den Problemzonen gezielt verfeinern oder Ihre Vitalität steigern wollen ...«

»Hundert Zentimeter Körperumfang verlieren, das klingt ja unglaublich, ich frage mich, wie das gehen soll«, dachte Oskar, und hier nun war es naheliegend, an einen Landstrich zu denken, wo alle wichtigen Sachen groß sind, alle wichtigen Leute schlank und alle Teenager um die vierzig – Kalifornien! *Kalifornien!*

»Ich habe doch diese Einladung bekommen, nach Newport Beach, von Rolls Royce, zur Präsentation des Rolls Royce Ghost«, fiel ihm ein, und dieser Gedanke rieselte wie ein Segen auf seine Nerven. Kalifornien wirkte immer sofort beruhigend auf Oskars Psyche, Lauren und er liebten Kalifornien, es war eine ihrer bevorzugten Erhebungs- und Zerstreuungsdestinationen, ein gesegneter Landstrich, oder, in den Worten von David Hockney: *all the energy of the United States with the Mediterranean thrown in.*

San Diego oder San Francisco waren wundervoll, aber Los Angeles und Palm Springs waren Oskar am liebsten. Und in L. A., diesem zauberhaften Moloch, wo man Hormone im Supermarkt kaufen konnte und die Hälfte aller Lebensmittel eigentlich mit einer Herzverfettungswarnung versehen werden musste, dafür Jaywalking und Zigarettenrauchen als mittelschwere Vergehen betrachtet wurden, in der Agglomeration Los Angeles also liebte er im Speziellen diese leicht magische Abteilung: das sogenannte Goldene Dreieck, gebildet durch die benachbarten Distrikte Beverly Hills, Holmby Hills und Bel Air. Das war dort, wo die Häuser groß waren und die Hecken dicht, wo es überall Valet Parking gab und private Sicherheitsdienste. Dafür keine Bürgersteige. Damit nicht einfach irgendwelche Leute rumliefen. Es ging ja sowieso niemand zu Fuß.

»Ich muss diese Einladung finden«, dachte Oskar, »ich sollte zwar augenblicklich vielleicht nicht so viel an meinen Lebensverhältnissen zupfen und zerren, nicht ständig was Neues an sie heranziehen. Davon wird man bloß nervös. Andererseits muss ich dringend hier raus, für ein Weilchen. Diese Stadt ist ein aufgeplustertes, grausames Ungeheuer und frisst einen bei lebendigem Leib auf.«

In seiner Post fand Oskar die Einladung. Newport Beach, Orange County. Der plötzliche Ausweg schien ihm überwältigend.

»Darüber muss ich jetzt kurz nachdenken«, dachte er, »also wieso nicht im Bett?«

So sank er zurück, zog sich eins der königsblauen Kopfkissen vors Gesicht und murmelte: »Ah! Wieder ein herrlicher, sonniger Tag in der schönsten Stadt der Welt!«

In diesem Moment betrat seine Ehefrau das Zimmer. Sie trug einen Pyjama von Charvet und war unfrisiert.

»Hullo, Kleines«, sagte Lauren, »wakey-wakey-rise-and-shine.«

»Guten Morgen. Wie spät ist es überhaupt?«, erkundigte sich Oskar dumpf unter dem Kissen.

»Ungefähr kurz vor zwölf«, antwortete Lauren, »hast du gut geschlafen?«

»Danke. Nein. Nicht wirklich. Vom Teufel habe ich geträumt … glaube ich.«

Lauren setzte sich auf die Bettkante und zog ihrem Mann sanft das Kissen vom Gesicht.

»Chickie«, sagte sie, »wie geht es dir?«

»Meh«, machte Oskar, »etwas verhangen, trostlos. Gestern war furchtbar. Und gerade vorhin war ich im Begriff, eine kleine Panikstörung zu erleiden. Wahnsinn und Reue wühlen in meinen Sinnen. Eine Art intermittierendes, periodisches Irresein.«

»Ja«, seufzte Lauren, »gestern war furchtbar. Man würde glauben, ein Haus voller Irrer sei amüsant; aber eigentlich ist es nur deprimierend. Genau wie Frauen, die mitten am Tag Tennis spielen.«

»Um meine Antwort auf die Frage fortzusetzen, wie es mir geht«, erklärte Oskar, »im Großen und Ganzen fühle ich mich schwach.«

»Damit sagt einem der Körper, dass man überarbeitet ist.«

»Und ich dachte, damit sagt einem der Körper, dass man gleich sterben wird.«

»Bullocks. Du wirst uns alle überleben.«

»Doch meine Leiden nehmen zu, Lauren, und meine Gedanken verwirren sich. Nichts ist besser geworden. Während es gestern hier bei uns zuging wie in einem Marx-Brothers-Film und unsere verrückten Freunde ihre absurden Debatten ausgetragen haben, ist mir mehrere Male der Gedanke gekommen, allem, diesem ganzen Spektakel mit einem Schlag ein Ende zu bereiten, indem ich sie einfach anschreie; es reizte mich, ihnen gründlich die Meinung zu sagen, sie zurechtzuweisen und zu beschimpfen, sie zu verhöhnen, in all ihrer Lächerlichkeit. Nur rasch!, zuckte es mir durch den Kopf, die Zeit verstreicht, eine Minute, eine zweite – niemand kann die Zeit aufhalten Lauren, niemand! Ach, es geht mir schlecht. Alles, was ich weiß, oder zu wissen scheine, ist: Irgendeine Katastrophe zeichnet sich ab. Keine mittlere. Eine größere. Eine von der Art, die nur Kakerlaken überleben.«

»It's gonna be okay.«

»Wie das denn, bitte?«

»Das habe ich zu mir selbst gesagt, Oskarlein. Meine eigenen Probleme kommen mir im Vergleich plötzlich sehr viel geringer vor.«

»You're too funny«, sagte Oskar und sah seine Ehefrau liebevoll an. Etwas Verneinendes, etwas Spöttisches und Distanziertes umgab ihr Wesen und war der Mittelpunkt ihrer Seele, das, was sie ausmachte. Denn die Seele hat zwar vielfältige Fähigkeiten, aber es ist ein Kern in ihr, eine Essenz, die sie bestimmt und die von keiner kreatürlichen Mannigfaltigkeit berührt wird, ein Funke, wenn man Glück hat.

»Wie geht es *dir* überhaupt, Kleines?«, fragte er.

»Ugh«, machte Lauren, »I feel like a seafront village after the Vikings have left.«

Und dann fragte Oskar Canow seine Frau: »Haben wir die Ehe von Mildred und Viktor auf dem Gewissen?«

»Mildred und Viktor«, antwortete Lauren, »sind genau wie Claus und Sunny von Bülow.«

»Nur dass beide Claus sind.«

»Kleines«, seufzte Lauren, »sie sind bloß ein Produkt der Verhältnisse. Wir alle sind das, zu einem gewissen Teil, sofern wir nicht innerlich robust sind.«

»Ja«, erwiderte Oskar und lachte mit heruntergezogenen Mundwinkeln, »Milieuschäden. Verwahrlost auf hohem Niveau.«

Lauren seufzte noch einmal.

Dann atmete sie hörbar aus und sagte: »Ich sag dir mal was übers Milieu, Sweetums, über *people like us.* Nichts, was du nicht schon wüsstest, aber ich sags dir trotzdem. Ich habe auf Pferden gesessen, auf Skiern gestanden und Tennisschläger gehalten, weil das erwartet wurde, damit man nicht als *mal élevée* durchging. Ich bin aufgewachsen in einer Sphäre, wo man nicht zu spät zum Mittagessen kommt, wo man Konflikte platt betoniert und totschweigt, wo man üblicherweise Schwierigkeiten damit hat – *große* Schwierigkeiten –, seinen Mitgeschöpfen inneren Reichtum zuzugestehen, sofern sich dieser nicht in entsprechenden Variationen der Besitztümer und äußeren Formen ausdrückt. Wo man sich über Jahre daran gewöhnt, sämtliche Emotionen, die in einem aufsteigen, niederzukämpfen und dann wieder rauszulassen, indem man viel zu viel trinkt und die Dame am First-Class-Check-in bei Singapore Airlines anschreit.«

»Singapore Airlines? Du hast jemanden bei Singapore Airlines angeschrien?«

»Okay: Air France. Aber das ist nicht der Punkt. Der

Punkt ist: *Das* ist unser Milieu, Chickie. Ein Milieu, wo man nicht mal dann sagt, was man denkt, wenn das Haus in Flammen steht. Und wenn ich *Haus* sage, meine ich *great house.* Ein Milieu, wo man kaum ein Phänomen derart fürchtet wie Peinlichkeit. Der peinliche Moment, der die Zeit suspendiert und sich zur Misere ausdehnt, so wie wir das gestern Abend erlebt haben, erscheint der Sphäre, die uns umgibt, als Krönung der Kränkung durch eine Welt ohne Anmut.«

»Das klingt wundervoll, Lauren. Und auch ein bisschen kategorisch. Ich meine, die Gesellschaft hält uns doch auch bei uns selbst. Sie hält uns wach. Wenn du mich fragst, so ist der Mangel an Gesellschaft einer der größten Nachteile des Landlebens. Wer nicht mit anderen die kleinen Opfer erörtern kann, die einem Pflege, Etikette und Toilette abverlangen, beginnt, sich anderen gegenüber keinen Zwang mehr anzutun. Dann verkommt alles an einem, Äußeres wie Inneres.«

»Ja, du hast recht. Eigentlich ist das irgendwie süß – auf eine manipulative, gruselige Weise. Und eigentlich bin ich inzwischen ganz zufrieden mit dieser Lebensauffassung, deren gesamter Manierenkanon darum kreist, anderen Leuten immer einen Ausweg zu erlauben, weil man ihnen auf keinen Fall zu nahe treten will, in keiner Beziehung.«

»Hättest du was dagegen, wenn ich für zwei oder drei Tage nach Los Angeles fliegen würde?«

»I'm jolly hockey sticks about it, Sweetie.«

»Ich bin eingeladen, den neuen Rolls Royce zu fahren, in Orange County, und das scheint mir eine wundervolle Ablenkung. Ich meine, es wird nicht dasselbe sein, wie mit dir bei Nate 'n Al's zu frühstücken – aber es wird mich ablenken.«

»I'm jolly hockey sticks about it, Sweetie.«

So rief Oskar wenig später in der Gemeindestrasse bei Hockstädder an, um seine Termine für die nächste Woche zu stornieren. Als er auf das Freizeichen wartete, dachte er: »Eigentlich könnte ich auch gleich die ganze Sache absagen. Die Therapie beenden. Doch irgendwie beunruhigt mich dieser Gedanke. Ich brauche Zeit. Lieber Himmel, habe ich etwa Verlassensängste mit Blick auf meinen Therapeuten, der ja eigentlich noch nicht einmal *mein* Therapeut sein sollte? Nur jetzt nicht darüber nachdenken. Nur jetzt nicht über so was. Am besten nie. Auf jeden Fall nicht jetzt. Verschieben.«

»Verschieben?«, fragte Astrid, die inzwischen am anderen Ende den Hörer aufgenommen hatte.

»Oh«, sagte Oskar, der bisweilen die Gewohnheit hatte, seine Gedanken, oder jedenfalls deren Ergebnis, laut auszusprechen. »Ja. Genau. Aber, Astrid, zuvor möchte ich mich noch mal in aller Form für alles entschuldigen, was gestern Abend passiert ist. Es tut mir sehr leid, dass Sie da reingezogen wurden.«

»Ja?«, sagte Astrid freundlich.

»Ich bin völlig normal«, erklärte Oskar, »ich weiß, das behaupten alle Irren von sich selbst – oder jedenfalls die meisten – oder wenigstens einige – egal, ich bin völlig normal, auch wenn es vielleicht skurril wirkt, dass ich in der Praxis meines Therapeuten anrufe, um das durchzugeben. Doch im Grunde handelt es sich ja gar nicht um *meinen* Therapeuten, verstehen Sie das, Astrid?«

»Ja?«, sagte Astrid freundlich.

»Wie dem auch sei«, seufzte Oskar, »ich wollte Sie bloß zunächst um Verzeihung bitten, und ich wiederhole: Ich bin sehr normal. Bitte beurteilen Sie mich nicht anhand meiner durchgedrehten Freunde.«

Astrid antwortete nicht.

»Gut«, erklärte Oskar, »ich bin nicht ganz sicher, ob wir das nun besprochen haben, aber seis drum. Nun was anderes: Ich muss leider die nächste Woche absagen.«

Hier nun jedoch erfuhr Oskar von Astrid, dass Doktor Hockstädder seinerseits nächste Woche abwesend wäre, und sie, Astrid, sei eben im Begriff gewesen, sämtliche Patienten zu informieren.

»Oh … gut«, wiederholte Oskar.

»Ja?«, sagte Astrid freundlich.

Anschließend begab sich Oskar zu einem Lunch in die Kronenhalle. Er war verabredet mit dem überaus erfolgreichen Schriftsteller Martin Kanner. Die Kronenhalle beruhigte Oskar immer sofort. Alles war hier so angenehm gedämpft und auf die vorteilhafteste Art und Weise stehengeblieben. Der Service war alte Schule, die Karte war alte Schule, die Tischdekoration war alte Schule. Und Oskar war in einem Alter, wo man das bisweilen als erholsam empfindet. Dass man die Getränke nicht in recyclierten Marmeladengläsern serviert bekam, zum Beispiel. Die Kronenhalle war Zürich circa 1982. Oder 1975. Wer brauchte hier Therapie? Niemand. Alles war wie immer; die Gesellschaft war wie immer, wenig konnte sie erschüttern. Oskar dachte kurz daran, wie viele Besprechungen er nebenan, in der Bar, mit Viktor geführt hatte, und das alles kam ihm bereits seltsam weit weg vor und seltsam surreal. Hier brauchte niemand Therapie. Oder alle. Aber dann wieder niemand. Jedenfalls nach der Logik von Luella: Man ist nie betrunken, wenn man immer betrunken ist.

Auf dieses Motto stieß er mit Kanner an. Sie saßen am Tisch von Kanners Verleger, vorn beim Eingang rechts, tranken Champagner vor dem Essen und unterhielten sich über die jüngsten Ränkespiele in der Chefredaktion der *Neuen Zürcher Zeitung* sowie einen gerade erschienenen bösartigen Artikel in der Boulevardpresse über Kanner. Oskar aß, wie meistens, Leberknödelsuppe zur Vorspeise, und darauf erschien, wie meistens, die Patronin des Lokals an ihrem Tisch, eine imposante Dame, sprach ein wenig über Leberknödel, dann sagte sie »I love you« und entfernte sich. Das war so ihre Art. Manche Gäste kraulte sie auch im Nacken, und einmal hatte sie Dolores von Penz zufolge einen saudiarabischen Geschäftsmann mit zwei Fingern in die Wange gekniffen, was ein bisschen viel für den Herrn war. Der Theaterregisseur Werner Düggelin erschien an ihrem Tisch und meldete, Maja hätte soeben das Lokal verlassen, womit er Maja Hoffmann meinte, Philanthropin und Kunstsammlerin und eine der reichsten Frauen der Schweiz, doch weder Kanner noch Oskar hatten sie bemerkt.

Als er seine schwarze American-Express-Karte zückte, kam Martin Kanner aus irgendeinem Grund auf den Klatschreporter Thorsten Dussling zu sprechen.

»Dussling hat mich mal um ein Interview gebeten«, erzählte er, »worauf ich ihm antwortete: Schön, dass Sie denken, ich sei in der Liga, von Ihnen interviewt zu werden; ich persönlich denke allerdings, ich bin in der Liga, die Ihnen absagt.«

»Wundervoll«, erwiderte Oskar.

»Ja«, sagte Kanner, »kurz danach hat Dussling seine besten Absagen veröffentlicht; leider war das nicht dabei.«

Drei Tage später flog Oskar nach Los Angeles. Alles war reibungslos organisiert worden von den freundlichen Damen und Herren von Rolls Royce. Oskar streckte sich im Flugzeug auf seinem Liegesessel aus, trank etwas Wein und ergab sich wohlig den Riesenkräften, die die Maschine mit zartem metallischem Rauschen durch den Himmel trieben. Manchmal rüttelte es ein bisschen, als wollte eine Instanz dem menschlichen Vorwärtsdrang durch gelegentliches Räuspern bedeuten, dass sie immer noch die Schürze anhabe. Oskar vertiefte sich in das Bordunterhaltungsprogramm; er sah Filme, die er im Kino versäumt hatte, und zwischendurch blickte er an die Kabinendecke, freudige Erwartung beschäftigte sein Gemüt, und er dachte: »So, so, diese Reise, mehr ein Ausflug, und eine einzige Selbstablenkung …«

Aber ist nicht Selbstablenkung überhaupt das ganze Leben und Streben des Schriftstellers? Oskar Canow jedenfalls brauchte die Ablenkung der Welt; er war keiner dieser Schriftsteller, die vom Leben schreiben wollen und im Grunde nur sich selbst kennen (und auch das bloß bruchstückhaft). Schon als Kind hatte er darauf bestanden, dass die beiden Reiche von Wunschwelt und Wirklichkeit zu einem einzigen zusammenwuchsen, zu einem unauflöslichen Komplex sich verbanden; sein gesamter Lebenslauf war eine einzige Subversion, ein Theater von Traumkräften, das Privileg, die Phantasie an die Macht zu bringen. Oskar existierte in dem Bewusstsein, dass er ein Glückskind war, und so war es eine Grundfeste seiner Wahrnehmung, dass ein Schicksal mit ihm persönlich befasst war, dass es in seinem Dasein einen magischen Roten Faden gab, der in den zusammengestückten Existenzen vieler anderer fehlte. Und so, vom Schicksal designiert, fügte sich der Gang der Dinge. Der Zufall hatte seine Pflicht zu erfüllen. Denn: Was einer werden kann, das ist er schon.

Das war der Rote Faden. Und nach einer aufmüpfigen Phase, die jedes bürgerliche Individuum durchmachen sollte (und die, ob sie sich nun in unkonventionellen Frisuren oder sexuellen Experimenten äußert, bestenfalls eine leicht gebrochene Einstellung zurücklässt) – war Oskar Canow längst wieder zu Hause angekommen, ob er wollte oder nicht. Er fand es unangenehm, wenn jemand zu spät kam oder beim Laufen die Füße nicht hob, er besaß Immobilien, Aktien, eine Vorliebe für Thomas Mann und einen bürgerlichen Kunstbegriff, der von Ironie lebte, und Ironie ist ihrem Wesen nach immer etwas konservativ. Natürlich machte die ironische Reserve gerne Zugeständnisse an den Dialekt des Unterleibs, die Hunde im Souterrain; ihr wahres Idiom aber war die Hochsprache der Psyche, die das Unmögliche begehrt und es auf mirakulöse Weise erlangt.

Und überhaupt, das wusste er von Hockstädder, war der Dualismus von Körper und Seele ja wohl ein metaphysischer Irrtum. Bereits Spinoza sei der Auffassung gewesen, dass Körper und Geist ein und dasselbe Ding wären, und diese Überzeugung werde schließlich nach den Ergebnissen der modernen Neurowissenschaften immer wahrscheinlicher. So Hockstädder. Denn ein Dualismus setze zuallererst das Ding an sich voraus, und dem gegenüber wären bereits sowohl Buddha wie Einstein davon ausgegangen, dass es kein Ding an sich gäbe; stattdessen gäbe es: das Universum als zusammenhängendes Ganzes, die Vorstellung von der Einheit und Geistigkeit des Kosmos. Und außerdem, so hatte Hockstädder schwingend und Speichel sprühend resümiert, sei es ebenfalls eine Erkenntnis Spinozas gewesen, dass nur die

Unkenntnis der wahren Ursachen uns die Einbildungen der Freiheit und der Schuld erlaube …

An dieser Stelle wurde Oskar von seiner Flugbegleiterin unterbrochen, einer hünenhaften Dame, die in ihrer Erscheinung das Paradoxon eines Walkürenvamps verkörperte. Sie lächte Oskar an, als übte sie sich, und fragte, ob er einen Cognac wünschte.

»Nein, danke«, erwiderte Oskar, »nichts Alkoholisches. Ich nehme lieber noch ein Glas Rotwein.«

Einige Stunden später senkte sich das Flugzeug auf Los Angeles nieder. Oskar liebte die Landung in LAX. Glitzernde Freeways, glitzernde Pools, glitzernder Ozean, das helle Licht des Himmels. Er liebte den Ausblick auf die endlose Metropole, die gewaltigen Magistralen, die sie durchschnitten, den Strom der Automobile. Das Azur und Violett besonders strömten wunderbar. Alles ging zauberisch verschwimmend darin unter, verwandelt, entfaltete sich neu und immer schöner. Jack Kerouac fiel ihm ein: *Nothing behind me. Everything ahead of me.*

Oskar kannte und liebte Amerika: Er kannte New York, natürlich, aber er kannte auch Toronto und Winnipeg und ein kleines, eisiges Nest namens Churchill an der Hudson Bay, wo er einst Eisbären in der arktischen Tundra beobachtet hatte. Er war in Südamerika gewesen, in Quito und Lima, in Santiago de Chile und auf der Osterinsel, die ja eigentlich geografisch bereits Polynesien war. Er kannte die Great Plains des Mittleren Westens der Vereinigten Staaten, die Wüsten und Schluchten des Grand Canyon, die Muscle Beaches von Miami, Santa Monica und Venice. Er war durch das texanische Hochland geritten, hatte Stingrays in Galveston gefüttert und war Schnorcheln gewesen auf Hawaii – okay, dies Letztere eigentlich nur im mit sorgfältig ausgewählten Fischen besetzten Schnorchelpool des Four Seasons Resort Hualālai auf Big Island; aber trotzdem. Oskar hatte das Grand Ole Opry in Nashville besucht und den Arch von St. Louis und ein Lokal namens Berlin in Chicago, wo er eine Künstlerin namens Trannika Rex hatte auftreten sehen, die diesem Namen alle Ehre machte. Er war nach Denver und Albuquerque gereist, nach Kansas, Memphis, Houston, Dallas und Fort Worth. Sowie nach Phoenix, wo er beim Besuch von Stacy's BBQ den Chef so fasziniert ansah, dass dieser fragte: »What? You don't have any black people in Switzerland?«

»No worries«, hatte Oskar erwidert, »ich liebe nur den Namen *Stacy.*«

»Aber so wundervoll all diese Orte waren und sind – einer der liebsten seligen Flecken in Amerika bleibt mir doch: Kalifornien.« So dachte Oskar, als er auf das große Glitzern blickte, das sich eröffnete dort hinter dem Bogen der Fenster. In Hollywood war »In Würde Altern« ein Euphemismus für »Gelungene Plastische Chirurgie«. Also die Sorte, die erfolgreich auf dem heiklen Grat zwischen »hängend« und »gefroren« balancierte. Die Reise auf der Suche nach dem besseren Leben war vielleicht das amerikanischste Motiv von allen. Der Geist des Bahnbrechens. Hier glaubte man an Selbsterschaffung. Hier verfocht man hartnäckig das Privileg, die Phantasie an die Macht zu bringen.

In *Vanity Fair* hatte Oskar im Flugzeug gelesen: *driving an undesirable car in Los Angeles is unbelievably embarrassing, like walking into an expensive restaurant in New York wearing a cheap overcoat or bad shoes.* Er wurde am Flughafen mit einem weißen Rolls Royce Phantom abgeholt; einem Auto, das nur an wenige Orte auf der Welt passt, aber dieser Teil von Los Angeles gehörte zweifellos dazu. Vorher besorgte sich Oskar noch schnell einen geeisten Kaffee und Mineralwasser, in dem er zwei Aspirin auflöste.

Betörend süßlicher Blütenduft verwischte dumpf die Linien, köstlich fächerte die milde Luft und bewegte in träger Verlockung die beinahe lächerlich hohen importierten Palmen von Beverly Hills, die rank und hehr in den Himmel stachen, schlank und hell auf blühendem Grunde, und schimmernd ging die Sonne durch das satte Grün ihrer leicht gespreizten Fächer. Oh, die Idee, dass alle Demarkationen letztlich zum Gelobten Lande führten! Oh, die Richtung von Fortschritt und Zukunft! Oh, diese glückliche Landschaft, in der man nichts hinterfragt – oder alles, aber das ist einerlei. Man ist nie betrunken, wenn man immer betrunken ist.

In diesem Falle führten alle Wege nach Pelican Hill. The Resort at Pelican Hill war ein idyllisches Areal an der Pazifikküste bei Newport Beach. Dieses Resort war dergestalt entworfen, wie man sich in Kalifornien ein mediterranes Städtchen vorstellte. Die künstlich angelegten Straßen hatten möglichst italienisch klingende Namen wie Via Ravello und Via Siena. Alles war gekämmt, alles war Kulisse, man erwartete jeden Augenblick, Robert Evans um die Ecke stolpern zu sehen. Alles war wundervoll.

Oskar war im Villenteil des Resorts untergebracht, der

über eine separate Einfahrt und ein eigenes Clubhouse verfügte, mit einem Pool, in dem etliche Rolls Royces Platz gehabt hätten. Seine Villa, Bungalow 727, verfügte über drei Schlafzimmer mit En-Suite-Badezimmern, einen 24-Stunden-Butler-Service sowie eine weitläufige Terrasse mit herrlichem Ausblick auf den Pazifik. Des Weiteren einen Drawing Room mit Kamin. Das Ganze war eingerichtet in einem Stil, den Oskar für sich »Ritz-Carlton Colonial« nannte, wozu ihm Ronaldo Riviera einfiel. Aber nur kurz.

Allein, diese Annehmlichkeiten konnte Oskar jetzt ebenfalls nur kurz konsumieren, denn er musste sich überaus rasch frisch machen, weil das Dinner bevorstand, in einer Galerie namens Seven Degrees in Laguna Beach. Dort traf Oskar unter anderem den Director of Global Communications von Rolls Royce und eine junge PR-Dame aus der Rolls-Royce-Manufaktur im südenglischen Goodwood, die drolligerweise Emily hieß (die PR-Dame, nicht die Manufaktur), worüber Oskar nichts sagte, weil er annahm, dass jeder dazu schon was gesagt hatte. Ferner traf er den Finanzdirektor von Rolls Royce, der außerdem für Bespoke, also Maßanfertigungen, zuständig war. Mit diesem Herrn unterhielt sich Oskar über die teflonbeschichteten Regenschirme, die in jede Vordertür des Rolls Royce Ghost eingelassen waren. Nicht in die Fondtüren, wie beim Phantom. Woran man erkennen konnte, dass der Ghost zum Selbstfahren gedacht war. Anschließend sprach er mit dem Director of Global Communications über das Twelve Apostles Hotel in Kapstadt, das beide wunderbar fanden. *Alles* war wunderbar. Alle Sorgen und Verwicklungen schienen vergangen und unwirklich, und alles war wundervoll.

Und genau in dieser Art stand am nächsten Morgen ein prächtiger Tagesanfang über Bungalow 727. Obschon ihn mutmaßlich ein perfekter kalifornischer Tag erwartete, verließ Oskar nur ungern das Bett. Er liebte amerikanische Betten. Er liebte ebenfalls amerikanisches Fernsehen. Morgens um 07 Uhr 17 erklärten Eva Longoria und Elmo in *Sesame Street* auf PBS das Wort »exquisit«.

Oskar nahm das Frühstück im Clubhouse und lief dann, vor der Ausfahrt mit dem Ghost, nochmals zurück in den Bungalow, weil er seine Sonnenbrille mitnehmen wollte. Da klingelte sein Telefon. Es war Viktor. Oskars erster Impuls war, den Anruf nicht zu beantworten.

»Seltsam«, dachte er dann, »in Zürich ist es jetzt doch mitten in der Nacht, wieso ruft Viktor mich an, das muss ein Notfall sein.«

Also nahm er den Anruf entgegen.

»Was ist los?«, sagte er zur Begrüßung.

»Wieso?«, fragte Viktor.

»Ich bin in Los Angeles«, sagte Oskar, »und bei dir ist es tiefe Nacht.«

»Es ist nicht tiefe Nacht in Zürich«, erklärte Viktor, »Los Angeles ist acht Stunden früher.«

»Was?«

»Zürich ist acht Stunden später«, wiederholte Viktor geduldig, »du verwechselst das mit Jakarta.«

»Mist!«

»Zweitens bin ich nicht in Zürich, sondern in Las Vegas. Und ich weiß, dass du in Los Angeles bist. Lauren hat es mir gesagt.«

»Wieso?«

»Weil ich sie gefragt habe.«

»Nein, ich meine: Wieso bist du in Las Vegas?«

»*Wir.* Wir sind in Las Vegas. Mildred und ich. Du weißt, dass wir damals hier geheiratet haben.«

»Keine Ahnung.«

»Ich versuche hier, meine Ehe zu retten, Oskar! Nach diesem … diesem fürchterlich entgleisten Abend am Freitag. Du kannst dir nicht vorstellen, was danach bei uns los war.«

»Doch.«

»Okay, ich erzähle es dir, da du mich drängst!«

Oskar seufzte.

»Was hat sie gesagt?«, fragte er dann. »Hat Mildred sich zu der ganzen Sache noch weiter geäußert?«

»Sie hat gesagt: ›Ich bin dankbar, dass ich mal sterbe und es euch dann allen leidtun wird, dass ihr nicht netter zu mir wart.‹«

»Und was noch?«

»Dass sie die Scheidung will.«

»Und was hast du darauf geantwortet?«

»›Nein.‹«

»Sonst noch was?«

»Ja. Ich habe zu Mildred gesagt: ›Hasse mich, aber bleib bei mir. Das hat für meine Eltern auch funktioniert.‹«

»Vielleicht solltest du es drauf ankommen lassen. Ich kenne die Geschichte von einem Scheidungsanwalt, der im regelmäßigen Umgang mit seiner Klientin mehr und mehr den Ehemann verstand.«

Viktor gab hierauf ein Geräusch von sich, das sich anhörte, als wollte er testen, ob seine Stimme noch funktionierte.

»Erst reagierte ich auf diese schockierende Nachricht, indem ich mich in die Proben fürs Musical vergrub, als sei das eine Lösung oder wenigstens ein Betäubungsmittel«, erklärte er dann, »erst wollte ich fliehen, aber jetzt … bin ich mit Mildred hierher geflogen.«

»Tapfer.«

»Ich konnte sie mit Müh und Not überzeugen, mit viel Zureden und Lockung – dabei weiß ich gar nicht so genau, wieso ich überhaupt auf die Idee gekommen bin.«

»Hypomanische Depressionsabwehr, würde ich sagen.«

»Wie bitte?«

»Nichts«, erwiderte Oskar. »Zu verdrängen, dass man verdrängt, ist keine Verdrängung.«

»Und jetzt …«

»Und jetzt?«

»Und jetzt brauche ich deine … wie sagt man … *Hilfe.*«

»Nein!«

»Du musst kommen und mir helfen!«

»Nein!«

»Oskar! Bitte! Du bist mein Freund! Und durch eine wundersame Fügung bist du doch jetzt quasi gleich nebenan. Das ist Schicksal.«

»Ein Einbruch in die beste aller Welten. *Das* ist Schicksal. Wieso sind wir überhaupt befreundet?«

»Was?«

»Warum sind wir überhaupt befreundet, Viktor?«

»Bist du irre? Das … das weiß ich doch nicht. Es ist eben so. Wegen früher.«

»Ist das nicht ungefähr der gleiche Grund, aus dem du noch mit Mildred verheiratet bist?«

»Oskar! Hör auf damit! Mein ganzes Leben schwimmt mir davon. Und du lieferst mir Pointen.«

»Eine gute Therapie hat immer eine Pointe.«

»Du sollst aufhören! Ich brauche dich als Beistand!«

»Nicht noch eine Intervention, danke. Ich habe genug von der von letztem Freitag.«

»Aber Mildred hört auf dich!«

»Ich bitte dich, Viktor. Nach all den Lügen.«

»Wir haben nicht gelogen.«

»Sondern?«

»Sondern ... sondern die *hilfreiche* Version der Wahrheit präsentiert. Die Wahrheit ist nicht, was passiert ist, sondern was die Welt voranbringt.«

»Und du wirfst *mir* Pointen vor?«

»Oskar, glaub mir doch: Sie hört auf dich!«

»Wieso?«

»Wieso was?«

»Wieso sollte Mildred auf mich hören?«

»Weil ... weil du eine Verfeinerung und Empfindsamkeit bezeugst, die dem mangelnden Temperament unserer anderen unausstehlich gleichmütigen Freunde überlegen sind.«

»Danke. Liest du das ab?«

»Natürlich nicht.«

»Verstehst du das?«

»Ich verstehe nichts mehr von Frauen. Ich bin seit sechzehn Jahren verheiratet.«

»Vielleicht ist das auch genau der Grund, warum wir befreundet sind.«

»Dass ich nichts mehr von Frauen verstehe? Oder dass ich seit sechzehn Jahren verheiratet bin?«

»Nein, Viktor. Das mit meiner ... Dings ... Empfindsamkeit und so weiter.«

»Ja, gewiss.«

»Vielleicht ist unsere Freundschaft ja das helle Licht, Viktor, das dich hinfortzieht von der Düsternis, die in jedem Winkel deiner Gedanken lauert.«

»Ja, gewiss.«

»Vielleicht aber bin ich auch bald einfach nicht mehr zu Verfeinerung und Empfindsamkeit und solchen edlen Zuständen in der Lage, weil mein Herz schwelend verbrennt und langsam erlischt. Oder vorher meine Nerven ruiniert sind, wer weiß.«

»Oskar!«, sagte Viktor erschöpft. »Bitte. Du zermürbst mich. Bitte komm nach Vegas. Du musst Mildred einfach noch mal zwanglos meine Vorzüge schildern.«

»Wieso machst du das nicht selbst?«

»Weil ich meine eigenen Vorzüge bald selbst nicht mehr kenne! Es ist, als ob diese Stimmung ansteckend wäre. Sind Umstände denkbar, unter denen eine negierende Geistesverfassung ansteckend wirkt? Manchmal weiß ich gar nicht mehr, wieso man mit mir zusammen sein möchte.«

»Du solltest versuchen, dir darüber klar zu werden. Das ist deine Chance, als Person zu wachsen. Und vielleicht sogar eine zu werden. Verzeihung. Die Pointe war zu verlockend. Auf jeden Fall solltest du darüber nachdenken. Ohne mich. Das hilft dir womöglich auch, dir wieder darüber klar zu werden, warum wir überhaupt befreundet sind. Also was es ist, was ich an dir interessant finden könnte.«

»Steht hier nur meine Ehe auf dem Spiel oder auch unsere Freundschaft?«

»Lass es mich so ausdrücken«, antwortete Oskar, »unsere Freundschaft ist mir zu wichtig, als dass ich deshalb nun nach Las Vegas fliegen würde.«

»Was?«

»Keine Ahnung. Ich sage alles, was mir einfällt. Pointen.«

Pause.

Da merkte Oskar, dass er zu weit gegangen war. Und der leidende Freund dauerte ihn.

»Viktor«, sagte er versöhnlich, »ich will hier nicht das Aas von den morschen Knochen des Kadavers deiner zu Tode gehetzten Ehe ziehen – «

»Meine Ehe ist nicht tot!«

»Ich frage vorerst nur aus Neugier: Bei so vielen möglichen Gründen für euer Scheitern – welchen hat Mildred dir genannt?«

»Mangelnde emotionale Aufrichtigkeit.«

»Mangelnde emotionale Aufrichtigkeit?«

»Ja. Mangelnde emotionale Aufrichtigkeit. Und sie hat gesagt, ich zeigte selbst in nichtigen Dingen eine Nüchternheit und Hartnäckigkeit, die durchaus an Verbohrtheit grenze. Und dann hat sie über mich gesagt – warte einen Moment, ich habe es mir notiert, weil ich dachte, dass es für therapeutische Zwecke hilfreich sein könnte … Augenblick … hier ist es: Mangelnde Verfügbarkeit. Genau. Und sie hätte sowieso schon ein *Absent Father Syndrome,* hat sie gesagt. Und außerdem hätte ich kein Fundament.«

»Kein Fundament?«

»Siehst du jetzt, wie dringend es ist, Oskar?«, rief Viktor und klang verzweifelt. »Du musst kommen! Du musst hierherkommen und mir helfen! Ich meine, du kannst dir nicht vorstellen, wie viel Stress ich hier mit Mildred habe. Ich behandle sie wie ein geladenes Gewehr: mit aller erdenklichen Vorsicht, um den Abzug nicht zu berühren. Und sie tut sich keinerlei Zwang an. Jedes ihrer Worte und jeder ihrer Schritte wirkt wie die Äußerung einer ganz rabiaten Seele, die sich nie ihrer selbst schämt. So weit ihr aktueller Zustand.

Ihre psychische Verfassung gleicht einem Feuer auf einer Müllkippe.«

»Ja«, erwiderte Oskar, »wenn Frauen mittleren Alters durchdrehen, wirds gefährlich.«

»Was bitte soll ich denn noch machen? Mir gehen hier langsam die Möglichkeiten aus. Ich kann ja nicht gut die Erdrotation umspulen, um die Zeit zurückzudrehen.«

»Viktor«, sagte Oskar und fand, dass er therapeutisch klang, »du hast so viel, was für dich spricht. Du bist … ähm … spontan … und … symmetrisch …«

»Was?«

»Was ich meine, ist: Du bist ein Engel. Gefangen in einem teuflischen Körper.«

»Komm her und sag das Mildred.«

»Ich würde ja gerne, aber das klingt schrecklich.«

»Oskar! Wir haben uns in diese Situation hineinselektioniert und –«

*»Hineinselektioniert?«*

»Ja, genau! Und du schuldest mir was!«

»Du tickst wohl nicht mehr ganz richtig!«

»Oskar«, fuhr Viktor fort, und es klang als würde er einen Brief vorlesen, »lieber Freund, wir sind uns unsere Lebzeit über wechselseitig so viel schuldig geworden, dass wir gar nicht berechnen können, wie unser Kredit und Debet sich gegeneinander verhalten. Und wir müssen unseren Freundschaftsbund, zerbrechlich und vielfältig wie jede schicksalhafte zwischenmenschliche Beziehung, vor dem Einfluss dieses seelenlosen Mechanismus retten, der uns irgendwie ergriffen hat und zu zermalmen droht – Ich *höre* das Schicksal, Oskar! Hörst du dieses Geräusch … klingt wie Zahnräder, die sich drehen … das Schicksal am Werke!«

»Du bist verrückt geworden, Viktor!«

»Ich *werde* verrückt! Und zwar, wenn das hier nicht irgendwie gut endet. Ich brauche ein gutes Ende, verstehst du? Das Universum muss mir was zurückgeben.«

»Payback's a bitch.«

»Was?«

»Die Liebe verwelkt. Aber Dinge bleiben für immer.«

»Wer hat das denn gesagt – der Dalai Lama?«

»Nein, Luella. Am Freitag. Hast du das schon vergessen?«

»Okay«, seufzte Viktor, »ich komme nicht mehr mit.«

»Das sagt mein Therapeut auch ständig. Verzeihung, ich meine: *dein* Therapeut.«

Kurze Stille.

»Viktor«, sagte Oskar, und er fand, dass er noch immer therapeutisch klang, »Trennung ist ein intensiver Prozess, der durch die Trauer zu sich selbst führt. Vielleicht solltest du deine Gefühle über Twitter loswerden.«

»Ich will mich nicht trennen«, erklärte Viktor, »ich will Mildred behalten.«

»Wieso?«

»Weil wir ein Leben teilen. Zum Beispiel … zum Beispiel lange, schweigsame Autofahrten.«

»Viktor«, sagte Oskar, »Ehetherapeuten wissen schon länger, dass gerade die Eigenschaften, die man am Anfang am Partner attraktiv fand, später als unerträglich und damit als Trennungsgrund empfunden werden.«

»Jaja«, machte Viktor versonnen, »das alte Problem des Fremdpsychischen.«

»Sprecht ihr auch gelegentlich miteinander?«

»Wer? Mit wem?«

»Mildred und du.«

»Natürlich. Zum Beispiel … zum Beispiel über andere Paare.«

»Und wenn wir noch kurz über *euch* sprechen, Viktor, könnte man dann vielleicht zusammenfassend sagen, dass du von deiner Frau wie ein unentbehrlicher, aber bisweilen störender Domestike behandelt wirst?«

»Unsinn. Mildred ist bloß … schüchtern?«

»Schüchtern, ja, genau. Das trifft es. Schüchtern auf eine besonders nervtötende und ständig nörgelnde Art.«

»Wollen wir uns jetzt darüber streiten, wie Mildred mich behandelt?«

»Nein. Das wäre Kohärenzverschiebung.«

»Oskar«, sagte Viktor eindringlich, »ich verstehe kein Wort. Doch was ich verstehe, ist: Es scheint mir wie eine Fügung, dass du da bist. Ich meine, hier. Hier in Amerika. Es geht um die Liebe.«

»Gut«, erwiderte Oskar, »ich machs.«

»Dem Himmel sei Dank!«

»Ich helfe dir aus zwei Gründen.«

»Ich will die Gründe nicht wissen.«

»Der erste Grund ist, dass wir alle hier sind, um auf diesem verdreckten, gestauchten Erdball irgendeine Aufgabe zu erfüllen. Ich muss das glauben, sonst würde es mir zu schwerfallen, jeden Morgen aufzustehen und diese furchtbare Welt zu ertragen.«

»Okay.«

»Zweitens, weil ich an die Liebe glaube. Mir ist das klar geworden, im Flugzeug, auf dem Weg hierher, dass die Liebe das ist, woran ich glaube. Die Liebe ist ein Ziel.«

»Oskar, ich muss dir nicht sagen, wie sehr –«

»Und, *drittens*«, fuhr Oskar fort, »ist mir gerade noch ein dritter Grund eingefallen: Über mich ist von jenen Menschen, die sich meinem engeren Bekanntenkreis zurechnen dürfen, sehr zu Recht behauptet worden, dass mich ein Charakterzug vor allen anderen auszeichne, nämlich meine Fähigkeit, noch zum bösesten Spiel die beste aller denkbaren Mienen zu machen. Mag ich auch am Boden zerstört sein, wie man so schön sagt, Viktor, so erhebe ich mich doch immer wieder – vielleicht nicht gerade in Hochform, aber doch vitaler, als man glauben könnte, und suche den Horizont nach etwaigen Silberstreifen ab. Ja. So bin ich.«

»Du wirst es nicht bereuen«, versprach Viktor.

»Ich werde das *so was von* bereuen«, erwiderte Oskar, »– wo seid ihr abgestiegen?«

»Im Wynn.«

»Im Wynn?«

»Ja. Wir haben das Zero Romance Package gebucht. Im Dienste der emotionalen Aufrichtigkeit.«

»How funny«, sagte Oskar. »Gut. Ich fliege morgen. Stacey von Rolls Royce kann das sicher für mich organisieren. Ich liebe den Namen Stacey, übrigens. Und jetzt muss ich gehen. Ich muss den neuen Ghost Probe fahren. Auf Wiedersehen.«

Und so verbrachte Oskar den Tag, indem er mit einem Rolls Royce Ghost im Schatten der Schwingen der Kühlerfigur »Spirit of Ecstasy« über kurvenreiche Canyon-Straßen und an der malerischen Pazifikküste entlangfuhr, umgeben von Raum und Kühle und sanfter Musik und polierten Hölzern und butterweichem Leder. Stierleder. Kuhleder kam nicht infrage, wegen der möglichen Schwangerschaftsstreifen. Man brauste dahin, vorwärts, und die Raddeckel waren so konstruiert, dass die beiden verschränkten Rs in ihrem Zentrum auch während der Fahrt stets senkrecht standen. Beim Lunch in Dana Point, in einem Seafood Grill namens Cannons, sehr pittoresk auf einem Kliff gelegen, unterhielt Oskar sich mit dem Corporate Communications Manager von Rolls Royce, und zwar vornehmlich über die Frage: Was ist Luxus? »Was ist Luxus?«, fragte der Corporate Communications Manager und beantwortete die Frage gleich selbst: »Wir alle würden wahrscheinlich sagen: Zeit. Einige würden sagen: Ruhe.«

»Also«, erwiderte Oskar, »wenn Sie mich fragen, was Luxus ist, sage ich: Luxus ist weder Ruhe noch Zeit, sondern: die Blase. *The bubble.* Die splendide Isolation. In den Worten von Fran Lebowitz: *The greatest use of money is to distance yourself from other people.*«

Aber das funktionierte jetzt nicht mehr so richtig. Die Sache hatte ihn eingeholt. Das hier war bloß eine Pause. Morgen würde es weitergehen. Alles kam zurück. Vorher hielt Oskar noch schnell bei einem Rite Aide Drugstore, weil er Legal Pads brauchte. Soziologen sprechen ja gern von Kulturmustern und Bedeutungsräumen, und für unser heutiges konkretes Anwendungsbeispiel bedeutete das: Der Rolls Royce Ghost sah nicht bloß auf dem Kundenparkplatz des Rite Aid in Newport völlig normal dimensioniert aus, sondern auch, wenn man mit ihm durch die Gegend fuhr, hob sich hier kaum eine Augenbraue. Denn das hiesige Kulturmuster hieß: The Big Life.

Oskar mochte Las Vegas nicht besonders. Dies wurde ihm wieder bewusst, als er anderntags im Flugzeug saß. Von Orange County nach Las Vegas war es bloß ein Katzensprung, aber der Kulturunterschied hatte mehr Etagen als irgendein Trump Tower: Las Vegas – das war inzwischen abgerutscht zu einer reichlich prüden Art, sich zu amüsieren, zum banalen Sinnbild für Exzess, zu einem Mekka des ewigen Comebacks. Und übrigens hatte auch diese Stadt, die hartnäckig an der Illusion festhielt, dass in ihr und für sie Illusion alles zu sein schien, gewissen Fakten und Umständen des 21. Jahrhunderts ins Auge zu sehen, die sich nicht so einfach umgehen ließen wie das legendäre alte Welcome-To-Fabulous-Las-Vegas-Schild, das inzwischen ein wenig traurig am falschen Ende des Strips stand, also an jener Ecke von Vegas' glitzernder Hauptstraße, wo heutzutage nicht mehr sehr viele Leute vorbeikamen.

»Las Vegas is so corporate now«, sagte das geschlechtlich schwer bestimmbare Fabelwesen, das Oskar mit dem Taxi zum Las Vegas Boulevard fuhr, und vielleicht meinte das Wesen damit, dass das alte Vegas, vom Mob in der Wüste gegründet für Spaß ohne die heute übliche Einschränkung »legal und nicht unmoralisch« – dass Sin City nicht mehr existierte und allmählich mutierte zur Stadt der unerfüllten Träume und der Festung der tausend Kameras, wo jeder Spaß bezahlt und jede Sünde überwacht wird. Natürlich musste man hier auch schon früher für jeden Spaß bezahlen, das war quasi der Ortsgeist, die Idee der Stadt – aber jene Art billigen Vergnügens aus »Cold Beer«, »Dirty Girls« und »Bikini Bull Riding«, wie sie früher die Leuchtreklame des nun für immer geschlossenen New Frontier Hotel am Strip genau gegenüber dem festungsähnlichen Wynn Hotel verkündete, würde wohl bald völlig ausgestorben sein.

»Uh-huh«, machte Oskar auf die Bemerkung des Taxifabelwesens. Er war ein wenig abwesend, weil er eben sein

Telefon wieder eingeschaltet hatte und sah, dass Viktor auf der Anrufliste stand, sich also schon wieder gemeldet hatte, als Oskar in der Luft gewesen war.

Oskar seufzte. »Nachher«, dachte er. »Ich werde ihn anrufen, sobald ich eingecheckt habe.«

Der diskreteste Ort der Welt ist Las Vegas niemals gewesen. (Diesen Titel hatte viele Dekaden erfolgreich Oskars Heimatstadt Zürich für sich reklamiert.) Sichtbare Sicherheit in Form von gewaltigen Wachmännern und Bombenschnüffelhunden war Teil des Konzepts auch im Wynn Hotel, in das Oskar nun eincheckte. Sichtbare Sicherheit allerdings hat immer etwas Ordinäres. Oskar begab sich zur Registration. Nebenan lagen der Lake of Dreams und Chanel. Das Wynn besaß sein eigenes Shopping Center auf Mouna-Ayoub-Niveau und seinen eigenen Golfplatz (dessen Gärtner ein professionelles Anti-Terror-Training absolviert hatten).

Als die für ihn zuständige Dame, die Candy oder Ginger oder Holly oder vergleichbar hieß, für einen Augenblick hinter der Rezeption verschwand, sah Oskar sich um. In seiner Nähe im Oval der Registration befanden sich zahlreiche Vertreterinnen des Real-Housewife-Typs: blondierter Blow Dry, gebleichte Zähne, überdimensionierte Brust-Implantate und 110-Grad-Nasen. Real war hier gar nichts. Die Damen sahen aus, als wären sie von einem Fließband gefallen.

Oskar war es gewohnt, das zu sehen, was man in seiner Welt »B-&-F-Gesichter« nannte (»B & F« stand für »Botox und Filler«); er war es derart gewohnt, dass er sich abgewöhnt hatte, auch nur zu versuchen, das Alter seines Gegenübers am Gesicht abzulesen (dafür benutzte er Hals, Hände und, sofern sichtbar, die Knie und Oberarme). Doch das hier war eine andere Qualität, eine ganz andere Art der Agonie des Realen. Diese Gesichter wiesen jene grelle Blässe, jene falschen Färbungen, jene glanzlosen, blau umränderten, künstlich aufgezogenen Augen und jene schwatzhaften, aufgepumpten Münder auf, in denen der gewiefte Beobachter die Anzeichen der Vereinfachung des Denkens erkannte. Doch beim gegenwärtigen Stand der plastischen Chirurgie fand sich auch der unterwiesene Betrachter vor einem Rätsel: Was war das Ziel? Ward hier Jugend idealisiert? Oder Schönheit? Oder einfach Technologie? Jedenfalls schien die Beziehung zwischen Patient und Psychotherapeut einerseits und Patient und Schönheitschirurg andererseits durch die Phantasie der Wiedergeburt ähnlich gestaltet: Der Patient übertrug seinen Wunsch nach Verwandlung auf den Chirurgen und meinte damit nicht nur seinen Körper, sondern sein gesamtes Selbst. Und diese Fließbandgesichter, die orangefarbene Sprühbräune, die sichtbaren Implantate und wasserstoffgebleichten Zähne erfüllten ihre Träger mit einem ganz neuen Stolz auf ihr Aussehen: als etwas, wofür sie gelitten, Opfer gebracht hatten. Während man früher auf seine Schönheit stolz war, wie man nur auf Dinge stolz sein kann, zu denen man nichts beigetragen hat. Und so wurde die 110-Grad-Katalognase, von Mutter Natur selbst nur in Ausnahmefällen hergestellt, zum Ausweis einer Biederkeit, der das Anpassungsinteresse über alles ging.

»Diese Leute brauchen gar keine neuen Nasen«, dachte Oskar, »ihnen fehlt vielmehr: Scham. Wahre Schönheit erzeugt immer auch Schamhaftigkeit.«

Er blickte sich weiter um. Er sah Paare und Pärchen; Frauen und Männer, mittelschwer gezeichnet von den Ausschweifungen ihrer Jugendzeit, dennoch nicht damit aufhörend, Verfehlungen zu feiern, denen nur die Jugend Anmut verleiht. Hier, in dieser Stadt, traf sich alles, was regelmäßig weder Rang noch Namen hatte, und schloss schnelle Freundschaften bei eisgekühlten Getränken. Meist mit etwas Krampf und Ziererei. Das lag an der Beschaffenheit der Menschen. Denn in diesen spontanen Verhältnissen hatte schließlich alles seine Bedingung, wie bei einem Handel auf dem Markt, und das Warum und das Wie waren von Fall zu Fall beklagenswert gleich. Romane, Novellen, Dramen haben sich dieses dankbaren Stoffes mannigfach bemächtigt. Die Konstellation ist von umwerfender Schlichtheit. Immer dieselben Versprechungen, dieselben glühenden Blicke, ungefähr die gleiche Dauer sogenannten Glücks, etwa das gleiche Ende im Stil eines Rührstücks mit veralteten Effekten. Darum und so, weil es gerade möglich war und geschehen konnte, das ist die Wahrheit.

Und dann.

Dann sah Oskar: Hockstädder.

Doktor Leonid Hockstädder.

Kein Zweifel möglich.

Oskar fiel beinahe um. Hockstädders Erscheinen ward vom limbischen System seines Mittelhirns reflexartig als Gefahr taxiert, worauf über sein Rückenmark augenblicklich Nervensignale als Alarmzeichen zu mannigfachen Organen gesandt wurden. Sofort spannten sich die Skelettmuskeln, das Nebennierenmark schüttete die Hormone Adrenalin und Noradrenalin in den Kreislauf aus, Herz und Hirn wurden vermehrt durchblutet, die Gefäße verengten sich, sein Zuckerspiegel rauschte nach oben, ebenso sein Blutdruck, sein Grundumsatz stieg. Oskar spürte seinen Herzschlag, spürte ihn bebend beschleunigen, er hörte die Zahnräder des Schicksals, kein Zahn des Rades verfehlt seine Rille, er hörte das Blut in seinen Ohren rauschen, es bestand die Möglichkeit, dass er den Paniktod eines Spitzhörnchens sterben würde, und er musste sich abwenden und starrte leer und gelähmt über die Rezeption. Kein Zweifel. Es war Hockstädder. Er stand zwar mit dem Rücken zu ihm, aber Oskar hatte ihn sofort erkannt (darin war er gut), diesen massigen, gutmütigen Mann, dessen müde Witze und unaufgeregte Moral so unerschütterlich waren wie der Tod, der so wundervoll gewählt zu parlieren und kleine Differenzen immer rasch auszugleichen verstand, hier war er – und er war nicht allein.

Im Gegenteil. Weniger allein konnte man gar nicht sein. Hockstädder befand sich in Gesellschaft einer Dame, die hochwahrscheinlich keine war. Jedenfalls war sie entschieden mehr eine Erscheinung als eine Schönheit, trotz großen Bemühungen, das muss gesagt werden. Es war wohl ein Hang zu übermäßigem Vergnügen gewesen, der hier jene physiognomische Durchbildung übernommen hatte, welche sonst das Werk eines schweren, bewegten Lebens ist. Mit anderen Worten: Sie sah ungefähr aus wie Roberto Cavalli. Mit einer billigen Perücke. Schon wieder.

Die Dame, die hochwahrscheinlich keine war, trug eine bizarre, bereits leicht verrutschte Robe, die sie splitterdekolletiert erscheinen ließ. Damit wirkte sie wieder jung. Allerdings in der Art jener überzüchteten Welpen, die noch in ihre Haut wachsen müssen. Es waren, gewissermaßen, die falschen Tatsachen nackt. Hätte Liberace eine Tochter gehabt, wäre dies ihr Hochzeitskleid gewesen. Dazu trug die Dame metallisch glänzenden Lidschatten in keifendem Silberblau bis unter die gezupften, tätowierten Augenbrauen sowie, um die in Oskars Welt gängigen Termini zu gebrauchen: Hot Dog Lips und Piano Teeth, die komplette Garnitur. Weiterhin paradierte sie über der Oberlippe einen gut sichtbaren Flaum, der geeignet schien, Luftballons elektrostatisch anzuziehen.

Hockstädder indes war von ihrer Gegenwart offenbar entzückt, er amüsierte sich und befand sich in einem allersichtlichsten Behagen. Er war entzückt und gab diesem Entzücken lebhaftesten Ausdruck, indem er sich in ungenierter Beredsamkeit derart unstatthaft in ihren sozialen Nahraum lehnte, dass die Dame, die sicher einiges gewohnt war, bisweilen in leichte, zurückweichende Verlegenheit kam. Zwischendurch allerdings lachte sie unvermittelt und seltsam geziert, als würde sie sich dabei im Spiegel betrachten. Eine unmögliche Person.

Oskar genierte sich ordentlich, und seine Zehen in den Schuhen machten kleine Turnübungen.

»Der nasse Zahn!«, dachte er. »Der nasse Zahn!«

Und dann: »Damit gehen Tausende von Therapiefranken den Bach runter.«

## 9

# ZEIT UND ZUFALL

Das Mittel, tote Formen zu begreifen, ist das mathematische Gesetz. Das Mittel, lebendige Formen zu verstehen, ist die Analogie. Die Welt aber, die wir eben verlassen haben, ist von der, die wir jetzt betreten, so verschieden, dass kein Gleichnis es veranschaulichen kann, außer vielleicht das des sagenhaften Epimenides, der nach siebenundfünfzigjährigem Schlaf in einer kretischen Höhle zu neuer Wirklichkeit erwachte. Für Oskar Canow dauerte der Übergang zu einer neuen Wirklichkeit allerdings nicht siebenundfünfzig Jahre, sondern nur siebenundfünfzig Sekunden, und alles sah genau so aus wie vorher: Nebenan lag der Lake of Dreams. An dessen Gestaden die Real Housewives von Las Vegas. Und doch war alles anders. Leonid Hockstädders Aufkreuzen an diesem Ort hatte alles verändert. Alles.

Nach dem Schock war Oskar zunächst essen gegangen. Gegessen musste unter allen Umständen werden. Er ließ Tracy oder Ginger vom Concierge Desk im Spago in Ceasars Palace reservieren. Das Essen war hier tadellos, genau wie im Spago in Beverly Hills.

»Ach«, dachte Oskar, »wie glücklich war ich noch, als ich gestern durch Beverly Hills fuhr. Ich brauche was zu trinken.«

Also konsumierte er ein paar Manhattans im Mix, einer Lounge im vierundsechzigsten Stock von The Hotel, das die oberen Stockwerke eines der beiden goldenen Mandalay-Bay-Türme am Las Vegas Boulevard ausfüllte. Man genoss einen herrlichen Ausblick über den Strip.

»Es ist richtig«, stellte Oskar fest, »dass Las Vegas nachts wesentlich attraktiver ist als am Tag. Dieses Los teilt die Stadt mit den allermeisten Leuten, die sich in ihr aufhalten. Zumindest *abends.* Nachts ist Las Vegas dann wieder oft ein bisschen traurig, mit seinen drei viertel leeren Casinos, in die Sauerstoff gepumpt wird, um die übergewichtigen Vertreter der unteren Mittelklasse aus Square States wie Colorado oder Wyoming vor den Slot Machines am Einschlafen zu hindern.«

Und dann dachte er: »Hockstädder! Das ist doch nicht zu fassen. Dieser Mensch ist ja beinahe meine Nemesis. Soll ich es Mildred und Viktor sagen? Ich *muss* es ihnen sagen. Hockstädder ist schließlich auch *ihre* Nemesis, in gewisser Weise ...«

Ihm war, als hätte das Auftauchen Hockstädders etwas manifestiert, das Dunkle in uns allen, die Vorgänge in den Kellern der Seele; ein pechschwarzes, bösartiges Myzel, das sich durch Raum und Zeit erstreckte und die Gegenwart verband mit irgendeinem dunklen Triebe, einem finsteren Impuls oder wie man diesen unerquicklichen Seelenunsinn sonst nennen soll, der von irgendwelchen Schlaubergern und Quacksalbern herbeigeredet wurde ...

Gegen drei Uhr morgens kehrte Oskar ins Wynn zurück. Früher Mittag in Zürich, also konnte er Lauren anrufen.

»Ich habe ihn gesehen!«, sagte er zur Begrüßung.

»Wen?«

»Hockstädder.«

»Was?«

»Hockstädder. Doktor Leonid Hockstädder. Hier im Wynn. In Las Vegas. In Begleitung einer Dame, die wahrscheinlich keine war.«

»Are you drunk?«

»Nicht genug.«

»Ich hasse Facetime«, sagte Lauren, »ich sehe ja fürchterlich aus. Und ich hasse Geneviève.«

»Wer ist Geneviève?«

»Die Person, die neuerdings meine Haare macht. Wie du weißt, war ich ja immer bei Isabel, aber Isabel hat sich nie wieder blicken lassen, seitdem sie mit ihrer Achtsamkeitstrainerin bei Sappho Holidays diese Kreuzfahrt nach Lesbos gebucht hat … Anywhoozle, wo waren wir, Kleines?«

»Bei Hockstädder. Ich habe ihn gesehen, Lauren, hier, mitten in Vegas, und das ist kein Ort, wo man aus Spaß herkommt, sondern wo schauervolle Sucht einen hintreibt. Jedenfalls meistens. Er war hier, bloß ein paar Meter von mir entfernt, umgeben von den Real Housewives of Idiot Town.«

Lauren schwieg einen Moment.

Dann sagte sie: »That fills me with a mix of curiosity and terror.«

»Soll ich es ihnen sagen?«

»Wem?«

»Viktor und Mildred. Ich bin doch hier, um sie zu treffen. Soll ich ihnen sagen, dass mir Hockstädder über den Weg gelaufen ist?«

»Wieso denn nicht?«

»Ja. Du hast recht. Es steckt mir nur irgendwie in den Knochen. Rechne bitte damit, Lauren, dass das nicht spurlos an mir vorübergeht. Diese Wendung der Dinge hat mich womöglich noch dysfunktionaler gemacht.«

Kurze Pause.

Dann hörte Oskar, wie seine Frau sich räusperte. Worauf sie einen gewissermaßen resoluten Seufzer aus der Tiefe ihres Busens entließ und mit sehr viel weicherer Stimme fortfuhr: »Das macht nichts, Kleines. I'm wired to thrive on dysfunction. Bye now. Und good luck mit allem.«

Oskar legte sich ein paar Stunden hin. Dann erhob er sich wieder und begann den Tag mit einem Lunch im Restaurant Sensi im Bellagio-Resort. Hier endlich vermochte er es, sich per Textnachricht bei Viktor und Mildred anzumelden. Und nur wenig später klingelte er an ihrer Suite im Wynn.

Viktor öffnete. Von Mildred war nichts zu sehen.

Viktor aber legte den Kopf zurück und musterte seinen alten Freund wie etwas, was er sich zu kaufen überlegte. Dann sagte er: »Wie siehst du denn aus?«

In der Tat wirkte Oskar mitgenommen. Er spürte es selbst. Sein Herz klopfte wie ein Motor. Er starrte Viktor, zu dem er immer noch nichts gesagt hatte, unverwandt an, und mit einem Lächeln, das sein Gesicht in Stücke brach, sagte er schließlich: »Viktor, du wirst es nicht glauben, ich muss gleich damit heraus … ich habe Hockstädder gesehen! Gestern! Hier!«

»Wir auch«, erwiderte Viktor.

»Was?«

»Wir haben ihn ebenfalls gesehen. Schon vorgestern. Vorgestern Nacht im Studio 54. Was glaubst du, warum ich dich angerufen habe?«

»Studio 54?«

»Das ist der Nachtclub des MGM Grand. Hockstädder

war ausgezeichneter Laune. Und in Gesellschaft einer … Person. Die angezogen war wie für irgendeine Halloween-Party … in Slutsylvania.«

»So eine dralle Platinblonde, zurechtgemacht wie die Presse-Agentin eines Rappers und mit einer Haarfarbe, als hätte ihr Kolorist Chlorbleichlauge mit Salzsäure vermischt?«

»Nein, eher so eine dürre Brünette, gebaut wie eine Yoga-Kontorsionistin und aussehend wie die Sorte Dame, die Politikerkarrieren ruiniert.«

»Das muss eine andere gewesen sein.«

»Ich hab noch gedacht: Das ist entweder eine Prostituierte, oder Hockstädder hat nicht mehr lange zu leben und sie arbeitet bei der Wünsch-Dir-Was-Stiftung. Was ich natürlich nicht hoffe.«

»Was?«

»Was? Egal. Jedenfalls: Hockstädder war überaus leutselig.«

»Kann ich mir vorstellen.«

»Er kennt Mildred natürlich.«

»Wer nicht.«

»Er hatte Mildreds Mutter in Behandlung, wenn du dich erinnerst.«

»Natürlich erinnere ich mich.«

»Also kommt Hockstädder auf uns zu, und sozusagen das Erste, was er Mildred erzählt, ist, dass sie adoptiert wurde.«

Oskar spürte, wie seine Knie nachgaben. Er musste sich im Türrahmen festhalten.

»Was …«, keuchte er, »was … ist … mit der Schweigepflicht?«

»Pff!«

Pause.

»Das hat er doch von dir«, sagte Viktor.

»Was?«

»Dass Mildred adoptiert ist.«

»Von mir, wieso denn von mir?«

»Du hast Hockstädder doch erzählt, dass deine Frau adoptiert sei. Das hast du mir doch selbst gesagt.«

»Ja, aber meine Frau ist Lauren, nicht Mildred, falls du dich erinnerst.«

»Aber Hockstädder dachte, sie sei Mildred.«

»Nein!«

»Doch!«

»Was?«

»Ich komme nicht mehr mit.«

Pause.

»Willst du nicht endlich hereinkommen?«, erkundigte sich Viktor schließlich. Übrigens wirkte er recht gelassen. Jedenfalls nicht wie einer, dessen gesamtes Dasein soeben erneut auf den Kopf gestellt worden ist.

»Gerne«, sagte Oskar und trat ein.

Dann fragte er: »Wo ist Mildred?«

»Ich bin dankbar für diese Frage«, erwiderte Viktor, »Mildred ist nebenan. Im Schlafzimmer. Und wenn du nichts von ihr hörst, liegt das vielleicht daran, dass sie sich in einer Art Chardonnay-Koma befindet.«

Oskar trat in das geräumige Schlafzimmer. Seen aus Chintz. Mildred lag auf dem gewaltigen Bett. Sie wirkte ein wenig apathisch. Im Fernsehen lief *House of DVF.* Mildred wandte den Kopf nicht in Oskars Richtung, sondern winkte bloß schwach.

Oskar schickte sich bereits an, den Raum wieder zu verlassen, da hörte er ihre Stimme.

»Oskar?«

»Ja?«

»Weißt du, wie es ist, alles zu verlieren?«

»Nein.«

»Ach. Es erscheint mir, als sei eine Freundin von mir gestorben.«

»Du hattest eine Freundin?«

»Ich spreche von meinem früheren Ich«, erklärte Mildred und seufzte. »Ich rase hier gerade durch die fünf Phasen des Kummers, musst du wissen: Verleugnung, Wut, Reality TV, Essen … und noch irgendwas. In dieser Phase bin ich jetzt gerade.«

»Willst du darüber reden?«

»Ich glaube nicht. Der Strudel meiner Psyche ist kein Ort für einen harmlosen Menschen wie dich.«

»Willst du über was anderes reden?«

»Hm. Was mir spontan in den Sinn käme, wäre die Vergeblichkeit der Liebe, die Enttäuschung durch jede Art von Familie und die Unvermeidlichkeit des Todes.«

»Okay.«

Pause.

»Brauchst du Hilfe?«, fragte Oskar. »Kann ich etwas tun? Fühlst du dich depressiv?«

»Ahh, Depression«, erwiderte Mildred versonnen, »ist das nicht, wenn man den ganzen Tag zu Hause rumliegt, Kuchenteig nascht und bei Spendenaufrufen im Fernsehen anfängt zu weinen?«

Wegwerfende Handbewegung. An ihrem Finger blitzte der kanariengelbe Solitär.

»Keine Sorge«, sagte sie dann, »mir gehts gut. Ich nehme Xanax, als wären es Tic Tacs. Die einzige Sache ist die: Zum gegenwärtigen Zeitpunkt fällt es mir schwer, mit Menschen zu tun zu haben, die nicht rundheraus alles in ihrem Leben hassen. Und was mir – da du gefragt hast, Oskar –, was mir also noch ein bisschen mehr zu schaffen macht, ist: Ich esse, wie ich noch nie in meinem Leben gegessen habe.«

»Vielleicht will dir dein Unterbewusstsein damit signalisieren, dass dir irgendwas fehlt.«

»Ich bitte dich«, schnaubte Mildred verächtlich, »ich denke, wenn mein Unterbewusstsein zu solchen Tricks greifen würde, würde ich das wohl wissen. Ich meine – wer bin ich, wenn ich mich nicht mal mehr im Spiegel ansehen kann?«

»Nun, Gott schaut aufs Herz.«

»Das habe ich austauschen lassen.«

»Doch noch die Alte«, dachte Oskar erleichtert.

»Ach«, seufzte Mildred, »ich wünschte, ich wäre … an einem Platz, wo man nie zu fett oder zu betrunken sein kann …«

»Alaska?«

»Im Grunde liegt alles an Scholastique. Ich muss Scholastique wiederhaben. Dann wäre ich wieder die Alte.«

»Wie bitte?«

»Scholastique. Meine Perle. Mariella hat sie mir abgeworben. I hate her like poison.«

»Scholastique?«

»Nein. Mariella, natürlich.«

»Das klingt leicht passiv-aggressiv und herablassend.«

»Schätzelchen, es ist aktiv-aggressiv und wahr.«

Oskar lächelte.

Dann wandte er sich zum Gehen und sagte: »Ruh dich noch ein bisschen aus, Mildred. Ich komme zurück, sobald du dich besser fühlst. Vielleicht ist das ja alles der Beginn von etwas Gutem. Vielleicht kommt ja so dein wahres Selbst zum Vorschein.«

»Ich habe ein wahres Selbst?«

Oskar lächelte.

»Vielleicht hast du recht«, überlegte Mildred, indem sie ihr Gesicht mithilfe der Kamera ihres Mobiltelefons betrachtete, »sogar mein Haar sieht besser aus als gestern.«

»Dein Haar sieht wunderbar aus.«

»Danke. Das ist genetisch bedingt und ansonsten unerreichbar.«

»Gute Gene sind immer ein Vorteil.«

»Darüber möchte ich mich nun gerade heute lieber nicht weiter unterhalten.«

Oskar lächelte und schickte sich an, zu gehen.

»Oskar!«, rief Mildred ihn zurück.

»Ja?«

»Ich wollte dir noch sagen: Tut mir leid, dass du nicht gut abgeschnitten hast bei dieser ganzen Therapie-Sache.«

»Es gibt keine Gewinner oder Verlierer bei einer Therapie.«

»Das klingt wie etwas, was ein Verlierer sagen würde. Und nun entschuldige mich. Ich habe einen Termin für eine Eigenblutmaske aus ausgedrückten Egeln.«

»Ganz die Alte«, murmelte Oskar und verließ den Raum.

Viktor stand an der gewaltigen Fensterfront und blickte auf den Strip.

»Ich werde Hockstädder zur Rede stellen«, sagte Oskar, »ich kann es kaum fassen. Ob er das jetzt von Millvina erfahren hat oder woher auch immer. Mit dieser Indiskretion ist er wirklich zu weit gegangen.«

»Ja«, murmelte Viktor, »ja, er ist … äh … nicht ganz taktfest.«

»Das ist ja wohl noch sehr wohlwollend ausgedrückt. Ich werde ihn darauf ansprechen, und zwar umgehend.«

»Lass das bitte«, sagte Viktor.

»Was?«

Viktor wandte sich um und sah dem Freund ins Gesicht.

»Setz dich einen Augenblick mit mir aufs Sofa«, sagte er und wies auf ein monströses Exemplar, das längs der Fensterfront platziert war.

Also setzten sie sich.

»Ich habe etwas festgestellt«, erklärte Viktor, »und zwar dies: Augenscheinlich hat es meiner Ehe gutgetan, dass Mildred diese Tatsache über sich erfuhr. Also dass Hockstädder ihr von ihrer Adoption erzählt hat. Diese Erkenntnis ihrer selbst scheint eine Verwandlung bei Mildred in Gang gesetzt zu haben, eine Art Besinnung, einen Rekurs auf die Frage: Wer bin ich, und was ist im Leben von Bedeutung?«

»Du meinst, dass dieser Knalleffekt aus Mildred eine andere gemacht hat?«

»Nein, nicht eine andere. Sie selbst.«

»Wie kommst du darauf?«

»Worauf?«

»Dass Mildred … sich … äh … besinnt?«

»Anzeichen. Es gibt kleine Signale. Ich kenne Mildred. Hast sie dir erzählt, dass sie Scholastique zurückhaben will?«

»Ja.«

»Siehst du? Sie will jemanden zurückhaben! Das ist ein gutes Zeichen! Mildred hat noch nie irgendjemanden zurückgewollt.«

»Du sprichst von einem Dienstmädchen, Viktor. Sie will die *Hilfe* zurück.«

»Genau. Aber jetzt weiß Mildred, dass ihre *Mutter* ein Dienstmädchen war. Das muss für sie eine Entlastung durch Nichtzugehörigkeit bedeuten, gerade weil es ihr bislang das Wichtigste schien, dazuzugehören.«

»Ich kann nicht ganz folgen.«

Viktor seufzte.

»Willst du was trinken?«, fragte er, stand auf und begab sich zur Bar. »Was Leichtes? Doppelter Bourbon auf Eis?«

»Es ist helllichter Nachmittag.«

»Ich nehme das mal als *Ja*«, erwiderte Viktor, »außerdem muss man hier ohnehin alles, was man länger als zwanzig Sekunden anhebt, bezahlen.«

»Weißt du«, fuhr er fort, während er die Drinks präparierte, »ich bin, nicht zuletzt im Verlaufe dieses gesamten Therapie-Experiments, zur Überzeugung gelangt: Das Leben, samt all seinen Anstrengungen, Beglückungen und dem Übermaß seiner Qualen, muss einen rätselhaften Sinn in sich selber haben. Da in dieser Schöpfung keine Kraft verlorengeht – warum sollten die Kräfte unseres Herzens sich ziellos verirren und ganz verloren sein?«

»Ist das nicht aufgeblasener Common Sense?«

»Alle wichtigen Wahrheiten sind Common Sense.«

»Schon wieder.«

»Was? Wo war ich? Du bringst mich ganz aus dem Konzept. Also: Mildred ist aufgewachsen und erzogen worden in einem Milieu, das an die Gegenwart glaubt, an die sofortige Befriedigung von Wünschen und Bedürfnissen, und daran, dass alles nach Plan geht. In dieser Haltung sieht sie ihre Wurzeln, und der Mensch braucht seine Wurzeln, das ist gerade in dieser Gesellschaft, in der wir uns bewegen, sehr wichtig.«

»Ich stimme dir voll und ganz zu«, erwiderte Oskar, »jedenfalls, wenn du mir sagen willst, dass Mildred ihr Leben auf dem Bewusstsein errichtet hat, reich zu sein.«

»Genau!«, konstatierte Viktor und reichte Oskar sein Glas. »Und weißt du, was das Beste daran ist? Reich ist sie immer noch, auch wenn ihre Mutter ein Dienstmädchen war.«

In diesem Moment erinnerte sich Oskar an die letzten Worte von Millvina Van Runkle, Mildreds Mutter in jeder Beziehung, außer der leiblichen. Er erinnerte sich daran, wie Millvina dem Tode ins Auge geblickt hatte, in ihrer Suite der Privatklinik »Le Retrait«, umgeben von Porthault-Bettwäsche und Diptyque-Duftkerzen, in einer schillernden Seidenrobe, wie sie ihn aus halb geschlossenen Augen angeblickt und auf einmal – zum ersten Mal in ihrem Leben – ganz sanft und beinahe feenhaft ausgesehen hatte, als sie mit glasklarer Stimme ihre letzten Worte sprach: »Wenigstens sterbe ich reich!«

Da ertönte Mildreds Stimme aus dem Schlafzimmer.

»Liebling«, sagte sie (womit sie offenbar Viktor meinte, wiewohl Oskar sie ihren Ehemann noch nie in dieser Weise hatte adressieren hören), »könntest du kurz rüberkommen. Erstens müssen wir das Erbe an uns ziehen, bevor Alwine den letzten Stapel Schwanendings von Meissen in den Freeport Singapur geschafft hat. Zweitens muss ich Scholastique zurückgewinnen. Oder wenigstens *irgendeine* Scholastique. Meinetwegen auch Juanita oder Emperatriz, den Namen finde ich sowieso hübscher. Lass uns doch einfach jemanden anwerben in einem von diesen südamerikanischen Chaos-

Ländern, wo *alle* aussehen wie Scholastique … warte mal: Dings – Mexiko! Genau! Mexiko! Oder, wie ich es auch nenne: Gottes Toter Winkel! Das ist doch hier gewissermaßen nebenan!«

»Hörst du«, flüsterte Viktor glücklich, »ganz die Alte!«

»Ja«, erwiderte Oskar, »ich kann nicht glauben, dass Scholastique dieses Glück einfach so verlassen hat.«

»Naja«, verbesserte Viktor, »Mildred hat sie gefeuert. Weil sie vergessen hat, beim Brotstand im Globus anzurufen und Mildreds Lieblingssauerteigbrot zurücklegen zu lassen. *Der Alte Fritz*.«

»Wie bitte?«

»So heißt das Brot: *Der Alte Fritz*. Aber egal, die Hauptsache ist: Mildred will jemanden wiederhaben. Heute will sie ihr Stubenmädchen, morgen mich. Sie wächst, Oskar. Mildred *wächst*. Innerlich. Ich möchte sagen: Sie wächst aus dem weinerlich Sentimentalen ins sarkastisch Tragische. An guten Tagen, jedenfalls. Das ist doch schon mal ein Fortschritt. Ein Anfang.«

Oskar presste sich die Hand vor die Stirn.

»Du bist möglicherweise verrückt geworden«, flüsterte er. »Ich meine – ist deine Psyche so eine Art selbstreinigender Ofen?«

»Wieso?«, erwiderte Viktor verblüfft. »Glaubst du nicht, dass Liebe so aussehen kann?«

Pause.

»Mildred ist vielleicht anstrengend«, begann Viktor erneut, »aber nicht kompliziert.«

»Was soll das sein – ein Trost?«

»Sie hat mich ausgewählt wie einen Preis in einem Greifkrallenautomaten …«

»Das ist keine hilfreiche Selbstverbalisation.«

»Genau«, erklärte Viktor trotzig, »genau: Ich verknüpfe die Betrachtung meiner selbst gern mit Metaphern. Das Leben ist ein Greifkrallenautomat.«

»Vielleicht solltest du doch lieber zu Rollenspielen zurückkehren.«

»Oh-no«, sagte Viktor, »falls du die Aufführung von *The Producers* meinst – die findet statt. Sobald wir die Ulla besetzt haben. Ich erwarte dich zur Premiere.«

»Wundervoll. Ich besorg mir schon mal 'ne Gehhilfe.«

Pause.

Dann fragte Oskar: »Und wie weiter?«

»Man braucht nicht immer einen Plan«, antwortete Viktor, als wäre er die Ruhe selbst, »ich verrate dir, wie es weitergeht: Ich werde den Problemen ins Gesicht sehen – und zwar, sagen wir: in ein paar Jahren. Beziehungsweise dem, was dann noch übrig ist von den Problemen. Ich meine, was ist das Geheimnis einer perfekten Ehe, Oskar?«

»Ist das eine rhetorische Frage?«

»Nun, die Ehe von Mildred und mir wirkte oft genug wie eine Achterbahnfahrt – und zwar eine Achterbahnfahrt durch Idiotenstadt –, aber ich will dir mal anvertrauen, was ich gelernt habe, Oskar: Eine glückliche Balance ist kein Kompromiss.«

»Was?«

»Was ich sagen will, ist: Zu teilen ist keine Einbahnstraße. Wenn du mit jemandem teilst, kriegst du immer mehr, als du gegeben hast. Vorausgesetzt, du teilst mit jemandem, der von Anfang an mehr hatte.«

»Was?«

»Okay, vielleicht sollte ich das umformulieren. Wie wäre

es damit: Warum sich mit etwas herumschlagen, wenn man es genauso gut zur Seite schieben und einfach mit seinem Leben weitermachen kann?«

»Sagst du das bloß so dahin, damit ich mich besser fühle?«

»Ich würde nie irgendwas sagen, damit du dich besser fühlst.«

»Gut«, resümierte Oskar, »dann können wir diese Episode also abschließen. Du musst es wissen. Du bist ein gebildeter Mann, Viktor. Du hast die griechischen Tragödien gelesen und weißt: Das Schicksal gewinnt am Ende immer.«

»Ach«, seufzte Viktor, nahm einen Schluck Bourbon und lächelte, »das gute alte Schicksal. Erledigt die ganze harte Arbeit für einen.«

»Ich will dir nur noch das mitgeben, Viktor: Die Straße der Verleugnung ist lang, gefährlich und gebührenpflichtig. Der Preis ist deine Seele.«

»In welchem Abreißkalender hast du das denn gelesen?«

Pause.

Dann sagte Viktor: »Ich danke dir, Oskar, dass du für mich da warst. Du bist mein bester Freund.«

»Oh Gott.«

»Niemand sonst hätte das getan.«

»Das klingt etwas belastend.«

»Vielleicht machen wir 'ne Paartherapie.«

»Du und ich?«

»Natürlich nicht. Das fehlt noch. Mildred und ich.«

»Ich denke«, entgegnete hierauf Oskar, »ihr seid ein bisschen zu weit für Therapie.«

»Vielleicht hast du recht«, erwiderte Viktor, »für einen Menschen mit durchschnittlichem Innenleben ist ja der Therapeut doch so was wie die Polizei: Er kann nicht intervenieren, bevor es im Grunde zu spät ist. Das findet jedenfalls Mildred.«

»Plötzlich?«

»Ja«, sagte Viktor und lächelte, »plötzlich.«

Für Oskar Canow gab es in Las Vegas nichts mehr zu tun. Er flog zurück nach Los Angeles, um von dort die Abendmaschine nach Zürich zu nehmen.

Auf der Fahrt zum Flughafen blickte er wehmütig auf den glitzernden Asphalt. Als er ausstieg, ging eine mediterrane Brise. Die Luft war voller Vogellaut, ein Regenbogen spannte sich weitwärts über die Landschaft, voll ausgebildet und stark, die reinste Herrlichkeit, feucht schimmernd in all seinen Farben, die satt wie Öl ins lichte Blau herniederflossen. Eine berühmte amerikanische Gesellschaftsdichterin hatte einst festgestellt: »Entkleide die Welt ihrer spröden, pedantischen und selbstgefälligen Inhalte und siehe, wie sich in ihr plötzlich das menschliche Verlangen nach Symmetrie, Harmonie und Ordnung ausdrückt.«

Am Flughafen LAX begab sich Oskar in die Lounge. Für den unbedarften Betrachter (sofern es ihn noch gibt) scheint die Klassengesellschaft (zumindest in der westlichen Welt) auf dem Feld des Zivilflugbetriebs eines ihrer letzten Refugien gefunden zu haben. Das internationale Reisepublikum stellt eine moderne Form der Plutokratie dar, deren Mitglieder sehr unterschiedlichen Status haben, und je nach Status stehen dem Passagier am Start und Ziel verschiedene Rekreationsmöglichkeiten zur Verfügung. Zum Beispiel die First Class Lounge. Wenn die beste Sache an Geld ist, dass man sich damit von anderen Leuten entfernen kann, dann sollte es schließlich genau darum in der Ersten Klasse gehen: den Rückzug in eine Blase, einen anderen Zustand, wo die Außenwelt lange vor dem Fingerdock ablegt, wo man vor dem Start schon im Himmel ist, ein Land, wo jede Bewegung mild ist, jeder Wunsch erfüllbar und das Porzellan von Givenchy. Eine sybaritische Sphäre von Dom Pérignon Vintage und Frischmacher-Kits von Ferragamo, wo es keine bösen Worte gibt, kein garstiges Licht, keinen störenden Laut. Ein Land, durch das Zauberwesen huschen, die unendlich viele Kaffeevarianten kennen und für jedes Problem eine Lösung finden.

So weit die Vorstellung. Die Vorstellung aber war, wie die meisten Vorstellungen, eine Schimäre, ein Wahngebilde. Auch die Erste Klasse garantiert keine paradiesischen Zustände, nirgends, auch nicht in der Lounge. Oskar saß bei einem Eiswasser und ein paar Crackers in einem drehbaren Eames-Sessel, blätterte zum Schein in der *Los Angeles Times,* drehte sich hin und her und betrachtete das internationale Lounge-Publikum, das sich hier, wie in den meisten Lounges, vor allem aus Geschäftsreisenden und (seltsamerweise meist vierköpfigen) Familien zusammensetzte, deren Sprösslinge irgendwas von Ralph Lauren trugen. So reduzierte sich die Erste Klasse auf das Niveau des Allgemein-Menschlichen, einfach mit mehr Louis Vuitton.

Hier saß Oskar und fragte sich, wieso eigentlich Geschäftsleute beim Telefonieren so gern herumliefen. Vielleicht hatte dieser sinn- und richtungslose Bewegungsdrang seine Wurzeln in dem Umstand, dass Männer in praktisch allen Kulturen dazu sozialisiert werden, Emotionen motorisch abzureagieren; und ganz besonders für den spätmodernen Geschäftsmann, eine aktuell wenig gelittene Spezies des Sozialen, schien die permanente Bewegung eine letzte Ausflucht zu sein, nachdem alle Phrasen abgesondert waren, die letzte Zuflucht eines Daseins, das sich teilte zwischen atemlosem Erwerben und zitterndem Erhalten, das, reich oder arm, keine Ruhe, keine Muße kannte, das nachts von Kursen träumte und die schwarze Sorge im Nacken hatte bei Wein und Weib, bei Jubel und Gesang. Dies ameisenhafte Schaffen bemächtigte sich der Gemüter mit der Ausschließlichkeit einer fixen Idee, und die reiche Menschenseele mit ihren tausend Kräften und Empfindungen kam in die Tretmühle der geistigen Enge und stapfte und stapfte …

Die Zeit stand, wie meistens in der Lounge, beinahe still, und eigentlich hätte Oskar, der geneigt war, sich in solchen Situationen ein wenig zu verlieren, ewig hier sitzen bleiben können, mit seinem Eiswasser und ein paar Crackers. Auf dem Bildschirm links von ihm lief, wie in den meisten Lounges, CNN. Es ging um Doktor Conrad Murray, den letzten Arzt von Michael Jackson. Oskar achtete kaum darauf, denn lieber befasste er sich mit dem Publikum. Er musterte aus dem Augenwinkel den unweit neben ihm sitzenden mutmaßlichen Investmentbanker und das russische Model in seiner Begleitung, einen dünnen Span von knappemang fünfundzwanzig, bestimmt zweiundvierzig Werschok groß. Die beiden wechselten kein einziges Wort. Noch mehr jedoch interessierte Oskar ein gegenübersitzendes Paar, das wie folgt aussah: Die männliche Hälfte trug einen Schnurrbart, der vorwiegend aus Nasenhaaren zu bestehen schien, ebenso buschig und grau wie die Augenbrauen. Ansonsten glich der Herr, korpulent und stumpf, einem traurigen Granitblock. Sein Gesicht wirkte leicht verlebt, entschieden hypertonisch und ein wenig unangenehm.

Die weibliche Hälfte des Paares, offenbar die Gattin des

Granitblocks, war nicht jünger als ihr Mann (der dramatische Altersunterschied zugunsten der Ehefrau ist weitaus seltener als allgemein vermutet). Körperlich befand sich die Dame allerdings in jener ausgezeichneten Form, die hohe Unterhaltskosten verursacht. Was nun ihr Gesicht anging, so verfügte sie über eine scharfe, leicht schnabelartig gebogene Nase und insgesamt über ein sogenanntes Charaktergesicht, obschon man sich ersichtlich bemüht hatte, den Charakter zu entfernen und stattdessen jene üblichen Linien einzusetzen, die für ein konventionelles Geschmacksempfinden das ideale Schöne ausmachen. Alter und Jugend kämpften sichtbar in diesem Antlitz; und wir wissen, wie das schließlich ausgeht. (Bei dieser Gelegenheit musste Oskar an einen Lunch denken, den er mit Lisa Ledersteger, Chefredakteurin der Zeitschrift *Klarabella,* im Restaurant Helvetia in Zürich genossen hatte. Sie saßen an Lisas Tisch im ersten Stock, und sie erzählte ihm, dass die Chefredakteurin der deutschen *Vogue* eine Tätowierung trug, und zwar im Nacken, unter dem Haaransatz, denn dies sei die einzige Stelle, wo Frauen nicht altern würden.)

Die Dame war also ausgezeichnet in Form, aber nicht gemütsmäßig, ganz im Gegenteil, sie grollte, und zwar ihrem Gatten, und zwar deswegen, weil ein gemeinsamer Besuch bei Bulgari am Rodeo Drive für ihren Geschmack entschieden zu hastig beendet worden war, wie sie ihm nun (wohl nicht zum ersten Mal) auseinandersetzte, in schwer akzentgefärbtem Deutsch und nicht eben leise (Zurückhaltung zählt überhaupt nicht zu den hervorstechendsten Eigenschaften des durchschnittlichen First-Class-Passagiers).

Dann sagte sie, grimmend auf ein leicht bebendes Louis-Vuitton-Täschchen weisend: »Und dieser Idiot von einem

Hundefriseur hat Jiffy einen *Pony* geschnitten. Armes Baby. Sie traut sich gar nicht mehr raus. Sie sieht aus wie Jim Carrey in *Dumm und Dümmer.* Das hat mich zweihundertdreißig Dollar gekostet.«

»Reiche Leute machen oft so ein ergreifendes Gesicht, wenn es um kleine Geldbeträge geht«, dachte Oskar.

Der Granitblock schlug daraufhin, wohl halb im Scherz, ein Facelift für Jiffy vor. Seine Gattin indes fand diesen Vorschlag nun einfach absurd und überhaupt nicht komisch, kein bisschen, und bekannte sich offen und uneingeschränkt zu dieser Ansicht. Das wiederum zog einige grundsätzlichere Gegenreden des Hypertonikers nach sich, das Wesen seiner Frau und dessen Entwicklung betreffend, eine Entwicklung, die ihn insgesamt kein günstiges Fazit ihrer Zweisamkeit ziehen ließ (was er nur implizit tat). Oskar betrachtete seine Hände, korrigierte manchmal mechanisch in Gedanken eine Satzkonstruktion, die den Eheleuten in der Aufregung missglückt war, und dachte: »Was für ein desillusionierender Faktor doch eine Ehefrau sein kann.«

Und dann erinnerte er sich an sein erstes Gespräch mit Viktor in der Kronenhalle-Bar, vor vielen Monaten, in dem sein Studienfreund ihm mit der Nüchternheit des Geschäftsmannes die Vorzüge der Ehe als Transaktionsverhältnis geschildert hatte, als vernünftigen Gegenpol zu jener kitschigen Schimäre der Liebesbeziehung, die längst abgedankt habe. Und plötzlich erschien es Oskar für einen Augenblick gar nicht mehr so verwerflich, dass man beispielsweise Geld als Aphrodisiakum anerkannte, denn wenn daraus so was wie Liebe entsprang, wieso sollte diese dann a priori oberflächlicher oder weniger entwicklungsfähig sein als etwa jene Liebe, die durch körperliche Attraktivität inspiriert wurde, was übrigens die bürgerliche Gesellschaft vollkommen in Ordnung fand?

»Das Problem ist viel eher, dass viele reiche Leute ihre Natur frühzeitig erschöpft haben«, dachte er, »mit nichts anderem beschäftigt, als sich Freuden zu erfinden, haben sie gar bald ihre Sinne missbraucht. Das Vergnügen gleicht gewissen medizinischen Stoffen: um dauernd dieselben Wirkungen zu erreichen, muss man die Dosen verdoppeln, und die letzte enthält Tod oder Verblödung. Es stimmt, Philosophie ist ein göttliches Element im Menschen, und man kann sich, wie Aristoteles es fordert, darum bemühen, diesem Besten in uns zu entsprechen. Aber im Alltag dominieren die niedrigen Bedürfnisse. Das Gemeine, das Geheure und Profane scheint in jeder Sphäre dringlicher als das Edle.«

So dachte Oskar, und ihm kamen die Worte in den Sinn, die der Walker gesprochen hatte, also jener freundliche junge Mann vom Bodenpersonal, der ihn vom Check-in durch die Sicherheitskontrollen bis in die First-Class Lounge begleitet hatte, um zu gewährleisten, dass dieser Gang so angenehm und reibungslos wie möglich verliefe. Besagter Walker hatte, inspiriert durch einen ganz anderen Auslöser, mit Blick auf das Leben am Flughafen festgestellt: *This place is like high school.* Und für welches Milieu galt das nicht?

Oskar stieg ins Flugzeug. An Bord begrüßte ihn dieselbe Besatzung wie auf dem Hinflug. Und auf rund zehntausend Metern Höhe kam ihm plötzlich der Gedanke, dass Hockstädder die lebensändernde Indiskretion Mildred gegenüber womöglich gar planvoll und absichtlich begangen hatte. War Leonid Hockstädder eventuell ein Genie?

»Einerseits«, dachte Oskar, »hat er immer so getan, als gälten in seinem Behandlungszimmer allein die Grammatik und Syntax der psychologischen Wissenschaften. Der große Katalog des Behaviorismus mit seinen Kategorisierungen der Störungen und Auffälligkeiten. So komplex und komplett, dass dort jeder irgendwo hineinpasst, für jeden ein Etikett gefunden werden kann, ungeachtet der Tatsache, dass das flüchtige Bündel Widersprüche, das einem da auf diesem indifferenten Sessel gegenübersitzt, womöglich in der sogenannten Wirklichkeit Charakterzüge zeigt, die überhaupt nicht passen und einrasten, ja, sogar null und nichtig machen, was, isoliert betrachtet, durchaus dem Schema und der Tabelle entspricht ... Doch Hockstädder war irgendwie schlauer als das; fast möchte man sagen: gerissener – wenn sich diese Zuschreibung nicht so schlecht mit seiner Gemütlichkeit vertrüge. Schon wieder was, das nicht ins Schema passt.«

Denn nicht nur Deutungen hat der Therapeut zu liefern, sondern auch Zuwendungen; er muss sich auf das Leben des Klienten einlassen, und eventuell hatte Hockstädder gewusst – oder es geahnt, irgendwo in seinem etwas biederen und grundjovialen Herzen –, dass es gewissermaßen eines therapeutischen Extras bedürfe. Und so erstand Oskar über den Wolken der Nacht (und vielleicht auch ein wenig unter dem Einfluss des Weines) ein Reigen der Erinnerung, quasi ein Medley seiner schönsten Szenen mit Leonid Hockstädder, zu Füßen der verstaubten Fruchtbarkeitsstatue, zu den Tönen von *The Way We Were.* Oskar wurde sein eigenes Bedürfnis bewusst, die Regeln der therapeutischen Schule herauszufordern und auf diese Weise Hockstädder und dessen Bedürfnis nach Interpretation quasi auf eine kleine Bühne zu stellen. Was ganz offenbar wiederum Hockstädders Selbstbeobachtungskapazitäten gestärkt hatte, und so hatte er Oskar gelotst, wie ein leutseliger Sherpa über die Grate und Kammlinien der Psyche, gelotst vermittels seiner Stimme mit diesem lieblich zusammengesetzten Timbre, das die Valenz der Konversation erhöhte.

Oskar hörte ihn sagen: »Therapie ist keine Einbahnstraße.«

Worauf er erwidert hatte: »Doch.«

Und in ebendieser angenehm modulierten Stimme klang nun vor Oskars innerem Ohr manch mehr oder weniger diagnostischer Ratschlag seines Therapeuten wider. Zum Beispiel: »Es gibt immer eine Methode, um Unannehmlichkeiten aus dem Weg zu gehen.«

Oder: »Nun, dann ist das eben Gottes Plan.«

Oder: »Ob Sie das jetzt Ablenkung nennen oder Berufung – das Wichtigste ist doch, dass Sie sich in der glücklichen Position befinden, dass Sie Ihr Geld damit verdienen, Sie selbst zu sein. Das ist immer ein Zeichen dafür, dass man den Gipfel der Karriere erreicht hat.«

»Ja«, hatte Oskar erwidert, »oder für Prostitution.«

Darauf Hockstädder: »Wenigstens ist Prostitution darauf angelegt, jemandem Vergnügen zu bereiten.«

»Je mehr wir bedauern, wie wir nicht gelebt haben – also je höher der Anteil ungelebten Lebens an unserem Dasein ausfällt –, desto mehr fürchten wir den Tod.« Das war ebenfalls von Hockstädder.

Für derlei Erkenntnisse, die beinahe epigrammatisch wirkten, wie die besseren jener Aperçus, die Oskar auf Buchpremieren und Preisverleihungen hörte, hatte Oskar ein offizielles, beteiligtes Gesicht eingeübt, eine Art David-Letterman-Krokodillächeln mit vakantem Blick, einen Ausdruck, den er ohne Mühe für längere Zeit festhalten konnte.

Doch eines Tages hatte Oskar Canow sich (und Hockstädder) gefragt, ob das Zerlegen der eigenen Seele wohl etwas Höherem zu nahe treten könnte.

»Wissen Sie«, hatte er zu Hockstädder gesagt, »anfänglich war ich beunruhigt, dass mich die Therapie verändern würde. Dass ich etwas verlieren könnte. Zum Beispiel Schmerz und Ärger. Nun sollte man denken, dass man gerne Schmerz und Ärger loswürde, nichts lieber als das – aber was, wenn das die Kehrseite meiner Kreativität ist? Also, wenn Sie so wollen, ein notwendiges Übel, in gewisser Weise der Preis, den man auf dieser Welt, und vielleicht auch in der nächsten, für alles zu entrichten hat. Diese Anfälle von Groll und auch verschiedene Bedenklichkeiten – zur Schwermut hingegen neige ich nicht, das ist Zeitverschwendung, wie mir zu Hause beigebracht wurde –, vielleicht sind diese Schatten also der Preis für Abstand und Distanz, für Witz und ironische Reserve. Denn man kann doch der Kontingenz des eigenen Daseins nur mit Ironie begegnen.«

»Da würde ich mir keine allzu großen Sorgen machen«, hatte Hockstädder erwidert, »so witzig sind Sie nun auch wieder nicht.«

»Ansonsten hat man schließlich einzusehen, dass im Großen und Ganzen alles seinen Sinn ergibt«, dachte Oskar jetzt, indem er sich zurücklehnte und den Kabinenhimmel betrachtete, »im Grunde wohlgeordnetes Material und klare Schlussfolgerungen: So stehen die Dinge, so stehen wir, seht selbst, was an diesem und jenem kritischen Wendepunkt zu geschehen hat. Alles Geschehen fügt sich wie gezahnte Räder. Man hat bloß seinen Anteil zu leisten. Später dann erkennt man: Alles halb getan, halb passiert. Das größte Glück und das höchste Unglück sind, wie das außerordentliche Talent, nur kleine Abweichungen vom Gewöhnlichen. Der Mensch ist unlöslich gebunden an das Gesetz seines eigenen Wesens. Geprägte Form, die lebend sich entwickelt.«

Alles von innen und außen her geschehen als Fügung, Wachstum, Gesetz. So kommen die Eigenschaften und Ereignisse zustande, die wir je nach ihrer Erscheinung bald als wunderbar, bald als dämonisch zu bezeichnen geneigt sind. Dabei fallen diese Phänomene ebenso wie das Gewöhnliche in den ehernen Zusammenhang der Dinge. Der Rote Faden. Alles einer unberechenbaren, aber hinreichend glücklichen Linie folgend, alles – vielleicht bis auf solche Erscheinungen wie Gwendolyne Rosenstock oder Dolores von Penz oder Thorsten Dussling, die hier nun wirklich nicht richtig einzuordnen sind. Aber bekanntlich hat das Schicksal seine Launen, und wenn es einigen Sterblichen milde gesinnt ist, verbucht es diese Schuld sogleich und fordert sie gelegentlich mit Wucherzinsen ein, indem es einem zum Beispiel so was wie Gwendolyne über den Weg schickt. Fest steht, dass Mutter Natur, zerstreut, wie sie offenbar ist, sich dauernd selbst ins Handwerk pfuscht, indem sie nämlich in der menschlichen Psyche ein Prinzip verankerte, wonach die uns als wunderbar erscheinenden Ereignisse und Eigenschaften in der Wirklichkeit immer an mehr oder weniger pathologische Persönlichkeiten geknüpft sind. Kränklichkeit ist eine wesentliche Bedingung der geistigen Beschaffenheit einer schönen Seele.

»Das muss ich mir aufschreiben«, dachte Oskar, griff in sein Handgepäck – und förderte jenen goldenen Kugelschreiber zutage, den Alwine Smid ihm auf Millvinas Trauerfeier in peinlicher Zudringlichkeit aufgedrängt hatte.

Oskar klappte seinen Filofax auf und schrieb hinein: »Common Sense: Die Besten sind immer verrückt.«

Dann hielt er einen Moment sinnend inne. Und schrieb dazu: »Wenn die dann noch gut aussehen, ist Polen offen.«

»Ja«, dachte Oskar und nahm einen Schluck Wein, »insofern ist Leonid Hockstädders Indiskretion vielleicht ein Geniestreich gewesen, eine Maßnahme zur Wiederherstellung der Harmonie eines beschädigten Universums … allerdings bleibt er ein wenig mysteriös und unfassbar, wie seine Therapie überhaupt: Einiges davon schien Sinn zu machen, anderes abwegig zu sein. Dieses gesamte Verhältnis zu Hockstädder gleicht am Ende womöglich einem jener obskuren Tauschgeschäfte, wie sie Operngestalten mit geheimnisvollen Fremden abschließen … vielleicht hat ihn ja gerade diese ganze Charade einer Therapie, die wir hier aufgeführt haben, dazu geführt, Mildred ihre Herkunft zu enthüllen. Oder er war einfach betrunken. Wer wollte es sagen.«

»Mehr Wein?«, fragte das Walkürenvamp. Denn Oskars Glas war leer.

»Ja, bitte«, erwiderte Oskar.

Oder war das Ganze vielleicht ein Akt Gottes oder ein Plan des universalen Bewusstseins – oder schlicht Glück, also eine Art von Zufall? Hier nun rüttelte die Flugzeugkabine ein wenig, nicht schlimm, nur mal so. Das Walkürenvamp kompensierte das Rütteln mit einem geschicktem Schlenker. Kein Tropfen Wein ging daneben. Ihr Lächeln blieb unerschütterlich.

»Überhaupt waren und sind die größten und wichtigsten Wahrheiten seit jeher Gemeinplätze«, dachte Oskar, »das wird einem klar, nachdem man einmal die Runde gemacht hat. Oder zweimal. Es gibt nichts Neues in der Welt, nur die

Entfaltung präformierter Substanzen. Das ist heutzutage in der postmetaphysischen Trivialität der Spätmoderne ein wenig verblasst. Aber es ist so. Die besten Verteidigungen gegen den Terror der Existenz sind Liebe und Arbeit. Und ich habe beides. Und Magensäurehemmer noch dazu. Dazu ein bisschen Abstand, denn Ironie ist die weltlichste Form der Transzendenz überhaupt, doch zugleich hinausweisend über die Welt, darinnen liegt ihre Spiritualität. Und das Beste gegen Kälte und Düsternis ist das Dauerkorrektiv des geliebten Menschen, denn in der Liebe, nirgends sonst, liegt jene Sorglosigkeit, die das Leben ist.«

Oskar lehnte sich zurück und schloss die Augen.

Was einer werden kann, das ist er schon.

Landung in Zürich. Stets, wenn Oskar in seine Heimatstadt zurückkehrte, fühlte er sich zugleich glücklich und ernüchtert. Denn Züritown war ein nüchternes Fleckchen, und würde wohl so bleiben, ob es einem passte oder nicht. Wenn es eine Stadt auf der Welt gibt, die das Postulat von Benjamin Franklin und Max Weber bestätigt, dass die protestantische Ethik als Ethik rigoroser Zeitdisziplin zu begreifen sei, die das Verschwenden von Zeit für die erste und prinzipiell schwerste aller Sünden hält – dann Zürich. Der hiesige Schlag gab dem Praktischen den Vorzug, oder jedenfalls der Erledigung, der Form. Und wenn das auch ethisch beurteilt vielleicht ein bisschen diskutabel war, so war es doch, ästhetisch beurteilt, durchaus nicht immer geschmacklos. Es war außerdem sehr effizient. Effizienz ist bekanntlich das Erreichen eines maximalen Ergebnisses mit minimalem Aufwand. Wenn Patienten ihr Glück nach einer zweistündigen Nasen-

Operation finden, ist eine jahrelange psychotherapeutische Behandlung wegen einer aus dem Nasenproblem resultierenden Depression, Zwangsstörung und sozialen Phobie verzichtbar, oder nicht?

Lauren holte ihn ab. In freudiger Beklommenheit hatte Oskar diesen Moment herannahen sehen. Beim Wiedersehen mit seiner Frau war ihm stets ein wenig zumute, als träfe er sie zum allerersten Mal – obschon es keinen Menschen auf der Welt gab, den er besser kannte. Und jetzt galts, jetzt wars so weit! Ein vorahnender Schauder überflog den reinen Spiegel seines Inneren. Oskar vermeinte, seltsame Geräusche zu hören, das Summen des Flusses, Fluten von Gesprächsfetzen, ihm schien, dass sein Leben und das der Stadt wundersam verwoben waren, geschäftig, vorwärtsstrebend, doch sorglos und ohne Last und Sinn. Wie jene Momente, die gewinnend sind, weil ihnen keine Bedeutung innewohnt außer der unmittelbaren, wie das Wiedersehen mit einem geliebten Menschen. Lauren war alles für ihn. Er war allein gar nicht denkbar.

»Good to have you back«, sagte Lauren und umarmte ihn, »sind wir jetzt am Ende dieser Geschichte?«

»Sieht so aus, Chickie«, antwortete Oskar.

»Und was ist dabei rausgekommen?«

»Verschone mich«, erwiderte Oskar, »das hat schon Viktor versucht, mir zu erklären, und ich habe kein Wort verstanden. Irgendwas wie: Wenn man jemanden liebt, muss man ihn gehen lassen. Wenn er dich zurückliebt, kommt er zurück. Und sonst muss man stalken.«

»So«, sagte Lauren, »nobody learned anything, huh?«

»Wahrscheinlich.«

»Oder«, schlug Lauren vor, »wie wäre es damit: material possessions are important.«

»Ja, das können wir gelten lassen, denke ich.«

»Speaking of which: Wir sind im Conti zum Essen verabredet. Alle werden da sein: Bittenhumplers, Livia, Erni und Evchen Wohlgemuth und dieser italienische Graf mit dem komplizierten Titel und dem starken Bartwuchs …«

»Und Gwendolyne?«

»Natürlich.«

»Luella?«

»Wahrscheinlich. Wir sind spät dran. Du wirst dich im Auto umziehen müssen. Oder im Parkhaus.«

Pause.

»Ich fürchte, ich habe Hockstädder erzählt, du wärst adoptiert«, sagte Oskar unvermittelt.

Lauren legte den Kopf in den Nacken.

Sie atmete hörbar aus.

Dann sagte sie: »I wish.«

Kleine Pause.

»Sweetie«, stellte Lauren fest, »you got a weird look on your face. Ist das ein Lächeln?«

»Sozusagen.«

»Then I'm doing good.«

»So muss es sich anfühlen, glücklich zu sein«, dachte Oskar.

Denn das Wiedererkennen ist erquicklicher als jede Theorie.